Le piège des apparences

Une troublante intimité

SYLVIE KURTZ

Le piège des apparences

BLACK *ROSE*

éditions HARLEQUIN

Collection : BLACK ROSE

Titre original : MASK OF A HUNTER

Traduction française de CAROLE PAUWELS

HARLEQUIN®
est une marque déposée par le Groupe Harlequin

BLACK ROSE®
est une marque déposée par Harlequin S.A.

Photos de couverture

Couple : © ALEX MARES-MANTON/MIND BODY SOUL/CORBIS
Paysage : © BILL BROOKS/MASTERFILE

83-85, boulevard Vincent-Auriol, 75646 PARIS CEDEX 13.

Service Lectrices — Tél. : 01 45 82 47 47
www.harlequin.fr

ISBN **978-2-2802-4491-6** — ISSN 1950-2753

Prologue

Felicia Cates hésita sur le seuil du chalet, tandis que ses yeux s'accoutumaient à l'obscurité qui régnait à l'intérieur.

Dans son dos, une brise relativement chaude pour un mois d'avril dans le New Hampshire agitait les branches des saules bordant la Connecticut River, mais elle ne put s'empêcher de frissonner.

« Une dernière fois, s'encouragea-t-elle, tandis qu'elle balayait du regard l'unique pièce du chalet. Pour Hannah. Tu peux le faire. »

Quoi qu'il arrive, sa fille ne devait pas payer pour ses erreurs.

— Eh bien, entre ! grommela une voix éraillée par l'excès de tabac et d'alcool. Qu'est-ce que tu attends ?

— C'est donc l'endroit que tu as trouvé pour nous ?

— Il y a un problème ? Ça ne te plaît pas ?

L'intonation menaçante n'avait pas échappé à Felicia.

— Le bébé m'attend, dit-elle d'un ton conciliant. Je dois me dépêcher.

— Alors, ne reste pas plantée là.

Le cœur battant aussi vite que le moteur de la Vulcan qu'elle avait poussée au maximum de ses capacités pour arriver jusque-là, Felicia avança lentement sur le plancher poussiéreux.

A cet instant, elle aurait tout donné pour enfourcher sa moto et filer loin, très loin de ce cauchemar dans lequel elle s'était laissé entraîner.

— Il va nous falloir une table, des chaises, un lit… suggéra-t-elle.

— Viens plus près.

— Il faudrait un bon nettoyage, ajouta-t-elle, en faisant mine d'examiner les possibilités qu'offrait le chalet.

— Quand je te dis de venir ici…

Le sol craqua sous son poids tandis qu'il sortait de l'ombre.

Ses yeux étaient deux fentes étroites lançant des éclairs de haine. Comment avait-elle pu un jour le trouver séduisant ?

— … ça veut dire, viens ici, aboya-t-il.

Sa large paume se referma brutalement autour du bras de Felicia.

Elle laissa échapper un petit cri en perdant l'équilibre tandis qu'il l'attirait contre lui. Le fil du micro dont elle était équipée lui cisaillait l'estomac. Heureusement, le blouson de cuir qu'elle portait était assez épais, et il y avait peu de chances qu'il puisse sentir la présence de l'appareil.

Déglutissant avec peine, elle s'obligea à soutenir son regard vert pâle, aussi froid et dur que du jade.

Elle avait toujours pensé que les histoires horribles qu'il se plaisait à raconter n'étaient que de l'esbroufe, mais elle comprenait à présent pourquoi les gens avaient peur de lui. Il n'avait pas une once de compassion.

Même à l'égard d'Hannah. D'ailleurs, il n'avait jamais voulu du bébé.

— Je veux déposer Hannah chez ma sœur, dit-elle avec un calme qu'elle était loin d'éprouver. Ensuite, je serai de nouveau tout à toi.

Mais son regard ne s'adoucit pas. Connaissait-il son secret ?

Elle pensa à l'agent fédéral qui l'attendait au point de rendez-vous et retrouva toute sa détermination.

Elle ne pouvait plus continuer. Elle devait partir. Aujourd'hui.

Si l'affaire était aussi importante que le prétendait Glasser, pourquoi lui avait-on envoyé un agent débutant ? Pourquoi l'avaient-ils laissée s'éloigner autant de la route principale sans protection ? Glasser n'était pas en mesure de la protéger. Personne ne le pouvait. Elle se rendait compte à présent qu'elle ne pouvait compter que sur elle-même.

— Ils ne nous trouveront pas ici, dit-il, comme s'il lisait dans ses pensées. Tu n'auras pas à témoigner contre moi.

— J'ai simplement besoin de m'assurer qu'Hannah est bien installée.

Il la libéra, et elle recula en titubant, tandis qu'elle massait son bras endolori par sa poigne de fer.

Il prit une liasse de billets dans sa poche, et lui tendit cinq cent dollars.

— Ça te suffira pour le voyage ?

Elle hocha la tête et tendit la main vers les billets. Sans les lâcher, il la fixa avec intensité.

— Regarde-moi. Je veux voir tes yeux.

Elle se força à sourire et se passa sensuellement la main dans les cheveux. Il avait toujours aimé ses cheveux, la façon dont ses mèches rousses dansaient sur ses épaules comme des flammes.

— Les fenêtres de l'âme ? demanda-t-elle.

— Quelque chose comme ça.

Il libéra les billets, qu'elle s'empressa d'enfouir dans la poche de son jean.

— Merci.

Reculant d'un pas, elle pivota vers la porte.

L'air doux et parfumé par les premières floraisons

printanières semblait l'appeler à l'extérieur, mais le froid de l'hiver glaçait son sang.

— Felicia ?

Son cœur s'emballa, et elle se sentit comme emportée dans la descente vertigineuse d'un circuit de montagnes russes.

— Quoi ? demanda-t-elle, en lui jetant un regard par-dessus son épaule.

— Si tu cherches à me doubler, je te tuerai.

Pour ne pas flancher, Felicia se raccrocha avec détermination à son plan. Si elle voulait prendre un nouveau départ, elle devait s'assurer que son passé ne la poursuivrait pas indéfiniment.

Cela supposait qu'elle s'en aille maintenant, avant qu'il ne se doute vraiment de quelque chose, et qu'elle confie Hannah à Candace. Si elle disparaissait, Candace appellerait sa sœur, et Aurora viendrait chercher sa nièce. L'ATF – une unité spéciale chargée de la répression des trafics d'alcool, de tabac et d'armes à feu – avait déjà suffisamment d'éléments pour le coincer. Et, dès qu'il serait en prison, elle récupérerait sa fille.

Tout ce qu'elle avait à faire, c'était de se faire oublier un moment, et tout se passerait bien.

— Je serai bientôt de retour, dit-elle.

La sueur coulait entre ses seins et commençait à décoller l'adhésif retenant le fil du micro.

Lentement, pour qu'il ne s'imagine pas qu'elle faisait autre chose que de fermer son blouson en prévision du trajet à moto, elle saisit l'attache de la fermeture à glissière et commença à la remonter. Le bruit des dents métalliques qui s'accrochaient les unes aux autres résonnait dans la pièce silencieuse comme une rafale de fusil-mitrailleur.

Alors qu'elle se dirigeait vers la porte, le sol se mit à vibrer sous le martèlement de ses bottes, créant un mini-tremblement de terre à chaque pas. La poussière qui saturait l'air collait à sa peau moite et lui desséchait la gorge.

« Garde ton calme, s'encouragea-t-elle. Ne lui donne pas de raisons de se mettre en colère. »

Lorsqu'elle atteignit le seuil, le soleil l'aveugla.

— Donne-moi deux jours, dit-elle.

— D'accord.

Felicia sentit une vague de soulagement la submerger.

Il ne savait rien.

Le chrome du garde-boue étincelait et le rouge du moteur brillait comme un vernis à ongles juste appliqué. Elle pouvait presque sentir le vent gifler ses joues, soulever ses cheveux.

Plus que sept pas…

« Ne te précipite pas. Avance calmement, d'un air dégagé. »

Encore trois pas avant d'atteindre la moto…

Plus que trois pas vers la liberté.

1

— Où est-ce que je peux trouver un bouquin sur les pionniers ? demanda l'adolescente à Aurora Cates à l'accueil de la bibliothèque de Maplewood.

Le visage de la jeune fille était constellé de piercings, son T-shirt orange vif semblait trop petit de deux tailles – sans doute pour laisser voir l'anneau à son nombril et elle portait un tatouage au poignet.

Comment des parents pouvaient-ils autoriser leurs enfants à sortir vêtus de la sorte ? se demanda Aurora. Puis elle pensa à Felicia et se souvint que les choses n'étaient pas aussi simples.

— Que voulez-vous savoir ? demanda Aurora, en renseignant dans son ordinateur le sujet de la requête.

L'adolescente consulta en grimaçant le document qu'elle tenait à la main.

— Euh… comment ils s'habillaient, ce qu'ils mangeaient… ce genre de trucs, vous voyez.

Une sélection de titres apparut à l'écran.

— Section 978.

— Merci…

A son air perdu, Aurora comprit que la jeune fille n'avait pas la moindre idée de l'endroit où se rendre. Elle la guida alors vers la section concernée et choisit trois titres qu'elle lui tendit.

— Voilà qui devrait faire l'affaire.

— Merci.

— Dans le cas contraire, dites-le-moi, et j'irai vous chercher le livre des statistiques historiques.

— O.K.

Tandis que l'adolescente s'éloignait en traînant les pieds, Aurora offrit son visage aux rayons du soleil qui entraient par la fenêtre en ogive.

Le matin était son moment préféré, quand les portes étaient encore fermées au public, et qu'elle avait le vieil immeuble rien que pour elle. Les murs lambrissés de chêne à mi-hauteur, le mobilier ancien, les colonnes de marbre ne manquaient jamais de l'émerveiller.

Et les livres… ils étaient sa fierté et sa joie. Venir travailler était pour elle comme un rendez-vous avec de vieux amis.

Au moment où elle retournait s'asseoir à son bureau, son téléphone vibra dans la poche de sa veste de tweed.

Garder son portable allumé constituait certes une entorse au règlement de la bibliothèque, mais elle était inquiète au sujet de sa sœur. Felicia avait semblé s'assagir après l'annonce de sa grossesse. Elle avait cessé de fumer et de boire, et avait commencé à faire des projets d'avenir. Il y avait de la joie dans sa voix quand elle parlait d'Hannah et de la tristesse quand elle faisait allusion à son obligation de la confier à une nourrice pour aller travailler. Aurora l'avait pressée de quitter le New Hampshire et de venir s'installer avec elle à Washington. A deux, elles pourraient offrir à Hannah une vie confortable et heureuse.

Un mois plus tôt, Felicia avait promis qu'elle lui rendrait bientôt visite avec sa fille. Pas un mot depuis. Ça ne répondait pas chez elle. Et depuis quelques jours, le répondeur était débranché.

Elle s'empressa de prendre la communication.

— Felicia ? dit-elle, pleine d'espoir.

Une voix hésitante lui répondit.

— Aurora Cates ?

— Oui. Qui êtes-vous ?

— Candace Wilson. Felicia m'a donné votre numéro.

— Elle va bien ?

— Je n'en sais rien. Elle m'a demandé de garder Hannah hier et m'a dit de vous appeler si elle n'était pas là à temps pour prendre son service.

Aurora eut un mauvais pressentiment.

— Où est-elle ?

— Ecoutez, je n'en sais rien. Tout ce que je sais, c'est que Felicia n'est pas venue travailler et que je ne peux pas garder la petite plus longtemps. Si vous ne venez pas la chercher, je vais devoir appeler les services sociaux.

— Non ! Ne faites surtout pas ça.

Avec son passé, jamais Felicia ne récupérerait sa fille. Et perdre Hannah la ferait inéluctablement retomber dans ses anciens travers.

— Donnez-moi une journée, le temps de faire le trajet. Et s'il le faut, prenez une baby-sitter pour Hannah. Je vous rembourserai.

Candace accepta en maugréant.

— Je pars tout de suite, dit Aurora. Donnez-moi votre adresse.

Si elle roulait toute la nuit et ne s'arrêtait que pour faire le plein, elle arriverait à destination le lendemain en fin de matinée.

— Une journée, c'est tout ce que je peux vous accorder, lui rappela Candace, après lui avoir donné les indications nécessaires.

Avant même d'avoir raccroché, Aurora établissait mentalement des listes et se laissait envahir par l'immensité de la tâche.

Les deux mains à plat sur le bureau, elle ferma les yeux et s'obligea à respirer lentement. Lorsqu'elle rouvrit les paupières, un adolescent était planté devant elle et l'observait bouche bée.

— Christine, demanda-t-elle à sa collègue, tu veux bien t'occuper de ce jeune homme ? J'ai une urgence.

— Bien sûr.

Une lueur de curiosité s'alluma dans le regard de Christine. Le garçon montra des signes d'impatience devant la banque d'accueil, et Aurora fila vers le bureau de la directrice.

Après avoir obtenu de prendre en urgence quelques jours de congé, elle récupéra dans la pièce de repos du personnel le fourre-tout en toile enduite qui lui servait de sac à main et s'en alla.

Profitant qu'elle était bloquée dans les embouteillages, elle composa sur son portable un numéro qu'elle avait espéré ne jamais devoir appeler.

— Recherches et investigations. Liv Falconer, que puis-je faire pour vous ?

— Je voudrais parler à Sebastian. C'est Aurora Cates.

— Rory ! Je suis contente de t'entendre. Il est à côté de moi. Je te le passe.

Liv Falconer avait été grièvement blessée à la tête l'année précédente, et son rétablissement avait été spectaculaire. Elle ne se souvenait pas de sa vie avant l'accident, mais elle s'était offert un nouveau départ en aidant son mari à créer leur agence de détectives spécialisée dans la recherche de personnes disparues. Sebastian avait été l'un des meilleurs chasseurs de primes des services du marshal, et son agence était réputée faire des miracles.

— Rory, comment vas-tu ? dit la voix grave et charmeuse de Sebastian.

— J'ai besoin d'un service.

— Je t'en dois un.

— C'est ma sœur, Felicia. Elle a disparu. Normalement, je ne m'inquiéterais pas…

Sebastian eut un petit rire narquois.

— D'accord, je m'inquiéterais, mais je ne t'appellerais pas. Depuis la naissance du bébé, elle s'est calmée, tu sais. Elle aime Hannah. Jamais elle ne la quitterait comme ça. Elle m'a dit qu'elle venait me voir, et elle s'est évanouie dans la nature.

— D'accord, Rory. Respire un bon coup, et commence par le début.

Un Klaxon retentit derrière elle, et elle réalisa que sa file avait recommencé à avancer.

— Le temps de rassembler quelques affaires, et je file à Summersfield, dit-elle après avoir résumé la situation à Sebastian.

— J'ai un homme sur place, dit Sebastian. Je vais lui demander de se renseigner.

Aurora grommela tandis que la circulation s'arrêtait de nouveau sans raison apparente. Dans sa petite voiture qui ressemblait à un jouet, elle ne pouvait voir par-dessus le pick-up devant elle, et se trouvait prise en sandwich par deux monospaces. Il n'était que 15 heures, pour l'amour du ciel. Ces gens-là n'avaient donc pas de travail ?

— Je vais essayer de m'y rendre le plus rapidement possible, dit-elle.

— Prends ton temps. Rentre chez toi et prépare un sac de voyage. J'envoie une voiture te chercher, et je t'organise un vol en jet privé.

Aurora aurait voulu protester devant tant de générosité, mais elle était secrètement ravie que Sebastian lui facilite ainsi la tâche. Plus souvent qu'à son tour, elle avait laissé tomber sa fantasque petite sœur.

Il restait à espérer qu'elle n'ait pas trop attendu pour lui venir enfin en aide.

*
* *

S'il y avait une chose que connaissait Adriano Constantino Esteleone, plus connu sous le pseudonyme d'Ace, c'était comment survivre. On ne grandissait pas dans les rues périlleuses du Bronx, sous la houlette d'une femme comme Carlotta Esteleone, sans apprendre comment se tirer des plus mauvais pas.

La règle numéro un de la survie, c'était de faire confiance à son instinct, et d'agir avant même d'analyser la situation. Prendre le temps de réfléchir, c'était le meilleur moyen de se faire tuer.

Il se moquait de ce que disait Sebastian Falconer. Toutes les fibres de son corps lui hurlaient qu'une femme qui ressemblait à de la dynamite était destinée à exploser, et il ne pouvait pas se permettre de faire voler en éclats sa couverture.

— Non, déclara-t-il d'un ton péremptoire.

La salle de conférences de l'agence, également surnommée la « Caverne », était confortable et accueillante avec ses murs ivoire, son éclairage tamisé, ses fauteuils de cuir beige et sa table ovale en acajou, mais Ace s'y sentait piégé. Il n'aurait pas été en plus mauvaise posture s'il s'était précipité en pleine nuit dans une voie sans issue, une troupe de malfrats sur les talons.

Crispant les mains sur les accoudoirs de son fauteuil, il adressa un regard courroucé à Sebastian.

— Je ne peux pas me laisser distraire.

Comment Falconer pouvait-il lui demander une telle chose ? Il travaillait seul, et ce, depuis des années. Cela avait toujours fait partie du marché. Depuis six mois, il était employé comme mécano au garage Fletcher, sous le nom d'Ace Lyon. Et Falconer lui demandait de mettre en danger son enquête juste au moment où elle était sur le point d'aboutir.

C'était impossible. Cette affaire était beaucoup trop importante.

— Il a raison, dit la femme qui était la cause de tout ce remue-ménage.

Au moins, elle avait l'intelligence d'admettre que sa place n'était pas à Summersfield.

Assise en face de lui, de l'autre côté de la table, elle affichait un calme olympien dans son sage et classique tailleur de tweed vert, mais la masse sauvage de ses cheveux roux et l'éclat de ses prunelles pailletées d'or évoquaient un feu de forêt prêt à se propager à la moindre étincelle. Cela ne présageait rien de bon.

— Je veux savoir ce qui est arrivé à Felicia, dit-elle. C'est tout.

— Votre sœur se cache tout simplement de Fletcher.

— Elle ne serait pas partie sans Hannah.

Elle faillit renverser sa tasse de café en la posant sur la table.

— Il lui est arrivé quelque chose.

— Elle n'aurait pas emmené Hannah si elle pensait que c'était mieux pour sa fille, insista Ace.

— Plusieurs agences gouvernementales collaborent sur cette enquête, précisa Sebastian Falconer. Felicia travaillait pour l'ATF.

— La brigade de répression des trafics d'alcool, de tabac et d'armes à feu, murmura Aurora d'un ton incrédule. Felicia serait un agent infiltré ? Non, je n'y crois pas. Elle n'aurait jamais pris un tel risque.

— Compte tenu de son passé judiciaire, elle nous devait bien ce service, rétorqua Ace. Quoi qu'il en soit, je n'ai aucune envie que vous veniez semer la pagaille dans notre enquête. Il nous a fallu un temps fou pour monter cette opération, et vous allez tout gâcher avec vos questions.

— Elle est parfaitement en droit de se renseigner sur sa sœur, rétorqua Falconer.

— Elle va réduire à néant ma couverture.

— Et vous êtes déguisé en quoi ? En pirate ?

Ace haussa les épaules avec dédain. Les cheveux aux épaules, le blouson de cuir noir, le jean ajusté et les bottes de moto étaient nécessaires pour se fondre dans le monde si particulier des *bikers*. Et ce n'était pas cette pimbêche qui allait lui apprendre comment incarner un personnage.

— Ça ne marchera pas, décréta-t-il.

Il pressentait qu'elle allait lui mettre des bâtons dans les roues à chaque étape, l'empêchant de progresser au sein de l'organisation criminelle qu'il avait infiltrée.

— Elle sait comment trouver des informations, intervint Falconer.

Son expression figée apprit à Ace qu'il avait déjà pris sa décision.

— J'ai déjà fait appel à elle dans le passé.

Conscient que s'opposer ouvertement à Falconer lui vaudrait d'être dessaisi de l'affaire, Ace jura en son for intérieur, tout en veillant à conserver un masque impassible. Il était très fort pour dissimuler ses sentiments et donner le change. Il avait fait cela toute sa vie.

— Ce n'est pas une promenade de santé, Falconer. Ces types ne sont pas au « Romeo Club ».

Falconer eut une expression perplexe.

— Le « Romeo Club » ?

— Un groupe de retraités qui organisent des balades à moto avec pique-niques et visites culturelles. Rien à voir avec les « Cœurs d'acier ». Ces types-là sont de dangereux criminels. Ils n'en feront qu'une bouchée.

— Justement, je compte sur toi pour veiller au grain.

Une baby-sitter. Falconer lui demandait de jouer les fichues baby-sitters. Comme s'il n'avait que cela à faire !

— C'est une bibliothécaire. Elle ne connaît rien à ce milieu. Je suis sûre qu'elle ne sait même pas faire la différence entre un guidon et un garde-boue.

— Tout-sur-la-moto.com, répliqua Aurora d'un ton moqueur.

Ace grinça des dents.

— Ou différencier une amphétamine d'une aspirine.

— Drogue-et-santé.gouv.

Ace leva les yeux au ciel.

— Ça ne vous servira pas à grand-chose quand Mike et Curtis Fletcher viendront tourner autour de vos jupes. Sur quel site Web allez-vous regarder pour affronter ces deux types ?

— A toi de faire en sorte que ça n'arrive pas, dit Falconer.

Aurora avait attrapé son ordinateur portable et l'avait allumé. Ses longs doigts courant sur le clavier, elle s'absorba dans sa tâche comme si elle était seule dans la pièce.

— Elle n'a pas sa place sur le terrain, insista Ace.

Falconer décolla avec une lenteur exaspérante la collerette en papier qui entourait son muffin.

— Elle a un sens de l'observation très développé.

Ace ricana.

— Exceptionnellement développé. Cela fait des mois que Felicia est dans le pétrin, et elle ne s'en rend compte que le jour où sa sœur disparaît. Et si tu veux mon avis, Felicia a disparu volontairement parce qu'elle ne supportait plus la pression.

Aurora lui lança un regard sévère.

— Pression à laquelle vous n'êtes pas étranger.

— Elle ne sait pas qui je suis.

— Mais vous étiez prêt à la sacrifier pour votre enquête. Qui à part moi s'est inquiété de sa disparition ?

— Je n'appartiens ni à l'ATF ni au FBI. Je suis indépendant. Et il n'y a pas de quoi s'affoler. Cela ne fait que deux jours que Felicia n'a pas donné de nouvelles.

— Je me moque que cela fasse deux heures, deux jours ou deux semaines. Elle ne serait pas partie sans Hannah. Peu importe votre enquête. Je veux retrouver Felicia.

Serrant les poings, Ace s'adressa à Sebastian Falconer :

— Tu sais que ça va mal tourner. Tôt ou tard, quelqu'un aura des soupçons.

— Pas si tu gardes ton calme.

— Je ne suis peut-être pas un as de l'infiltration, monsieur Esteleone, remarqua Aurora d'un ton doucereux, mais je sais comment trouver des informations. Vous vous êtes installé dans le New Hampshire en septembre dernier. Vous avez placé votre sœur de seize ans, Bianca, à la Cheshire Academy.

Elle leva un sourcil hautain.

— Spécialisé dans la prise en charge d'adolescents à problèmes. Je vois. Et ce n'est pas donné. Surtout pour une personne qui ne possède que cinq cents dollars sur son compte en banque. Je suppose qu'elle a eu des ennuis à New York… Ah ! oui, voilà. Vol à l'étalage, fugue. Et ce n'était pas la première fois.

Où avait-elle trouvé ces informations ? Le dossier de Bianca était confidentiel.

Un bras passé au-dessus de sa chaise, il se laissa aller en arrière, dans une attitude nonchalante.

Il devait à tout prix garder son calme, ne pas laisser cette fille l'atteindre.

Que savait-elle de Bianca, de leur vie ? Les faits ne racontaient qu'une partie de l'histoire. Pas assez en tout cas pour porter un jugement.

— Qu'est-ce que ça prouve ? Que vous savez vous débrouiller avec un ordinateur ? Je le savais déjà. Ce ne sont que des faits. Ce n'est pas ça qui vous protégera dehors.

— Vous avez besoin de faits, et je peux vous les trouver.

— J'ai besoin de preuves. Et pour les obtenir, je dois devenir la personne que je traque, évoluer dans son environnement, penser comme elle.

— Bien.

Falconer se frotta le bout des doigts pour en chasser les miettes de gâteau.

— Tout cela ne nous mènera nulle part.

— Vous tenez à votre sœur, dit Aurora, en glissant son ordinateur dans la mallette posée à ses pieds. Vous avez donc fait en sorte de la sortir d'une mauvaise passe. C'est ce que j'essaie également de faire.

— Alors, vous avez deux ans de retard. Vous auriez dû la récupérer à la minute où elle a posé les yeux sur Mike Fletcher.

— Ça suffit.

Falconer posa avec rudesse sa tasse de café sur la table, et les toisa tour à tour de son regard noir.

Tandis que la jeune femme se recroquevillait sur sa chaise, Ace tint tête à Falconer.

— Elle n'a pas l'air de comprendre à quel point Fletcher est dangereux.

— Rory ira à Summersfield, que ça te plaise ou non. Légalement, nous ne pouvons pas l'en empêcher. Dans ces conditions, autant que nous profitions de ses compétences. Tu garderas un œil sur elle, de façon à ce qu'il ne lui arrive rien.

— Il faut absolument que je retrouve Felicia, insista Aurora.

Abandonnant pour la première fois son attitude arrogante, elle s'était exprimée d'un ton plaintif, et Ace crut déceler dans sa voix une note de culpabilité.

Il jura en son for intérieur. Il ne voulait rien ressentir pour elle, et surtout pas de la compassion.

— Kingsley sera son contact, précisa Falconer. Elle n'interférera pas dans ton travail.

— Ouais, marmonna Ace, en croisant les bras sur son torse.

Il était prêt à parier ses cinq cents derniers dollars qu'il lui faudrait moins d'une journée pour se mettre à dos tous les habitants de Summersfield. Les femmes trop curieuses créaient toujours des problèmes.

Aurora lui adressa le sourire le plus froid qu'il ait jamais vu.

— Je ferai comme si vous n'existiez pas.

— Excellente idée.

Cette froideur, réalisa-t-il, n'était qu'un piètre paravent pour masquer le feu qui brûlait en elle. Tout comme le tailleur qui faisait de son mieux pour dissimuler ses courbes affolantes, elle cherchait à dompter sa vraie nature.

Cela déclencha en lui une étincelle de curiosité qu'il s'empressa d'étouffer.

Ne jamais s'impliquer. C'était sa devise, et il n'y avait jamais dérogé.

— Laisse-moi le temps de retourner là-bas avant de me l'envoyer, dit-il à Falconer.

— Candace appellera les services sociaux si je suis en retard, protesta Aurora.

— Elle vous attendra.

— Comment le savez-vous ?

Il chaussa ses lunettes de soleil et la toisa.

— Parce que je préfère la compagnie des gens à celle des ordinateurs.

2

A l'instant où Aurora vit sa nièce, une vague de culpabilité la submergea. Pourquoi n'avait-elle jamais rendu visite à sa sœur durant les neuf mois qui venaient de s'écouler ? Pourquoi n'avait-elle pas insisté pour que Felicia et Hannah viennent vivre avec elle ? Pourquoi avait-elle cédé à l'amertume et à la rancœur que lui inspiraient certains souvenirs, au point de devenir indifférente et lâche ?

Au milieu du salon mal rangé, Hannah était couchée dans un berceau de voyage en toile et s'était endormie en suçotant le coin d'une couverture au crochet rose pâle.

Aurora était habituée à l'ordre, à faire les choses à sa façon et à décider du cours de ses journées. Ce bébé, qui ne paraissait pas beaucoup plus grand que l'édition de luxe de l'*Oxford English Dictionary,* lui semblait une source illimitée de problèmes.

Elle déglutit avec peine.

— Je ne connais rien aux bébés.

Elle réalisa qu'elle avait parlé à voix haute en entendant la voix de Candace.

— Hannah est un bébé facile.

Ce qui pour Aurora ne voulait strictement rien dire. Si au moins elle avait eu un mode d'emploi…

Laissant glisser de son épaule la bandoulière de sa besace, elle posa celle-ci sur la moquette dont la couleur orange foncé ressemblait à de la rouille. Puis elle s'approcha avec circonspection du berceau.

Que mangeait Hannah ? Combien de temps dormait-elle ? Comment s'occupait-on d'un si petit bébé ? Puis il y avait les couches, les bains, les pleurs… Devant l'étendue de sa soudaine responsabilité, elle sentit ses jambes flageoler.

Elle détestait se sentir vulnérable et incompétente. Mais elle s'en sortirait. Felicia avait bien réussi à se débrouiller avec un bébé. Pourquoi pas elle ?

— Quelle est sa routine ?

Candace, vêtue d'un fuseau en lycra noir brillant et d'un pull bleu électrique orné de plumes et de strass, appuya sur le bouton de la cafetière et revint dans le salon, où la télévision diffusait un feuilleton sentimental.

— Felicia assure les services du matin et du midi au café, donc elle dépose Hannah chez la nourrice à 5 heures du matin et la récupère à 15 heures.

Candace se dirigea vers un fauteuil vert pomme élimé et y récupéra un tricot en cours de confection qu'elle fourra dans un cabas en plastique orné d'un logo publicitaire. Puis, les mains sur les hanches, elle regarda autour d'elle d'un air perplexe, comme si elle cherchait quelque chose.

— A part ça, Hannah s'adapte plus ou moins aux événements. Elle fait ses nuits, elle mange bien… Il n'en faut pas beaucoup pour la satisfaire.

Avec un soupir, Candace se pencha et récupéra un magazine de tricot qui avait glissé à côté du fauteuil. Sous le maquillage appuyé, ses rides lui donnaient entre cinquante-cinq et soixante ans, et on apercevait des racines grises dans ses courts cheveux ébouriffés teints en un rouge excentrique. Il n'y avait rien de doux ni d'aimable en elle, mais elle avait indéniablement fait preuve d'une certaine générosité en prenant soin d'Hannah.

— Merci de m'avoir attendue.

Candace haussa les épaules.

— C'est une bonne petite.

Aurora se demanda si elle parlait d'Hannah ou de Felicia.

— Vous avez des nouvelles de ma sœur ?

— Non.

— Et cela ne vous inquiète pas ?

Candace ajusta sur son épaule la bandoulière de son sac.

— Cela fait longtemps que j'ai appris à m'occuper uniquement de mes affaires.

— Mais…

— Summersfield n'est pas un pays d'enfants de chœur, et je n'ai pas envie d'avoir d'ennuis. Pour ce qui est de Felicia, disons qu'elle a pris des décisions qui n'ont pas plu à tout le monde. Et si j'étais vous, je prendrais Hannah sous le bras, et je ne m'attarderais pas ici.

— Il faut que je retrouve Felicia.

— Ça ne changera rien.

— Vous pensez qu'on lui a fait du mal ?

Elle ne pouvait se résoudre à évoquer à haute voix l'éventualité de la mort de sa sœur.

— Ce que je pense n'a pas d'importance.

— Si Felicia est en danger, je dois l'aider.

— Il ne vous est pas venu à l'idée qu'il était peut-être trop tard pour l'aider ?

La surprise fit ciller Aurora.

— Non.

Pas réellement.

En fait, elle avait très vite écarté cette atroce éventualité. Elle voyait toujours en Felicia la gamine rebelle et entêtée qui avait l'art de s'esquiver quand les choses tournaient mal. Elle manquait régulièrement l'école. Elle s'était enfuie de la colonie de vacances. Elle avait fugué à plusieurs reprises…

Durant le trajet vers le New Hampshire, Aurora s'était

persuadée qu'il s'agissait d'un nouveau coup de tête de Felicia, et que tout rentrerait dans l'ordre au bout de quelques jours. Cependant, l'appel de Candace l'avait surprise. La façon dont Felicia avait organisé la garde d'Hannah était un peu trop préméditée pour une fille qui ne vivait que dans l'instant présent. De même, cela ne ressemblait pas à sa sœur de collaborer avec l'ATF.

Quoi qu'il en soit, quand Ace – franchement, n'était-ce pas un surnom ridicule pour un adulte – avait suggéré que Felicia se cachait, elle s'était empressée de se rallier à cette théorie. Car s'il était vraiment arrivé quelque chose à Felicia, cela voudrait dire que ce pirate italien aux longs cheveux noirs et à la musculature impressionnante avait raison, et qu'elle avait attendu trop longtemps pour retrouver son courage. Et s'il était arrivé quelque chose à Felicia, elle n'était pas certaine de survivre à la culpabilité.

Mais Felicia était vivante. Forcément. Il fallait qu'elle continue à y croire.

Candace agita la main vers la kitchenette.

— Mon numéro est sur le mémo fixé au frigo. Il y a aussi le numéro de Penny Webster, la nounou d'Hannah. Elle habite à l'étage au-dessus, si vous avez besoin d'elle.

— Merci pour tout ce que vous avez fait.

Saisie d'un frisson malgré le chaud soleil de cette fin d'après-midi qui entrait par la fenêtre, Aurora se massa les bras.

Candace tourna la poignée de la porte et ouvrit le battant.

— Elle aurait fait la même chose pour moi.

Sur ces mots, elle quitta l'appartement, laissant Aurora seule avec sa nièce.

Jetant un regard circonspect à l'enfant endormi, Aurora grimaça et s'empressa de récupérer son ordinateur portable.

Pour commencer, elle avait besoin d'informations sur les bébés de neuf mois, et vite : www.etreparents.com.

Ensuite, elle pourrait s'inquiéter d'Ace Lyon, de Mike Fletcher, et des activités illégales qui se déroulaient dans cette petite ville de Nouvelle-Angleterre en apparence si calme et charmante.

Aurora essayait désespérément de faire avaler une cuillère de purée de carottes à Hannah, quand le rugissement d'une moto traversant la rue à toute allure la fit sursauter et déclencha les pleurs du bébé.

Même si Felicia avait toujours eu pour elle-même des choix alimentaires déplorables, elle avait veillé à ce que sa fille ne manque pas de fruits et de légumes, alignant dans ses placards assez de petits pots de purée et de compote pour nourrir toute une crèche pendant un an. Bien se nourrir était évidemment le cadet des soucis d'Hannah qui, depuis une demi-heure, semblait trouver hilarant de projeter des aliments un peu partout, y compris dans les cheveux d'Aurora.

Prenant dans ses bras le bébé en larmes, Aurora se dirigea vers la fenêtre qui surplombait la rue. Le monstre d'acier s'arrêta en dessous.

Quand l'homme à l'allure de Viking leva la tête, elle recula en toute hâte, le cœur battant à tout rompre.

Etait-il trop tard pour faire la sourde oreille et prétendre qu'il n'y avait personne dans l'appartement ? Elle l'avait évidemment reconnu. Felicia lui avait envoyé des photos. Même sur la photo de famille de Noël, le regard froid et vide de Mike lui avait fait se demander ce que Felicia avait vu en lui.

Mike coupa le moteur et appuya la moto toute de laque noire et d'acier sur sa béquille. Les pleurs d'Hannah s'étaient mués en reniflements et elle enfouit son visage mouillé de larmes dans les cheveux d'Aurora.

Tapotant maladroitement les petites fesses emmaillotées dans la couche, Aurora embrassa le crâne du bébé.

— Tout va bien, petit ange. Je ne le laisserai pas te toucher.

Le cœur d'Aurora se mit à battre au rythme des lourdes bottes qui martelaient les marches.

Afin de l'empêcher d'entrer dans l'appartement, elle se contenta d'entrebâiller la porte, qui donnait sur une coursive extérieure.

— Hello, ma jolie, susurra-t-il, d'un ton charmeur.

Il n'eut pas un regard pour Hannah.

Serrant les dents, Aurora retint un commentaire acerbe. Si elle voulait lui soutirer des informations, elle n'avait pas intérêt à le braquer dès le départ.

Une lueur d'appréciation s'alluma dans les yeux verts de Mike tandis qu'il la détaillait de la tête aux pieds, lui faisant regretter de ne pas avoir d'armure.

— Qu'est-ce qu'elle a à brailler comme ça ? demanda-t-il, tandis que les pleurs d'Hannah reprenaient de plus belle.

Ses cheveux blond-roux à peine coiffés effleuraient ses épaules. Sa barbe plus sombre aurait mérité d'être disciplinée. Il portait la tenue classique du *biker* : bottes, chaîne à la ceinture de son jean retenant son portefeuille dans la poche arrière, blouson de cuir avec le prénom Mike clouté dans le dos, T-shirt gris chiné avec le logo d'une marque de motos. Des tatouages apparaissaient au ras de son col et à ses poignets.

— Sa mère lui manque, répondit Aurora, en plaçant une main protectrice autour de la tête du bébé.

Peut-être n'était-elle pas totalement dépourvue d'instinct maternel, après tout, car elle tenait par-dessus tout à éviter qu'il pose ses mains graisseuses sur la peau tendre d'Hannah.

— Elle ne devrait pas être trop dépaysée, commenta Mike.

Son regard égrillard se posa sur ses seins, et elle changea Hannah de position pour couvrir l'objet de son intérêt.

— Tu lui ressembles drôlement, avec tes cheveux roux.

N'avait-il pas remarqué que les yeux de Felicia étaient bleus, et non noisette ?

— Que puis-je faire pour vous, Mike ? demanda-t-elle d'un ton pincé.

Il prit appui contre l'embrasure de la porte et passa les pouces dans les passants de son jean.

— J'ai appris que tu étais là, et j'ai voulu m'assurer que tu étais bien installée.

— Savez-vous où est Felicia ?

Il haussa les épaules.

— Pas la moindre idée.

— Ça ne vous inquiète pas ?

— Non. C'est tout à fait son genre de disparaître comme ça. Demande à n'importe qui. On a eu un désaccord, mais elle finira bien par revenir.

Avant Hannah, avant la mission confiée par l'ATF, Aurora serait sans doute tombée d'accord avec lui. En outre, le calme et l'indifférence de Mike ne lui disaient rien qui vaille.

— Un désaccord à propos de quoi ?

Mike plissa les yeux, et le message qui y passa fut clair. « Si tu cherches les ennuis, tu vas les trouver. »

— Des trucs entre homme et femme.

Le mauvais pressentiment d'Aurora se confirma.

— Où croyez-vous qu'elle soit allée ?

— Qui peut le dire ?

Aurora nota de demander à Sebastian de vérifier l'activité bancaire de Felicia et l'utilisation de sa carte bleue.

— Faites un effort.

Il haussa les épaules, et son regard se porta vers le ciel rougeoyant sur lequel se découpait la silhouette irrégulière des immeubles de brique et des boutiques du quartier. Une voiture klaxonna en contrebas, et l'appel de phares qui suivit accentua la rudesse des traits de Mike.

— Parfois, elle va chez son amie Karla, pour pleurnicher sur son sort.

— Et cette Karla a un nom de famille ?

— Leach.

— Où vit-elle ?

— Manchester, je crois.

De nouveau, il haussa les épaules.

— Parfois, Felicia se contente de rouler au hasard et se réfugie dans un motel.

Pas depuis Hannah. Aurora était prête à parier son dernier dollar.

— Eh bien, merci. Je commencerai par ça.

— Il vaut mieux que tu la laisses ruminer dans son coin.

Il avait dit cela comme si Felicia était un chien fugueur qui reviendrait au bercail quand il aurait faim.

— Elle a un bébé dont elle doit s'occuper.

— La gosse est entre de bonnes mains.

— Candace doit travailler.

Il leva la tête vers l'appartement du dessus, d'où s'échappaient par la fenêtre ouverte les accents traînants d'un vieil air de jazz.

— C'est pour ça qu'il y a la baby-sitter.

— Un enfant a besoin d'un cadre de vie bien défini, d'une routine.

Il la détailla de nouveau avec insistance.

— Ce n'est pas une étrangère qui peut lui apporter ça. Elle a l'habitude de Penny.

— Je fais partie de sa famille, et elle va s'habituer à moi aussi.

Il se redressa.

— Si tu as besoin de quelque chose, n'hésite pas à demander.

Parce qu'il s'était montré d'une grande aide jusqu'à présent ?

— Merci.

Il fit deux pas sur l'étroite coursive et se retourna.

— Hé, il y a une fête au club-house samedi. Ça te dirait de venir ? On ne sait jamais, Felicia pourrait s'y montrer. Elle est toujours partante pour faire la fête.

Aurora resserra les bras autour d'Hannah, qui avait attrapé une mèche de ses cheveux et jouait avec en marmonnant des syllabes inintelligibles. Felicia avait disparu, et il ne pensait qu'à faire la fête ? Quel genre d'homme de Cro-Magnon était-ce ?

— Et le bébé ?

— Je paierai la baby-sitter.

Comme si cela changeait quoi que ce soit.

La chaîne reliée au portefeuille de Mike tinta, attirant l'attention d'Hannah, qui tendit une main potelée vers l'objet. Occupé à compter trois billets de vingt dollars qu'il tendit à Aurora, Mike ne fit pas attention à sa fille. Voyant qu'Aurora ne faisait aucun geste pour les prendre, il fourra les billets dans la poche de sa veste.

— Hum… merci, dit-elle, en retenant un frisson de dégoût. Je vais y réfléchir.

— Ouais, fais donc ça.

Le sourire délibérément charmeur de Mike accentua son malaise, et elle songea à l'avertissement donné par Ace : « Que ferez-vous quand Mike Fletcher viendra tourner autour de vos jupes ? »

Comme il l'avait prédit, il n'avait pas fallu longtemps à la bibliothécaire pour s'attirer des ennuis.

Allait-il devoir risquer sa couverture dès le premier jour pour la sauver des griffes de Mike ? Il avait dit à Falconer que c'était une mauvaise idée, mais cette tête de mule n'avait rien voulu savoir. Quel pouvoir cette fille détenait-elle pour le pousser à mettre en danger une opération cruciale ? Ça ne pouvait pas être le sexe. Falconer ne jurait que par sa femme. Et, de toute façon, elle avait l'air beaucoup trop coincée.

Ace se fondit dans les ombres sur le côté de l'immeuble de trois étages bardé de planches de bois dans le style de la Nouvelle-Angleterre, et doté en façade d'une coursive desservant les appartements.

Ces vieux bâtiments bâtis à la va-vite et avec des matériaux de piètre qualité avaient un avantage de taille : les murs étaient fins et les sons portaient.

Naturellement, elle gérait la situation de la pire manière possible. Son intonation était méprisante. Il pouvait sans peine l'imaginer toisant Mike, même si elle faisait une bonne tête de moins que lui.

Elle n'essayait même pas d'avoir une conversation courtoise. Non, ses questions posées d'un ton cassant ressemblaient à des accusations.

Et que faisait-elle à la petite pour la faire pleurer comme ça ? Elle avait sûrement oublié de changer sa couche. Il n'y avait pas la moindre fibre maternelle chez cette intellectuelle arrogante.

Finalement, les cris d'Hannah s'apaisèrent, et les escaliers craquèrent tandis que Mike commençait à descendre. Ace fit mine de tourner le coin de la rue, comme s'il regagnait son appartement situé au rez-de-chaussée.

Mike enfourcha sa moto et lui adressa un signe de tête.

— Prêt pour ce soir ?

— Plus que jamais.

On ne s'engageait pas à moitié dans ce genre de gang,

et Ace savait que la sortie prévue pour le soir même avait valeur de test. Il n'avait pas intérêt à échouer.

— Felicia est rentrée ? demanda-t-il d'un ton dégagé.

— Non. Sa sœur a débarqué, et je suis allé lui rendre une visite de courtoisie, comme on dit.

— Une rouquine ?

— Ouais. Ça t'intéresse ?

Ace esquissa un sourire de loup affamé. Si on voulait faire partie de la bande de Mike, il fallait employer le même langage, adopter la même attitude. Pour ces types-là, les femmes n'étaient pas des êtres humains, mais des possessions.

— J'ai toujours eu un faible pour les rousses.

— Ah bon ?

— Ouais, les rousses ont un tempérament de feu. Mais tu le sais bien.

Mike éclata de rire.

— Pas celle-là. Elle est froide comme la glace, mec. Froide comme la glace.

— Donc, je peux y aller ? Ça ne te dérange pas ?

Il avait intérêt à poser des jalons le plus vite possible s'il voulait protéger Aurora, mais il devait aussi veiller à ne pas marcher sur les plates-bandes de Mike.

— Elle est tout à toi. Mais tu devrais peut-être viser une proie plus facile.

— J'ai toujours aimé les défis.

— Alors, tu vas adorer notre virée de ce soir.

Mike sortit un sachet de cocaïne de sa poche.

— T'en veux ?

Ace secoua vigoureusement la tête.

— Je ne peux pas me charger pendant que je suis en conditionnelle. Tu sais que je peux être contrôlé à tout moment. Il n'est pas question que je retourne au trou.

Il pouvait refuser la drogue pendant un moment, mais

il ne pouvait se soustraire à d'autres choses, comme la réception de fusils semi-automatiques dérobés dans une armurerie qui aurait lieu ce soir. A l'exception de Falconer, personne parmi les autorités ne savait qui il était. Après l'assassinat d'un agent de la Brigade des stupéfiants, c'était la seule façon de se prémunir contre de possibles fuites au sein des différentes agences gouvernementales impliquées dans cette vaste opération. Si les choses tournaient mal, il serait traité comme un vulgaire criminel.

Une vague nausée lui noua l'estomac. Avant l'action venait toujours un moment d'appréhension. C'était normal. Souhaitable même.

Mike hocha la tête et remit le sachet dans sa poche.

— Retrouve-moi au hangar dans dix minutes.

D'ici là, Mike aurait revêtu un costume des plus classique et noué ses cheveux en catogan. D'après lui, mieux valait donner toutes les apparences de la normalité et ne jamais se présenter sous son vrai jour quand on voulait commettre un crime.

Dix minutes, cela laissait largement le temps à Ace de se changer et de vérifier avec son contact que tout était prêt pour enregistrer la négociation.

Souris, imbécile ! C'est pour la caméra cachée.

Le coup frappé à sa porte en pleine nuit fit sursauter Aurora.

Avait-elle pensé à fermer après la visite de Mike ? Evidemment, il n'y avait pas de chaîne de sécurité, pas de verrou… Felicia avait souvent plaisanté en disant que la ville était tellement calme qu'elle n'avait pas besoin de fermer sa porte.

— Qui est-ce ? demanda-t-elle en élevant la voix pour couvrir les pleurs d'Hannah.

Cela faisait des heures que sa nièce pleurait à fendre

l'âme, et elle se demanda si des voisins inquiets de risques de maltraitance ne lui avaient pas envoyé la police.

— Ace.

Flûte ! C'était la dernière personne dont elle avait besoin. Que pouvait-il bien vouloir à cette heure de la nuit ?

— Revenez demain.

Il entra quand même, et sa haute stature sembla tout à coup rapetisser la pièce, donnant au fauteuil vert et au rocking-chair l'allure de meubles de poupée. A l'évidence, elle n'avait pas pensé à fermer cette fichue porte.

Tandis qu'il s'avançait vers elle d'un pas souple et assuré, elle sentit son pouls s'accélérer et retint son souffle. Il n'y avait pas de quoi avoir peur, se rassura-t-elle.

Quant à cette curieuse sensation au creux de l'estomac, elle était simplement due au fait qu'elle n'avait rien mangé depuis le petit déjeuner.

En un regard, Ace sembla évaluer la situation et son impuissance à la résoudre.

Levant le menton fièrement, elle attaqua la première :

— Je m'en sors très bien.

— Je vois ça.

Son ton moqueur n'améliora pas l'humeur d'Aurora. Jamais elle ne s'était sentie aussi épuisée, vidée de toute son énergie. Si seulement elle pouvait, d'un coup de baguette magique, se retrouver dans sa chère bibliothèque, au milieu de ses livres…

Il tendit les mains pour prendre Hannah.

Aurora se détourna, tout en se demandant d'où lui venait ce soudain instinct de protection.

— Non.

— Vous êtes trop tendue, c'est ça qui l'énerve.

Trop tendue ? Pas du tout. Elle était parfaitement sereine. Enfin, peut-être pas, mais c'était compréhensible. Elle avait réalisé toutes les recherches possibles sur internet et n'avait trouvé aucune raison à la détresse évidente d'Hannah. Couche sèche, estomac plein, pas de poussée dentaire, pas de fièvre, pas d'éruption cutanée… Rien que des litres de larmes qui lui déchiraient le cœur. Comment les mères faisaient-elles pour survivre à la petite enfance ?

— Donnez-la-moi juste une minute.

Malgré son costume gris porté sur un T-shirt de soie noir et ses chaussures de ville, Ace avait tout du mauvais garçon. « Trop canon », se seraient extasiées les adolescentes de Maplewood en détaillant son corps d'athlète sculpté par des années de musculation, son visage aux traits anguleux encadré de longs cheveux noirs, et son expression cynique et insolente. Contrairement à Felicia, elle n'avait jamais été attirée par les voyous, et elle n'allait pas commencer ce soir – même si la fatigue lui faisait baisser sa garde.

— J'essaie de vous aider, dit-il.

Lorsqu'il tourna la tête, la lumière souligna les cernes sous ses yeux et les rides de fatigue autour de sa bouche. Elle l'avait vu échanger quelques mots avec Mike et rentrer dans un appartement du rez-de-chaussée. Les pleurs d'Hannah l'avaient-ils empêché de dormir ?

En tout cas, quel que soit le danger qu'un homme tel que lui représentait pour une femme adulte, elle ne pensait pas que Sebastian l'aurait engagé s'il était capable de brutaliser un enfant. Et puis, Ace n'était-il pas l'ange gardien de sa sœur ?

Avec un soupir résigné, elle tendit à Ace le bébé écarlate. Aussitôt dans ses bras, les cris d'Hannah diminuèrent de volume.

Ce n'était pas juste. Elle avait fait tout le travail.

Il lui adressa un sourire un peu trop fanfaron.

— Je vous avais dit que vous étiez trop tendue.

— J'ai tout essayé.

Son regard se porta sur l'écran de l'ordinateur, où s'affichait la page d'accueil d'un site pour jeunes parents.

— Il y a des choses qui ne s'apprennent pas dans les livres, ma belle.

Avant qu'une repartie acerbe lui vienne à l'esprit, il se dirigea vers la chambre.

— Où allez-vous comme ça ?

— Je reviens.

Comme promis, il réapparut presque aussitôt, le bébé calé dans le creux de son coude comme s'il avait fait ça toute sa vie, et tenant dans sa main libre un pull appartenant à Felicia. Il le lui lança, et elle le rattrapa de justesse, l'air étonné.

— Mettez-le.

— Je n'ai pas froid.

— Vous devez vraiment protester chaque fois que je dis quelque chose ? Contentez-vous d'obéir.

Trop fatiguée pour répliquer, elle enfila le pull à col en V. Ace lui tendit Hannah, qui se blottit contre le lainage et s'endormit presque instantanément.

— Expliquez-moi.

— Il lui fallait un leurre.

Son air fanfaron lui donnait envie de le gifler et, dans le même temps, elle aurait pu l'embrasser pour avoir fait cesser les pleurs d'Hannah.

— Je ne vous suis pas.

— Vous ressemblez à Felicia, mais vous n'avez ni la même voix ni la même odeur.

Le déclic se fit enfin dans son cerveau.

— Et le pull est imprégné de l'odeur de Felicia.

— Tout juste.

— Où avez-vous appris ça ?

— A l'école de la vie, mon chou.

Le « mon chou » la fit grincer des dents, mais elle essaya de ne pas trop se crisper, de peur de perturber de nouveau Hannah.

Elle jeta un coup d'œil vers le berceau, en se demandant si elle pouvait y déposer Hannah sans crainte qu'elle se réveille.

— Allez-y, couchez-la, dit Ace, comme s'il avait lu dans ses pensées. Elle est épuisée et elle dormira probablement d'une traite jusqu'à demain matin.

Aurora déposa avec précaution sa nièce dans le berceau et surveilla quelques instants son sommeil.

— A votre place, j'irais dormir aussi.

Le conseil était parfaitement sensé. Pourquoi ne pouvait-elle se taire et le suivre ?

— Vous n'êtes pas à ma place.

Il haussa les épaules.

— Après tout, je m'en fiche.

Elle passa une main lasse dans ses cheveux, et ses doigts rencontrèrent un résidu de purée de carotte séchée. Elle avait besoin d'un bon shampooing et d'une longue douche tiède pour dénouer la tension de ses muscles.

— Désolée, la journée a été longue.

— Les journées sont toujours longues avec un bébé.

Elle n'aimait pas la lueur moqueuse dans ses prunelles d'un brun chaud qui n'était pas sans évoquer le chocolat – son péché mignon –, mais elle était trop épuisée pour continuer à argumenter avec lui.

Avec un soupir, elle se laissa tomber dans le fauteuil vert pomme.

— Comment Felicia fait-elle ?

— Elle n'essaie pas de se débrouiller toute seule. Elle demande de l'aide.

La critique implicite sembla flotter entre eux dans le silence qui suivit. La confiance… Elle n'en avait aucune.

Et pourquoi lui aurait-elle fait confiance ? Elle ne savait rien de lui, si ce n'est qu'il faisait partie de l'équipe de Sebastian. Un plus pour lui. Qu'il se faisait passer pour un voyou. Un moins. Qu'il était doux, patient et efficace avec Hannah. Encore un bon point pour lui. Qu'il avait la peau mate, des pommettes ciselées, un nez droit, une bouche généreuse qui appelait les baisers…

Elle retint un grommellement et cocha mentalement quatre cases dans la colonne des points négatifs. Elle était beaucoup trop influençable. Elle se laissait troubler par sa présence uniquement parce qu'il savait y faire avec les bébés et qu'elle se sentait d'autant plus incompétente.

Mais la confiance se gagnait avec le temps et une certaine intimité qu'ils ne pourraient jamais atteindre tant ils étaient opposés.

Sentant la colère monter en elle, battre à ses tempes, elle protesta :

— C'est en faisant confiance à un *biker* que les ennuis de Felicia ont commencé.

Il se pencha au-dessus d'elle et, un bras posé sur le dossier du fauteuil, emprisonna une mèche de cheveux sous sa paume.

La chaleur de son corps qui se communiquait au sien, le parfum musqué si masculin qui emplissait ses narines provoquèrent une brusque accélération de son pouls, et elle détourna le regard sous l'intensité de ses prunelles sombres.

— Non, répliqua-t-il. Ce qui lui a valu des ennuis, c'est de ne pas suivre son instinct.

3

Aurora compta deux restaurants, une pizzeria, deux magasins d'antiquités, une boutique de cadeaux et souvenirs, une fleuriste, un coiffeur, un salon d'esthétique, un glacier, une station-service, deux églises et quatre bars blottis l'un contre l'autre de part et d'autre de la rue principale aux allures de carte postale.

Un vent frais agitait les stores ouverts au-dessus des vitrines. Le soleil jouait à cache-cache avec les nuages cotonneux et dodus comme des joues de chérubin sur fond de ciel d'un bleu parfait.

Poussant la poussette d'Hannah le long du trottoir pavé de briques rouges, elle admira les jardinières de bois vert sapin plantées de crocus pourpres et de jonquilles d'un jaune éclatant.

Plus loin, au centre d'une petite place engazonnée que cernaient des bancs de granit, une statue à la gloire des vétérans se dressait au milieu d'un massif d'azalées dont les délicates fleurs roses commençaient à peine à s'ouvrir.

Elle imagina sans peine à quoi pouvait ressembler ce tronçon de rue long de moins d'un kilomètre, paré de ses plus beaux atours pour la fête nationale ou le festival de la fraise, saturé de gens, de musique et de nourriture.

L'image n'était pas sans attrait, laissant présager un mode de vie paisible : moins de vitesse, moins de complications et de stress.

Mais à Summersfield, les apparences étaient trompeuses.

Qu'est-ce qui pouvait pousser un habitant de ce petit paradis à le polluer avec le poison de la drogue ? L'appât du gain, évidemment. Etait-ce pour cette raison que Felicia s'était enfuie ? Pour protéger Hannah d'un si funeste destin, comme une répétition de sa propre histoire ?

Avec un soupir, elle laissa la poussette devant le Star Café aux vitrines ornées de rideaux à carreaux rouges et blancs et entra avec Hannah.

C'est là que travaille Felicia, se dit-elle, tandis que résonnait la clochette fixée au-dessus de la porte.

Elle enveloppa du regard le long comptoir d'un côté, les tables rondes au milieu, et les alcôves formant un L le long du mur du fond et de la vitrine.

L'endroit bourdonnait d'activité, surtout près du comptoir, et l'odeur du pain à la cannelle tout frais et du café lui fit monter l'eau à la bouche.

L'évitant avec adresse, une serveuse pressée lui cria :

— Asseyez-vous, ma belle.

Aurora choisit une alcôve libre près de la baie vitrée, et Hannah ne tarda pas à semer la pagaille dans le distributeur de sachets de sucre, le plateau de barquettes de confiture en plastique et le bol de mini-paquets de beurre. Aurora les plaça rapidement hors de portée et s'empressa de prendre dans son sac un petit ours en peluche rose auquel elle essaya d'intéresser l'enfant.

— Hé, bonjour ma puce.

Armée d'une cafetière, une serveuse blonde au regard fatigué s'était penchée au-dessus d'Hannah, s'attirant un grand sourire et des babillements joyeux de la part de la petite.

— Du café ? proposa-t-elle.

— S'il vous plaît.

La serveuse l'observait d'un air intrigué. Fixé à son polo blanc, un badge indiquait qu'elle se prénommait Heidi.

— Vous ne seriez pas la sœur de Felicia ? demanda-t-elle d'une voix mal assurée.

— Si.

— Ah... C'est bien ce que je me disais. Qu'est-ce que je peux vous apporter ?

La jeune femme semblait nerveuse, mal à l'aise, à moins qu'Aurora ne se fasse des idées.

Après un bref coup d'œil au menu, elle se rabattit sur de simples toasts. Elle avait assez faim pour engloutir le menu spécial comprenant œufs au plat, bacon et pancakes au sirop d'érable, mais ce ne serait guère pratique avec Hannah.

— Bien, dit Heidi. Je reviens avec une chaise pour bébé.

Elle semblait pressée de filer, ce qui augurait mal d'un supplément de café... ou de réponses à ses questions.

— Attendez !

Aurora tendit la main pour empêcher les petits doigts curieux d'Hannah de s'agripper à l'anse de la tasse de café brûlant.

— Avez-vous des nouvelles de Felicia ?

Alors qu'elle faisait cliqueter son stylo avec frénésie, Heidi s'arrêta net, avec l'expression égarée d'une biche prise dans la lumière des phares d'un camion.

Glissant son bloc et son stylo dans la poche de son tablier rouge, elle s'éclaircit la gorge.

— Pas depuis le dernier service que nous avons assuré ensemble.

— Quand était-ce ?

— Je ne sais pas. Il y a quatre ou cinq jours.

Elle savait quelque chose, Aurora en avait la certitude. Pourquoi sinon aurait-elle fait montre d'une telle nervosité ?

— Je sais que vous êtes très occupée pour le moment, mais quand le coup de feu sera passé, pourrais-je vous parler quelques minutes ?

Heidi jeta un regard vers la cuisine et grimaça un sourire forcé.

— Je suppose.

A peine Heidi eut-elle disparu que la clochette de la porte retentit. L'instant d'après, Ace casait son impressionnante silhouette sur la banquette et ses longues jambes sous la table, effleurant au passage celles d'Aurora.

— Toutes les tables sont occupées, dit-il en guise d'explication.

Ce matin, il avait de nouveau tout du pirate. Sa tenue était quasiment identique à celle de Mike, seuls le T-shirt blanc et l'absence de tatouages faisaient la différence.

Pourquoi faisait-il si chaud, tout à coup ?

Elle déboutonna le gilet d'Hannah, faillit enlever le sien et changea d'avis. Le regard d'Ace la déshabillait assez comme ça.

Une brunette à la poitrine avantageuse déposa une tasse de café devant Ace, avant qu'il ait eu le temps de commander. Il devait faire partie des habitués.

— Salut, joli cœur.

C'était tout juste si elle ne battait pas des cils. Certaines femmes avaient vraiment une façon écœurante de se jeter sur les hommes, songea Aurora.

— Meg…

Son sourire était celui d'un homme mesurant avec exactitude l'effet qu'il produisait sur les femmes, et qui en tirait vanité. Etait-ce le reflet de son véritable caractère, ou cela faisait-il partie de sa mission d'infiltration ?

— Heidi s'occupe de vous tout de suite, dit Meg d'un ton de regret évident.

Personnellement, Aurora ne comprenait pas la raison d'un tel intérêt pour Ace.

Qui pourrait avoir envie d'un compagnon aussi coriace et insensible ? A moins, bien sûr, qu'il s'agisse de tout autre chose. Involontairement, elle se demanda quel genre d'amant il était. A l'évidence, il ne devait pas manquer d'expérience.

Se sentant rougir, elle s'efforça de donner le change en collectant les fragments de serviette en papier que déchirait Hannah.

— Que faites-vous ici ? demanda-t-elle. J'espère que ce n'est pas pour me surveiller.

Il étudia le menu.

— J'ai l'habitude de prendre un petit déjeuner avant d'aller travailler. Comme la plupart des gens. Détendez-vous un peu, chérie, c'est mauvais pour votre cœur.

— Vous n'êtes même pas capable de vous préparer un petit déjeuner, critiqua Aurora, tout en mettant son couteau hors de portée d'Hannah.

— Rassurez-vous, je sais prendre soin de moi, rétorqua-t-il, en ajoutant une petite barquette de lait écrémé à son café. Bien dormi ?

— Donc, vous me surveillez !

— C'est mon travail.

— Je n'ai pas besoin de vous.

— Et voilà ! annonça Heidi en disposant une chaise haute au bout de la table.

Elle jeta un coup d'œil à Ace.

— Comme d'habitude ?

Il hocha la tête.

Aurora adressa un regard interrogateur à Ace tandis qu'elle installait Hannah sur la chaise.

— Voir et être vu, murmura-t-il, en remuant à peine les lèvres.

— Vous prenez vos repas ici tous les jours ?

— En général.

— Cela fait partie du travail.

Il eut un sourire moqueur.

— Vous comprenez vite.

Leur commande ne tarda pas à arriver. Bien qu'Hannah eût déjà déjeuné, elle tendit les mains en babillant vers les toasts, et Aurora lui coupa une fine languette de la taille d'un doigt, qu'elle lui laissa mâchonner.

Ace attaqua avec appétit ses œufs au plat.

— Quels sont vos projets pour la journée ? demanda-t-il.

— Voir et être vue.

Il esquissa un sourire.

— Vous avez déjà fait impression.

— Sur qui ?

— Mike.

Elle ricana. Elle ne faisait pas grand cas de l'opinion de Mike. A vrai dire, elle se moquait royalement de ce qu'il pouvait penser d'elle.

Ace tartina son toast de gelée de groseille.

— Vous devriez vous en soucier.

— Vous êtes télépathe ?

— Vos pensées se lisent sur votre visage.

Seigneur, elle espérait que non ! Elle n'avait pas la moindre envie qu'il devine combien il la mettait mal à l'aise.

— Pourquoi devrais-je m'en soucier ?

— Parce que Mike fait la pluie et le beau temps ici.

— Et si je n'entre pas dans son jeu…

— Personne ne répondra à vos questions.

— C'est noté.

Il marqua une pause, le temps de finir ses œufs.

— Ecoutez, Aurora…

— Je ne suis pas stupide.

— Je n'ai jamais dit que vous l'étiez. Vous êtes seulement déterminée.

— Je dois la retrouver.

— Je sais. Mais vos recherches pourraient rendre les choses plus difficiles pour Felicia.

— Que voulez-vous dire ?

— Il y a autre chose en jeu, dit-il en baissant la voix. Vous comprenez ?

— Oui.

— Brave fille.

Elle lui lança un regard assassin qu'il ignora.

— Mais cela ne veut pas dire que je ne ferai pas tout ce que je peux pour retrouver ma sœur, se fit-elle un plaisir de préciser.

— J'ai bien compris que vous étiez comme une avalanche : impossible à arrêter une fois que vous êtes lancée. Mais un bon conseil : ne marchez sur les orteils de personne. La détermination, ça peut aussi vous faire tuer, et ça ferait tache dans mon dossier.

Evidemment.

— Je suis déterminée, mais pas butée. Je sais distinguer les limites.

Il repoussa son assiette.

— Je n'aurais pas cru.

Aurora préféra ne pas relever.

— Qui Felicia fréquente-t-elle ?

Ace prit appui contre le dossier de la banquette en vinyle rouge.

— Ils ne vous parleront pas.

Elle haussa les épaules.

— Le seul moyen de le savoir, c'est de leur poser la question.

— Vous ne pourrez rien tirer d'Heidi, de Meg ni de Terra. Ce sont des groupies du club de motards.

Elle leva un sourcil.

— C'est-à-dire ?

— Vous savez bien…

— Non.

Il toussota et, pour la première fois, elle le vit gêné.

— Disons qu'elles ne se montrent pas trop farouches avec les gars de la bande et passent de l'un à l'autre.

Aurora eut un haut-le-cœur.

— Felicia est aussi une groupie ?

Ace secoua la tête.

— Elle, c'est différent. C'est la petite amie du chef. Elle appartient à Mike et personne ne peut y toucher.

Aurora essaya de digérer l'information et de contenir sa colère.

— Terra est également serveuse ?

— Non, elle travaille pour la compagnie du téléphone.

— Felicia n'a pas de vraies amies ?

— Seulement Candace et Penny.

De but en blanc, Ace se leva et déposa sur la table assez d'espèces pour couvrir leurs deux repas. Elle voulut protester, mais il lui lança un regard si sévère qu'elle en eut le souffle coupé. Puis son visage se transforma tandis qu'il se penchait sur Hannah et lui pinçait gentiment le nez.

Tout à coup, il n'était plus le pirate aux traits rudes, mais un homme attendrissant pour lequel une femme pourrait fondre sans même s'en rendre compte.

Alarmée par cette pensée, Aurora se massa les tempes, où pointait un début de migraine. Elle avait décidément besoin de sommeil.

— A bientôt, petite Hannah, roucoula-t-il.

Comme toutes les femmes de l'endroit, Hannah tourna son adorable petit visage vers Ace et lui fit un grand sourire.

D'accord, ce type était capable de faire tourner les têtes, mais il ne savait pas tout. Elle allait retrouver Felicia sans son aide, et cela lui ferait les pieds.

*
* *

Heidi et Meg se montrèrent particulièrement coriaces. Elle n'obtint rien de Meg, qui lui dit sans ménagement d'aller voir ailleurs et alla jusqu'à la menacer physiquement. Et lorsqu'elle localisa enfin Heidi à l'extérieur du café, cette dernière s'empressa d'écraser sa cigarette et de filer vers la cuisine.

— Attendez ! cria Aurora en se précipitant derrière elle avec sa poussette. Je veux seulement vous poser quelques questions.

— Je ne sais rien, d'accord ?

Lui barrant le passage, Aurora essaya de croiser son regard. Sans succès.

— Vous savez qu'elle est partie.

Heidi baissa la tête, soupira, mais ne fit aucun effort pour confirmer ou infirmer quoi que ce soit.

— Savez-vous où elle est ? insista Aurora.

— Non.

— Faites un effort.

— Je ne sais pas, dit Heidi, en triturant son briquet jetable entre ses doigts.

— Essayez. Je vous en prie. C'est important.

Hannah fit tomber son ours en peluche et cria pour le récupérer. Aurora se pencha pour le ramasser et perdit sa position stratégique.

Heidi en profita pour la contourner et saisit la poignée de la porte.

— Ecoutez, je ne sais vraiment rien.

— Dans ce cas, pourquoi êtes-vous aussi nerveuse ?

Le regard d'Heidi se posa sur Hannah.

— Tout ce que je peux dire, c'est qu'elle aime vraiment son bébé. Elle ne l'aurait jamais quitté aussi longtemps.

Aurora déglutit et tenta de calmer le galop frénétique de son cœur.

— Vous pensez qu'il lui est arrivé quelque chose ?

Heidi secoua la tête et haussa les épaules.

— Je ne sais pas. J'espère que non.

— Vous étiez proches.

— Pas vraiment.

De désespoir, elle prit le bras d'Heidi.

— Vous travailliez ensemble.

Heidi se libéra d'un mouvement brusque.

— Ça ne veut pas dire que nous étions proches.

— Vous appartenez à la même bande.

— Au même club. C'est un club de motards.

Les yeux d'Heidi s'écarquillèrent comme ceux d'un chiot redoutant une punition.

— Je vais perdre mon travail si je n'y retourne pas.

— De qui avez-vous peur ?

Le visage d'Heidi se décomposa tandis qu'elle tirait sur la poignée.

— De personne.

Mais sa manière de chuchoter ne trompait personne.

Tandis que la porte se refermait sur la serveuse, Aurora commença à penser qu'Ace avait raison.

Trouver quelqu'un qui n'aurait pas peur de parler sans demander la permission de Mike allait s'avérer plus compliqué qu'elle ne l'avait pensé. Si le gang était un monde à part entière replié sur lui-même, elle allait devoir trouver un moyen d'y entrer.

Les ennuis commencent, songea Ace en voyant Aurora entrer dans l'atelier avec Hannah dans sa poussette.

En la voyant froncer le nez devant l'odeur de graisse et d'essence qui saturait l'atmosphère, il essaya de voir l'endroit avec ses yeux. Le garage n'était pas très grand, et les murs n'avaient pas connu la peinture depuis au moins dix ans. Du hard rock s'échappait à plein volume d'un lecteur posé sur une étagère. Trois voitures avaient le capot ouvert, tandis qu'une autre attendait, montée sur le pont hydraulique. Il y avait des outils dans tous les coins. En résumé, il se dégageait de l'ensemble une impression de désordre et de saleté, et il était persuadé qu'elle ne jurait que par l'organisation et l'hygiène.

Où était passée sa promesse de faire comme s'il n'existait pas ?

Ace essuya ses mains graisseuses avec un chiffon, qu'il jeta ensuite sur la desserte roulante à côté de lui. A force de n'en faire qu'à sa tête, elle avait sûrement réussi à énerver quelqu'un et elle avait besoin qu'il la sorte de ce mauvais pas.

— Coucou, jolie Hannah, dit-il.

Hannah gazouilla et gloussa en réponse. Neuf mois, c'était l'âge idéal. Elle n'était plus un nourrisson totalement sans défense, mais n'était pas encore capable de répondre avec insolence. Pour le moment, tout ce qui l'entourait n'était qu'enchantement.

Ace prit les poignées de la poussette et redirigea Aurora à l'extérieur. Les activités du garage étaient parfaitement légales, Mike n'employait pas de membres du gang, mais cela n'empêchait pas les murs d'avoir des oreilles.

— Qu'y a-t-il ?

Il glissa quelques pièces dans le distributeur de boissons à côté de la porte du bureau, récupéra une bouteille d'eau, et conduisit Aurora vers une table de pique-nique installée à l'arrière du bâtiment.

— Euh… j'ai apporté votre déjeuner.

Elle plongea la main dans l'énorme besace de toile arrimée à son épaule, et luit tendit un épais sandwich emballé dans du papier d'aluminium.

Il défit l'emballage, découvrit le pain complet, la tranche de dinde, la laitue et les tomates, et comprit qu'elle voulait quelque chose. Il ne savait pas encore quoi, mais il était certain de ne pas apprécier.

— A quoi dois-je cette offre de paix ?

— Il n'y a pas de raison particulière. J'ai pensé que vous auriez faim, c'est tout.

Ace ne fut pas dupe de son ton faussement détaché.

— Je vous ai déjà dit que vous étiez transparente ?

D'un geste agacé, elle repoussa derrière son oreille une boucle rousse qui retomba aussitôt sur son visage.

— Je crois que vous l'avez mentionné.

— Et alors ?

Il posa un pied sur le banc et mordit à belles dents dans son sandwich.

Penchée sur la poussette, elle reboutonna le gilet d'Hannah.

— Vous aviez peut-être raison, marmonna-t-elle.

— Pardon ? Je n'ai rien entendu.

Elle se redressa et lui adressa le regard sévère qu'elle devait réserver aux clients trop bruyants de la bibliothèque.

— Vous aviez peut-être raison.

— Vous n'avez pas eu de chance, hein ?

— Tout le monde en ville semble avoir perdu sa langue. La seule chose qu'ils acceptent de dire, c'est que Felicia adorait sa fille et qu'elle ne l'aurait pas abandonnée.

— Sauf si c'était pour la protéger.

— Peut-être…

Ace attendit qu'elle en vienne à l'essentiel.

— J'ai vu des photos de Felicia dans un album qu'elle garde chez elle. Elle était sur une moto.

— Oui, elle conduit une Vulcan. Rouge vif avec des flammes peintes sur le réservoir.

— Elle n'a quand même pas pris Hannah dessus ?

— Non. Mike lui a donné un bon vieux pick-up pour se déplacer avec la petite.

— Où est ce pick-up, maintenant ?

— Je n'en ai pas la moindre idée.

— Et la moto ?

— Elle est restée sur cales tout l'hiver.

— Où ?

— Dans le hangar.

D'un geste du menton, il désigna une construction de métal rouillé derrière l'atelier.

— Vous êtes sûr ?

— Je peux vérifier.

— Oui, s'il vous plaît.

Il mit en bouche son dernier morceau de sandwich, fit une boule avec le papier, et la lança dans la poubelle.

— Si vous y tenez, répondit-il. Mais ça m'étonnerait qu'elle ait bougé. Je n'ai pas fait la révision de printemps. Avec Hannah dans le paysage, il n'y avait pas d'urgence.

Aurora hocha la tête, mais son regard reflétait la peur et les regrets.

— Je crois que je vais y aller. J'ai encore beaucoup de choses à faire aujourd'hui.

— Ne vous mettez pas dans le pétrin.

Elle eut un rire sarcastique.

— Ce serait difficile, alors que personne ne me parle.

— Peut-être que si vous arrêtiez de prendre les gens de haut…

Elle leva fièrement le menton.

— Je ne prends pas les gens de haut. Je pose seulement des questions.

— Essayez de changer de ton. Jouez le jeu, que diable !

— Ce n'est pas un jeu.

— C'est là que vous vous trompez. Les enjeux sont élevés, mais ça reste une partie d'échecs.

— Et vous ne trouvez pas ça malsain d'utiliser les gens comme des pions ?

— Ce n'est pas moi qui fixe les règles, ma belle. Que savez-vous du fonctionnement d'un gang ?

— Pas grand-chose.

— C'est un monde brutal où vous voulez mettre les pieds, Rory. Ça ne fonctionne pas selon les règles qu'on vous a inculquées. C'est un cercle fermé où prime la solidarité masculine. Personne ne vous parlera.

Elle comprit enfin où il voulait en venir.

— Mais à vous, oui. Parce que vous êtes un homme.

— Exactement.

— Donc, vous dites que je dois en passer par vous si je veux obtenir quelque chose.

— Une groupie sait où est sa place, pas vous. Si vous n'êtes pas sous la protection d'un des hommes de la bande, quelqu'un risque de vouloir vous donner une leçon.

— C'est une attitude totalement primitive.

— Non, chérie. C'est de la survie. Si vous voulez tirer quelque chose de ces types-là, il va falloir suivre les règles qu'ils imposent.

Il observa une courte pause pour marquer son effet.

— La meilleure façon de vous faire accepter, c'est de jouer le rôle de ma petite amie.

— Pardon ?

Elle s'était décomposée comme s'il lui proposait de passer à l'acte ici et maintenant.

— Non, ça ne marchera pas, protesta-t-elle avec force. Personne ne croira jamais que j'aie pu choisir quelqu'un comme vous.

— Aïe, quel affront !, ironisa-t-il.

Puis, soudain charmeur, il prit une mèche de cheveux entre ses doigts.

— Cela marcherait si vous n'aviez pas l'air d'avoir bu un verre de vinaigre chaque fois que vous êtes avec moi. Il paraît que j'ai beaucoup de charme.

— Et de modestie, aussi ! rétorqua Aurora d'un ton agacé. De toute façon, je ne suis ici que pour une semaine.

Il s'écarta.

— Ils ne sont pas obligés de le savoir. Laissez-les penser que vous voyez à plus long terme. Demandez à être engagée à la bibliothèque.

— Pour quelle raison ?

— Pour vous faire accepter.

— Bon, et où se réunissent ces charmantes personnes ?

— Ils ont leur bar attitré, Le Repaire, mais vous, je ne vous conseille pas d'y aller seule.

— Je n'en avais pas l'intention, dit-elle avec un sourire sucré. Retrouvez-moi là-bas à 19 heures.

Poussant Hannah, elle disparut avant de lui laisser le temps de répondre.

Elle l'avait bien manipulé, mais cela n'avait pas d'importance. Le bar était assez calme en milieu de semaine, et elle allait pouvoir se faire une idée de la vie palpitante d'une groupie sans mettre en danger sa couverture.

Avant de retourner à l'atelier, Ace fit un détour par le hangar. La Vulcan de Felicia était toujours sur ses cales. Il ôta la bâche de protection et la peinture rouge étincela sous les néons.

La moto était beaucoup trop propre.

Il vérifia les pneus, et découvrit un peu de terre fraîche dans la bande de roulement. Apparemment, elle avait sorti la moto, l'avait lavée et l'avait remise en place pour faire croire que l'engin n'avait pas quitté ses cales de tout l'hiver. Pourquoi ?

A moins que quelqu'un d'autre ne s'en soit servi ?

Il remit la bâche en place et alla prendre un jerrican d'huile de vidange sur une étagère métallique pour l'emporter à l'atelier.

Tout autour de lui s'amoncelaient des pièces détachées de motos et de voitures qui attendaient d'être vendues.

Où était la difficulté pour un garagiste de faire disparaître un pick-up avec plusieurs milliers de kilomètres au compteur ?

4

Aurora se hissa sur le tabouret et consulta sa montre.

Ace était en retard. Evidemment, un *biker* digne de ce nom devait mettre un point d'honneur à ne jamais être à l'heure. Sauf quand il s'agissait de réceptionner une livraison de drogue. Et encore, peut-être pas.

Cela suffit ! se morigéna-t-elle. Si elle continuait dans cette voie, elle allait devenir folle. Elle ferait mieux de se concentrer. Elle était ici pour rassembler des informations, pas pour se laisser gagner par l'anxiété.

— Qu'est-ce que je lui sers, à la petite dame ? demanda le barman aux cheveux gominés.

— J'attends quelqu'un.

Elle n'avait pas l'habitude de fréquenter les bars, mais elle essayait de se mettre à la place de Felicia. Et comme le temps lui était compté, elle avait intérêt à faire quelques entorses à ses principes.

Elle préférait ne pas penser à ce qui se passerait si elle ne trouvait pas Felicia durant le laps de temps qu'il lui restait.

Si seulement elle pouvait trouver un indice…

Pivotant sur son tabouret, elle balaya la salle du regard, en essayant de localiser Ace.

L'éclairage tamisé donnait l'illusion qu'une brume enveloppait les clients. Sur les murs doublés de larges planches laissées à l'état brut s'affichaient dans des cadres noirs des photographies de femmes plus ou moins dénudées et de *bikers* avec leurs motos. Des boules de billard s'entrechoquaient sur une table au fond de la pièce. Les deux hommes qui y jouaient étaient trop enveloppés pour être Ace. Le long du mur, des alcôves avec de hauts dosserets de bois offraient une certaine intimité aux clients. Elle n'y vit pas Ace, avec ou sans *bimbo* accrochée à son bras.

Les serveuses portaient des shorts noirs microscopiques et des débardeurs blancs ajustés soulignant des poitrines surdimensionnées qui n'avaient sans doute rien de naturel. Mal à l'aise, Aurora tira sur sa veste en jean. Elle avait essayé de s'habiller pour l'occasion, persuadée qu'un jean et une veste assortie conviendraient pour ce genre d'endroit. Mais, comparée aux autres femmes, elle avait l'air d'une grand-mère.

La porte s'ouvrit sur Ace, et elle se sentit soulagée. Elle commençait à penser qu'il lui avait posé un lapin.

Il marqua une pause à la porte et prit le temps de toiser la salle, lançant un défi à toutes les personnes présentes. Il était le lion le plus puissant de la jungle, et il voulait que tous le comprennent.

Un bel animal, concéda Aurora. Egocentrique et arrogant, mais splendide.

Il n'y avait aucune chaleur dans ses yeux sombres lorsqu'il la repéra. S'installant au bar, il commanda deux bières avant de daigner la regarder.

Excellent début, songea-t-elle avec amertume. Elle n'aimait pas la bière.

— Vous venez souvent ici ? lança-t-elle, tout en détestant l'intonation suraiguë de sa voix.

Cela n'avait rien de personnel, se dit-elle pour se réconforter. Il jouait un rôle et, d'après les recherches qu'elle avait faites cet après-midi, cela supposait qu'il se comporte en macho.

— Puisque vous avez voulu en être, chérie, il va falloir laisser votre ego à la porte, susurra-t-il.

— Je… Oui, je vais essayer.

Elle fit tourner entre ses mains la bouteille glacée, laissant une traînée de buée sur la surface en acajou du bar.

— Alors, dites-moi, monsieur l'expert, pourquoi les femmes sont-elles attirées par ce genre d'hommes ?

Il but une longue gorgée à la bouteille et décocha à Aurora un regard brûlant qui lui coupa le souffle.

— Le côté viril, l'illusion de la liberté. C'est un mode de vie assez excitant.

— Mais… comment peuvent-elles accepter d'être traitées comme… de vulgaires mouchoirs en papier dont on se débarrasse une fois qu'ils ne servent plus à rien ?

— N'essayez pas d'analyser. Contentez-vous de ressentir.

Ressentir ? Mais ressentir quoi ? L'agressivité latente de tous les hommes présents dans le bar ? L'autosatisfaction déguisée en machisme ? L'arrogance aussi fétide que l'odeur de sueur ?

— Ils appartiennent tous à la bande des « Cœurs d'acier » ?

— La plupart.

— Vous allez me présenter ?

— Ce n'est pas comme ça que ça marche.

— Et comment ça marche ?

— Ce sont eux qui donnent le *la*.

— Donc, je dois rester assise ici et attendre que quelqu'un fasse le premier pas.

— Vous avez tout compris, ma jolie.

— Arrêtez avec ça !

— Quoi ?

— Les « ma jolie », « ma belle », « mon cœur »…

De fines rides se dessinèrent autour de ses yeux. Il riait. Il se moquait d'elle !

— Il va falloir vous y habituer.

— Je n'ai pas l'intention de faire des concessions, affirma-t-elle, tout en sachant qu'elle y serait contrainte malgré tout.

Ses recherches avaient souligné l'importance de paraître soumise aux hommes. C'était comme remonter le cours de l'histoire et se trouver projetée à l'âge de pierre.

— Alors, vous feriez mieux de retourner chez vous.

— Je ne peux pas.

Felicia était sa seule famille, et elle devait la trouver, la ramener à la maison, et réparer ses erreurs.

La porte s'ouvrit, et deux hommes entrèrent. L'un était petit et trapu et lui fit penser à un bouledogue déguisé en motard par un propriétaire excentrique. L'autre n'était pas aussi grand qu'Ace, mais il avait une belle stature. Une cicatrice barrait le côté droit de son visage. Ses cheveux tirés en queue-de-cheval et ses yeux étaient noirs. Son regard se posa brièvement sur elle, puis sur Ace, qu'il salua d'un signe de tête. Ace fit de même, avec plus de déférence.

— Le spectacle va commencer, marmonna-t-il, avant de terminer sa bière d'un trait.

— Qui est-ce ?

— Deacon.

Ace lui tourna le dos et fit mine de l'ignorer. Patience, se dit-elle. Il jouait de nouveau son rôle de brute épaisse.

Deacon s'assit au bar et commanda deux bières. Le barman en posa une devant lui, l'autre devant Ace. Ni Aurora ni le bouledogue ne se virent offrir quelque chose.

— Tu travailles pour Mike, dit Deacon.

— Je me suis occupé de ta bécane la dernière fois.

— L'embrayage patine un peu.

— Amène-la-moi, et j'y jetterai un coup d'œil.

— Il paraît que tu as fait de la taule ?

Ace ne répondit pas, et Aurora regretta de ne pas voir son visage. La taule, c'était la prison, non ? Cela faisait-il partie de sa couverture ?

— Il y en a que ça rend dingue, insista Deacon.

Ace haussa les épaules et sirota sa bière.

— On a un mec à nous dans le personnel du pénitencier. Pangborn. Tu le connais ?

Alors qu'il portait sa bouteille de bière à ses lèvres, Ace la posa sur le bar et la repoussa d'un geste dégoûté.

— Il y a un problème avec ta bière ? demanda Deacon.

Ace le toisa. Redoutant qu'une bagarre éclate, Aurora repéra en hâte la sortie de secours.

— Le problème, c'est la personne qui me l'a payée. S'il y a un gardien du nom de Pangborn, il a été engagé après ma libération. Je n'aime pas ta tête, ni tes questions, ni ton chien de garde toujours prêt à te lécher les bottes.

Les boules de billard cessèrent de rouler, les verres cessèrent de s'entrechoquer, les conversations furent suspendues au beau milieu d'une phrase.

Puis le rire de Deacon retentit.

Il donna une bourrade amicale dans l'épaule d'Ace.

— J'adore. C'est vrai que Tank a tout du chien de garde. Mais il est bien utile, tu sais. Il est doué pour renifler les embrouilles.

Toute la salle rit servilement, puis les conversations reprirent.

Deacon désigna Aurora d'un signe du menton.

— C'est ta gonzesse ?

— Faut voir. Pour le moment, elle est à l'essai.

Aurora prit sur elle pour ne pas réagir.

Les deux hommes se mirent à parler moto, et elle commença à trouver le temps long.

Souffrir en silence était apparemment l'attitude appropriée pour la petite amie d'un *biker*. Mais tout le monde savait qu'elle était la sœur de Felicia. Ce n'était pas la peine qu'elle joue un rôle.

Elle observa un moment les deux hommes. Même si elle acceptait de se faire passer pour la petite amie d'Ace, il n'y avait aucune raison qu'elle renonce à sa personnalité.

Jetant un coup d'œil à sa montre, elle retint un grognement agacé. A peine une heure s'était écoulée, et elle avait l'impression que cela faisait des années.

Elle en avait plus qu'assez. Ace ne la présenterait à personne. Il la croyait incapable de s'adapter. Mais comment pourrait-elle prouver le contraire s'il ne lui laissait pas sa chance ?

Décidément, c'en était trop. Elle n'avait pas besoin de lui. Elle trouverait un autre moyen pour parler à ces gens.

Sans dire un mot, elle se leva et quitta Le Repaire. Dehors, elle respira avec bonheur l'air frais de la nuit, dénué de relents de tabac et de testostérone, et regagna l'appartement de Felicia.

La rue était déserte. Les buissons encadrant la statue des vétérans semblaient maintenant une cachette idéale pour des malfrats. Toutes les vitrines des magasins étaient éteintes. Des réverbères à l'ancienne dispensaient une chiche lumière jaune, exagérant les ombres des immeubles. De temps en temps, une voiture passait au ralenti, comme un animal sauvage guettant une proie.

Aurora serra étroitement son sac contre elle et referma les doigts autour de la bombe lacrymogène qu'elle avait placée dans sa poche.

Quelques instants plus tard, des bruits de pas déterminés résonnèrent derrière elle sur le trottoir.

Elle fit volte-face pour affronter son agresseur.

— Oh ! c'est vous.

Ace la rattrapa.

— Vous n'auriez pas dû partir.

— Vous m'avez tourné le dos en faisant comme si je n'étais pas là, dit-elle d'un ton plaintif qui lui fit horreur.

Consciente qu'il la dominait de toute sa taille, elle courba les épaules contre le vent et se remit en marche.

— Qu'est-ce que je pouvais faire d'autre ? reprit-elle.

— Attendre.

— Je ne suis pas une fan de *bikers*.

— Une groupie.

— Peu importe. Vous étiez supposé me présenter.

— Vous êtes partie.

— Vous m'avez humiliée.

— Vous regardiez tout le monde de haut, avec le nez plissé comme si vous ne supportiez pas l'odeur trop brutale pour votre constitution délicate.

— Je n'ai pas l'habitude des bars.

— Tout le monde a pu s'en rendre compte.

— C'est sans importance. Il est établi que je ne suis pas une groupie de *bikers*. Je suis la sœur de Felicia. Je ne suis pas obligée d'avoir la même personnalité ni les mêmes fréquentations.

— Vous feriez bien de vous adapter si vous voulez qu'ils se confient à vous.

Il venait de marquer un point. Son malaise évident pouvait passer pour du mépris.

— Qui est ce Deacon ?

— Le président des « Cœurs d'acier ».

— Vous sembliez nerveux.

— Il me testait.

— C'est bon signe ou mauvais signe ?

Ace enfouit les mains dans les poches de son jean.

— Difficile de le dire pour le moment.

— Il saurait où se trouve Felicia ?

— Je n'en sais rien.

— En tant que président du club, il doit savoir ce qui se passe dans son groupe.

Il s'arrêta et lui prit le bras. La rapidité et la force de son geste firent se retourner Aurora.

— Ne vous embrouillez pas avec Deacon.

— Il n'y a pas de mal à poser des questions.

— Pour lui, si. C'est mon ticket d'entrée pour approcher leur fournisseur de drogue.

Elle se libéra avec brusquerie.

— Je ne mettrai pas votre enquête en danger.

— Vous l'avez déjà fait.

Elle leva les yeux vers lui.

— Que voulez-vous dire ?

La lumière du réverbère qui laissait une partie de son visage dans l'ombre accentuait la dureté de ses traits. Il avait l'air impitoyable et dangereux, et elle se réjouit qu'il soit de son côté. Si elle ne l'avait pas connu et l'avait croisé un soir dans la rue, elle aurait probablement vidé la bombe lacrymogène sur son visage.

— Si vous jouez les princesses et méprisez ouvertement les gens que je fréquente, ils vont se demander ce que je fais avec vous. Et s'ils mettent en doute mon jugement dans ce domaine, ils se poseront des questions pour le reste. Cela fait six mois que je travaille pour approcher Deacon. Ne gâchez pas tout.

Déglutissant avec peine, Aurora fixa ses pieds. Son but n'était pas de compliquer la tâche d'Ace.

— Je ne le ferai pas.

— Laissez-moi retrouver Felicia pour vous.

— Je ne peux pas.

— Pourquoi ?

La dernière fois qu'elles s'étaient vues, les deux sœurs s'étaient disputées. Aurora lui avait dit des choses très dures qu'elle regrettait à présent, et pour lesquelles elle tenait à s'excuser.

Elle se détourna de lui et se remit à marcher.

— Parce que, répondit-elle.

— Qui ignore l'autre, maintenant ?

Ils avaient atteint l'escalier desservant l'appartement de Felicia.

— Retournons-y demain, et j'arrangerai les choses.

— Il faudra attendre la fête de samedi.

— Pourquoi ?

— J'ai une course demain soir.

— Une course ?

— Il vaut mieux que vous n'en sachiez pas plus.

— D'accord.

Le vrombissement caractéristique d'une Harley déchira la nuit. La moto bifurqua lentement au carrefour, et Aurora reconnut Deacon.

— Je dois le faire, murmura Ace, en la prenant dans ses bras.

Immédiatement, le souffle d'Aurora se bloqua dans sa gorge, et ses muscles se paralysèrent.

— Ne vous crispez pas, chérie, c'est juste du spectacle pour Deacon.

— D'accord.

Il sentait le tabac blond, la bière et l'eau de Cologne. Son début de barbe lui égratignait le visage. Il n'avait pas besoin de l'embrasser comme s'il avait des sentiments pour elle, songea-t-elle, tout en luttant pour ne rien ressentir sous la caresse appuyée de sa langue.

Un frisson la traversa. Cette chaleur qui l'envahissait, ce pincement délicieux au creux du ventre ne voulaient rien dire. Ce n'était que de la comédie, et les sensations qu'elle éprouvait étaient dues à la nervosité. Après tout, elle n'était pas actrice.

La moto les dépassa. Dès que les feux arrière eurent disparu dans la nuit, Ace la relâcha.

Aurora tituba en arrière et dut faire un effort pour recouvrer ses esprits.

— Parfait, dit Ace, en se dirigeant vers son appartement.

Parfait ? Non, mais pour qui se prenait-il ?

Les lèvres encore frémissantes de son baiser, le corps en ébullition, elle se précipita pour lui barrer le passage.

— J'espère que ça ne va pas devenir une habitude.

Il lui adressa un sourire d'une arrogance exaspérante, mais cependant non dénué de charme. Un étrange regret l'envahit alors. Pour une fois qu'un homme l'embrassait à perdre haleine, il s'agissait d'une mascarade.

— J'essaie seulement de vous aider à vous adapter, mon cœur.

Ne réagis pas, s'ordonna Aurora. Il l'appelait « mon cœur » uniquement pour l'énerver. De la distance, de la hauteur de vue, du sang-froid.

— En parlant de s'adapter, dit-elle d'une voix doucereuse, il y a une librairie dans le coin ?

— Vous devrez aller à Keene pour ça. Mais pourquoi cette question ?

Elle fut ravie de l'incertitude qui teintait sa voix.

— J'ai visité la bibliothèque de Summersfield, mais ils n'avaient pas le livre que je cherche.

— Faites attention à vous, dit Ace, en arborant sa mine la plus sévère.

Elle s'en moquait. Elle n'avait plus peur de lui.

Qu'il se fasse un peu de souci pour elle, cela lui ferait le plus grand bien.

— Ne vous inquiétez pas, *mon cœur,* susurra-t-elle. Que voulez-vous qu'il m'arrive dans une librairie ?

*
* *

Tandis qu'Hannah faisait sa sieste, Aurora en profita pour inspecter les maigres possessions de Felicia, excavant tel un archéologue les pièces du passé récent de sa sœur.

Elle ne trouva rien dans la chambre, rien dans la cuisine en désordre, rien dans la pile de factures attendant d'être payées sur la table pliante servant de bureau. Même les poubelles de la salle de bains et de la cuisine ne recelaient aucun secret.

Elle fouilla dans la bibliothèque peu fournie et sourit en découvrant les livres consacrés à la grossesse et à l'éducation des enfants. Felicia adorait sa fille. Tout dans l'appartement en témoignait, depuis la nourriture en abondance jusqu'aux jouets et équipements pour bébé.

Alors, pourquoi avait-elle disparu en laissant derrière elle l'enfant qu'elle aimait plus que tout ?

— Donne-moi un indice, Felicia, murmura-t-elle.

Avec un soupir, Aurora ouvrit l'album dont la couverture blanche s'ornait d'images d'ours couleur pastel, de chevaux de bois et de petits canards. Felicia avait pris le temps de réaliser un album de bébé pour Hannah.

Assise en tailleur sur l'horrible moquette couleur rouille, Aurora s'attendrit en découvrant les pensées de Felicia sur la première nuit à la maison de sa fille, sur son premier sourire… Elle pleura en lisant la lettre que sa sœur avait écrite à sa fille quelques jours avant sa naissance. Et, sur chaque photographie, elle chercha un indice de ce qui aurait pu arriver à Felicia.

A la fin de l'album se trouvait une pochette de photos développées dans un supermarché et pas encore classées.

Comme elle sortait les clichés de la pochette, l'album glissa de ses genoux. Aurora voulut le rattraper, et les photos s'éparpillèrent en éventail autour d'elle, certaines côté face, d'autres côté pile.

Au dos de l'une des photos était inscrite une suite de chiffres.

Aurora retourna la photo et découvrit Felicia assise derrière Mike sur une énorme moto, puis elle s'attarda sur les chiffres.

A priori, cela correspondait à un numéro de téléphone. Celui du garage de Mike ? Celui d'une amie ?

Il y avait un moyen très simple de le savoir.

Elle tendit la main vers le téléphone sur la table basse à côté du fauteuil vert et composa le numéro.

— Glasser, annonça une voix masculine.

— Pourrais-je parler à Felicia Cates ? demanda-t-elle à tout hasard.

Il y eut un long silence à l'autre bout de la ligne, puis elle entendit racler les pieds d'une chaise sur le sol.

— Qui la demande ?

— Je suis sa sœur. Vous êtes un ami de Felicia ?

— On peut dire ça.

La méfiance de son interlocuteur la fit tiquer. Felicia avait-elle une aventure avec un autre homme ? Mike l'avait-il découvert ? Avait-elle peur des conséquences ?

— J'ai absolument besoin de la retrouver. Lui avez-vous parlé récemment ?

— Je crois que nous devrions nous rencontrer.

Un frisson d'appréhension courut le long de sa colonne vertébrale. Elle eut soudain des visions de détectives privés à la Bogart, dissimulés dans des portes cochères d'immeubles mal éclairés. Evidemment, dans la réalité, les enquêteurs et les espions ne portaient pas d'imperméable et de chapeau de feutre, et allumer une cigarette était désormais assez mal vu.

Les doigts crispés autour du combiné téléphonique, elle se leva et regarda par la fenêtre. Tout avait l'air normal. L'ami Humphrey n'était pas appuyé contre un réverbère dans des volutes de fumée, son chapeau rabattu sur les yeux.

Elle ne savait pas qui était ce Glasser, ni quel rôle il avait joué dans la disparition de Felicia. Si elle le rencontrait, disparaîtrait-elle à son tour ?

Mais avait-elle vraiment le choix ?

Elle trouvait enfin quelqu'un qui acceptait de lui parler. A elle de prendre le contrôle de la situation en choisissant l'heure et l'endroit.

Elle prit l'annuaire et chercha l'adresse de la librairie qu'Ace lui avait suggérée.

— Je vous retrouve dans la galerie marchande du Colony Mill, dans deux heures.

C'était un endroit public, plein de monde, et donc sans danger.

En outre, elle aurait le temps de demander à Penny de garder Hannah et d'appeler Sebastian.

Devait-elle prévenir Ace ? Non. Le pirate aux yeux chocolat n'approuverait pas. Il la prenait pour une fauteuse de troubles. Il était loin du compte. Tous les gènes de la catastrophe et de l'art de s'attirer des ennuis étaient passés du côté de Felicia. De toute façon, elle n'avait pas rendez-vous à Summersfield, et la couverture d'Ace n'en serait pas affectée.

— D'accord, dit l'homme au téléphone.

— Hum… Comment vous reconnaîtrai-je ? Et quel est votre nom, déjà ?

— Ron Glasser. Si vous êtes la sœur de Felicia, je vous reconnaîtrai.

Elle perçut de nouveau de la méfiance. Peut-être Glasser était-il aussi inquiet de la rencontrer qu'elle l'était elle-même.

— J'ai un grand sac en toile avec une rose brodée dessus.

Devait-elle mentir et ajouter que le sac contenait un revolver ?

— A tout à l'heure.

Aurora raccrocha et composa le numéro de Sebastian. Ce dernier l'informa que Felicia n'avait fait aucun paiement par carte de crédit ni retiré d'argent dans un distributeur. En alerte depuis l'avis de recherche, les forces de police n'avaient pas non plus repéré sa voiture.

— Ce n'est pas bon signe, commenta Aurora, en enroulant le cordon du téléphone autour de son index.

Si Felicia avait payé un repas ou rempli son réservoir d'essence, elle aurait la certitude que sa sœur était en vie.

Un sentiment d'abattement l'envahit, la laissant vidée de toute énergie.

Sebastian se voulut rassurant.

— Ça ne veut rien dire. Si elle se cache, elle a intérêt à ce que personne ne puisse tracer ses mouvements.

— Dans combien de temps auras-tu assez d'éléments pour faire arrêter Mike ?

— Il n'y a pas que Mike en jeu. Ce n'est qu'un petit poisson dans les eaux troubles où nous nageons. Ce que nous voulons, c'est harponner le requin au-dessus de lui.

Aurora commença à comprendre que Felicia n'était qu'un dommage collatéral dont personne ne se souciait à part elle. Et si sa sœur se cachait de Mike, peut-être n'était-ce pas après tout une bonne idée de vouloir à tout prix la débusquer.

Mais si elle n'était pas en sécurité ? Si elle était séquestrée quelque part ? Blessée, peut-être…

— Tu fais ce qu'il faut, dit Sebastian, comme s'il lisait dans ses pensées. Te faire voir en ville, faire savoir que tu es là, occuper le terrain… C'est une bonne façon de procéder. A un moment ou à un autre, quelqu'un laissera filtrer une information utile.

— Je l'espère.

Aurora ne parvint pas à évacuer l'anxiété qui lui rongeait le cœur à petit feu au souvenir du regard blessé de Felicia la dernière fois qu'elle lui avait dit ses quatre vérités, avant de conclure qu'elle ne pouvait plus jamais la revoir.

Elle ne pouvait pas davantage oublier la terreur qu'elle avait ressentie en rentrant chez elle sept ans plus tôt pour découvrir ses parents étendus sur les chaises longues en rotin du jardin, leur verre de cocktail à la main.

D'abord, elle avait souri avec attendrissement devant le paisible tableau qu'ils formaient dans le soleil couchant, dont ils avaient, semblait-il, décidé d'apprécier le spectacle en sirotant un verre. Puis elle avait remarqué l'impact de balle sur leur tempe.

Elle fit un effort pour revenir au présent et s'ordonna de se concentrer sur les faits.

— Tu connais quelqu'un du nom de Ron Glasser ?

Il y eut un léger temps d'hésitation à l'autre bout de la ligne.

— C'est le contact de Felicia à l'ATF.

5

Que pouvait-il bien arriver à Aurora dans une librairie ? Un certain nombre de choses, ainsi que ne tarda pas à le découvrir Ace.

Il gara son Indian aussi près que possible du centre commercial et se rua dans la galerie marchande, cherchant dans la foule une chevelure rousse flamboyante.

A quoi rimait ce mystérieux rendez-vous avec Glasser ? Et si elle laissait échapper dans la conversation qu'il était un agent infiltré ? Le succès de l'opération était lié au fait qu'aucune autre agence gouvernementale n'était au courant de sa mission. C'était le seul moyen d'éviter qu'une taupe ne le fasse éliminer comme son prédécesseur.

En attendant, ce nouveau rebondissement ne l'arrangeait pas. Bianca avait recommencé à faire des siennes à l'école, et il était supposé aller sur place pour lui passer un savon.

Il consulta sa montre et pressa le pas.

Il n'avait vraiment pas le temps pour ce genre de plaisanterie. Aurora allait se faire remonter les bretelles pour l'avoir obligé à venir la chercher ici au lieu de faire acte de présence à la Cheshire Academy pour calmer la colère du proviseur, ainsi qu'il l'avait dit à Mike.

Falconer avait dit à Aurora de ne pas bouger, mais, comme d'habitude, elle n'en avait fait qu'à sa tête. En conséquence, Ace en était réduit au rôle de figurant, à espionner la conversation d'Aurora et à s'assurer qu'elle ne mettait personne en danger.

Ace parcourut les rayons de la librairie et ne repéra pas les frisettes rousses de l'ingérable bibliothécaire.

Elle était pourtant dans les parages, puisque sa voiture de location était sur le parking. A moins qu'elle n'ait été assez idiote pour suivre un inconnu…

Il secoua la tête. Impossible. Elle était beaucoup de choses, mais certainement pas stupide. Elle ne perdrait pas non plus son temps à faire du shopping. Elle avait bien trop de préoccupations en tête pour se livrer à une activité aussi frivole.

Non, elle devait être en train d'arpenter la galerie marchande avec Glasser ou de déjeuner avec lui à la cafétéria…

Ace perçut sa présence avant même de la voir.

Comme un missile à tête chercheuse, son regard se posa sur sa table, située exactement au centre de la terrasse.

Toutes les tables étaient occupées et le bruit des conversations formait un bourdonnement lancinant. Un employé à l'air épuisé passait entre les tables et balayait dans une grande pelle à manche télescopique des reliefs de nourriture tombés à terre, des pailles usagées et des serviettes en papier sales. Des odeurs mêlées de café, de pizza et de chili flottaient dans l'air, rappelant à Ace que son petit déjeuner n'était plus qu'un lointain souvenir.

Prenant appui contre un pilier en brique, comme s'il attendait quelqu'un, il glissa dans ses oreilles l'amplificateur de son que lui avait fourni Kingsley – le monsieur gadget de l'équipe de Falconer. Fixé à sa ceinture, l'appareil bleu et argent ressemblait à un baladeur numérique et possédait le même type d'écouteurs miniaturisés.

L'ouïe aux aguets, il se déplaça jusqu'à ce que la voix d'Aurora lui parvienne avec netteté.

— Quand l'avez-vous vue pour la dernière fois ? demanda-t-elle.

A quel stade de la conversation en étaient-ils ? Sans la regarder directement, il essaya d'analyser l'attitude corporelle d'Aurora.

Les mains autour d'une tasse de café, elle était penchée vers Glasser comme si elle voulait lui arracher la moindre parcelle d'information qu'il détenait. Elle avait le front plissé par l'inquiétude, et une multitude de frisottis s'échappaient de son chignon. Pourquoi perdait-elle son temps à essayer de discipliner ses cheveux, alors que leur vraie nature ne demandait qu'à exploser comme un indomptable brasier ?

Glasser n'avait pas l'air plus détendu. Avec son pantalon de toile beige, son polo rose pâle et son coupe-vent bleu marine, il avait l'air de revenir du golf, après un parcours éreintant où il aurait fait un mauvais score. A vingt-six ans, il avait l'air d'en avoir seize, avec ses traits poupins et ses fins cheveux blonds.

Il avait très mal géré le cas de Felicia Cates, mais Ace ne pouvait pas lui en vouloir. Frais émoulu de l'académie, il avait fait de son mieux. Mais ses supérieurs n'avaient pas d'excuse. Ils auraient dû se faire un devoir de l'encadrer davantage.

Glasser se tortilla sur sa chaise et trempa une frite dans une minibarquette de ketchup.

— Felicia m'a retrouvé sur l'aire de repos de la route 101, juste à la frontière du Vermont, il y a un mois. Nous avons discuté, et elle a accepté de m'aider. Je lui ai donné un enregistreur numérique en lui expliquant comment il fonctionnait. Puis elle est partie sur sa moto.

— Attendez ! Vous êtes sûr qu'elle était à moto ?

— Un petit bijou rouge feu, avec un moteur qui tournait comme une horloge et une accélération de folie.

Ace reconnut un passionné. Les motos avaient ce pouvoir de faire rêver même les hommes qui n'en posséderaient jamais.

Aurora s'accorda le temps de siroter son café, et Ace, qui commençait à comprendre comment son esprit fonctionnait – comparer, analyser, classer –, devina qu'elle évaluait le peu d'informations qu'elle venait d'obtenir.

— La moto est toujours garée à sa place.

— En tout cas, elle l'avait ce jour-là, insista Glasser. Elle avait peur de porter le micro, et je lui ai promis de la suivre au cas où elle aurait besoin d'aide.

— Elle avait peur, et vous l'avez laissée y aller quand même ?

Ace reconnut les signes avant-coureurs de la colère chez Aurora. Sa fine peau blanche s'enflamma. Ses yeux d'ambre devinrent noirs et s'étrécirent. Ses narines délicates frémirent.

— Bref, dit Glasser, je lui ai collé aux basques.

— C'est malin ! Vous auriez pu vous faire repérer.

— Mais non. Je ne l'ai pas vraiment collée, en fait. Je l'ai suivie à bonne distance, et j'avais une voiture banalisée.

Aurora ricana.

— Même un enfant de cinq ans pourrait repérer une voiture du gouvernement.

— Oui, bon… J'essayais de lui donner un sentiment de sécurité.

Aurora leva les yeux au ciel.

— Et ensuite ?

— Quinze minutes plus tard, Mike est venu tourner autour de la voiture.

— Et ?

— Rien du tout. J'étais repéré, alors je suis parti.

— En laissant Felicia toute seule ?

Glasser haussa les épaules et trempa une autre frite dans le ketchup.

— Elle a appelé plus tard pour dire que tout s'était bien passé. A la dernière minute, elle a eu peur que Mike ne se doute de quelque chose et elle a caché le micro dans la sacoche de sa moto. Elle a bien fait car il s'est montré méfiant et l'a fouillée.

— Quelle folie ! s'exclama Aurora. Vous vous rendez compte des risques que vous lui avez fait courir ?

Ace ne saisit pas la réponse de Glasser. Une jeune fille, une étudiante à en juger par son apparence, s'était approchée de lui et lui souriait d'un air engageant.

— Excusez-moi. Vous avez l'heure ?

Ace lui rendit son sourire et prétendit qu'il n'avait rien de mieux à faire que de flirter avec elle, mais son attention restait concentrée sur la voix d'Aurora, claire et nette malgré le bruit ambiant.

— Désolé, ma belle, je n'ai pas de montre.

L'étudiante s'en alla en lui lançant un regard appuyé par-dessus son épaule.

— Qu'est-ce que Felicia a dit d'autre ? demanda Aurora.

— Qu'il m'avait vu, et qu'elle n'avait pas intérêt à m'aider ou il la tuerait.

Aurora déglutit avec peine. Ses yeux brillaient des larmes qu'elle s'efforçait de contenir.

— Mais vous n'avez pas annulé l'opération, n'est-ce pas ?

— Vous ne comprenez pas. Sans preuve, nous ne pouvions rien contre Mike.

— Quel rôle a joué Felicia ?

— Je l'ai convaincue de me rencontrer de nouveau.

— Et de porter un micro.

— Elle a d'abord commencé par m'envoyer promener en des termes fleuris, puis m'a rappelé quelques jours plus tard pour me dire qu'elle était disposée à faire un nouvel essai. Elle a ajouté qu'elle ne supportait plus la pression et qu'elle voulait quitter la ville.

— La pression de la part de Mike ?

— Je suppose. Il voulait qu'elle participe à ses trafics, mais elle ne voulait pas remettre le pied dans l'engrenage.

A cause du bébé. Aurora avait vu juste : la naissance d'Hannah avait profondément changé Felicia.

— A-t-elle dit où elle voulait aller ?

— Non.

— Vous avez récupéré votre micro ?

— Je ne l'ai jamais revue.

Aurora fit tourner sa tasse entre ses doigts.

— Elle a manqué son service au bar. Ça ne lui était pas arrivé depuis la naissance de sa fille. D'ailleurs, je ne comprends pas qu'elle ait pu partir en abandonnant son bébé. Avez-vous au moins essayé de la retrouver ?

Glasser eut une moue contrite.

— Je ne peux pas faire grand-chose. Surtout avec une enquête en cours.

— Bien sûr. Trouver un fournisseur de drogue, c'est plus important que de trouver ma sœur.

— Cette drogue tue des gens tous les jours.

Elle porta sa tasse à ses lèvres et se rendit compte qu'elle était vide.

— Ces gens ne sont pas ma sœur.

— Mais ils sont les frères et sœurs d'autres personnes. Je m'inquiète sincèrement pour Felicia, si vous voulez le savoir. C'est pour ça que j'ai proposé cette rencontre.

Il se laissa aller contre le dossier de sa chaise.

— Je pense que vous pouvez m'aider.

Quel fieffé imbécile ! songea Ace. Il avait déjà mis une femme en danger et avait perdu sa trace. Maintenant, il voulait jeter sa sœur dans la gueule du loup. Serrant les poings, il se retint d'aller lui casser la figure.

— Non merci ! s'exclama Aurora. J'ai vu les résultats de vos méthodes, et je préfère m'abstenir.

Ace aurait pu applaudir. Aurora avait retrouvé son tempérament de battante.

— Nous avons besoin d'informations, plaida Glasser.

— Si j'apprends quelque chose d'intéressant, je ne manquerai pas de vous le faire savoir.

— Vous…

— Merci, monsieur Glasser, dit-elle d'un ton cassant.

Tandis qu'elle se levait et portait son sac à l'épaule, Glasser se tortilla sur son siège et sortit son portefeuille de la poche arrière de son pantalon.

— Voici ma carte.

Aurora la regarda mais ne la prit pas.

— Vous pouvez la garder.

— Mais…

— Si je veux vous appeler, j'ai votre numéro.

— C'est vrai.

Elle s'en alla d'une démarche vive et décidée… et se dirigea droit vers Ace. Ce dernier devina l'instant précis où elle le repéra. Son corps se crispa comme si elle venait de se glisser sous une douche trop froide. Son regard se fit aussi acéré qu'un laser.

Après l'avoir toisé quelques secondes, elle passa devant lui avec indifférence, laissant dans son sillage un parfum capiteux aux notes orientales.

Avait-elle conscience qu'elle venait de lui sauver la mise ? Si elle s'était arrêtée, si elle lui avait parlé, Glasser l'aurait remarqué. Et qui pouvait dire avec certitude de quel côté de la barrière se trouvait l'agent fédéral ?

Ace s'assura que Glasser était parti avant de suivre Aurora au second étage du centre commercial. Il la retrouva dans la section guides pratiques de la librairie, où elle étudiait les différents titres avec une admirable efficacité.

L'atmosphère feutrée qui régnait dans le magasin ne semblait guère adaptée à une confrontation, mais il n'avait pas de temps à perdre. Il lui restait encore à affronter un proviseur au bord de la crise de nerfs et un patron peu arrangeant.

— Pourquoi me suivez-vous ? demanda Aurora, en remettant un livre en place sur le présentoir.

Ace s'était positionné de façon à voir l'entrée du magasin.

— J'ai promis à Falconer de veiller sur vous.

— Je peux me débrouiller toute seule.

— Depuis quand ?

— Depuis…

Elle haussa les épaules, mais ce geste nonchalant dissimulait une immense peine.

— Depuis toujours.

— Je ne crois pas. Je sais que vous avez été élevée dans un milieu bourgeois, sans avoir à vous battre pour survivre.

— Essayez de grandir avec des parents toujours en voyage d'affaires, et vous apprendrez vite à vous débrouiller seul.

— Et c'est vous qui vous êtes occupée de votre sœur. C'est pour ça que vous vous sentez aussi concernée.

— Je…

Elle prit un autre livre, chercha le sommaire, et fit glisser son doigt le long des lignes.

— Non.

— Alors, expliquez-moi pourquoi vous prenez de tels risques.

Ace lui prit le livre des mains, vit qu'il s'agissait d'une méthode pour détectives amateurs, et le remit dans le rayon.

Aurora récupéra le livre qu'elle plaqua contre sa poitrine, bras croisés et mains crispées de part et d'autre du volume.

— Je n'avais aucune envie de m'en mêler, je vous assure. Mais Glasser est la dernière personne à avoir parlé à Felicia. J'avais besoin de savoir, de comprendre.

Ace se passa la main dans les cheveux.

— Ecoutez, il va falloir se mettre d'accord. Je ne peux pas passer mon temps à courir après vous. Mike me surveille, et ce genre de comportement risque d'éveiller ses soupçons.

— Oui, nous devons parvenir à une sorte de compromis.

Elle se dirigea vers la caisse et plongea la main dans son sac pour y prendre son portefeuille. En la voyant tendre sa carte de crédit à l'employé, Ace s'en empara et sortit un billet de vingt dollars de sa poche.

— Il vaut mieux payer en espèces.

— Pourquoi ?

— A votre avis ?

Il vit la peur passer dans ses yeux. Ne pas savoir où était sa sœur, pourquoi elle avait disparu, était difficile à vivre. Et Glasser lui avait laissé entendre qu'il pouvait lui être arrivé quelque chose de grave. A présent, Ace lui apprenait qu'elle n'était en sécurité nulle part, même dans son lieu de prédilection.

Elle mit dans sa besace le sac en papier contenant le livre qu'elle venait d'acheter et se dirigea vers la sortie.

— Vous n'avez pas affaire à des gens qui respectent les règles, insista Ace, bien décidé à ne pas lâcher prise.

— Vous me l'avez déjà dit.

— Apparemment, je n'ai pas été assez explicite. Ces types-là éliminent tous ceux qui les gênent. Ils ont abattu froidement Steven Ramstead.

Elle lui lança un regard interrogateur, mais ne ralentit pas sa marche vers l'escalator.

— C'est l'agent que j'ai remplacé. Ils ont aussi tué le mari de Penny.

Cette fois, l'effroi se lut sur le visage d'Aurora.

— Ils se sont débarrassés d'un procureur qui essayait de coincer un ami de Mike. Il était dans la chambre de son fils. Les balles ont atterri dans le mur au-dessus du lit de l'enfant. Son père a fini par s'effondrer sur lui, couvert de sang.

Aurora s'arrêta de marcher et le regarda, épouvantée.

— Pourquoi me racontez-vous ça ?

— Pour que vous ouvriez enfin les yeux. S'ils ont éliminé Felicia, ils feront tout pour vous empêcher de retrouver son cadavre.

— Elle n'est pas morte.

Elle s'inséra de nouveau dans la marée humaine qui déferlait au rez-de-chaussée du centre commercial.

— Si elle n'est pas morte, vous allez les conduire à elle.

Elle s'entêta :

— Je dois savoir.

— Alors, faites les choses comme il faut.

— Vous voulez dire, à votre façon ?

— Je sais ce que je fais.

— Moi aussi.

Elle grommela :

— Vous n'essayez même pas de trouver un terrain d'entente.

— J'essaie de vous garder en vie.

Il lui prit le bras pour l'arrêter et chercha son regard.

— Je suis de votre côté. Tout ce que je veux, c'est arrêter les méchants.

Elle sourit.

— Je veux bien reconnaître que vous êtes un expert en la matière.

— Alléluia !

— Et je suis prête à apprendre.

— Un autre miracle !

— Vous voudrez quand même bien reconnaître que je peux poser certaines questions sans mettre votre couverture en danger.

Elle marquait un point.

— En tant que sœur de Felicia, cela pourrait même paraître étrange que vous ne montriez pas un minimum de curiosité.

— Très bien. Unissons nos forces plutôt que de nous disputer. Passez chez moi ce soir, et nous établirons une stratégie.

Se retrouver seul avec elle ne semblait pas être une bonne idée. Elle commençait à le troubler, et il ne comprenait même pas pourquoi. Elle était petite, maigrichonne, rouquine… Et elle avait un caractère impossible.

— Je ne peux pas.

— J'avais oublié. Votre mystérieuse course.

— Changement de programme.

Ils franchirent les portes du centre commercial, et Ace se dirigea vers sa moto.

— Je dois tenir un stand pour Mike au meeting qui se tient à Gable's Orchard.

Il sortit une clé de sa poche, enfourcha sa moto et remonta la béquille.

— C'est sans danger ?

Cette question ne lui dit rien qui vaille.

— Relativement. C'est un salon professionnel fréquenté par une clientèle urbaine aisée. On y trouve des stands d'accessoires, de vêtements… Mitch veut y vendre des pièces détachées.

— Maintenant que vous le dites, j'ai vu un dépliant en ville pour cet événement. Il était question de musique aussi.

— Il y aura un orchestre.

— J'irais bien y faire un tour.

Il soupira.

— Vous avez dit que c'était sans danger, insista Aurora. Et vous étiez d'accord pour travailler ensemble.

Elle se mordilla la lèvre inférieure d'un air pensif.

— Je ne m'y connais pas en pièces détachées de moto, mais je pourrais vous tenir compagnie.

C'était une bataille perdue d'avance. Il ferait aussi bien d'accepter tout de suite au lieu de perdre du temps. Et au moins, si elle était avec lui, elle ne risquait de sauter à pieds joints dans les embrouilles.

— Apportez le dîner. Vous m'avez déjà coûté mon repas de midi.

— Ça marche.

— Tu ne comprends pas, gémit la sœur d'Ace, en enfonçant une branche morte dans la pelouse aussi soignée que celle d'un golf.

Ils étaient assis sur un banc de pierre près de la fontaine, dans le jardin à la française derrière le bureau du proviseur de la Cheshire Academy.

Les cheveux noirs de Bianca pendaient devant son visage, dissimulant son expression. Dans son uniforme composé d'une jupe plissée bleu marine, d'un chemisier blanc et d'une veste rouge à boutons dorés portant sur la poche de poitrine les armoiries du lycée, elle avait l'air de la petite fille qu'il avait un jour déposée à regret à l'école maternelle.

Sauf qu'à l'époque elle ne cessait de sourire. Or aujourd'hui, il ne pouvait obtenir d'elle que mine renfrognée et lamentations.

Il essaya, sans succès, de se rappeler quand il l'avait vue heureuse pour la dernière fois. A quel moment les choses s'étaient-elles dégradées ?

— Bien sûr que je ne comprends pas, dit-il, en triturant ses gants de cuir.

D'abord Aurora, et maintenant Bianca. Les femmes semblaient s'être donné le mot pour lui compliquer l'existence. Quels trésors de patience un homme devait-il posséder pour garder son calme !

— Tu n'as pas l'air de réaliser que c'est ta dernière chance, martela-t-il avec sévérité. Encore un coup d'éclat comme ça, et c'est le renvoi définitif.

— Je ne me plais pas ici. Je ne me sens pas à ma place. Pourquoi je ne peux pas rentrer à la maison avec toi ?

— Parce que je ne suis pas à la maison pour le moment.

Il ne considérait pas son appartement de location comme un foyer, et il n'avait pas envie qu'elle côtoie des gens comme Mike.

Elle jeta la branche dans les buissons, ratant de peu la porte-fenêtre du bureau du proviseur.

— Tu n'y es jamais.

— Bianca…

Elle eut un soupir théâtral.

— Je sais, je sais. Tu as un travail très important. Sans toi, la terre va s'arrêter de tourner.

— Tu es plus importante que mon travail, et tu le sais.

Il avait quinze ans quand sa mère avait ramené à la maison ce qui ressemblait plus à une vieille prune ridée dans un paquet de chiffons qu'à un joli bébé comme on en voyait dans les publicités. Carlotta lui avait tendu Bianca et lui avait dit de s'en occuper, puis elle était allée se coucher. L'arrivée de ce bébé non désiré, dont le père s'était de surcroît volatilisé, n'était qu'une déception de plus dans une vie quelque peu désordonnée.

Ce jour-là, Ace s'était promis que sa petite sœur ne resterait jamais toute seule dans le noir à pleurer, tandis que sa mère sortait faire la fête et poursuivre des chimères.

— C'est quoi ta devise, déjà ? demanda Bianca. Les actions parlent plus que les mots ?

Il pouvait lui répondre ce qu'elle avait envie d'entendre ou lui dire la vérité.

— Je ne peux pas te laisser toute seule tant que je ne serai pas certain que tu ne toucheras plus jamais à la drogue.

— Tu ne me fais pas confiance !

— Tu n'étais pas obligée de fuguer pour attirer mon attention.

Bianca haussa les épaules, l'air buté.

— Comment j'aurais pu te parler, sinon ?

— Tu as déjà entendu parler du téléphone ? C'est très pratique pour communiquer, tu sais.

L'adolescente plongea les doigts dans l'eau de la fontaine et s'amusa à faire des vagues.

— On ne m'aime pas, ici.

Il savait que ce « on » englobait les élèves et les professeurs. Bianca voulait faire les choses à sa façon, et tout de suite. Cette attitude avait tendance à braquer les gens. Peut-être en était-il en partie responsable pour l'avoir trop gâtée.

— Tu leur as donné une chance ?

Il n'avait jamais le luxe d'être lui-même, et c'était une chance qu'il voulait lui donner. Même quand il s'investissait totalement dans un personnage le temps d'une enquête, il conservait toujours en lui une part d'anxiété. Il était toujours sur ses gardes, attendant que le téléphone sonne, guettant le prochain appel à l'aide, se demandant qui il serait la fois suivante : un chasseur, un sauveur, un protecteur…

Parfois, il était si épuisé qu'il se demandait s'il lui restait encore quelque chose à donner. La plupart du temps, il aurait été bien en peine de définir ce à quoi il aspirait.

En cet instant pourtant, alors qu'il était empêtré dans une opération complexe, il avait envie de tout arrêter. Il avait envie de prendre le temps de comprendre l'homme qu'il était vraiment derrière le masque qu'il portait en permanence. Car il lui fallait bien reconnaitre que son travail ne lui apportait aucune satisfaction. Pour un criminel qu'il mettait en prison, il en ressortait trois plus imaginatifs et plus cruels dans leurs exactions.

Soudain, sa décision fut prise.

— C'est ma dernière mission, dit-il d'un ton décidé.

Bianca tourna vers lui un regard plein d'espoir mais ne dit rien.

— J'ai accepté ce job pour payer ton école.

Le regard tourné vers l'horizon, Bianca se mordilla la lèvre.

— Et après ?

— Je ne sais pas.

Elle se tourna, en s'accotant à la margelle cimentée de la fontaine.

— Tu me manques.

— Toi aussi, sœurette.

Il la prit brièvement dans ses bras et la raccompagna vers le bâtiment de brique rouge.

— Dans deux mois, l'école sera terminée.

Et, d'une façon ou d'une autre, il mettrait un terme à sa mission. Alors peut-être pourrait-il apporter à Bianca la sécurité qu'elle recherchait. Peut-être comprendrait-elle enfin que les paradis artificiels n'étaient pas la réponse à ses blessures affectives.

Il trouverait bien un travail. Il était doué de ses mains et s'y connaissait en mécanique. Ces derniers mois, il avait découvert que travailler sur des motos lui procurait une forme d'apaisement.

Puis il pensa à Aurora. Pourquoi ? Cela n'avait aucun

sens. C'était une femme compliquée, avec des aspirations auxquelles il ne pouvait pas répondre. Et elle n'était pas du tout son genre.

— Tu sais ce qu'on nous a fait faire aujourd'hui ? demanda Bianca, alors qu'ils entraient dans le hall.

— Non, quoi ?

— Escalader le mont Monadnock. Cinq heures de marche ! Tu savais qu'il y a encore de la neige là-haut ?

— Mais la vue en valait la peine, non ?

— Ouais, marmonna Bianca, en posant la tête sur l'épaule de son frère. Ça valait le dérangement.

— Toi aussi.

Son téléphone portable vibra dans sa poche, et il consulta le numéro à l'écran.

Mike.

Le moment était venu de changer de costume et d'incarner un autre personnage.

Tandis qu'elle montait l'escalier pour aller chercher Hannah chez Penny, Aurora ne cessait de penser à Ace. Jamais auparavant elle n'avait accordé d'importance à l'apparence, persuadée que la personnalité importait davantage. Elle préférait mille fois la gentillesse et la sophistication à cette arrogance et à ce côté brute épaisse qu'il cultivait. Pourtant, elle ne pouvait s'empêcher de le trouver fascinant et terriblement attirant, et elle se surprenait à attendre avec impatience sa prochaine rencontre avec lui.

C'était une forme d'évitement, décida-t-elle en entrant dans l'appartement de la baby-sitter. Quand elle se disputait avec lui et se concentrait sur l'agacement qu'il lui inspirait, elle oubliait son inquiétude pour Felicia.

Hannah jouait gentiment avec Jordan, le fils de Penny.

Le soleil entrait à flots par la fenêtre, illuminant les enfants entourés de jouets sur le douillet tapis de jeu matelassé.

Penny lui proposa un café et elle hésita avant d'accepter. Comment vivait-on quand on était une veuve de vingt et un ans, obligée de vivre dans la ville où l'homme qui avait tué votre mari vous faisait garder sa fille ?

Jordan commença à s'énerver, tendant les mains vers le camion en plastique dont Hannah mordillait une roue. Sans paniquer, Penny tendit sa tasse à Aurora, s'assit en tailleur sur le tapis et détourna l'attention de son fils en improvisant une saynète avec deux marionnettes.

— Vous êtes douée avec les enfants, remarqua Aurora, en prenant place dans le fauteuil à bascule, qu'elle se mit à actionner machinalement.

La brunette rejeta en arrière sa longue queue-de-cheval et haussa les épaules.

— Ils sont faciles à vivre tous les deux.

— Il n'empêche que je me sens empêtrée avec Hannah.

— C'est différent quand ce sont les vôtres.

Aurora en doutait. Elle n'avait pas le moindre instinct maternel – un aspect de sa personnalité que Felicia lui avait lancé à la figure – et, même si elle était attendrie par sa nièce, cela ne lui donnait pas le moins du monde l'envie d'être mère à son tour.

— Hannah n'est pas à vous.

— C'est tout comme. Elle est née la même semaine que Jordan, et je m'occupe d'elle depuis ses tout premiers jours.

— Vous étiez proche de Felicia ?

— Nous avons suivi les cours d'accouchement ensemble.

Seules ? Aurora imaginait mal Mike assis par terre, encourageant Felicia à respirer. Quant au mari de Penny, était-il mort avant ou après la naissance de son fils ?

— Je ne voudrais pas être indélicate, commença Aurora.

Malheureusement, la subtilité n'était pas son fort.

— Mais pourquoi avoir accepté de vous occuper d'Hannah alors que Mike a fait éliminer votre mari ?

Penny releva brusquement la tête.

— Comment le savez-vous ?

— Il semblerait que les gens d'ici soient prêts à parler de tout sauf de Felicia.

— Hannah n'est pas responsable de ce qui est arrivé.

— Quand même… Comment pouvez-vous vivre avec ce constant rappel de ce qui s'est passé ?

Penny haussa les épaules et détourna le regard.

— Je suis née et j'ai grandi ici.

C'était la raison invoquée par Felicia pour rester dans le New Hampshire après l'assassinat de leurs parents. C'était le seul univers qu'elle connaissait, et elle ne voulait pas aller ailleurs. Au contraire, Aurora n'avait eu de cesse qu'elle ne prenne la fuite. Elle ne voulait pas rester dans un endroit où un souvenir indésirable pouvait surgir à chaque coin de rue.

— Vous fréquentiez aussi le club de motards ?

— Une décision stupide.

Penny eut une moue contrite.

— On s'ennuie beaucoup dans les petites villes de province, et les adolescentes rêvent d'aventures palpitantes. Quand j'ai rencontré John, j'ai décidé que l'ennui avait du bon. Je voulais une petite vie bien tranquille, avec un mari qui rentre tous les soirs à la maison et trois ou quatre enfants. Je ne lui ai pas demandé de renoncer à sa moto, vous savez. Il tenait à garder un peu de liberté. Et puis Jordan est arrivé, et il a tout changé.

Un léger sourire chargé de nostalgie apparut sur ses lèvres et s'évanouit.

— Nous avons vécu une année merveilleuse.

— Qu'est-il arrivé ensuite ?

Penny s'essuya les yeux du bout des doigts.

— Je préfère ne pas en parler.

— Excusez-moi.

Aurora aurait aimé savoir comment réconforter, mais elle ne connaissait ni les mots ni les gestes. Tout ce qu'elle savait faire, c'était prendre les gens à rebrousse-poil.

— Pourquoi Felicia n'a-t-elle pas laissé Hannah chez vous quand elle est partie ?

— Jordan avait de la fièvre, et j'ai dû l'emmener chez le pédiatre. C'était le jour de repos de ma mère, et elle a proposé de garder Hannah.

— Candace est votre mère ?

— Oui, je sais… avec son apparence excentrique, on l'imagine mal en mère de famille.

— Candace a-t-elle dit quelque chose à propos de Felicia ce jour-là ? Si elle était nerveuse, mal à l'aise… si elle a fait une remarque inhabituelle ?

— Elle a dit que Felicia était effrayée, et que Mike devait y être pour quelque chose. Leur relation s'est beaucoup dégradée quand Felicia a découvert qu'elle était enceinte.

— Vraiment ?

Felicia lui avait pourtant affirmé que sa grossesse était la meilleure chose qui lui soit arrivée et que jamais leur couple n'avait été aussi heureux.

Simple déni, ou mensonge délibéré ?

— Il ne voulait pas que Felicia garde le bébé.

— Ah !

Pauvre Felicia, elle avait vécu toute seule ces heures difficiles. Non, pas toute seule. Penny l'avait probablement soutenue.

— Elle voulait quitter le club.

— Et Mike n'était pas d'accord ?

— Pas vraiment, non. Elle a dit à ma mère quelque

chose du genre : « Si tu ne me revois pas dans une heure, c'est que je serai morte. » Elle voulait que maman vous appelle pour que vous puissiez vous occuper d'Hannah.

Morte ? Non. Il n'y avait pas de cadavre. Pas de traces d'agression.

La mort était une hypothèse par trop définitive. Elle n'était pas encore prête à laisser Felicia s'en aller.

— Felicia vous mettait sur un piédestal.

— J'en doute.

L'expression « être comme chien et chat » semblait avoir été inventée pour décrire leur tumultueuse relation. Il suffisait qu'elle dise blanc pour que Felicia réplique immédiatement noir. Le sujet ou la situation importait peu. La dernière chose que voulait Felicia, c'était de ressembler à sa grande sœur.

— Elle admirait votre force. Le fait que vous sachiez ce que vous vouliez et que vous ne baissiez pas les bras avant de l'avoir obtenu. Avant d'avoir Hannah, elle était simplement… une enfant perdue.

— Elle aimait Hannah.

— Plus que tout au monde.

Assez pour se mettre en danger ?

Assez pour disparaître ?

Assez pour mourir ?

6

Ace repéra une douzaine de membres du club et quelques visages familiers de motards appartenant à des organisations amies des « Cœurs d'acier ».

La plupart des visiteurs n'étaient aucunement affiliés à un gang. Sous les tentes alignées sur plusieurs rangées, ceux qui pratiquaient la moto comme un simple loisir pouvaient trouver un peu de tout, des transmissions d'occasion, moteurs complets ou pneus aux vêtements, aux bijoux et à la musique.

Tout était parfaitement légal –officiellement, du moins –, mais Ace avait déjà vu des armes s'échanger discrètement, sans les formalités requises. Il soupçonnait aussi que des bijoux volés s'étaient glissés parmi des articles courants. Quelques flics déambulaient dans les allées du salon, plus pour la façade que pour autre chose.

Lorsqu'il aperçut du coin de l'œil Aurora avec Hannah dans sa poussette, il était en grande conversation avec un chirurgien qui avait la passion des motos anciennes et désirait restaurer une Ariel. Cela supposait un certain budget, mais le médecin avait les moyens. Dans l'immédiat, Ace n'avait pas la pièce que l'homme souhaitait, mais il lui proposa de la rechercher pour lui.

Sans changer de position ni perdre le fil de la conversation, il suivit du regard la progression d'Aurora le long de l'allée vers le stand de Mike.

Un curieux picotement lui traversa le corps, qu'il

assimila davantage à une écharde sous un ongle qu'à un élan de désir. Trop petite, se rappela-t-il. Trop maigre. Trop casse-pieds.

Elle manœuvra la poussette le long des tréteaux qui formaient le stand, puis vint s'asseoir à côté de lui sur une chaise pliante, tout en faisant mine de l'ignorer.

Le client parti, Ace se tourna vers elle.

— Vous avez apporté le dîner ? demanda-t-il avec irritation.

— Bonjour, pour commencer !

Aurora se pencha sous la poussette pour récupérer une boîte en plastique, qu'elle posa brutalement sur la table.

— Bon appétit ! dit-elle d'un ton qui résonnait comme une insulte.

Sans un mot, Ace attaqua la salade de pâtes à la tomate et au thon.

— Vous avez fait une enquête de proximité ? demanda Aurora.

— Je vois que vous avez lu votre guide du parfait détective.

— Il n'y a pas de mal à se renseigner.

— Ce n'est pas ce qui m'inquiète.

C'était ce qu'elle allait faire de ses découvertes qui l'empêchait de dormir. Ça, et ses yeux d'ambre emplis de questions et de chaleur – une combinaison définitivement létale.

Elle balaya la foule du regard.

— A votre avis, demanda-t-elle, combien faut-il de vaches pour fournir tout le cuir qui se balade ici ?

En proie à une irritation grandissante, il engloutit une énorme bouchée de pâtes.

— Que voulez-vous savoir ? demanda-t-il au bout d'un moment.

— Tout.

C'était un ordre qu'il ne pouvait pas accomplir. S'il avait toutes les réponses, il ne serait pas ici. Il serait… eh bien, ailleurs, à chercher des réponses à d'autres questions. Peut-être n'étaient-ils pas si différents, finalement.

— Qu'a donné l'enquête ?

— Sur qui ? La police a interrogé des dizaines de personnes.

— Sur Mike, évidemment. Je pourrais voir son dossier ?

— Je ne crois pas que ce soit une bonne idée.

Sans compter que c'était une entorse à la procédure.

— Je pourrais peut-être découvrir quelque chose qui vous a échappé.

— Non. L'enquête est toujours en cours.

Aurora sembla en prendre son parti.

— De toute façon, personne ne veut parler. Vous n'avez pas dû récolter de témoignages cruciaux.

— Je sais que c'est difficile pour vous, mais la patience est notre meilleur atout. Mike finira par se trahir.

— Sur qui d'autre avez-vous enquêté ?

— La famille de Mike, tous les membres du club dont nous avions les noms, Felicia…

— Felicia ? Mais c'est elle la victime dans l'histoire.

— La route des victimes croise celle des suspects pour une raison ou une autre. Il suffit de la trouver.

— Jusqu'où avez-vous creusé dans son passé ?

— Aussi loin que possible.

— Donc, vous savez.

— Je sais quoi ?

— Pour nos parents…

Il savait qu'ils avaient été abattus d'une balle dans la tête, mais il s'était cassé les dents sur un rapport d'enquête classé confidentiel.

— Est-ce que vous savez…

Elle pressa les lèvres l'une contre l'autre.

— La police n'a jamais voulu me dire pourquoi.

Il secoua la tête.

— Je suis désolé. Je n'ai pas eu accès au dossier.

Le visage sombre, Aurora resta un moment silencieuse.

— Karla Leach était-elle sur la liste des personnes interrogées ? finit-elle par demander.

— Il faudrait que je vérifie.

— Ça ne fait rien. Je vais demander à Sebastian d'enquêter sur elle.

— Qui est-ce ?

— Une amie de Felicia. Mike a dit qu'elle était peut-être allée lui rendre visite à Manchester.

Ace voyait où elle voulait en venir, mais il n'avait pas la moindre envie d'aller faire un tour du côté de Manchester.

— Ecoutez, il y a des étapes à suivre, des procédures… Quelqu'un comme vous devrait y être sensible.

Elle le foudroya du regard.

— Quelqu'un comme moi ?

— Quand vous récoltez des informations pour un client qui cherche un livre, vous suivez un cheminement logique. Nous aussi.

— J'ai compris, dit-elle d'un ton pincé en se levant. Merci pour votre aide.

Ace la prit par le coude.

— Inutile de monter sur vos grands chevaux. Seuls les faits vous mèneront où vous voulez aller.

— Mais si vous ne cherchez pas l'information, le reste ne viendra jamais.

— Vous avez affaire à des gens. Personne ne confie ses plus noirs secrets à une inconnue. Il faut les mettre en confiance, les brosser dans le sens du poil…

Un mouvement s'enregistra soudain dans sa vision périphérique. Un drapeau noir flottant à l'arrière d'une moto, avec une tête de mort blanche pourvue d'ailes.

Un membre des Hell's Angels.

Retenant un juron, il se pencha derrière le stand comme s'il cherchait quelque chose et vérifia sa première impression.

Une catastrophe s'annonçait. Bruno Rudick fonçait tout droit vers Deacon, son ennemi juré, qui discutait au beau milieu de l'allée avec Mike, trois stands plus loin.

Deacon aurait pu au moins avoir l'intelligence de ne pas s'exposer à découvert de la sorte. On ne savait jamais qui pouvait débarquer dans ce genre de rassemblement. L'occasion était trop belle pour Bruno de faire payer à Deacon le fait de lui avoir volé sa petite amie.

— Que se passe-t-il ? demanda Aurora.

— Rien.

— Qui est-ce ?

— Un fauteur de troubles.

Ace était face à un dilemme. Il tenait là l'occasion idéale de prouver son appartenance à la bande, en prenant des coups au nom de la fraternité. Mais il devait également veiller à la sécurité d'Aurora.

— Prenez Hannah et partez immédiatement.

— Vous n'allez pas vous en mêler ?

Pourquoi devait-elle contester tout ce qu'il disait ?

Il contourna rapidement le stand.

— Je n'ai pas le choix.

Elle le saisit par la manche de son T-shirt pour le retenir.

— Vous êtes fou ? Vous risquez d'être blessé.

Concentré sur Bruno, il s'autorisa pourtant un sourire narquois.

— Je croyais que vous ne vous souciez pas de moi.

— Bien sûr que si ! Vous êtes mon assurance.

Il pouvait toujours compter sur Aurora pour le faire très vite redescendre sur terre.

— J'ai besoin de Deacon en vie, et Bruno veut le tuer.

Tout en parlant, il suivait le déroulement des événements.

— Partez, maintenant.

Tandis qu'il se dirigeait vers Bruno, Ace se força à ne pas regarder en arrière. Aurora n'était pas stupide. Elle ne mettrait pas Hannah en danger.

— Deacon ! cria-t-il. Derrière toi.

Il n'aimait pas particulièrement se battre, mais il avait très vite appris que la meilleure défense était presque toujours l'attaque.

Aurora était incapable de bouger. La scène se déroulait devant ses yeux comme si elle regardait un vieux film à la télévision. Même les couleurs semblaient avoir pris des tons sépia. Tout était irréel.

La chaîne que Bruno faisait tournoyer au-dessus de lui manqua de justesse le crane de Deacon, mais le frappa au cou. Ce dernier s'ébroua comme un ours sortant d'hibernation et attrapa sur un stand un piston qu'il lança comme une massue à la tête de Bruno.

Les gens s'étaient rassemblés autour d'eux et hurlaient des encouragements à frapper plus fort ou des insultes.

Hannah se mit à pleurer dans ses bras, et Aurora la berça doucement en lui murmurant des mots de réconfort.

Elle avait l'intention de s'en aller, mais ses jambes ne voulaient pas coopérer. Et son regard ne pouvait se détacher d'Ace qui avançait avec détermination vers le lieu de la bagarre.

Soudain, comme obéissant à un signal connu d'eux seuls, les Hell's Angels et les Cœurs d'acier sortirent des armes de toutes sortes : couteaux, chaînes, battes de base-ball.

Pris de panique, certains visiteurs s'éparpillèrent vers le parking comme une nuée de sauterelles. D'autres restèrent bouche bée, à admirer le spectacle, en bons badauds stupides qu'ils étaient.

Ce fut bientôt la bagarre générale. Ils étaient dix-sept Anges contre dix Cœurs, et Ace se trouvait au beau milieu du chaos.

Quand les sirènes de police retentirent de l'autre côté de la colline, les Anges avaient cédé du terrain, et Aurora avait perdu Ace de vue.

Il allait bien. Il ne pouvait en être autrement. Quand elle le reverrait, elle ne manquerait pas de lui dire ce qu'elle pensait de cette stupide manifestation de machisme.

Baissant les yeux vers Hannah qui pleurait maintenant à chaudes larmes, elle essaya vainement de la consoler. Lorsqu'elle releva la tête, la foule avait commencé à se disperser, et elle aperçut enfin Ace.

Il se tenait immobile, comme un héros à la fin d'un film d'action, et elle remarqua qu'il n'était que superficiellement blessé.

Mike lui donna une tape amicale dans le dos, tout en surveillant Deacon qui se massait le cou avec précaution.

— Bien joué, vieux.

Deacon cracha du sang et marmonna quelque chose qu'Aurora n'entendit pas.

— Tu viens à la fête demain soir, dit Mike à Ace, d'un ton qui ne souffrait pas de refus.

— Je ne manquerais ça pour rien au monde.

— Il y a deux ou trois types que je voudrais te présenter.

Ace tourna la tête vers les éclairs de lumière bleue et blanche des gyrophares visibles de l'autre côté du vieux pont de bois qui séparait le champ où avait lieu le rassemblement de la pépinière voisine.

— Il vaudrait mieux filer avant l'arrivée des flics.

« Personne ne confie ses plus noirs secrets à une

inconnue. Il faut les mettre en confiance, les brosser dans le sens du poil… »

Se remémorant les paroles d'Ace, Aurora les comprit enfin. Au prix d'un œil au beurre noir et de quelques gouttes de sang, il leur avait montré qu'il était l'un des leurs et avait enfin décroché le ticket d'entrée qu'il convoitait tellement.

7

— Voilà ce que c'est de vouloir jouer les héros, déclara Aurora, en posant sur le stand un kit de premiers secours qu'elle était allée acheter en urgence.

A part l'hématome sur sa joue, son coup d'éclat survenu un peu plus tôt n'avait pas laissé de traces apparentes. Et il ne s'inquiétait pas pour le coup de couteau qu'il avait pris dans le bras. Ce n'était pas sa première blessure ; en outre, il avait une excellente constitution et cicatrisait bien.

Les allées et venues des visiteurs dans les allées avaient considérablement ralenti. Les quelques amateurs de moto encore présents s'étaient regroupés autour de l'orchestre qui jouait un air de country, et personne ne prêtait attention à ce qui se passait sous le chapiteau abritant leur stand.

Elle lui tendit un sachet de petits pois surgelés.

— Mettez ça sur votre joue.

— Des petits pois !

— Vous pourrez les manger demain midi. C'est pratique. Laissez-moi regarder votre bras.

— Je vais bien.

— Evidemment que vous allez bien. Montrez-moi quand même.

Elle lui adressa ce sourire sucré qui, il le savait désormais, était toujours suivi d'une pique railleuse.

— Ou bien notre héros ne serait-il finalement qu'une poule mouillée ?

Il lui lança un regard mauvais, dont il savait pourtant qu'il n'avait aucun effet sur elle.

— Inutile de me tenir tête, précisa-t-elle. Je ne vous lâcherai pas tant que je n'aurai pas tartiné cette plaie de pommade cicatrisante.

— Je ne savais pas que vous étiez aussi soucieuse de ma santé.

— Pas du tout ! Je le fais dans mon propre intérêt. Vous ne me serviriez à rien, immobilisé au lit avec une fièvre due à une infection.

Avec un soupir, il posa le sac de petits pois sur le stand et souleva la manche de son T-shirt.

Afin de ne pas rouvrir la plaie, autour de laquelle il avait noué un bandana pour stopper l'hémorragie, Aurora humidifia le tissu raidi par le sang coagulé et l'écarta doucement.

— Il va vous falloir des points de suture, annonça-t-elle.

— La pommade cicatrisante et des sutures adhésives suffiront.

Elle commença par désinfecter la plaie à l'eau et au savon liquide.

— J'espère que votre vaccin contre le tétanos est à jour.

— C'est obligatoire pour travailler à l'agence.

— Sebastian a toujours eu la tête sur les épaules.

Elle eut soudain un claquement de langue désapprobateur et chercha dans son sac une pince à épiler, dont elle se servit pour enlever les petits gravillons et l'herbe collés à la plaie.

— Je ne sais pas si la pommade suffira. Je ferais mieux de vous conduire à l'hôpital…

— Je ne peux pas.

— Dites plutôt que vous ne voulez pas.

Elle rangea sa pince à épiler et s'arma du tube de pommade. Après un instant d'hésitation, elle étala doucement un peu de baume sur la plaie et plaça une série de sutures adhésives à intervalles réguliers.

— Je ne peux pas prendre le risque que l'hôpital signale le coup de couteau à la police. Il suffit parfois d'un grain de sable dans les rouages pour faire échouer une opération parfaitement calculée.

Que pouvait-elle répondre à cela ? Elle voulait qu'il se soigne, mais elle comprenait aussi son besoin d'aller jusqu'au bout de son enquête après tout le mal qu'il s'était donné pour monter cette mission d'infiltration.

— J'ai pensé à un truc, dit-il, tandis qu'elle enroulait de la gaze autour de son biceps.

— Pas à votre santé, apparemment.

— A la vôtre.

— La mienne ?

Elle croisa son regard et s'empressa de tourner la tête. Il y avait trop d'électricité dans l'air et cette proximité la mettait mal à l'aise.

— Ce n'est pas moi qui me suis lancée dans une bagarre idiote pour prouver ma virilité, remarqua-t-elle d'un ton désapprobateur.

— Je n'avais pas le choix.

— Je sais. J'espère seulement…

Elle haussa les épaules.

— Quoi ?

— Rien.

Ce qu'elle éprouvait n'avait pas lieu d'être. Mais c'était la faute d'Ace ! Il lui avait fait peur avec sa démonstration de machisme. Elle avait déjà assez perdu de proches comme ça. Même si, évidemment, il ne faisait pas partie de ses proches…

— Je me disais que vous ne devriez pas aller à la fête, demain, reprit-il.

— Pourquoi ?

— Parce que.

— Je vois.

Les adultes utilisaient toujours cette excuse avec les enfants qu'ils croyaient incapables de comprendre. Au moins, elle savait quelle place il lui attribuait.

Il remua sur sa chaise, et son genou heurta le sien. Puis il lui prit les mains et chercha son regard.

— Parce que je ne sais pas qui sera là. Parce que je ne sais pas ce qui va se passer. Parce que je ne veux pas qu'il vous arrive quelque chose.

Donc, il se souciait de ce qui pouvait lui arriver.

Et alors ? C'était encore une excuse pour la manipuler et obtenir d'elle qu'elle fasse ce qu'il voulait.

Ses parents n'avaient-ils pas utilisé les mêmes arguments ? « Parce que nous savons ce qui est mieux pour toi. Parce que nous t'aimons. » Comme si cela suffisait à réparer la confiance brisée.

— Les gens que Felicia fréquentait seront-ils là ?

— Probablement.

— Dans ce cas, je dois y aller.

— Je ne serai peut-être pas en mesure de vous protéger.

Elle fixa la bande avec un large morceau d'adhésif.

— J'ai sept ans de pratique des arts martiaux.

— Les arts martiaux, c'est bien joli dans un dojo, mais ces types-là ne suivent pas les règles.

— Peu importe. Je suis certaine que je saurai me débrouiller. De toute façon, vous oubliez que Mike m'a invitée. Il s'attend à me voir.

— Et vous ne vous demandez pas pourquoi ?

— Parce que je suis la sœur de Felicia.

— Et s'il a fait disparaître Felicia, vous ne pensez pas qu'il vous réserve le même sort ?

— Vous êtes complètement paranoïaque.

— Je dirais plutôt réaliste.

— Si nous disparaissions toutes les deux, vous ne pensez pas que cela paraîtrait bizarre ?

— Mike pourrait dire que vous êtes retournée chez vous. Personne ne prendrait la peine de vérifier.

— Vous oubliez Sebastian. Et il y a vous aussi… enfin, j'ose l'espérer.

— Mais Mike l'ignore.

Changeant brusquement de sujet, il désigna le sachet de petits pois qui commençait à décongeler.

— Qu'est-ce que je fais de ça ?

— Je suggère que vous les fassiez cuire à la vapeur. Ils accompagneront très bien un steak et des pommes de terre.

Elle remit en ordre le kit de premiers soins et le fourra dans son sac.

— Si demain matin la plaie est rouge, gonflée, s'il y a du pus ou si vous avez une forte fièvre, prévenez-moi.

Elle ajouta, avec un sourire de conspirateur :

— J'ai rencontré un charmant vétérinaire tout à l'heure à la supérette. Je suis sûre que je pourrais le convaincre de vous faire une piqûre en prétendant que vous avez une peur panique des hôpitaux.

— Quel vétérinaire ?

— Simon Bales.

— Oui, je vois de qui il s'agit. Il s'occupe essentiellement des chevaux et du bétail. Qu'est-ce qu'il voulait ?

— Rien de spécial. Faire connaissance, me souhaiter la bienvenue en ville. Pourquoi ? Je dois m'inquiéter ?

— De lui, non. Mais je voudrais que vous restiez à la maison demain.

Le regard plongé dans ses yeux sombres, elle déglutit avec peine.

Elle ne faisait jamais de promesses qu'elle n'était pas

sûre de tenir. La seule à laquelle elle ait jamais failli était celle faite à ses parents de toujours veiller sur Felicia.

— Je le ferai, si je peux.

— Qu'est-ce que je vous sers ? demanda la serveuse.

Les cernes sous ses yeux avaient la même couleur mauve que le cardigan distendu qu'elle avait enfilé sur sa robe d'uniforme rayée rose et blanc. Ace avait donné rendez-vous à Falconer dans une auberge de routiers située à quelques kilomètres au sud de Summersfield. Falconer était arrivé le premier et avait pris place tout au fond de la salle, face à l'entrée.

— Qu'avez-vous comme pâtisserie ?

— Il ne me reste plus que de la tourte aux cerises ou de la tarte aux pommes.

— Un café et une tarte aux pommes.

Falconer le mit au courant des derniers développements de l'affaire et lui fit part de son inquiétude à propos d'une rumeur concernant deux frères qui se vantaient d'avoir éliminé une fille pour une histoire de drogue.

— Tu penses à Felicia ?

— Je ne crois pas aux coïncidences.

— Tu as un nom ?

— Richard Millhauser, dit Ricky la magouille. Il a déjà été arrêté pour possession de marijuana.

— D'accord. Je vais m'arranger pour le coincer.

— Autre chose… Avec Aurora, ça ne va pas marcher.

Un pli en V se dessina entre les sourcils de Falconer.

— Pourquoi ?

— Je ne peux pas la surveiller et faire mon travail en même temps.

— Elle a un caractère bien trempé.

Ace soupira.

— A qui le dis-tu !

— Il n'est pas question de la renvoyer chez elle tant qu'elle ne l'aura pas décidé. Si tu n'as pas le temps de la surveiller, j'enverrai quelqu'un d'autre. Mais les gens risquent de se poser des questions.

Ace haussa les épaules.

— Bah, je dirai que je l'ai laissée tomber parce qu'elle refusait de s'adapter à la vie de *biker.* Ça arrive tout le temps et personne ne sera étonné.

— Sauf que tu cadres avec le personnage et pas les autres. Le côté boy-scout de Kingsley le fera repérer tout de suite. Reed est trop snob pour porter le jean graisseux et le T-shirt. Sky est trop ethnique pour ce gang. Et Mercer n'a pas encore assez de métier.

— Bref, tu proposes d'envoyer quelqu'un et tu n'as personne.

— C'est un peu ça.

— Tu es ami avec elle, tu pourrais la convaincre de partir.

— Je n'ai pas ce pouvoir. Quand elle a décidé quelque chose, personne ne peut la faire changer d'avis.

Ace marmonna une phrase inintelligible entre ses dents.

— Je ne vois pas ce qu'il y a de si terrible à veiller sur elle quelques jours, remarqua Falconer. Ce n'est pas comme si je te demandais de t'engager pour la vie.

— Encore heureux !

Les coudes sur la table, les deux index joints sur ses lèvres, Falconer l'observa pensivement.

— Tu ne couches pas avec elle, quand même ?

Ace faillit s'étouffer avec son café.

— Non ! Tu es fou ? Elle n'est pas du tout mon genre.

— Mouais.

— Ça n'a rien à voir !

Falconer continua à l'observer.

— Tu te trompes complètement, insista Ace, qui commençait à sentir la chaleur empourprer son visage.

— C'est bien ce que je pensais, déclara Falconer d'un air entendu. Si tu veux un conseil…

La porte s'ouvrit et des rires grasseyants emplirent la salle.

— Des types du club, dit Falconer à voix basse. Ils sont quatre. Sors par la porte de service.

Falconer se leva, bloquant de sa large carrure la vue aux arrivants. Ace en profita pour se glisser vers le couloir menant aux toilettes.

Là, il poussa la porte battante qui donnait sur la cuisine, fit un petit signe de main aux employés surpris, et se rua vers la sortie.

Ce qu'il redoutait venait d'arriver, songea-t-il, tandis qu'il poussait son Indian hors du parking, avant de la faire démarrer discrètement : en occupant son esprit presque en permanence, Aurora lui faisait commettre des erreurs dans son travail.

8

— Vous êtes prête ? demanda Ace, lorsque Aurora ouvrit la porte de l'appartement de Felicia.

Elle remarqua aussitôt que sa joue avait meilleure allure. Son visage avait dégonflé, et la couleur violine de l'hématome s'était estompée.

Le regard d'Ace l'enveloppa de la tête aux pieds, en un lent mouvement sensuel qui la fit frissonner. Il agissait ainsi délibérément, pour la mettre mal à l'aise. Mais il avait tort de la croire aussi naïve.

Il n'empêche qu'elle avait hâte de retrouver sa bibliothèque, son ordinateur, et le nouveau système de référencement informatisé qu'elle avait contribué à mettre en place.

Elle en avait plus qu'assez de se faire passer pour ce qu'elle n'était pas.

— Plus que jamais, répondit-elle avec détermination.

Elle enfila le blouson de cuir de Felicia, ferma la porte, et précéda Ace dans l'escalier.

De lourds nuages assombrissaient le ciel, masquant la lune et les étoiles. Une pluie menaçante alourdissait la brise nocturne et faisait désagréablement coller à sa peau le cuir froid du blouson.

Comme ils atteignaient le trottoir, Ace lui tendit un casque noir décoré de deux bandes crème assorti à sa moto.

— Vous allez en avoir besoin.

Il ne s'attendait quand même pas à ce qu'elle voyage avec lui sur ce diabolique engin !

Elle agita son trousseau de clés.

— Je prends ma voiture.

Il lui mit d'autorité le casque dans les mains.

— Vous venez avec moi.

— Je n'aime pas les motos.

En fait, elle les trouvait terrifiantes. Le bruit, l'odeur, cette façon de s'exposer au danger… Elle n'avait jamais aimé la vitesse.

Prendre des risques, c'était la façon de vivre de Felicia, pas la sienne.

— C'est un événement organisé par le club, et vous êtes mon invitée.

— Celle de Mike.

— De toute façon, ce serait mal vu que vous arriviez toute seule. Il vous faut la protection d'un homme.

— Nous sommes au XXIe siècle.

— Ça ne change rien.

— Je n'ai qu'à vous suivre. Personne ne le saura.

— Oh, que si !

Il enfourcha la moto et tapota la selle derrière lui.

— Montez !

Avec un soupir résigné, Aurora enfonça le casque intégral sur sa tête et rabattit la visière. Maladroitement, elle fit passer une jambe par-dessus la selle du monstre de chrome et de laque noire, et s'installa derrière Ace, en laissant entre eux le plus de place possible.

Un pincement d'excitation lui chatouilla involontairement l'estomac. Quoi qu'elle en dise, elle savait qu'il y avait quelque chose de sensuel à sentir entre ses jambes les vibrations d'un moteur puissant…

L'audace de ses pensées la fit rougir, et elle s'ordonna de ne pas poursuivre dans cette voie.

Tandis qu'Ace mettait le contact, elle tâtonna derrière

elle pour trouver quelque chose à quoi s'accrocher et ne rencontra que du vide.

Des vapeurs d'essence l'enveloppèrent et la chaleur du moteur vrombissant se communiqua à ses cuisses.

Son cœur s'emballa. Si elle mourait, qui s'occuperait d'Hannah ?

— Tenez-vous, dit-il, et elle eut la surprise de constater qu'elle entendait distinctement sa voix dans le casque sonorisé.

Elle crispa les doigts sur les côtés de la selle et déglutit avec peine.

Dans quel pétrin s'était-elle encore mise ?

Il tourna brutalement la poignée des gaz, lui arrachant un cri d'effroi, et elle s'agrippa désespérément au cuir de son blouson.

— Du calme, dit-il.

Il avait eu le toupet de rire !

Détachant ses doigts crispés sur son biceps, il déplaça sa main vers sa taille et la tapota.

— Passez les bras autour de moi.

Mais nouer les bras autour de lui exigeait de coller ses cuisses aux siennes, de se plaquer contre son dos…

La chaleur et la sensation de force qui émanaient de lui auraient dû la rassurer, mais elles eurent pour effet de la faire vibrer de la tête aux pieds.

Elle mit cela sur le compte de la nervosité et de la colère. Elle lui en voulait de la placer dans une situation aussi inconfortable, et elle s'en voulait d'être aussi peureuse. Si Felicia était capable de conduire une moto, elle pouvait quand même faire l'effort d'y voyager en tant que passagère.

D'ailleurs, n'était-ce pas elle qui avait insisté pour aller à cette fête ?

Ace démarra, prit de la vitesse et tourna au bout de la

rue. Aurora serra les dents, ferma les yeux et pria pour en ressortir vivante.

— Penchez-vous avec la moto, dit Ace. On dirait que je transporte un sac de ciment.

— Vous conduisez comme un fou.

— On ne conduit pas une moto, on la pilote.

— Peu importe !

Il était évident qu'il s'amusait bien à ses dépens.

— Les groupies de *bikers* aiment les motos.

— Combien de fois devrais-je vous rappeler que je ne suis pas une groupie ?

— Si vous voulez gagner leur confiance, il faut adopter leur mode de vie. Monter derrière moi est la première étape.

Si elle ne mourait pas d'une crise cardiaque avant !

— Autre chose, précisa Ace. Ne me tenez pas tête devant eux. Dans la bande, c'est l'homme qui commande. Les femmes savent rester à leur place. Si vous me défiez, ils me mépriseront et finiront par me rejeter. Or il se pourrait que ce soir je puisse rencontrer Taz, l'un des cerveaux de la bande. Nous ne savons pas encore quel est son rôle précis dans l'organisation, mais Mike est à ses ordres et tout le monde le craint.

— D'accord, je vous vénérerai comme mon seigneur et maître.

— Je ne plaisante pas, Aurora. Et si Taz vous adresse la parole, soyez respectueuse.

— Oui, j'ai compris. Mais je pourrai quand même poser quelques questions ?

— On verra. Je vais d'abord tâter un peu le terrain moi-même, et je vous dirai si vous pouvez y aller sans risque.

Aurora se tut et essaya de se concentrer sur le paysage qui défilait.

Elle finit par se rendre à l'évidence qu'elle ne savait pas du tout où ils allaient. Ace conduisait vite et se faufilait dans la circulation, en s'arrangeant pour être toujours le premier aux feux tricolores.

Bientôt, le confort relatif des lumières de la ville fut derrière eux. Il n'y avait plus rien autour d'eux qu'une obscurité peu engageante. Une route sombre, des arbres sombres, un ciel sombre...

Dans cette ambiance sinistre, ses cauchemars d'enfant se réveillaient, et elle avait l'impression que des esprits malfaisants rôdaient autour d'elle.

Puis soudain, comme les lumières d'une station spatiale en orbite, de puissantes illuminations apparurent, sorties de nulle part. Ace ralentit et se gara le long d'une impressionnante ligne de monstres d'acier rangés en épi.

— Nous sommes arrivés.

Il lui tapota la cuisse comme un signal pour lui dire de descendre.

— Attention à vos jambes. Les échappements sont brûlants.

Il mit pied à terre et l'observa, cherchant à jauger si elle avait tenu le choc après cette première épreuve.

Manifestement, il ne la croyait pas capable de faire bonne impression. On voyait bien qu'il ne la connaissait pas.

Elle souleva son casque et secoua ses cheveux, comme si elle avait fait ce geste des centaines de fois. Il n'était pas question qu'elle lui dise qu'elle ne sentait plus ses jambes.

Elle lui tendit le casque et se tourna vers le club-house, qui n'était rien d'autre qu'un vaste chalet vétuste, que l'inspection sanitaire avait dû renoncer à contrôler depuis des années. A l'intérieur s'entassait une centaine de personnes, et l'effet de foule était renforcé par les miroirs poussiéreux qui couvraient les murs.

La fête battait déjà son plein. La musique hurlait à tue-tête, la bière coulait à flots, et l'atmosphère était saturée par la fumée des cigarettes.

Mike vint accueillir Ace, avec toute une gestuelle de paumes levées, de poings entrechoqués et de pouces croisés, selon un rituel de reconnaissance propre à chaque bande.

Ils furent ensuite conduits à une table où se trouvait Deacon, un bras en écharpe.

Rien dans l'éducation bourgeoise d'Aurora ne l'avait préparée à cela. Elle avait l'impression que chacun de ses mouvements était forcé, apprêté. Comment Felicia avait-elle pu se sentir à l'aise dans cet environnement intensément masculin ?

Elle sentait bien que sa place n'était pas ici. Elle n'était pas comme ces gens. Elle ne s'adapterait jamais à leur mode de vie. Qu'est-ce qui avait pu la pousser à venir ici ?

C'était pour Felicia, se rappela-t-elle.

Tout en regardant autour d'elle, Aurora se rapetissa sur sa chaise. Bien qu'elle eût fait une razzia dans la penderie de Felicia, elle n'avait toujours pas la bonne tenue. Avec son étroit pantalon noir qui moulait ses jambes comme un collant et son T-shirt noir, elle avait toujours l'air d'une candide jeune fille de bonne famille.

En s'affichant avec elle, Ace n'avait aucune chance de gagner la confiance du gang. Qui pourrait croire qu'il ait choisi une petite amie aussi insignifiante, alors qu'il n'avait que l'embarras du choix – à commencer par cette blonde sexy qui lui faisait ouvertement de l'œil depuis le bar.

Tant pis. Elle n'était pas là pour servir de faire-valoir à Ace, mais pour Felicia. Mais si Ace était discrédité, accepteraient-ils de se confier à elle ?

Elle n'aurait pas dû s'inquiéter pour Ace. En quelques minutes, un essaim de femmes s'était approché de la table, cherchant à attirer son attention. Et elle pouvait comprendre pourquoi. Ace incarnait parfaitement le fantasme du mauvais garçon qui sommeillait dans le cœur de la plupart des filles. Il avait ôté son blouson et son T-shirt blanc épousait les formes de son torse musclé. Ses cheveux noirs et drus cascadaient sur ses épaules, et une mèche rebelle tombait sur son front. Avec sa mâchoire volontaire, sa bouche ferme et bien dessinée, et son regard de velours sombre, il était diablement séduisant. Mais l'attrait qu'il suscitait n'était pas uniquement à mettre sur le compte de sa plastique. Ace était le genre d'homme à accrocher le regard par sa simple présence.

Son charisme.

Même *elle* y était sensible.

En proie à un étrange sentiment de jalousie, elle serra les poings sous la table pour s'empêcher de repousser une brunette qui avait posé les mains sur son épaule et se penchait pour lui murmurer quelque chose à l'oreille, tandis que la blonde du bar papillonnait autour de lui comme un insecte nuisible.

Fichez le camp ! Il est à moi.

Elle ne prononça pas les mots, mais se surprit à les penser. Elle ne s'était jamais montrée possessive à l'égard des quelques hommes qui avaient partagé sa vie. En outre, sa jalousie n'avait pas de raison d'être puisqu'il n'y avait rien entre Ace et elle. Au contraire, elle éprouvait même une certaine antipathie à son égard.

Prenant appui sur le dossier de sa chaise, dans une attitude qui se voulait décontractée, elle décida de se placer en observatrice. Il suffisait de prétendre qu'elle assistait à une pièce de théâtre et d'assimiler les événements sans se laisser affecter.

La porte s'ouvrit et un homme entra, accompagné d'une clique digne de celle d'une star du rock.

Quelque chose lui dit que le spectacle allait commencer.

Le pseudo-rocker n'était pas aussi grand qu'Ace ou

Mike, mais il avait une musculature impressionnante et une certaine présence, en dépit de sa peau grêlée et de la profonde cicatrice qui barrait ses lèvres minces.

Le regard acéré de l'homme se posa sur Ace, et Aurora sentit son pouls s'emballer. Ace courait-il un risque ? Lui qui d'ordinaire ne se laissait pas facilement intimider semblait sur ses gardes. Le nouveau venu était-il l'homme qu'il espérait rencontrer ? Le dénommé Taz ?

Les narines de l'homme frémirent, comme s'il flairait l'air autour de lui, à la manière d'un chien testant le danger, puis il passa devant leur table en les ignorant, avant de disparaître avec sa troupe derrière une porte marquée « privé. »

Aurora continua à observer la salle, répertoriant les détails d'habillement ou de comportement avec la précision d'un ethnologue.

Qui serait le plus réceptif à ses questions ? La fille à l'air stupide qui semblait ostracisée par les autres femmes ? L'aspirant *biker* qui cherchait à tout prix à faire bonne impression ? Le barman qui lui lançait des sourires en coin ?

Jouant maladroitement avec sa bouteille de bière pour se donner une contenance, elle finit par la renverser sur son T-shirt et courut réparer les dégâts aux toilettes.

Mortifiée, elle fut soulagée de constater que l'endroit était vide.

Les basses d'un rock assourdissant résonnaient à travers les murs et la porte, à l'unisson des battements de son cœur, et lui donnaient un début de migraine.

Otant son T-shirt humide, elle passa la tache sous le robinet de l'unique lavabo tacheté de rouille, puis elle épongea au maximum l'eau avec des serviettes en papier.

Renfilant le vêtement humide, elle grimaça au contact

du tissu froid sur sa peau et remonta jusqu'au cou la fermeture à glissière de son blouson.

Comme elle pinçait ses joues livides pour y apporter un peu de couleur, la porte s'ouvrit derrière elle, laissant filtrer les accords tonitruants de Black Sabbath.

Une femme fit son entrée telle une reine. Ses longs cheveux noirs lissés au fer – sans doute agrémentés d'extensions capillaires – encadraient un visage maquillé à la Cléopâtre et rehaussaient l'éclat de ses yeux très bleus. La tenue de cuir moulant décorée de chaînes ainsi que le collier clouté évoquaient une dominatrice, et Aurora se dit qu'elle n'aimerait pas la croiser dans une allée isolée … ni dans des toilettes désertes.

Elle s'apprêtait à sortir discrètement quand la fille lui adressa la parole :

— Tu es nouvelle ?

— Euh… oui.

— Laci, dit-elle, en prenant la place qu'Aurora venait de libérer devant le miroir.

— Aurora.

— Ce n'est pas courant.

Laci appliqua une généreuse couche de rouge écarlate sur des lèvres trop pulpeuses pour être naturelles.

— Tu devrais surveiller ton homme. Il y a pas mal de filles qui sont prêtes à te le piquer.

— Ah ?

— Des morceaux de choix comme ça, on n'en voit pas souvent.

— Euh… non.

Laci remit ses cheveux en place, faisant tinter la collection de bracelets en argent à son poignet. Puis elle adressa dans le miroir un sourire satisfait à Aurora.

— Je n'en aurais fait qu'une bouchée si je n'avais pas déjà été prise.

Laci se retourna, faisant s'entrechoquer les chaînes cousues à son gilet de cuir, et quelque chose scintilla entre ses seins généreux.

Aurora retint un hoquet de surprise.

— Où as-tu trouvé ce pendentif ? demanda-t-elle, en oubliant soudain sa timidité.

L'opale sertie d'argent appartenait à Felicia. Elle en était absolument certaine. Leur mère avait fait cadeau de ce bijou à Felicia au retour d'un voyage en Australie.

— Mon homme me l'a offert.

— Ton homme ?

— Deacon.

— Tu sais où il l'a eu ?

Laci se rembrunit.

— Une dame ne demande pas d'où vient un cadeau. Surtout s'il est volé !

— Excuse-moi. Tu dois me trouver trop curieuse. Mais ce bijou est tellement beau. On n'en voit pas tous les jours.

Laci eut de nouveau ce sourire plein de forfanterie.

— Mon Deacon a très bon goût.

— C'est vrai. Tu connais Felicia Cates ?

— Ouais, c'est la copine de Mike.

— Tu ne l'aurais pas vue dans le coin ?

— J'ai entendu dire qu'elle s'était tirée.

Laci fit la moue et s'observa sous toutes les coutures dans le miroir.

— Tirée ?

— Ouais, elle s'est énervée et elle est partie.

— Oh… Et tu sais où elle est allée ?

Laci plongea la main dans la poche arrière de son pantalon de cuir et en sortit un paquet de cigarettes.

— Elle essaie de rendre Mike jaloux en se jetant sur tous les mecs qui passent.

Aurora n'en crut rien. Malgré ses choix de vie douteux,

Felicia restait incroyablement romantique, et elle avait besoin d'être amoureuse pour être avec un homme. Le problème, c'est qu'elle jetait toujours son dévolu sur des personnages peu recommandables.

— Elle a quelqu'un, en ce moment ?

Laci percha une cuisse sur le rebord du lavabo, alluma sa cigarette, et tira une longue bouffée.

— Je l'ai vue traîner avec un mec, la semaine dernière.

— Qui ?

Laci haussa les épaules et souffla un nuage de fumée.

— Je ne l'avais jamais vu avant. Je ne pense pas qu'il fasse partie d'un club.

— Tu peux me le décrire ?

— Pas très grand, pas très musclé… Mike ne risque pas d'être jaloux d'un minus comme ça.

— C'était où ?

— Dis donc, t'es drôlement curieuse. Qu'est-ce qu'elle t'a fait, cette fille ?

Aurora glissa les mains dans les poches de son blouson.

— Felicia est ma sœur, et je suis désolée de le dire, mais elle n'est pas très maligne. Je n'arrive pas à croire qu'elle ait pu abandonner son bébé comme ça. Je veux la retrouver et la ramener à la maison. Il faut qu'elle prenne ses responsabilités, tu vois ce que je veux dire.

Laci grimaça.

— Je serais toi, je la laisserais carrément tomber. Enfin, bonne chance quand même.

Elle se redressa, enfouit son paquet de cigarettes dans sa poche et passa devant Aurora dans un sillage de menthol et de patchouli.

La porte s'ouvrit et Social Distortion explosa dans les oreilles d'Aurora.

— Attends ! cria-t-elle. Où as-tu vu Felicia ?

— Claremont.

Imitant la démarche assurée et l'attitude arrogante de Laci, Aurora alla retrouver Ace à sa table.

D'un geste naturel, elle s'arrêta derrière lui, passa les bras autour de son cou et, faisant mine de l'embrasser derrière l'oreille, elle murmura :

— On s'en va bientôt ?

Tournant la tête, Ace lui répondit entre ses dents :

— Après les présentations.

— Quelles présentations ?

Soudain, Aurora sentit une présence dans son dos et se crispa. Risquant un regard par-dessus son épaule, elle découvrit celui qu'elle avait surnommé le rockeur et qu'elle supposait être Taz.

— Mignonne, la petite, dit-il en s'adressant à Ace. Elle est à toi ?

Sa voix était incroyablement éraillée, et son sourire de carnassier révélait plusieurs dents en or.

— Je ne fais que la louer.

C'était la réponse appropriée pour un *biker*, mais Aurora ne s'y ferait jamais.

— Tu dépenses bien ton fric.

La grosse main velue de Taz atterrit sur ses fesses, et Aurora ne put retenir un petit cri.

— On va faire un tour, poupée ?

Son cœur s'arrêta. Sa respiration resta bloquée quelque part dans sa gorge. Elle enfonça les doigts dans le cou d'Ace pour lui envoyer un signal de détresse.

Elle était coincée au milieu d'une bande de sociopathes et n'avait aucune issue de secours. Elle savait qu'elle aurait dû prendre sa voiture. Dès l'adolescence, sa mère l'avait pourtant prévenue de toujours prévoir un plan de secours. On ne savait jamais comment un rendez-vous avec un garçon pouvait tourner.

— Et si tu venais plutôt faire un tour avec moi, mec ?

La voix d'Ace venait de s'élever, métallique et dangereuse, tel un roulement de tonnerre avant l'orage.

Le silence se fit dans la salle.

— Tu me provoques, mec ?

Ace se leva lentement et se posta devant Taz, qu'il dominait d'une tête.

— Je n'aime pas qu'on touche à ma bécane, ni à mes bottes, et encore moins à ma nana.

Un muscle joua dans la mâchoire de Taz, et il porta la main à son côté.

Aurora retint son souffle. Allait-il sortir un couteau ? Ou, pire, un revolver ?

Contre toute attente, un sourire se dessina sur le visage crispé de Taz.

— Du calme, vieux. Je faisais juste un compliment à ta gonzesse. C'est de la dynamite, cette fille. Elle est digne d'un associé.

— Un associé ? demanda Ace d'un ton étonné.

— Exact, confirma Mike, en lui tapant sur l'épaule. Tu as prouvé que tu avais ta place parmi nous. J'ai proposé ta candidature, et je t'annonce que tu viens officiellement de passer d'aspirant à associé.

Un tonnerre d'applaudissements fit vibrer la salle.

Mike fit signe au barman, qui retira une boîte en carton blanc de sous le comptoir.

La boîte passa de main en main, jusqu'à atterrir dans elles de Mike, qui la remit à Taz. Ce dernier souleva le couvercle, et sortit de la boîte un blouson portant le logo des Cœurs d'acier sur la poche de poitrine et le prénom Ace clouté dans le dos.

Ace enfila le blouson. Le bandage autour de son bras et l'hématome sur son visage rappelaient à chacun pourquoi il était digne d'être l'un des leurs.

Il serra des mains autour de lui en marmonnant des remerciements et retourna s'asseoir.

Apparemment, tout s'arrangeait, songea Aurora. Ace avait obtenu son ticket d'entrée dans un gang réputé impénétrable, et elle avait enfin une piste pour Felicia.

Comme quoi, il ne fallait jamais baisser les bras.

9

Aurora sauta de la moto avant même qu'Ace ait coupé le moteur et se rua dans l'escalier.

Ouvrant la porte à la volée, elle traversa l'appartement, se dirigeant tout droit vers la bibliothèque. Ace la rejoignit au moment où elle prenait sur une étagère un album, qu'elle feuilleta à toute vitesse, ôtant photo après photo.

Sa respiration était haletante, ses mains tremblaient et ses cheveux se dressaient comme s'ils étaient chargés d'électricité statique.

— Voilà, dit-elle en lui tendant les clichés. C'est la preuve.

— La preuve de quoi ?

Il observa une photo où Felicia posait, radieuse, avec sa fille âgée de quelques heures.

— Felicia… Deacon.

— Expliquez-vous. Je ne comprends rien.

Aurora prit l'une des photos et pointa l'index vers le collier que portait sa sœur.

— L'opale. La petite amie de Deacon porte l'opale de Felicia.

— C'est peut-être un bijou qui lui ressemble.

Elle secoua vigoureusement la tête.

— Ce pendentif est unique. Il a été fait spécialement pour elle.

Elle lui fit passer un nouveau cliché.

— Vous voyez, elle le porte sur toutes les photos. Toutes. Et aujourd'hui, il est autour du cou de Laci.

— Cela ne veut rien dire.

— Au contraire ! Elle a dit que Deacon lui en avait fait cadeau. Comment l'a-t-il eu ?

— Je ne sais pas.

— Que savez-vous à propos de Laci ?

— Pas grand-chose. Elle tient une boutique d'articles ésotériques et elle tire les cartes à ses clients, elle fait un peu d'astrologie, de voyance… ce genre d'attrape-nigauds.

— Il faut que j'aille à Claremont. Et à Manchester.

— Il est plus de minuit.

— Je dois retrouver Felicia.

— Pas ce soir. Nous irons ensemble demain matin.

— Il sera peut-être trop tard.

— Que voulez-vous faire en pleine nuit ?

— Elle a besoin de moi.

— Pas dans cet état de nervosité. Prenez une douche, allez vous coucher. Nous y verrons plus clair demain.

Soudain, elle porta une main à sa bouche, catastrophée.

— Hannah ! J'ai oublié d'aller chercher Hannah.

— Calmez-vous. Elle ne risque rien avec Penny. Je vais aller la chercher pendant que vous prendrez une bonne douche et essaierez de décompresser.

— Vous avez raison. Il faut que je me calme.

Elle pivota vers la salle de bains et se ravisa.

— Ace ?

C'était la première fois qu'elle l'appelait par son prénom, et il se demanda si c'était le signe qu'elle lui faisait enfin confiance.

— Merci.

Ce simple mot lui coupa le souffle plus sûrement qu'un uppercut.

— Je vais chercher Hannah, marmonna-t-il.

Une heure plus tard, après s'être assuré qu'Aurora et Hannah étaient bien installées pour la nuit, Ace regagna son appartement et consulta la messagerie de son téléphone portable, qu'il avait laissé en mode silencieux durant la réunion au chalet.

Se laissant tomber sur son lit, il rappela immédiatement Falconer, en dépit de l'heure tardive.

— Lyon, annonça-t-il dès qu'il entendit décrocher.

— Millhauser nous a facilité la tâche, déclara Falconer, sans préambule. Il s'est fait arrêter pour conduite en état d'ivresse. Et pour couronner le tout, il était armé et en possession de plusieurs grammes de cocaïne.

— Il est prêt à négocier ?

— Et comment !

— Quand ? Où ?

— Il doit rencontrer Curtis au Star Café, demain au petit déjeuner.

Ace tiqua. Le frère de Mike n'était pas connu pour quitter son lit avant midi.

— Curtis n'y sera pas. Il est encore en train de faire la fête, à l'heure qu'il est.

— Il y sera, ne t'inquiète pas. Millhauser saura trouver les bons arguments.

Falconer semblait sûr de lui, et Ace n'avait pas de raison de douter de ce qu'il affirmait.

— J'y serai aussi.

Ace raccrocha et se passa les mains sur le visage en soupirant.

Demain, Aurora apprendrait comment sa sœur était morte. Il n'avait aucun moyen de la protéger de la vérité.

Voir l'espoir s'évanouir de ses yeux allait lui faire vivre l'enfer.

Ace avait déployé des trésors de tact pour prévenir Aurora de ce qui l'attendait et lui avait proposé de rester chez elle. Mais elle avait insisté pour l'accompagner au Star Café, et il s'inquiétait de sa pâleur et de son regard absent.

Pour la première fois depuis qu'il avait fait sa connaissance, elle semblait vulnérable, fragile comme une porcelaine prête à se briser. Et il n'avait pas envie d'être celui qui ramasserait les morceaux. Il avait reçu une formation pour l'aide aux victimes, et il avait réconforté quantité de veuves, de sœurs ou de filles. Mais cette fois-ci, avec cette femme, il redoutait que les éclats ne soient trop coupants et ne le blessent trop profondément.

Ils arrivèrent au lieu de rendez-vous avant Millhauser et Curtis Fletcher, comme ils pouvaient s'y attendre. La foule du dimanche était déjà là. L'odeur de cannelle et de saucisses grillées emplissait la salle. La clochette au-dessus de la porte tintinnabulait sans relâche.

Mercer, blond et bâti comme un joueur de football, et Reed, en costume-cravate même un dimanche matin, gardaient une table pour Ace et Aurora. Juste à côté, Falconer et sa femme en bloquaient une pour Millhauser.

Dans un chassé-croisé parfaitement orchestré, les collègues d'Ace s'en allèrent et celui-ci prit possession de la place.

Tout en lui versant un café, Meg flirta outrageusement avec lui, ignorant Aurora comme si elle était transparente.

Ace commanda le petit déjeuner le plus fourni de la carte, au cas où leur cible mettrait un moment à arriver, et Aurora l'imita.

— Il est là ? demanda-t-elle, en faisant mine de fouiller dans son sac.

— Non. Prenez le temps de manger.

Millhauser se glissa dans l'alcôve que Falconer et sa femme venaient de libérer.

— C'est lui.

Aurora jeta un coup d'œil discret à l'homme qui avait l'air d'avoir dormi sous un pont. Son blouson de cuir avait une poche déchirée. Son jean était couvert de taches qu'il valait mieux ne pas chercher à identifier. Ses cheveux étaient gras et une barbe de deux jours ombrait ses joues.

Il commanda un café, ce qu'il aurait peut-être dû éviter, à en juger par le tremblement de ses mains. Son front et sa lèvre supérieure étaient perlés de sueur.

Génial, pensa Ace avec amertume. Ils dépendaient d'un drogué en manque pour soutirer des informations à Curtis Fletcher. Millhauser était équipé d'un micro et tripotait sans cesse le col de son T-shirt comme s'il était trop serré. Sa conversation serait retransmise à une camionnette banalisée garée sur le parking du bar, mais la mission secrète d'Ace le tiendrait à l'écart des écoutes. Or il avait désespérément besoin d'entendre les confidences de Fletcher.

— Il a l'air malade, remarqua Aurora.

— C'est un drogué.

Le petit déjeuner d'Ace arriva en premier, et Aurora dut attendre un moment avant qu'on lui apporte le sien. Lorsque la commande fut enfin servie par Meg, avec une mauvaise grâce évidente, les œufs étaient brouillés et non au plat, les pancakes s'étaient transformés en pain de mie pas même grillé et deux morceaux de bacon desséché avaient remplacé les saucisses.

Ace s'apprêtait à rappeler la serveuse pour lui demander de changer les plats lorsque Curtis arriva.

Sa tignasse châtaine n'avait pas vu la brosse à cheveux depuis un moment, ses yeux étaient injectés de sang, et son expression évoquait une hyène flairant une carcasse. Il se laissa tomber sur la banquette en face de Millhauser et se prit la tête entre les mains.

— Tu as intérêt à ne pas m'avoir dérangé pour rien, marmonna-t-il.

— J'ai des ennuis, gémit Millhauser, d'une voix tout à fait convaincante.

— Ouais ?

— Il y a un gars dont je voudrais me débarrasser, mais tu sais…

Il regarda autour de lui d'un air effrayé.

— … pour le cadavre.

— Dans quoi tu t'es encore embringué ?

La sueur coulait sur le visage de Millhauser.

— Dans une sale histoire. Je dois me débarrasser de lui avant qu'il me trouve. Il paraît que tu as déjà fait ça. Comment on se débarrasse des preuves ?

— Je ne dis pas que je l'ai fait, répondit Curtis avec un sourire rusé. Mais, si je devais le faire, je trouverais un beau puits bien profond.

Millhauser se gratta le front d'un ongle long et sale.

— Mais comment tu fais sortir le corps de la maison ?

— Enroulé dans un tapis.

Millhauser renifla et s'essuya le nez d'un revers de main.

— Et la voiture ? Je n'ai pas de frère garagiste.

— Il suffit de la noyer.

— Où ?

— Dans un étang, une rivière… Ce ne sont pas les étendues d'eau qui manquent dans le coin. Il vaut mieux le faire avant l'arrivée des touristes.

— Mais comment il faut faire ? Il faut la pousser ?

Visiblement ravi de jouer les professionnels capables de

fournir une réponse à chaque question, Curtis se montrait d'une amabilité et d'une patience confondantes.

— Tu coinces la pédale d'accélérateur, tu enclenches la première, et la gravité fait le reste.

— C'est astucieux. Je n'y aurais pas pensé.

Millhauser s'éclaircit la gorge.

— Mais toi, tu l'as planqué où, ton cadavre ?

Curtis éclata de rire.

— Je t'explique juste comment je procéderais si je devais le faire.

Ace prit sur lui pour ne pas laisser voir à Aurora sa déception. Ils avaient la probabilité, la méthode, et même le coupable. Mais pas une fois le nom de Felicia n'avait été prononcé, et Curtis n'avait rien avoué.

Comme s'il était écrit quelque part qu'une journée qui avait mal commencé se devait d'être décevante de bout en bout, l'expédition à Manchester les mena sur une voie de garage.

Karla Leach se révéla être Caroline Simmons, la meilleure amie de Felicia au lycée. Aurora s'en souvenait comme d'une fille petite et mince, avec de longs cheveux bruns, un visage émacié et une bouche démesurée. Elle avait découragé cette amitié, car l'adolescente avait une très mauvaise influence sur Felicia. Mais plus elle la critiquait, plus Felicia recherchait la compagnie de Caroline.

Leach était le nom de femme mariée de Caroline, et Karla le prénom qu'elle s'était choisi pour exercer son métier de maquilleuse.

D'après la propriétaire de l'appartement que Karla louait dans Spring Street, la jeune femme avait connu un divorce long et difficile, et elle était soulagée de s'être enfin débarrassée de son vaurien de mari. Depuis quelques mois, elle enseignait à l'école d'esthétique d'Elm Street, et elle assistait en ce moment à une sorte de symposium de la beauté. En principe, elle devait rentrer à la fin de la semaine.

Comme il fallait s'y attendre, aucune des personnes interrogées n'avait vu Felicia, ou du moins prétendirent-elles ne pas connaître la jeune femme sur la photographie que leur montra Aurora.

Lorsqu'ils regagnèrent l'appartement, Aurora faisait grise mine, la situation présente mettait à mal tout son système de pensée.

Son savoir, son intelligence, sa capacité d'observation ne lui servaient à rien. Il était impossible de localiser Felicia, comme si la terre s'était ouverte pour l'engloutir.

Elle fonctionnait beaucoup trop sur un mode affectif, là était son problème. Elle pensait avec son cœur et non avec sa tête, ce qui ne la mènerait nulle part. Elle devait laisser ses sentiments à la porte et se mettre vraiment au travail.

Felicia se trouvait forcément quelque part. Malgré l'atroce conversation qu'elle avait été contrainte d'écouter au Star Café, elle ne pouvait se résoudre à accepter la mort de sa sœur. D'ailleurs, Curtis Fletcher n'avait rien avoué du tout. S'il avait réellement tué quelqu'un, ce n'était pas forcément Felicia. Et il pouvait tout aussi bien s'agir d'une fanfaronnade pour impressionner son entourage ou ses rivaux.

Après être allée chercher Hannah chez Penny, elle essaya de la nourrir, de la bercer, vérifia qu'elle n'avait pas besoin d'être changée, mais rien n'y fit. Sa nièce était d'humeur chagrine et ne cessait de gémir.

— Mais qu'est-ce qu'elle a ? demanda-t-elle d'un ton plaintif qui trahissait son impuissance.

— Donnez-la-moi.

Ace mit un doigt dans la bouche d'Hannah et vérifia ses gencives.

— Elle fait ses dents.

Il fouilla dans les affaires d'Hannah et trouva un anneau dentaire qu'il lui donna à mâcher.

— Il faudrait acheter un gel pour soulager la douleur.

Effondrée dans le fauteuil à bascule, Aurora hocha la tête et ferma les yeux.

Encore une preuve de son incompétence. Tous les signes étaient là. Pourquoi n'en avait-elle pas conclu qu'Hannah faisait ses dents ? Elle avait lu toutes les informations à ce sujet. Elle avait la connaissance… Et pourtant, cela ne lui servait à rien.

Soudain, elle sentit la caresse des doigts d'Ace sur sa joue. Il s'était accroupi à côté d'elle, et son genou heurta le sien.

— J'ai couché Hannah. Elle devrait être tranquille un moment. Je sors acheter le dîner.

Elle acquiesça.

— Vous avez une préférence ?

— Comme vous voudrez, dit-elle d'un ton las.

Ace lui prit gentiment le menton et l'obligea à le regarder.

— Vous n'êtes pas responsable de ce qui s'est passé.

— Je sais…

Une tension presque palpable envahit l'atmosphère. Tous les sentiments qu'Aurora niait farouchement depuis leur premier baiser resurgirent avec force.

Elle devina qu'il était sur le point de l'embrasser, et elle tremblait comme si c'était la première fois.

Hypnotisée, elle attendit qu'il se rapproche encore, qu'il penche son visage au-dessus du sien…

Au moment où il effleurait ses lèvres avec une infinie douceur, la porte s'ouvrit en silence et une voix désagréablement familière s'éleva juste derrière eux.

— J'espère que je ne dérange pas…

Ace se redressa lentement et se tourna vers leur invité-surprise.

— Mike, que puis-je faire pour toi ?

— Il faut qu'on parle.

Ace hocha la tête et la regarda.

— Ça va aller ?

— Bien sûr que ça ira.

Sans le vouloir, Mike venait de l'empêcher de commettre une grossière erreur. Elle en était presque arrivée à croire qu'Ace se préoccupait sincèrement d'elle. Mais il n'avait pas semblé surpris par la présence de Mike. L'avait-il vu du coin de l'œil, entendu malgré son arrivée discrète ? Ce baiser n'était-il destiné qu'à donner le change ?

Allons, il fallait qu'elle cesse de se mentir. Ace était un agent infiltré. Ce n'était pas de l'affection. Cela faisait partie du rôle qu'il devait jouer.

Et elle, en pauvre idiote, avait failli tomber amoureuse de lui, parce qu'il embrassait divinement bien et savait lui faire oublier pourquoi elle était là. Mais ce genre d'homme ne perdait jamais le contrôle. Il savait exactement ce qu'il faisait.

Et il avait un don exceptionnel pour jouer la comédie. Elle devait bien lui reconnaître cela.

— A tout à l'heure, lança Ace, en franchissant le seuil. Je rapporte le dîner.

Il s'en allait avec Mike, et la dureté dans le regard de ce dernier lui indiquait qu'il ne s'agissait pas d'un problème de mécanique.

Seigneur, toute cette histoire l'écœurait. Elle avait hâte que tout se termine pour retrouver enfin son agréable appartement, sa chère bibliothèque et sa petite vie tranquille.

Sans réfléchir, elle alla à la fenêtre et se pencha à l'extérieur. Elle regarda Ace et Mike enfourcher leur moto, écouta les deux moteurs prendre vie dans un rugissement.

Le cœur battant à tout rompre, elle avait envie de crier à Ace de ne pas y aller.

Il leva la tête et lui fit un signe de la main, sans doute destiné à la rassurer. Mais comment aurait-elle pu se sentir rassurée ? Elle ne savait pas où il allait. Elle ne savait pas quand il reviendrait, ni s'il reviendrait. Et elle ne pouvait rien y faire.

Hannah se remit à pleurer.

Aurora s'arracha à la fenêtre dans un sursaut.

Elle n'aimait pas le risque. Elle n'aimait pas l'incertitude. Et elle aimait encore moins le flot d'émotions contradictoires qui la submergeaient dès qu'elle pensait à Ace.

10

Tandis qu'il suivait Mike sur la route de Spruce, toutes les pensées d'Ace convergeaient vers Aurora.

Elle n'allait pas bien, et elle avait besoin de quelqu'un. Et, dans la mesure où, dans cette invraisemblable histoire, il était pour elle ce qui ressemblait le plus à un ami, il se sentait coupable de l'abandonner.

Mike le conduisit vers un étang à l'extérieur de la ville et se gara près de la rive. Une femme assise sur un banc de pierre jetait des miettes de pain aux canards, tandis que son Jack Russel jappait comme un fou en tirant sur sa laisse. Un adolescent pêchait au bout du ponton de bois.

Après avoir coupé le moteur de sa Harley, Mike posa les avant-bras sur le guidon et observa les vaguelettes que la brise dessinait à la surface de l'eau.

— Je ne vais pas pouvoir te garder.

Ace ne broncha pas.

— J'ai les fédéraux sur le dos en ce moment, et maintenant que tu es associé, tu ne peux plus travailler au garage.

— Je m'en doutais un peu.

— Je t'ai trouvé un autre boulot.

— Quel genre ?

— Taz dirige une imprimerie dans la zone industrielle, pas loin de la station d'épuration. Ce n'est pas le même genre de travail, mais c'est un emploi.

Ace haussa les épaules. En réalité, ce changement

l'arrangeait. Se rapprocher de Taz, c'était aussi se rapprocher du laboratoire clandestin que toutes les agences gouvernementales cherchaient désespérément à localiser.

Ces six mois à nager avec les requins allaient finalement porter leurs fruits.

— Une machine, c'est toujours une machine, dit-il d'un ton détaché.

— Je dois reconnaître que je vais regretter tes talents de mécanicien.

— Rien ne m'interdit de bricoler une bécane pour un copain.

Mike sourit et lui donna une tape sur l'épaule.

— Laisse-moi t'offrir une bière.

Même si Ace avait hâte de retourner à l'appartement pour s'assurer qu'Aurora allait bien, il lui était impossible de refuser l'invitation de Mike. Pas après la marque de confiance qu'il venait de lui accorder.

Une première bière en entraînant une seconde, puis une troisième, deux heures s'écoulèrent sans qu'Ace s'en rende compte. Il prit quand même le temps de s'arrêter chez un traiteur, afin de rapporter de quoi dîner.

Lorsqu'il poussa la porte de l'appartement de Felicia, il y flottait une délicieuse odeur de beurre de cacahuètes et de chocolat. Des cookies étaient posés sur l'étroit comptoir séparant la cuisine du salon, sur le dessus de la gazinière et sur la table de cuisine.

Hannah dormait paisiblement dans son lit pliant. Aurora était occupée à sortir une nouvelle fournée de biscuits du four. L'image même de la félicité domestique poussée à l'extrême.

Ace posa les sacs du traiteur sur la table basse du salon et s'approcha.

— Que faites-vous ?

— A votre avis ?

— Vous essayez d'ouvrir une usine de cookies ?

Elle déposa la feuille de cuisson siliconée et la spatule dans l'évier rempli de saladiers.

— Felicia est allergique au blé.

— Et alors ?

— Je faisais ces cookies spécialement pour elle. J'avais trouvé la recette sur un dépliant publicitaire. On les appelle les cookies monstres car ils ont une taille supérieure à la normale. Et ils sont si bons qu'aucune des amies de Felicia ne s'est jamais rendu compte qu'il n'y avait pas un gramme de farine dedans.

Elle cuisinait pour sa sœur morte ! Ace se fit du souci pour sa santé mentale.

— Aurora…

Elle l'ignora et ouvrit l'un des placards du bas, puis un autre.

— Quand vous étiez enfant, quel bruit entendiez-vous en vous endormant ? reprit-elle.

— Je ne sais pas… la circulation.

Il aurait été plus juste de répondre les hurlements des bandes de voyous, les coups de feu, mais il garda ce détail pour lui.

— J'allais parfois dormir chez mon amie Sara, et j'entendais ses parents se disputer. Pas une fois de temps en temps, mais chaque fois que j'allais chez eux. Sara disait que c'était normal, et je pensais que j'avais de la chance car mes parents ne se disputaient jamais. Les rares fois où ils étaient à la maison, ils riaient. Je ne sais pas à propos de quoi, mais ils riaient.

Ace prit appui contre le réfrigérateur, en se demandant où elle voulait en venir.

— C'est un joli souvenir.

— Sauf qu'ils ne passaient pas beaucoup de temps avec

nous. Au début, Felicia pleurait quand ils s'en allaient. Puis elle a feint l'indifférence, et enfin elle s'est rebellée. Mais les cookies, c'était la seule chose…

Sa voix se brisa.

— Avant de partir, ma mère me prenait à part et me disait de prendre soin de ma petite sœur. Et je faisais de la pâtisserie, parce que ça me donnait la sensation d'être utile à quelque chose.

— Ils n'auraient pas dû exiger autant de vous. Vous n'aviez pas une gouvernante ?

— Si, mais ce n'était pas pareil. Lorsque j'ai eu vingt ans, je suis partie. Mes parents avaient décidé de prendre leur retraite, et j'en avais plus qu'assez des frasques de Felicia.

Elle se tut, mais Ace devina la suite. Ses parents étaient morts dans des conditions mystérieuses avant qu'elle ait eu le temps de profiter de sa liberté, et elle s'était de nouveau retrouvée avec sa sœur sur les bras.

— Vous n'êtes pas responsable des mauvais choix de Felicia.

— Tout comme vous n'êtes pas responsable de Bianca ?

— Ce n'est pas la même chose.

Se hissant sur la pointe des pieds, elle entreprit de fouiller les placards du haut, dévoilant de jolies courbes sous le denim de son jean et le coton de son T-shirt.

Ne regarde pas ses seins !, se tança Ace. Il prit un cookie pour penser à autre chose. Il mordit dedans.

Flocons d'avoine, beurre de cacahuètes, chocolat. Pas mauvais.

— Bien sûr que si. Vous vous occupez de votre sœur parce que c'est votre devoir.

— Felicia est adulte. Elle est responsable de ses choix. Bianca est encore une enfant.

— Quand je suis partie, je lui ai dit que je ne voulais

plus entendre parler d'elle. Je ne lui ai jamais rendu visite. Même à la naissance du bébé.

Lorsqu'elle en eut terminé avec les placards, elle attaqua le vaisselier.

— Mais que cherchez-vous à la fin ?

— Une boîte hermétique pour conserver les biscuits.

Elle referma la porte du vaisselier et posa le front dessus. Il crut qu'elle allait pleurer, mais elle renifla une fois et releva la tête. Puis elle souleva le couvercle de la poubelle et commença à y jeter les biscuits en déployant une énergie qui n'était pas nécessaire.

— Hé, fit Ace, en se précipitant pour mettre la poubelle hors de sa portée. Que faites-vous ?

— Zut, zut et zut ! dit-elle en frappant le comptoir du plat de la main, avant de se pencher au-dessus en respirant difficilement.

Puis elle tourna la tête vers lui, et son cœur se serra en lisant le désespoir dans ses yeux.

— Elle est morte, n'est-ce pas ?

Il la prit dans ses bras, repoussa gentiment une mèche de cheveux derrière son oreille et plongea son regard dans le sien.

Il aurait voulu mentir, mais il savait qu'elle ne serait pas dupe.

— On ne peut pas en être sûr tant que nous ne l'avons pas découverte, mais, oui, c'est ce que je crois.

Elle s'effondra contre lui et il la laissa pleurer un moment, mais il ne voulait pas qu'elle perde totalement pied. Il appréciait chez elle sa force de caractère, son répondant, sa détermination, et il n'aimait pas la voir dans cet état.

— J'ai besoin de votre aide, dit-il pour la faire réagir.

Elle rejeta la tête en arrière et cilla.

— Non, vous n'avez pas besoin de moi.

En effet. Elle compliquait sa vie au dernier degré. Et

toutes les informations qu'elle pouvait trouver étaient déjà dans le dossier ou sur le point d'aboutir. Obtenir les réponses dont il avait besoin était plus facile quand il n'avait pas à la surveiller. Mais il savait l'effet que cela faisait de se sentir impuissant, comme cela pouvait vous entraîner vers le bas… Et il n'était pas à un mensonge près pour redonner à Aurora un peu d'estime de soi.

— Vous pouvez me trouver des informations immobilières avec votre ordinateur ?

— Bien sûr. Toutes les transactions immobilières font l'objet d'un enregistrement public.

Dans un petit bureau de la brigade des stupéfiants relégué à l'entresol et doté d'une ventilation défaillante, une cassette de vidéosurveillance défilait sur un moniteur.

N'accordant qu'une attention modérée aux deux hommes tapis près de l'entrée de l'entrepôt, l'agent de service ajouta de la mayonnaise en tube dans son sandwich au thon agrémenté de rondelles de tomate. S'il devait effectuer ce travail laborieux et dénué d'intérêt, autant qu'il le fasse de la façon la plus agréable possible. Il avait donné ses meilleures années à cette brigade, et voilà comment il était remercié. Sous prétexte qu'il boitait après avoir été blessé en service, on l'avait relégué à cette tâche ingrate. Mais son cerveau était encore en état de marche, pour l'amour du ciel !

Il ouvrit un sachet de chips et s'amusa à trier les rondelles croustillantes de pomme de terre selon qu'elles étaient bien plates ou dentelées sur les bords. Il avait ses petites manies.

— Garde un œil sur ce type, disait l'un des hommes à l'écran.

Il avait une voix rocailleuse et difficile à comprendre.

Non que ces types-là aient quelque chose d'intéressant à dire.

— Non, mec, il est cool, dit l'autre. Tank a vérifié ses antécédents.

— Il y a quelque chose chez lui qui pue.

L'agent des stups ricana, tandis qu'il se baissait pour prendre la canette de soda à ses pieds.

— Dis-lui de prendre un bain de temps en temps, marmonna-t-il. Il puera peut-être moins.

— Tu n'as qu'un mot à dire et je m'en occupe, reprit l'homme à la voix désagréable.

— Et la gonzesse qui traîne avec lui ?

— C'est la frangine de la régulière de Mike. Une vraie épine dans le pied, celle-là. Elle n'arrête pas de poser des questions.

Il ricana comme une hyène.

— Evidemment, elle n'a jamais les réponses.

L'agent déplia une serviette de table et en coinça un angle dans le col de sa chemise. Il n'y avait rien de plus délicat à manger sans se tacher qu'un sandwich thon-mayonnaise.

— Vous me soûlez avec vos parlottes, les gars, marmonna-t-il.

Et il baissa le son.

Les réverbères étaient éteints, mais une grosse lune rousse éclairait la rue comme un projecteur. Ace avait envie d'aller faire un tour dehors, de se mettre en chasse. Au lieu de quoi, il était coincé dans l'appartement de Felicia, à nourrir la fille de Felicia, tout en surveillant les signes avant-coureurs d'une crise de nerfs chez la sœur de Felicia.

Quelque chose d'important se préparait. Deacon passait beaucoup de temps avec Taz. La coordination inter-agences était en ébullition suite à des rumeurs d'un gros arrivage de médicaments contrefaits en provenance de Chine, via la Californie.

De son côté, il avait suivi Taz après son premier jour de travail à l'imprimerie, en pensant que ce dernier regagnerait le mobil-home enregistré à son adresse officielle. De là, il le conduirait peut-être à ce fameux laboratoire clandestin que personne n'avait jamais pu localiser. Mais Taz s'était rendu dans un complexe résidentiel cerné de hautes grilles et gardé par un vigile. Avec sa piscine, son tennis et ses magnifiques jardins, l'endroit était trop luxueux et trop respectable pour Taz, même si ce dernier était assez riche pour s'acheter une ville tout entière.

A son retour à l'appartement, il avait trouvé Aurora en train de taper frénétiquement sur le clavier de son ordinateur, tandis qu'une imprimante nouvellement acquise crachait une rame de papier. Autour d'elle s'étalaient des cartes de la région. Puisqu'il ne voulait pas partager ses dossiers avec elle, Aurora créait les siens.

Il en avait tellement assez de sa gloutonnerie d'informations qu'il était prêt à signer une pétition contre la publication de guides pratiques pour détectives en herbe.

Jusqu'au jour où il eut besoin de faire appel à ses talents.

Les doigts d'Aurora volaient sur le clavier, et même si elle se déplaçait de site en site avec une vitesse déconcertante, il eut la mauvaise grâce de s'impatienter.

— Vous trouvez quelque chose ?

Aurora ne releva pas la tête de son écran.

— L'acte de propriété du 35B Lilac Road est au nom de la société Gamma.

— Vous pouvez trouver son propriétaire ?

— Je vais essayer. Quel est le vrai nom de Taz ?

— John Tassler.

— Alan et Irene Tassler apparaissent dans le conseil d'administration de Gamma.

Elle secoua la tête avec commisération.

— Et vos supers agents fédéraux n'ont pas trouvé cette information ?

— Il faut croire qu'elle leur a échappé.

— Mais s'il utilise cet endroit, ne faudrait-il pas placer la maison sous surveillance ?

— Ce n'est pas son adresse officielle.

— Et ses parents ? Où habitent-ils ?

— A Nashua. Kingsley vérifie leur emploi du temps.

Les doigts d'Aurora s'immobilisèrent, et elle tourna vers lui un regard perplexe.

— Si le génie de l'informatique employé par Sebastian fait des recherches pour vous, pourquoi me faites-vous perdre mon temps ?

— Parce qu'avec Kingsley, il y a des délais. Il doit tout soumettre à l'approbation de Falconer, et je veux des réponses tout de suite.

La lueur combative était réapparue dans les yeux d'Aurora, mais Ace, étrangement, n'en éprouva aucun réconfort.

C'était à cause du mur, finit-il par comprendre. Il voulait la détermination sans la muraille défensive qu'elle avait érigée entre eux.

— Parlez-moi des autres entreprises de la zone industrielle.

— Elles ont été vérifiées.

— Vous m'en direz tant !

— Il y a une usine de bougies, une société informatique, un centre d'appel pour un catalogue de VPC et une station d'épuration.

— Donnez-moi les noms.

Elle les nota sur un bloc.

— Derrière le bassin de rétention de la station d'épuration, il y a un champ, avec un abri pour chevaux, ajouta-t-il.

— Vous pensez que le laboratoire se cache au cœur de la zone industrielle ?

Entre l'odeur de pomme aigre émanant de la fabrique de bougies, celle des encres et des produits chimiques de l'imprimerie, le crottin de cheval et les remugles de la station d'épuration, il était difficile de déterminer si un laboratoire était en activité.

— Non. Les entreprises de Taz, c'est-à-dire la zone industrielle au grand complet, ont fait l'objet de plusieurs descentes de police, et tout est normal.

— Pas de passage secret vers une cave ?

— Il rit.

— Non, ces types ne sont pas des amateurs.

— Bon, et maintenant, que faisons-nous ?

— Essayons d'appliquer la théorie des six degrés de séparation.

Elle inclina la tête, intriguée.

— Comment ça marche ?

— Nous savons que cette adresse n'est pas officiellement celle de Taz. Mais la maison appartient à l'entreprise de son père. Voyons ce que les Tassler possèdent d'autre.

Aurora ne tarda pas à trouver la réponse.

— Le père possède une maison d'édition. La mère est propriétaire d'un chalet au bord du lac Winnipesaukee. Ils ont une maison à Nashua, un appartement en Floride et un autre dans l'Arizona. Sa sœur, Tamlyn Paradis, et le mari de celle-ci possèdent une maison dans le Massachusetts et une résidence secondaire dans le Maine.

Il savait déjà tout cela.

— Faites la même chose pour Deacon et Mike.

— Le vrai nom de Deacon ?

— Preston Duberry.

Aurora entra le nom dans le moteur de recherche.

Longtemps après qu'Ace eut regagné son appartement, prétextant qu'il était épuisé, Aurora continuait à tisser des liens entre toutes ces personnes en apparence étrangères les unes aux autres. La plupart des membres du club de motards possédaient des maisons dans des endroits très isolés. Le laboratoire se déplaçait-il régulièrement pour tromper la surveillance des policiers ? Elle suggérerait à Ace de demander à faire tester les terrains, afin d'y trouver d'éventuels résidus toxiques.

Lorsque Hannah se réveilla en pleurs peu après le lever du soleil, Aurora avait des crampes dans les épaules et dans les jambes, les doigts raides et les yeux rouges et brûlants. Ace n'était pas rentré. Elle avait entendu sa moto démarrer peu après qu'il l'eut quitté, mais ne l'avait pas entendu revenir. Elle espérait qu'il ne lui était rien arrivé, mais elle refusa de se ronger les sangs pour lui. Il avait assez démontré sa capacité à se défendre dans les situations les plus complexes.

Après le petit déjeuner, décidant qu'un peu d'air frais lui ferait le plus grand bien, elle alla se promener avec Hannah. Retrouvant Jordan et sa mère au parc, elle laissa les enfants jouer ensemble un moment, avant de regagner l'appartement.

Deux heures s'étaient écoulées sans qu'elle s'en rende vraiment compte, et elle avait hâte de se remettre au travail.

Mais avant, elle devait régler un détail pratique.

— J'ai besoin de prolonger mon congé, annonça-t-elle à la directrice de la bibliothèque de Maplewood.

— Combien de temps ?

— Pour une durée indéterminée.

La pause fut trop longue pour être rassurante.

— Je suis désolée, Aurora. Nous vous apprécions beaucoup, mais nous avons besoin de quelqu'un pour finir de mettre en place le nouveau système de référencement informatisé. Il faut que tout soit prêt pour la fin du mois. Vous savez ce que c'est.

Oui, elle le savait. Le conseil d'administration avait fixé des objectifs précis, avec une incitation financière à la clé. Et en ces temps de crise, le budget culture était le premier à être sacrifié.

— Je peux vous accorder jusqu'à la fin de la semaine. Ensuite, je serai obligée de vous remplacer.

En une fraction de seconde, le monde confortable qu'elle s'était créé à Washington s'effondra douloureusement.

— Je suis désolée…

Elle sentit sa voix monter dans les aigus et fit un effort pour se contrôler. Elle n'avait pas le droit de craquer. Hannah avait besoin d'elle.

— Je n'aurai pas terminé ce que j'ai à faire ici dans une semaine. Je vous prie d'accepter ma démission.

La directrice accepta sans chercher à la retenir, et ce fut tout.

La gorge nouée, Aurora retourna à son ordinateur et se concentra sur sa recherche pour ne pas pleurer.

Si elle pouvait trouver la bonne information, si elle pouvait arranger les choses pour Felicia, alors son sacrifice en vaudrait la peine.

Et peut-être parviendrait-elle à combler cette impression de vide immense dans son cœur.

Elle étudia longuement les cartes et les informations immobilières qu'elle détenait. Et, au moment où elle s'y attendait le moins, un déclic se produisit.

« Il suffit de la noyer. Dans un étang, une rivière… Ce ne sont pas les pièces d'eau qui manquent dans le coin. Tu coinces la pédale d'accélérateur, tu enclenches la première, et la gravité fait le reste. »

C'était pourtant évident. Pourquoi personne n'avait-il fait le lien plus tôt ?

11

L'imprimante finit de ronronner et cracha une feuille de papier.

Voilà, c'était là ! Ecrit noir sur blanc. Tous ses sens amplifiés par le choc, elle eut l'impression de voir chaque lettre se détacher en trois dimensions. C'était là que Felicia était morte, que Mike l'avait tuée.

Et personne n'avait vérifié. Personne n'avait jamais pensé à regarder là.

Une maison de location. Dont la propriétaire n'était autre que Letitia Yant – la mère de Mike, qui avait repris son nom de jeune fille après son divorce. Il avait suffi de démêler l'écheveau pour arriver à un seul degré de séparation.

La feuille de papier trembla dans ses mains. Ses nerfs lui jouaient des tours. Son cœur cognait dans sa poitrine, comme si elle venait de courir le marathon, et elle avait peur qu'il n'explose.

Puis la colère prit le dessus, lui soufflant l'envie irrépressible d'agir, de faire souffrir autant qu'elle souffrait.

Il ne s'en sortirait pas comme ça. Il paierait pour ce qu'il avait fait.

Elle se leva, des fourmis dans les jambes après être restée assise aussi longtemps. Elle était presque à la porte quand elle se souvint d'Hannah dans son lit pliant.

Elle se précipitait sans le moindre discernement. Elle laissait ses émotions prendre le dessus.

N'était-ce pas la raison de ce désastre ? Si elle n'avait pas campé sur ses positions, elle serait venue quand Felicia lui avait dit qu'elle avait besoin d'aide, et rien de tout cela ne serait arrivé.

Elle prit une profonde inspiration pour se calmer et revint à pas lents dans le salon.

Elle devait commencer par établir un plan. Et il lui fallait des preuves. Des éléments solides qui enverraient Mike derrière les barreaux pendant des années.

Son rythme cardiaque s'apaisa. Elle allait faire une liste, noter dans l'ordre les étapes à suivre.

Pour commencer, il fallait vérifier si Penny pouvait garder Hannah…

Où diable pouvait-elle aller ? se demanda Ace, en voyant Aurora quitter le parking au volant de sa voiture de location. A califourchon sur sa moto, il relança le moteur qu'il venait de couper et s'élança derrière elle.

Il n'avait vraiment pas le temps pour ce genre de plaisanterie. Taz avait un travail pour lui ce soir, et il ne pouvait pas lui faire défaut. Mais il allait quand même la suivre, parce que Falconer lui avait demandé de veiller sur elle en permanence.

Il la perdit dans les méandres de la route 63, puis repéra ses feux arrière au moment où elle prenait l'embranchement vers River Road.

Elle tourna dans un chemin de terre entre deux champs de maïs. Après trois bifurcations, il découvrit que le chemin se terminait en impasse, au bout de laquelle se trouvait un chalet enfoui dans la végétation et bordé par une rivière.

Le vent couchait les roseaux sur la berge. Un nuage de brume s'élevait de la cascade toute proche, et le grondement sourd de l'eau qui tombait dans un jaillissement d'écume masquait opportunément le bruit de sa moto. Ses bottes s'enfoncèrent dans la terre boueuse tandis qu'il posait pied à terre.

Aurora bondit hors de sa voiture et se rua vers le chalet. Elle tambourina à la porte et, comme personne ne répondait, elle essaya de l'ouvrir.

Découvrant qu'elle était verrouillée, elle colla son visage à la fenêtre. Puis elle souleva le paillasson, un pot de fleur contenant un rameau desséché qui avait dû être une fleur, et une grenouille décorative en céramique sous laquelle elle trouva une clé.

Elle la glissait dans la serrure quand Ace la rejoignit.

— Que faites-vous ici ?

Sans la moindre manifestation de surprise, elle haussa les épaules.

— J'assemble les pièces du puzzle.

— C'est une violation de domicile.

Cette remarque ne l'empêcha pas de tourner la clé dans la serrure et de pousser la porte.

— Et alors ?

Elle entra, suivie d'Ace, et une odeur de peinture fraîche et de moquette neuve les prit au nez.

— C'est contraire à la loi.

Observant le salon, elle ricana.

— Vendre de la drogue aussi, et ça n'a pas l'air de vous déranger.

— Ce n'est pas la même chose. Ça fait partie du travail.

Elle plongea la main dans son sac et en sortit un vaporisateur en plastique.

— Trouver Felicia fait partie de mon travail. Et, de toute façon, je n'ai pas forcé la serrure. J'ai utilisé une clé.

— Oui, mais on ne vous a pas invitée. Qu'y a-t-il de si important dans cette maison ?

— Felicia est venue ici.

— Comment le savez-vous ?

— L'histoire de Curtis. Tout correspond. La maison appartient à la mère de Mike. Elle la loue à des vacanciers. Elle est restée inoccupée tout l'hiver. Elle est au bord de l'eau…

Elle s'accroupit et observa la moquette beige.

— Elle est neuve ! dit-elle d'un ton dépité.

— La peinture aussi.

— Zut !

— Qu'espériez-vous trouver ?

— Du sang. Mais tout a été refait.

Elle se redressa et vaporisa un peu du contenu de sa bouteille sur un mur. Le liquide transparent se mit à couler en fines rigoles.

— Il a tout effacé, gémit-elle. Ce n'est pas possible ! Il ne peut pas être aussi malin.

— Venez. Il ne faut pas rester là. Quelqu'un peut arriver.

Ace la prit par le coude et la guida de force vers la porte.

— Au fait, qu'est-ce qu'il y a dans ce vaporisateur ?

— Du Luminol fait maison. C'est supposé réagir aux protéines du sang. Mais ça ne marche pas sur la peinture fraîche.

— Où avez-vous trouvé la recette ? Sur l'apprenti-sorcier.com ?

— Un site médico-légal.

— Ce n'est pas réservé aux professionnels ?

— En principe. Mais ce n'est pas aussi sécurisé qu'on le croit. En tout cas, je suis venue ici trop tard. J'ai compris trop tard. Ces psychopathes sont malins. Ils ont effacé les traces de leurs crimes.

— La propriétaire a peut-être tout simplement fait des travaux de rafraîchissement avant de remettre la maison en location. Si elle est restée inoccupée pendant plusieurs mois, c'est peut-être qu'elle était devenue trop vétuste.

— Non, s'entêta Aurora. Je le sais. Je le sens.

Mais sans preuve, sans cadavre, ils ne pouvaient rien faire. Une intuition n'était pas jugée recevable par un tribunal.

— Vous n'auriez pas dû venir ici toute seule.

Si Aurora avait raison, si quelqu'un avait assassiné sa sœur ici, alors elle était en danger. Si elle s'approchait trop de la vérité, cette même personne voudrait la faire taire aussi.

— Je crois que vous devriez retourner à Washington avec Hannah.

Les yeux rivés sur l'eau boueuse de la rivière, elle serra les bras autour d'elle.

— Elle est ici. Quelque part dans les profondeurs de l'eau.

— Je la trouverai pour vous, c'est promis.

Elle secoua la tête.

— Ce n'est pas votre combat.

— Vous vous trompez.

Sans qu'il en prenne conscience avant, retrouver Felicia était devenu aussi important pour lui que de mettre un terme à l'enquête qu'il menait depuis six mois.

Et il préférait ne pas analyser cet état de fait, car il devinait qu'il n'aimerait pas la conclusion qu'il en tirerait.

Ace fut surpris par la quantité d'armes qu'il avait dû réceptionner ce soir, et dont la provenance était sans conteste militaire : lance-roquettes, grenades, fusils-mitrailleurs. Le gang s'était toujours plus ou moins livré au trafic d'armes, en complément d'autres activités, mais, depuis quelques semaines, ils étaient nettement en train de se constituer un arsenal digne d'une armée en guerre.

Une opération d'envergure se préparait. Mais quoi ? Quand cela devait-il avoir lieu ? Où ?

Mike et lui fermèrent l'entrepôt situé à quelques pas du club-house au cœur d'une épaisse forêt de pins noirs. Deacon supervisait l'opération.

Tandis qu'ils retournaient au club-house, Mike le prit à part.

— Dis donc, qu'est-ce que ta gonzesse est allée fabriquer au chalet de ma mère ?

Ace sentit un froid glacial l'envahir. Par chance, il faisait suffisamment sombre sous le couvert des arbres pour que Mike ne puisse lire la stupéfaction sur son visage.

Comment était-il au courant ? Ils n'avaient pourtant croisé personne en chemin. Un des hommes de Mike était-il chargé de faire le guet, ou bien la maison était-elle équipée d'une caméra de surveillance ?

Quoi qu'il en soit, il devait faire très attention à ce qu'il allait répondre.

— Aurora avait envie de découvrir la région. Nous sommes tombés sur le chalet par hasard. J'ignorais qu'il appartenait à ta mère.

— Et ça lui prend souvent d'entrer chez les gens, comme ça ?

Ace sortit un paquet de chewing-gums de sa poche, déballa une tablette et la mit en bouche.

— Ça ne se reproduira pas.

— Il vaudrait mieux.

Ace se dirigea vers sa moto dans la lumière jaune des lampes au sodium du parking.

— Je lui parlerai.

— Si tu ne peux pas la contrôler, je m'en chargerai.

— O.K.

Ace essayait de faire bonne figure, mais il avait conscience de perdre le contrôle de la situation. Il l'avait perçu à une multitude de petits détails durant l'après-midi. L'attitude hostile de Mike. Les regards de Taz aiguisés comme des poignards dans son dos, surveillant chacun de ses gestes comme s'il pouvait sentir le flic en lui. Les petits signes de tête que Deacon avait adressés à Tank, et la disparition de ce dernier peu après… tout cela lui indiquait avec certitude que son appartement avait été fouillé, sans doute mis sur écoute.

Pour garder sa position prédominante, il devait arrondir les angles et surtout leur fournir une source d'inquiétude autrement plus grande.

Il avait récolté suffisamment de preuves pour coincer plusieurs personnes, mais il n'avait rien fait pour ferrer un plus gros poisson. Mais aujourd'hui la situation était critique. Comme il l'avait redouté, Aurora était devenu un moyen de pression contre lui.

Il devait la faire partir tout de suite et dans des conditions de sécurité.

Quelques minutes plus tard, il rôdait du côté du Repaire, guettant la bonne occasion pour placer des éléments compromettants dans les sacoches de la moto de Curtis Fletcher.

Quand ce fut fait, il appela Falconer pour lui faire son rapport. Enfin, il passa un coup de fil anonyme à la police locale, leur offrant une occasion rêvée de jouer les héros.

— Hé, jolie Hannah, que fais-tu encore debout ? demanda Ace en entrant dans l'appartement.

Aurora releva les yeux de son ordinateur avec un froncement de sourcils et le regarda s'avancer vers Hannah, qui rampait autour de la table basse du salon. Dès qu'elle le vit, elle leva ses petits bras potelés vers lui, en lui faisant un grand sourire.

Ce type savait faire fondre le cœur des filles, il fallait bien le lui reconnaître. Elle tourna la tête pour ne pas voir le ténébreux pirate se transformer en guimauve devant une dizaine de kilos de chair rose empaquetée dans une grenouillère.

Elle n'aimait pas les étranges émotions qui la traversaient quand elle le voyait devenir un homme comme les autres. Un homme qu'il devenait possible de voir comme un mari et comme un père. Cela lui donnait trop à réfléchir.

— Elle déborde d'énergie, ce soir, dit-elle. Impossible de la faire rester tranquille.

— C'est bien vrai, ça ? roucoula-t-il, en chatouillant le menton du bébé, qui renversa la tête en arrière et éclata de rire.

Hannah calée sur sa hanche, il sortit un objet de sa poche et le promena dans tout l'appartement, tout en bêtifiant avec l'enfant.

Que fabriquait-il avec ce truc ? Il s'arrêta devant la lampe à pied, et un voyant rouge clignota sur son appareil.

— Je crois qu'Hannah a besoin d'un bain, déclara-t-il.

Il continua à se promener dans l'appartement avec son gadget.

— N'est-ce pas que tu as besoin d'un bon bain, mon petit chat ? chantonna-t-il. Rien de tel qu'un bain pour dormir comme un ange.

Enchantée, Hannah lui tapota la joue de sa petite main. Il déposa un gros baiser bruyant au creux de sa paume, ce qui la fit de nouveau rire aux éclats.

— Que faites-vous ?

Aurora attrapa la pile de documents qu'elle avait mise hors de portée d'Hannah et déposée sur le téléviseur.

Il lui adressa ce demi-sourire moqueur qui était sa marque de fabrique et faisait s'envoler une nuée de papillons dans son estomac.

— Je vais donner le bain à Hannah.

D'un signe du menton, il lui indiqua la salle de bains.

— Venez m'aider.

Elle grimaça et regarda les documents dans sa main. Elle n'avait pas du tout envie de jouer avec lui le rôle de la famille heureuse. C'était trop intime, trop dérangeant.

— J'ai des choses à faire.

— Comme vous voudrez.

Il se pencha au-dessus de la table de salon et griffonna quelque chose sur son bloc-notes.

« Il y a un micro. Nous devons parler. »

Un micro ? Il n'allait pas un peu trop loin ? Qui pourrait avoir envie d'écouter ce qui se passait dans l'appartement de Felicia ? Les babillements et les pleurs d'Hannah ne devaient sûrement pas passionner grand monde. Mais la curiosité l'emporta, et elle le suivit dans la salle de bains.

Il ferma la porte et promena son gadget dans la pièce. Pas de voyant rouge. Bien qu'elle n'ait jamais souffert de claustrophobie jusqu'à présent, elle eut l'impression que les murs blancs se refermaient sur elle, et qu'il faisait une chaleur à mourir. Prenant appui contre le lavabo, elle crispa les doigts autour du rebord de porcelaine.

Felicia avait collé des décalcomanies de poissons, de baleines et d'étoiles de mer sur le carrelage blanc entourant la baignoire. Une éponge bleu pâle était suspendue au robinet par une cordelette. Des serviettes bleu turquoise étaient posées sur le porte-serviettes. Un savon tout neuf reposait dans une coupelle en forme de coquillage. La brosse à dents de Felicia était toujours dans le verre en plastique bleu nacré sur l'évier, sèche, attendant sa propriétaire. Partout, il y avait des touches de bleu, comme les yeux de Felicia. L'esprit de sa sœur imprégnait la pièce.

Sans lâcher Hannah, Ace ouvrit à fond les robinets de la baignoire, et s'assit sur le rebord. Puis il tendit au bébé un petit canard en plastique bleu, qu'elle pressa avec délice, amusé par le couinement strident qu'il produisait.

— D'où sort ce micro ? demanda Aurora.

— C'est l'œuvre de Tank, le bras droit de Deacon.

— Mais pourquoi ?

— Pour découvrir ce que vous savez.

Il la regarda avec une telle gravité qu'elle prit peur.

— La situation est en train de dégénérer. Vous devez partir avec Hannah.

Elle croisa les bras autour de sa taille. Il lui demandait de renoncer. Il lui demandait d'abandonner de nouveau Felicia, de se parjurer.

— Désolée, je reste.

— Vous n'avez pas le choix, ma belle. Votre sœur est morte. La petite a besoin de vous. Faites vos bagages et partez.

Pourquoi était-il si cruel ? Cela ne lui ressemblait pas.

— Je ne veux pas laisser son assassin s'en sortir.

— Je sais ce que vous ressentez. J'ai une sœur aussi. Mais vous risquez votre vie.

Sa vie ? Non, Mike ne la tuerait pas. Il était assez intelligent pour comprendre que la coïncidence paraîtrait invraisemblable, et qu'on y regarderait de plus près dans ses activités.

— Je ne pars pas.

— Ils ont découvert que nous étions allés au chalet, et ça ne leur a pas plu.

— Tant mieux ! Ça prouve que j'ai vu juste.

Hannah jeta le canard, qui atterrit aux pieds d'Aurora. Ace le remplaça par un bateau à vapeur en plastique, dont Hannah s'empressa de mâchonner la cheminée.

— Ça prouve surtout que vous n'allez pas tarder à rejoindre Felicia là où elle est.

— Je dois rester jusqu'à ce que nous la retrouvions, jusqu'à ce que j'aie la preuve nécessaire pour faire payer Mike. Il a forcément commis une erreur.

— Il y a peut-être un moyen de le coincer.

Le cœur battant à tout rompre, Aurora se redressa.

— Comment ?

— Le frère de Mike vient d'être arrêté.

Elle haussa les épaules, déçue.

— Pour ce que ça va servir !

— Le procureur vient tout juste d'être élu. Il doit faire ses preuves. Et quoi de mieux qu'une affaire d'une telle importance ? La couverture médiatique est assurée pour des semaines.

— A moins que Mike ne le fasse éliminer. D'après ce que vous m'avez raconté, cela s'est déjà produit.

— Ne soyez pas aussi négative. Admettons qu'il obtienne des aveux de Mike sur le meurtre de Felicia, retournerez-vous à Washington ?

— Je…

— Attention, si vous faites une promesse, il faut la tenir.

Elle hésita un moment.

— Si vous obtenez des aveux, je partirai.

A défaut de promesse, elle voulait bien accepter un compromis.

— Je ne rentrerai pas chez moi, mais je quitterai la ville.

Il tendit la main vers les robinets, et coupa le déferlement bruyant de l'eau dans la baignoire.

Sa voix prit de l'écho dans la pièce carrelée plongée dans le silence.

— C'est de bonne guerre.

12

— Si Mike découvre que j'ai négocié avec vous, je suis mort, déclara Curtis Fletcher.

Finalement, Ace avait piégé pour rien sa moto avec de fausses preuves. Son cousin Bobby et lui s'étaient fait prendre avec assez de marchandises volées sur eux pour s'assurer un long séjour au pénitencier fédéral.

En ce moment même, Bobby et Curtis étaient auditionnés dans deux salles d'interrogatoire distinctes, au centre de détention.

Hugh Winburn, le procureur, sanglé dans un costume gris anthracite, était assis en face de Curtis et lui avait mis toutes les cartes en main. Visiblement, Curtis n'aimait pas la partie qui se jouait.

— Nous pouvons assurer votre protection, dit le procureur, d'un ton qui faillit même convaincre Ace qu'il était du côté du malfrat.

— C'est ce que vous avez dit à cette garce qui a essayé d'enregistrer Mike ?

Le procureur ouvrit le premier des deux dossiers posés devant lui. Il contenait une pile de documents et deux photographies. Il plaça la première feuille devant Curtis.

— Voici un ordre d'inculpation pour le meurtre de Felicia Cates.

Curtis repoussa la feuille et s'adossa à sa chaise en plastique, les mains nouées derrière la tête.

— Je n'ai rien à voir là-dedans.

— Millhauser vous a balancé.

— Il n'a aucune preuve.

— Nous avons localisé le chalet de votre mère. Combien de temps nous faudra-t-il à votre avis pour repêcher la voiture de Felicia dans la rivière ?

Le procureur posa sur la table un portrait de Felicia et un autre d'Hannah.

— Cette femme était la mère de votre nièce. Quand Hannah sera plus grande, elle voudra des réponses. Et Felicia a le droit à une sépulture décente.

— Je ne vois pas de quoi vous parlez.

Observant la scène derrière la vitre sans tain, Ace s'efforça d'ignorer la tension d'Aurora à son côté.

— Nous vous offrons l'immunité.

— Je n'en ai rien à faire.

— Cette offre ne va pas rester longtemps sur la table.

— Tant pis.

— Il faut suffit de témoigner, et ensuite vous serez tranquille.

Curtis réfléchit, le visage animé de tics nerveux. Puis il se pencha, les coudes sur la table.

— Il me retrouvera. Il me tuera.

— Nous pouvons faire en sorte que cela ne se produise pas.

— Vous parlez du programme de protection des témoins ?

— Je ne peux rien vous promettre tant que vous ne m'aurez pas donné d'éléments suffisants.

Le visage de Curtis se ferma, et l'homme se rejeta en arrière.

— Je ne travaille pas comme ça.

— Je comprends, Curtis. Vous ne voulez pas prendre le risque que votre frère ait connaissance de notre petite conversation.

Le procureur eut une moue attristée.

— Ce serait dommage que cette information filtre malgré tout.

Curtis tapa du poing sur la table.

— Hé, vous ne pouvez pas faire ça !

Le procureur rassembla les documents éparpillés sur la table, prit ses dossiers et se leva.

— Non seulement je le peux, mais je vais le faire.

Hugh Winburn quitta la salle d'interrogatoire et rejoignit Ace, Falconer et Aurora dans le réduit derrière la glace sans tain.

— Il va craquer.

Personne ne le contredit.

En silence, ils observèrent l'animal traqué qui cherchait un moyen de sortir de sa cage.

Le vacarme dans le centre de détention était constant. Le brouhaha des conversations, les cris occasionnels, les bruits de pas, le cliquetis des clés dans les serrures, le glissement des lourdes portes d'acier sur leur rail…

Et puis, il y avait cette odeur si particulière faite de sueur, de manque d'aération, de colère mal contenue, d'humiliation et de peur.

Cette ambiance mettait les nerfs d'Ace à vif. Il était conscient des risques qu'il courait en venant ici et avait essayé de les limiter. Toutefois, le fait de voyager dans le 4x4 aux vitres teintées de Falconer et d'entrer dans cet univers carcéral par une porte dérobée ne le mettait pas à l'abri d'être reconnu. Mais Aurora avait besoin d'assister à cet interrogatoire, et il avait tenu à l'accompagner.

Curtis gratta une série de croûtes sur son bras, s'agita sur sa chaise comme si une armée de fourmis avait envahi son pantalon, se leva, se rassit… Il ne tenait pas en place.

Lorsque le procureur estima que Curtis était prêt, il demanda aux deux gardiens qui surveillaient la porte de le reconduire à sa cellule. Ils entrèrent dans la pièce et agitèrent menottes et chaînes comme s'ils étaient prêts à l'entraver.

Curtis recula pour leur échapper.

— Faites revenir l'autre gars.

— Tu es sûr, Curtis ? ironisa un gardien. On ne voudrait pas te causer d'ennuis.

Le malfrat hocha frénétiquement la tête et alla docilement s'asseoir.

Le procureur revint.

— Je vous écoute.

— Je ne suis pas un assassin, commença Curtis, en passant la main dans ses cheveux gras. J'étais là au début, parce qu'on me l'avait demandé. C'était le plan. Mais, euh… ce n'est pas mon truc. Je n'aime pas le sang, vous voyez. Donc, j'ai… euh…

Il se passa la langue sur les lèvres.

— Disons que je suis comme qui dirait parti.

— Comment cela ?

— J'ai entendu des cris, mais je n'ai pas vu le meurtre. Ni le cadavre de la fille. Je ne sais pas où il l'a emmenée.

— En quoi consistait le plan ? Il va me falloir des détails.

Curtis se lança dans une longue explication, jurant à plusieurs reprises sur la tombe de son père qu'il n'avait aucunement participé au meurtre. Il ne savait même pas si Mike avait réellement tué Felicia ou s'il la séquestrait quelque part.

En résumé, il ne savait rien qui aurait pu aider Aurora à faire son deuil, et le procureur n'avait pas assez d'éléments probants pour engager des poursuites contre Mike. Mais, en se servant du frère, il restait toujours l'espoir que Mike finirait par commettre une erreur.

— On peut partir, maintenant ?

Aurora avait parlé si bas qu'il dut pencher la tête vers elle pour l'entendre.

Il acquiesça et, la main posée sur son épaule crispée, il la guida vers la sortie.

Il comprenait son besoin de faire justice pour sa sœur, mais son détachement l'inquiétait. Ce n'était pas sain.

Son instinct lui soufflait de la pousser dans ses retranchements, de provoquer une dispute pour qu'elle puisse extérioriser sa colère et sa rancœur, pour qu'elle s'autorise enfin à manifester une émotion.

Mais, s'il commençait à suivre son instinct, il risquait de perdre le contrôle. Et la situation était déjà assez compliquée comme ça.

Tout ce qu'il pouvait faire, c'était l'aider à faire ses bagages, même si la perspective de lui dire adieu le faisait souffrir plus qu'il ne l'aurait imaginé.

Falconer les déposa sur une portion de route déserte à un kilomètre de la ville, et ils marchèrent en silence jusqu'à l'appartement.

Hannah était chez la nourrice, et Aurora ne voulut pas aller la chercher tout de suite. Elle avait quelque chose d'important à faire, expliqua-t-elle.

En la voyant se ruer sur son ordinateur et entamer une recherche frénétique, Ace comprit que cette fuite en avant, ce refus de la réalité n'était qu'un ultime gain de temps avant l'inéluctable crise de nerfs. Aussi décida-t-il de rester.

Même si Curtis avait affirmé qu'il ne savait pas si Felicia était réellement morte, Aurora en était maintenant convaincue.

Le plan initial était d'attirer Felicia au chalet, de la tuer, et de noyer sa voiture dans la rivière avec son cadavre dans le coffre.

La première étape du plan avait fonctionné. Felicia s'était bel et bien rendue au chalet. Curtis était parti avant l'affrontement, mais il l'avait entendue crier.

Voilà toutes les informations dont ils disposaient. Maintenant, ils allaient devoir attendre que l'équipe de nécro-localisation, un groupe d'experts scientifiques et de policiers spécialisés dans la recherche de cadavres, vienne repêcher le corps. Sebastian avait promis de faire hâter leur venue. Peut-être alors le cadavre de Felicia livrerait-il tous ses secrets, y compris le nom de son meurtrier.

Le cadavre. Aurora porta la main à sa gorge pour contenir le long cri de douleur qu'elle sentait monter dans sa gorge.

Admettre la vérité faisait si mal. Si elle ne faisait pas quelque chose, elle allait s'effondrer. Et elle ne pouvait pas se le permettre. Elle devait penser à Hannah.

Dès qu'elle entra dans l'appartement, elle essaya de se distancier de la douleur en s'absorbant dans des recherches qui représentaient la sécurité, le confort de la routine, mais qui n'avaient plus aucune raison d'être. Qu'y avait-il à chercher de plus ? Elle connaissait maintenant la réponse qu'elle avait tant cherchée.

Soudain, les larmes brouillèrent sa vision, et elle ne distingua plus ce qui apparaissait à l'écran.

Elle se leva d'un bond, avec l'envie de frapper quelqu'un, de détruire quelque chose, de hurler à pleins poumons jusqu'à se casser la voix.

Marmonnant sa frustration, elle balaya d'un revers de main les piles de documents qu'elle avait collectés, puis elle se retourna avec brusquerie et heurta Ace de plein fouet. Sans même avoir conscience de ce qu'elle faisait, elle martela son torse de coups de poing.

Ace prit ses poignets dans le cercle relâché de ses doigts et écarta les poings d'Aurora de son torse.

— Si vous me frappez comme ça, je vais être obligé de répliquer.

Troublée par l'intonation sensuelle de sa voix, elle leva les yeux et l'intensité brutale de son regard la déconcerta. Puis elle vit monter une flamme étrange dans les profondeurs de ses yeux. Alors, comme la lumière du jour inonde une pièce obscure, elle prit conscience du désir qu'ils éprouvaient l'un pour l'autre en cet instant.

— Ah oui ? dit-elle, d'un ton lourd de sous-entendus. Je ne demande qu'à voir.

Il n'eut aucun mal à saisir le message.

— Vous savez où ceci va vous mener ? demanda-t-il.

— Oui.

Elle agrippa son blouson de cuir et le fit glisser de ses épaules. Le poids du vêtement l'entraîna vers le sol, où il s'écrasa avec un bruit mat.

— Je sais très bien où je vais.

Il l'attira étroitement contre son corps, lui offrant la preuve de son désir brûlant, fouillant sa bouche avec une fièvre et une audace renversantes, puis lui laissant voir qu'elle était libre d'en rester là.

— Tu es sûre ?

Pour toute réponse, elle lui prit la main et l'entraîna vers la chambre.

Portée par une frénésie aveugle, elle tira fébrilement sur la boucle de sa ceinture, fit descendre la glissière de son jean, glissa brièvement la main le long de son ventre dur… Puis elle écarta si brutalement les pans de sa chemise qu'un bouton fut arraché.

Elle voulait que le contact de sa peau enflamme la sienne, elle voulait que chacun de ses baisers soit comme une marque au fer rouge qu'il poserait sur elle. Elle voulait l'accueillir en elle, se sentir emplie de lui.

Elle avait envie d'être égoïste, exigeante et brutale. Le

poussant sur le lit, elle se débarrassa en un instant de son T-shirt, ne gardant que son soutien-gorge. Puis elle fit glisser sa culotte le long de ses jambes, remonta sa jupe et s'installa à califourchon sur ses cuisses. Penchée sur lui, elle fit courir la caresse humide et tiède de ses lèvres sur son visage, sur son torse, tandis qu'il laissait seulement ses mains vagabonder sur son corps, couvrait de caresses ses jambes, sans chercher à prendre l'avantage.

Elle réalisa alors que cette brutalité qu'elle mettait dans la recherche du plaisir, cette envie de dominer Ace, ne faisait pas d'elle une autre personne, ne mettait pas la douleur en déroute, ne la libérait pas. Il lui semblait que chaque parcelle de son corps se réveillait, se chargeait d'électricité et de chaleur.

C'était la vie, réalisa-t-elle. La vie qui coulait en elle.

Elle roula sur le côté, lui tournant le dos. Il ne l'abandonna pas et se blottit contre elle, l'enveloppant de sa chaleur et de ses forces. Il lui avait fallu du temps pour comprendre qu'elle était amoureuse de cet insupportable et arrogant macho. Cela ne datait pas d'aujourd'hui. Ça s'était fait petit à petit, au fil des jours qu'elle avait passés avec lui.

Recroquevillée sur elle-même, elle pressa les mains sur son cœur. Elle avait si mal à l'intérieur.

Etouffant un sanglot, elle se glissa sous les couvertures. C'était comme si elle était revenue à la case départ. Livrée à elle-même dans le New Hampshire. Dévastée par le chagrin comme le jour où ses parents avaient été tués.

Comment pouvait-elle aimer cet homme ? Comment son cœur pouvait-il vibrer pour un être qui allait le briser en mille morceaux et s'en aller ? Comment pouvait-elle se sentir en sécurité dans ses bras alors qu'il ne serait bientôt plus là pour lui apporter son soutien ?

Elle chiffonna le drap dans son poing serré et y pressa

sa bouche. Un sanglot la secoua. Elle remonta les genoux sous son menton.

Il caressa doucement ses cheveux.

— Aurora ?

La gentillesse de sa voix fit alors ce que le meurtre de ses parents et la disparition de sa sœur n'avaient pas fait. Grâce à lui, elle put enfin ouvrir les vannes et laisser couler à flots son chagrin.

Ace avait déjà vu pleurer des femmes, Carlotta, Bianca… mais jamais de cette façon. Jamais avec cette sincérité désespérée, jamais sans l'espoir d'apitoyer, sans attendre quelque chose en retour.

— Mon cœur…

Il embrassa sa joue, but une larme.

— Aurora.

Il n'y avait plus de mots en lui, rien qu'une explosion d'émotions déferlant si vite qu'il ne pouvait pas les identifier. Mais ce qu'il ne pouvait pas dire, il pouvait l'exprimer avec son corps. Il n'allait pas la laisser là, recroquevillée comme un animal blessé attendant la mort.

Il acheva de la déshabiller avec douceur, la torture d'une envie urgente et brutale muée soudain en tendre patience. Ses mains, ses lèvres parcoururent inlassablement le corps d'Aurora à l'affût des points sensibles, des frémissements incontrôlés. Il goûta, chérit et savoura chaque parcelle de peau douce.

Lentement, elle revint à lui. Un baiser. Une caresse. Ses doigts s'enfoncèrent dans ses épaules. Ses hanches se pressèrent aux siennes. Le feu embrasa son regard d'ambre.

— Maintenant, exigea-t-elle.

Il sourit, sûr de son pouvoir sur elle.

— Non.

Elle essaya de le guider vers elle.

— Non.

Il échappa au tourment que lui infligeait sa caresse, releva ses bras derrière sa tête, et s'offrit le luxe de la faire attendre avec un long, lent et profond baiser.

Il ne s'était jamais adonné à la drogue, il en connaissait trop les ravages, mais il imaginait que cela devait faire cet effet-là. On devait avoir l'impression de se trouver sur le toit du monde, de posséder des pouvoirs surhumains et de croire que cela durerait toujours. Et soudain, il comprit comment le fait de goûter une fois à cela pouvait être le début d'une addiction éternelle.

Il avait l'impression qu'Aurora remplissait chaque parcelle de son être. Elle s'était insinuée sous sa peau, dans son cerveau et dans son cœur.

Diable ! Comment cela était-il arrivé ? Quand ? Comment se pouvait-il qu'il n'ait rien vu venir ?

Mais il était trop tard pour l'introspection et les regrets.

Même en sachant à quoi il s'exposait, il ne put résister.

D'un mouvement très lent, il se fondit en elle, lui arrachant un long gémissement de plaisir. Ils se laissèrent alors entraîner au rythme frénétique de leur passion.

Plus tard viendraient probablement les doutes et les regrets, mais ils étaient ensemble pour le moment, et rien d'autre n'avait d'importance.

13

Il ne passa pas la nuit entière avec elle. Elle ne s'y attendait pas réellement, mais quand même…

Aurora avait remis de l'ordre dans les documents qu'elle avait éparpillés la veille. Le front plissé, elle se livra à une dernière vérification, étudiant les connexions immobilières, les liens familiaux, les points colorés sur les cartes routières qui reliaient tout ce petit monde…

Toutefois, elle n'avait pas vraiment l'esprit à ce qu'elle faisait. Elle ne rêvait de rien d'autre que de se blottir contre le grand corps chaud d'Ace, en prétendant que leur intimité était réelle.

Mais elle lui avait ouvert son âme, hier, et elle n'était pas sûre d'avoir le courage de l'affronter.

Pas quand le désir qu'elle avait de lui se lisait ouvertement sur son visage. Pas avec le souvenir mortifiant du torrent de larmes qu'elle avait déversé. Et, surtout, elle ne voulait pas de sa pitié.

Elle n'aimait pas cet aspect vulnérable et quémandeur de sa personnalité. Elle n'aimait pas le fait de vouloir quelqu'un à ce point. Tout ce qui pourrait en résulter, c'était un chagrin d'amour, et elle avait déjà assez souffert comme ça.

Elle enroula souplement ses cheveux et les fixa avec une pince pour éviter de les avoir sans cesse dans la figure, et se concentra sur ce qui était important.

Il était évident que Mike n'avait pas noyé la voiture

juste en face du chalet. C'était trop risqué. Il ne voudrait pas faire courir de risques à sa mère ni faire fuir les locataires à cause d'une enquête de police. Curtis avait d'ailleurs précisé que Mike avait conduit la voiture ailleurs. Mais où ?

Elle se pencha sur la carte, cherchant un point d'eau à proximité des différents repères qu'elle avait tracés. Pour convenir, il fallait que ce soit suffisamment isolé…

— Depuis combien de temps es-tu là-dessus ?

La voix d'Ace l'arracha à la contemplation de la carte.

Elle tourna la tête et son cœur s'emballa quand elle découvrit sa haute silhouette sur le seuil.

Il entra d'une démarche souple et nonchalante, comme s'il était chez lui. Il transportait un ventilateur, qu'il installa devant la lampe où était dissimulé le micro, avant de le brancher et de le régler à son volume maximum.

Ça lui était complètement sorti de l'esprit. Elle avait oublié que quelqu'un écoutait tout ce qu'elle disait. Heureusement que ses pensées étaient silencieuses, ou elle aurait eu des ennuis !

Un soleil timide se montrait à la fenêtre. De longues traînées pourpres déchiraient le ciel nuageux. Plongée dans ses réflexions, elle n'avait pas réalisé que le jour se levait.

Ace déposa un sachet blanc de boulangerie sur ses genoux et s'assit à côté d'elle sur le sol.

Beaucoup trop près. Troublée par son odeur familière de cuir et d'eau de Cologne, elle avait envie de poser la tête sur son épaule. De nouer les bras autour de sa taille. De l'embrasser.

S'éclaircissant la gorge, elle plongea la main dans le sachet et en sortit un gros pain aux raisins.

— Qu'es-tu en train de faire ? chuchota-t-il.

— J'essaie de faciliter le travail des experts en réduisant le champ d'investigation pour retrouver la voiture.

Elle désigna trois endroits sur la carte.

— Il y a un lac derrière le club-house.

Ace secoua la tête, peu convaincu.

— On ne se débarrasse pas d'un cadavre chez soi.

— C'est pourquoi je suis sûre que la voiture ne se trouve pas près du chalet de sa mère. De toute façon, on aurait vu des traces sur la rive.

Elle tapota l'index sur un autre point de la carte.

— Ce terrain de camping pourrait faire l'affaire. Il appartient au cousin d'un membre du gang. Lenny n'est pas actif, donc il n'était pas sur notre liste. Ce n'est pas encore la saison, et le camping est vide.

— Aucune chance ! trancha Ace. Lenny préférerait planter un couteau dans le dos de Mike plutôt que de l'aider.

— Il n'est peut-être pas au courant. Mike a pu se rendre là-bas discrètement.

— Peut-être… J'ai besoin d'un café.

Il était beaucoup trop à l'aise dans sa cuisine, remarqua-t-elle.

Elle reporta son attention sur la carte et repéra un autre endroit.

Sur le point de parler à voix haute, elle se rappela le micro et se dirigea vers le comptoir qui séparait la cuisine du salon.

— Cette ferme est au bord de la rivière. L'ex-petite amie de Curtis y vit avec son mari, un éleveur de vaches laitières.

Le café gargouillait dans la machine, emplissant la pièce d'une odeur engageante. Ace ouvrit un placard et posa deux tasses sur le comptoir.

— Que dirais-tu d'aller lui rendre visite ? proposa-t-elle.

— J'en dis que j'ai connu de plus mauvaises idées.

*
* *

Britney Agard faisait partie des deux cents personnes connectées à Mike qui avaient été interrogées par la police. L'ex-petite amie de Curtis Fletcher avait été questionnée parce qu'elle avait acheté une voiture d'occasion à Mike, mais tout avait l'air en règle.

Plantée au milieu de grands arbres, la ferme se trouvait au bord de la rivière Connecticut, au sud de Walpole. En s'y rendant avec Aurora, Ace avait pris une décision qui pouvait lui coûter six mois d'efforts pour infiltrer la bande.

Mais cette décision pouvait aussi permettre de régler le sort de Mike. Pour le moment, il renonçait à capturer le gros poisson. Aurora avait besoin de réponses, et il les trouverait pour elle.

Il était capable de s'adapter. C'était sa force.

Après une demi-heure passée à discuter dans une cuisine qui sentait le fumier de vache, le lait aigre et le bacon frit, Ace se rendit compte qu'il perdait son temps et se leva pour prendre congé.

Ce fut le moment que choisit Britney pour se décider à passer aux choses sérieuses.

— J'ai peut-être une information qui va vous intéresser, dit-elle, en faisant rouler entre ses mains sa tasse de café sur la toile cirée qui couvrait la table.

Ses yeux gris étaient indéchiffrables. Des rides d'amertume la faisaient paraître plus vieille que son âge. Son pantalon de flanelle grise pochait aux genoux, et son gilet en laine de mauvaise qualité boulochait.

— Nous vous écoutons, dit Aurora, en posant la main sur son bras.

— Vous savez, la ferme ne rapporte pas grand-chose. On arrive tout juste à joindre les deux bouts, comme on dit.

Elle les regarda tour à tour avec insistance.

Elle voulait de l'argent, comprit Ace. Il joua les obtus et laissa le silence s'étirer jusqu'à ce qu'elle se sente obligée de le combler.

Quand il fut clair pour elle que personne ne saisirait la perche, Britney vida d'un trait sa tasse de café, et reprit :

— Dès qu'il le peut, Sam fait des petits travaux de bricolage chez ses amis.

Les doigts crispés sous la table, Aurora s'exhorta à la patience.

— Ça s'est passé avant que Sam aille poser de la moquette pour Mike dans le chalet de sa mère. Je préparais le dîner, et j'ai vu Mike s'arrêter près de la grange. Sam était dans un pré avec le vétérinaire. Une de ses vaches avait du mal à vêler. Et on ne sait jamais combien de temps ces choses-là vont durer.

Ace hocha la tête, en affichant une expression attentive.

— Il m'a dit qu'il voulait se débarrasser d'une voiture, et il voulait que je lui montre l'endroit le plus profond de la rivière.

— Il a dit pourquoi il voulait sans débarrasser ? demanda Aurora.

— Non.

— Quel modèle de voiture était-ce ? s'enquit Ace.

Britney se leva pour se resservir un café.

— Un pick-up bleu clair. Un vrai paquebot, avec un problème de moteur. Ça claquait bizarrement.

L'instinct d'Ace lui souffla que cette femme parlait trop librement et donnait trop de détails.

— Je peux vous montrer l'endroit, si vous voulez.

Elle insistait trop. Son sourire avait quelque chose de narquois…

Il comprit que c'était un piège.

— Ce n'est pas loin. On peut prendre ma voiture, proposa-t-elle.

Aurora se leva.

— Merci.

Ace intervint.

— Nous allons vous suivre.

Penny avait eu besoin de la voiture pour faire des courses, et ils étaient venus avec son Indian. Maintenant, il regrettait la sécurité qu'aurait pu offrir l'habitacle de la voiture.

— Tu as ton téléphone portable sur toi? demanda-t-il à Aurora dès qu'ils furent dehors.

Elle attrapa le casque posé sur la selle de la moto.

— Pour quelle raison ?

— Je n'aime pas la situation.

— Pourquoi ?

— Il y a quelque chose de pas net.

— Tant pis. Je viens quand même avec toi.

Il jeta un coup d'œil vers le 4x4 rouge vif qui sortait d'un des bâtiments de la ferme. A leur approche, Britney baissa sa vitre.

— Suivez-moi.

— Reste ici, ordonna Ace. Je m'en occupe.

Il enfourcha sa moto.

— Si je ne suis pas revenu dans quinze minutes, appelle Falconer.

— Tu l'appelleras toi-même.

Elle enfonça le casque sur son crâne.

— Je t'accompagne.

— Nous ne savons pas ce qui nous attend.

Britney manifesta son impatience par un coup de Klaxon, et leur fit signe de la suivre.

— Tu essaies de me faire peur, dit Aurora. Mais plus rien ne peut m'impressionner. Je veux savoir.

Ace capitula et la laissa monter derrière lui.

Ils suivirent Britney sur un chemin de terre, longèrent des bâtiments agricoles peints en rouge, un pré où paissaient des vaches rousses, des champs labourés attendant les semis de maïs.

Dès que la rivière fut en vue, Britney ralentit et s'arrêta près d'un embarcadère.

Il avait vu juste. Britney Agard les avait conduits tout droit dans la gueule du loup.

Mike, Bruiser et Mad Dog les attendaient. Chevauchant leur Harley vrombissante, ils ressemblaient à des chevaliers médiévaux prêts à jouter.

A quel moment Britney avait-elle appelé Mike ? Quand elle était montée à l'étage pour chercher un gilet, en prétextant qu'elle avait froid ? Quand elle avait disparu dans l'arrière-cuisine pour moudre les grains de café ?

Peu importait, après tout. Le résultat était là. Pour faire plaisir à Aurora, il avait pris un gros risque et il avait perdu.

Prendre le parti d'Aurora était une infraction au code de loyauté du gang. Et toute infraction était sévèrement punie.

— Accroche-toi, dit-il.

Avant que la horde ait eu le temps de s'élancer, il fit demi-tour et fonça vers la route principale, en espérant y croiser une voiture de patrouille.

Il n'avait pas beaucoup d'avance, mais les virages et les côtes de la route à deux voies tinrent ses poursuivants à distance. Il s'engagea bientôt dans la nuée matinale de camions et de voitures qui convergeaient vers la ville. Un chantier mobile réduisait la circulation à une voie, et un feu régulait le trafic. Ace s'engagea à contresens et zigzagua entre les voitures. Les Klaxons rugirent. Les poings furent levés. Les insultes fusèrent.

Où étaient les flics quand on avait besoin d'eux ?

Un peu plus loin, il passa un feu à l'orange, tourna à gauche dans le carrefour, s'engagea sur un pont qui donnait sur l'autre rive de la rivière Connecticut, du côté de l'Etat du Vermont.

Après avoir emprunté une série d'embranchements, il se retrouva sur l'autoroute.

Malgré tous ses efforts pour les semer, leurs poursuivants étaient toujours derrière lui. Il accéléra et prit à la dernière minute une bretelle de sortie. Ce faisant, il glissa vers une rigole d'écoulement qui manqua les faire déraper, et se rétablit in extremis. Terrorisée, Aurora n'avait pu s'empêcher de crier.

Engagé sur une nouvelle portion d'autoroute, il zigzagua d'une voie à l'autre, espérant attirer l'attention des patrouilleurs à moto.

— Je n'arrive pas à les semer, avoua-t-il.

— Prends la prochaine sortie.

— Ça va nous faire retourner vers le New Hampshire.

— Justement ! Il y a une prison pas très loin, et ça m'étonnerait que Mike veuille s'en approcher.

Mais il était toujours derrière eux et commençait même à réduire la distance qui les séparait.

Profitant du virage suivant, Ace emprunta une voie de service dont l'accès était resté ouvert et aboutit tout droit dans un large tuyau de drainage. Il coupa le moteur, et entendit en surplomb le rugissement des Harley qui continuaient à filer sur l'autoroute.

— Ça va ? demanda-t-il à Aurora.

— J'ai cru mourir.

Lui aussi. Car s'il était arrivé quoi que ce soit à Aurora, son cœur ne l'aurait pas supporté et se serait arrêté de battre.

— J'espère que je n'aurai plus jamais à revivre cela. En tout cas, j'ai bien cru que nous n'allions pas nous en sortir.

— Je contrôlais la situation.

Il mentait. Il avait failli à sa mission avec le gang. Il avait presque failli à celle qui consistait à faire en sorte qu'il n'arrive rien à Aurora.

Peut-être était-il temps qu'il passe la main.

Sans donner d'explication à Aurora, il sortit son téléphone portable de sa poche et appela Falconer, qui promit d'être là dans moins de quinze minutes.

Après qu'ils eurent récupéré Hannah, Ace insista pour qu'ils aillent se réfugier à la « Caverne », le surnom donné par les employés de Falconer à son agence de détectives. Summersfield n'était plus sûr.

Pour une fois, Aurora fut de son avis. Elle empaqueta toutes les affaires d'Hannah, y compris les petits pots, l'album de photos et les guides d'éducation. Elle n'avait pas l'intention de revenir. Il n'y avait pas de raison.

Les experts scientifiques arrivèrent le lendemain. Liv, la femme de Sebastian Falconer, se porta volontaire pour garder Hannah, tandis qu'Aurora se joignait à l'équipe sur le bateau.

A la fin de la journée, passée à sillonner la rivière, on tendit une carte à Aurora.

— Nous avons identifié sept anomalies qui pourraient être une voiture, dit le responsable de l'équipe de recherche.

Désignant une courbe dans le tracé de la rivière, à deux cents mètres de l'embarcadère de la ferme de Britney Agard, il précisa :

— Je pense qu'il faudrait commencer les recherches ici.

A 11 h 51, le lendemain matin, un plongeur remonta une plaque d'immatriculation. Elle était boueuse, mais on pouvait y lire au-dessus des chiffres la devise qui avait toujours été celle de Felicia : « Vivre libre ou mourir. »

— C'est elle, murmura Aurora.

Un camion-grue remonta l'épave, sous la surveillance de plusieurs policiers.

Ace aurait voulu épargner cette épreuve à Aurora, mais elle insista pour rester. Il comprit que c'était sa façon de tenir jusqu'au bout sa promesse de ne pas abandonner Felicia.

De son côté, Aurora faisait de gros efforts pour mettre de la distance avec ses émotions. Regarder, observer et ne pas ressentir étaient ses mots d'ordre.

Comme anesthésiée, elle nota la boue qui maculait la peinture bleue délavée du vieux pick-up, la vitre ouverte du côté conducteur, les quelques cheveux roux coincés dans la poignée de la portière, le sang sur la ceinture de sécurité, l'odeur marécageuse de l'eau qui dégouttait de toutes les ouvertures.

Quand un agent du FBI fit signe à deux hommes armés de barres de fer qu'ils pouvaient forcer le coffre, elle eut l'impression de regarder une série policière à la télévision.

Ce n'était pas réel. Felicia n'était pas morte.

Mais tout le déni du monde ne pouvait effacer la présence bien concrète de la voiture émergée de l'eau tel le monstre du Loch Ness.

Les ongles enfoncés dans ses paumes, elle regarda les hommes faire sauter la fermeture du couvercle rigide qui fermait totalement le plateau du pick-up, faisant ainsi office de coffre.

La partie mobile se souleva en grinçant sur ses gonds.

Aurora fit un pas en avant.

L'air était empuanti par une odeur d'œufs pourris. Prise de nausée, elle porta la main à sa bouche.

Quelqu'un essaya de la faire reculer. Elle se débattit des poings et des coudes et se rua vers le coffre.

Un corps recroquevillé en fut sorti par les policiers. Couverts de boue, les longs cheveux de la morte masquaient son visage.

Epouvantée, Aurora ne pouvait détacher les yeux de l'impact de balle sur le côté droit du crâne.

Cette fois, elle ne pouvait plus nier la réalité. Felicia était morte.

Tout se mit à tourner autour d'elle.

Puis, avec une netteté confondante, alors qu'elle se sentait sur le point de s'évanouir, elle vit les longs ongles rouges de la victime.

14

— Ce n'est pas Felicia !

Aurora s'était agrippée au col du blouson d'Ace en pleurant de soulagement.

— Ce n'est pas Felicia, ce n'est pas Felicia, répéta-t-elle comme une litanie.

Un bras passé autour de sa taille, Ace l'entraîna un peu plus loin sur la berge et la fit s'asseoir sur un gros rocher plat.

— Tu as une idée de qui ça peut être ?

— Je ne sais pas. Probablement une amie à elle. Peut-être Karla Leach. En tout cas, ça veut dire que Felicia est toujours vivante.

Ace était loin de partager cet avis, mais il répugnait à décourager l'espoir qu'il voyait renaître dans les yeux d'Aurora.

Il savait qu'elle attendait de lui qu'il confirme cet espoir, qu'il lui dise que Felicia avait miraculeusement échappé à la vengeance de Mike. Mais cette probabilité était si faible, quasi inexistante.

— Reste là, dit-il. Je vais voir avec l'équipe s'ils ont de nouveaux éléments.

Il s'était éloigné de quelques pas lorsque son téléphone sonna dans sa poche.

— Monsieur Lyon ?

— Oui.

— C'est le proviseur Walker, de la Cheshire Academy. Votre sœur Bianca ne s'est pas présentée en cours ce matin.

— Que voulez-vous dire ?

Le proviseur se racla la gorge.

— Elle a disparu.

Ace laissa échapper un juron. Il n'avait vraiment pas besoin de cela en ce moment.

— Depuis combien de temps ? Qu'avez-vous mis en œuvre pour la retrouver ?

— Elle n'a pas dormi dans son lit. Personne ne se rappelle l'avoir vue au petit déjeuner. Nous avons fouillé l'école.

Le tapotement nerveux d'un stylo sur un bureau scandait les paroles du proviseur.

— Conformément au document que vous avez signé lors de l'inscription de votre sœur, la police a été prévenue.

— Donc, vous ne savez pas quand elle est partie, ni où elle a pu aller ?

— En effet. Mais nous faisons le nécessaire pour résoudre ce problème. J'ai pensé qu'il fallait vous prévenir.

— Merci, répondit machinalement Ace.

Mais de quoi fallait-il les remercier ? Ils étaient supposés l'aider, cela faisait partie de leur mission. Ils devaient également veiller à ce qu'il ne lui arrive rien. Il les payait une petite fortune pour cela.

— Que se passe-t-il ? demanda Aurora.

— C'est Bianca. Elle a fugué.

Aurora se leva d'un bond.

— Je vais t'aider à la chercher.

— Non.

— Mais…

— Tu dois rester ici au cas où ils trouveraient quelque chose.

— Mais je veux t'aider.

— Si tu veux m'aider, reste ici. Je n'ai pas envie de m'inquiéter pour toi. Ici, au moins, tu seras en sécurité.

Des hommes-grenouilles passèrent devant eux, suivis d'agents fédéraux et de policiers dont les coupe-vent arboraient en lettres majuscules dans le dos divers sigles officiels, FBI, ATF, DEA, CSI – sorte d'étrange parade macabre.

Des deux mains, il tira en queue-de-cheval les boucles rousses qu'il adorait et exerça une légère pression sur les cheveux d'Aurora pour l'obliger à rejeter la tête en arrière et à le regarder.

— Reste. C'est important pour toi d'avoir des réponses.

Elle soupira.

— D'accord.

— Appelle-moi si tu apprends quelque chose.

— J'ai oublié mon sac à la Caverne.

Plongeant la main dans la poche de son blouson, il déposa son téléphone dans la main d'Aurora. C'était son seul lien avec Bianca, mais si cette dernière avait fugué, il était peu probable qu'elle cherche à le joindre. Il la connaissait bien, et quand elle était dans cet état d'esprit, sa jeune sœur prenait un malin plaisir à faire en sorte qu'il s'inquiète et la cherche partout.

Vérifiant le biper fixé à sa ceinture, il s'assura qu'il était bien en service.

— Bipe-moi si tu as du nouveau au sujet de Felicia ou si Bianca appelle. Je trouverai un téléphone.

— Je ne connais pas ton numéro.

Ace héla un policier qui passait.

— Vous auriez un stylo ?

L'homme lui tendit un stylo publicitaire offert par une marque d'essence.

— Merci.

Ace prit la main d'Aurora, écrivit son numéro au creux de sa paume et replia ses doigts.

— Un coup de fil, c'est tout ce qui nous sépare. Appelle-moi, et je reviens immédiatement.

Elle secoua la tête.

— Non. Tu dois d'abord penser à retrouver ta sœur. Elle a besoin de toi.

Ace se sentait déchiré entre l'envie de rester avec elle et celui de partir à la recherche de Bianca. Les deux avaient besoin de lui. Mais Aurora était en sécurité avec ce déploiement de forces de police, tandis que Bianca était seule, en proie à mille dangers.

— Je ne serai pas long, promit-il.

Le soleil faisait scintiller la surface de l'eau ridée par les vagues que provoquaient les allers-retours du canot à moteur rouge chargé de surveiller les plongeurs. Il faisait presque trop beau pour accomplir une tâche aussi abominable.

Mais les préoccupations d'Aurora étaient ailleurs. Quelque chose qu'elle avait vu ou entendu la taraudait avec la même constance agaçante que mettaient les grosses mouches noires à tournoyer autour d'elle.

Elle ne parvenait pas à se souvenir de quoi il s'agissait, mais elle savait que c'était important.

Elle fouillait sa mémoire comme elle aurait feuilleté un ancien modèle de fichier à cartes rotatif, mais elle ne savait pas sous quelle rubrique elle avait classé l'information dont elle avait besoin, ni même dans quelle catégorie plus générale elle devait la chercher.

L'agitation constante des équipes d'investigation ne l'aidait pas.

Pourquoi devaient-ils s'agiter en tous sens ? Pourquoi

devaient-ils crier ? Quel besoin avaient-ils de se faire remarquer comme ça ?

Elle repéra Sebastian, talkie-walkie en main, au bout du ponton d'embarquement. Il avait promis qu'il ferait tout pour retrouver Felicia, et elle savait qu'il tiendrait sa promesse.

Le fait de savoir qu'elle avait de son côté quelqu'un d'aussi solide allégea un peu le poids qui pesait sur ses épaules. Mais elle ne pouvait plus rester là une minute de plus.

— Sebastian ? cria-t-elle, en agitant le bras pour attirer son attention.

Puis elle se fraya un passage parmi le bataillon d'agents fédéraux et de policiers, ignorant leurs incitations à rester en retrait.

— Je dois retourner à la Caverne, expliqua-t-elle.

Une expression inquiète se dessina sur le visage de Sebastian.

— Que se passe-t-il ?

— Je voudrais vérifier quelque chose, et mon ordinateur est resté là-bas.

— Je vais te faire accompagner.

Il rejoignit un homme blond, vêtu d'un coupe-vent bleu marine, avec le sigle ATF écrit en jaune dans le dos. Il échangea quelques mots avec lui, puis fit signe à Aurora.

— Glasser va s'occuper de toi.

Aurora, qui ne l'avait pas reconnu tout de suite, en fut dépitée. Elle était loin de s'imaginer le revoir, et lui tenait toujours rigueur d'avoir failli à sa mission de protection à l'égard de Felicia.

A en juger par sa mine d'adolescent boudeur, tandis qu'il l'accompagnait à sa voiture, Glasser n'était pas ravi non plus de ce changement de programme.

Une fois au volant, il lui signifia clairement qu'il ne

voulait pas discuter avec elle, en allumant la radio qui le reliait au central, et dont les demandes d'intervention et les appels aux unités en service sur fond de crachotements rythmèrent le trajet.

A la porte de l'agence, Glasser s'identifia et présenta son insigne à la caméra pour confirmer son identité.

A peine entrée, Aurora fila vers l'escalier qui desservait l'appartement privatif de Liv et Sebastian. Quelque part, dans une pièce, elle entendit le rire d'Hannah et les roucoulades attendries de Liv, mais ne prit pas le temps d'aller les voir.

Se jetant sur son lit, elle alluma son ordinateur portable et consulta l'historique des pages Web qu'elle avait consultées récemment.

Obéissant à une subite intuition, elle porta son choix sur un article consacré aux différentes drogues que l'on pouvait trouver sur le marché et à leur mode de fabrication.

Soudain, une rubrique attira son attention.

Méthyle-sulfonyl-méthane, ou MSM, produit vétérinaire utilisé pour couper la métamphétamine.

Un produit vétérinaire…

En réfléchissant lui revint à la mémoire le visage d'un homme rencontré à la supérette, alors qu'elle achetait une trousse de premiers secours pour soigner la blessure qu'Ace s'était faite en se bagarrant avec des Hell's Angels.

Simon Bales.

Il s'était présenté, en se disant vétérinaire, et lui avait fait des compliments sur ses cheveux : « Votre toison me rappelle une pouliche que j'ai soignée, il y a quelques jours. »

Elle avait pensé qu'il la draguait, non sans penser que la comparaison avec une jument n'était pas des plus heureuses. Ce qui cadrait bien avec l'impression de paysan un peu lourdaud qu'il lui faisait. Mais n'avait-il pas plutôt joué sur les mots en employant une expression démodée – et passablement dégradante il fallait bien le dire – pour parler d'une femme ?

Etait-ce une allusion déguisée à Felicia ? La retenait-il prisonnière ?

Le vétérinaire faisait-il partie du gang ? Etait-ce lui qui fournissait Mike en MSM ?

Aurora se leva et commença à arpenter la pièce, essayant de ralentir ses pensées et d'y mettre de l'ordre.

Elle devait réfléchir.

Quelle avait été sa première impression de Simon Bales ?

Il lui avait fait l'effet d'un brave type jovial et pas compliqué. Le genre à prendre la vie du bon côté et à s'extasier sur un coucher de soleil ou sur le parfum des fleurs.

Britney Agard, la fermière, avait mentionné que son mari était occupé avec le vétérinaire quand Mike était venu lui rendre visite. Simon Bales se trouvait-il près du débarcadère quand la voiture avait coulé ? Avait-il assisté à la scène, ou y avait-il participé ?

Il ne fallait peut-être pas se fier à son air bon enfant…

Elle se précipita vers la cuisine, où elle avait repéré un annuaire près du téléphone mural, et chercha le numéro de Simon Bales.

— Clinique vétérinaire, répondit une voix féminine.

— Pourrais-je parler au Dr Bales ?

Elle n'avait pas la moindre idée de ce qu'elle allait lui dire. Forger un plan, réfléchir à la façon de présenter les choses, répéter le discours qu'elle allait tenir ne lui ressemblait pas. Elle préférait la spontanéité et l'improvisation.

— Il n'est pas joignable pour le moment. Ceci est un service groupé de messagerie. Puis-je prendre un message ?

— Non, merci.

Aurora reposa le téléphone sur son socle.

Elle aurait dû s'en douter. Elle ne s'attendait quand même pas à ce que Felicia réponde au téléphone ? Si, elle devait bien se l'avouer.

L'adresse dans l'annuaire semblait clignoter comme une enseigne au néon. 123 Meadow Lane, Summersfield.

Cette facilité n'était-elle pas trompeuse ? Aurora pouvait-elle se rendre à la clinique en l'absence du vétérinaire et fouiller les lieux ?

Bien sûr ! Elle n'allait quand même pas laisser passer cette chance. Mais elle ne serait pas l'idiote de service qu'on voit dans les films d'horreur, celle qui veut absolument descendre à la cave pendant une coupure d'électricité et qui tombe nez à nez avec un psychopathe armé d'une tronçonneuse. Non, elle serait plus maligne que ça.

S'approchant de la fenêtre, elle jeta un coup d'œil dans la rue. La voiture de Glasser était toujours garée devant la porte.

En hâte, elle remonta chercher son ordinateur dans sa chambre et le glissa dans sa besace. Au moment de quitter la pièce, elle se ravisa et alla chercher le téléphone portable d'Ace qu'elle avait posé sur la table de chevet, puis elle descendit à l'agence.

Après avoir fait le tour des bureaux, elle trouva l'agent de l'ATF en train de parler base-ball avec Kingsley. Il était armé, entraîné, et Sebastian lui avait demandé de veiller sur elle.

— Glasser, je prends votre voiture, annonça-t-elle, avant de détaler.

Comme elle s'y attendait, il réagit au quart de tour.

— Pas question !

Le temps qu'il la rejoigne, elle avait déjà pris place sur le siège passager et attachait sa ceinture.

— 123 Meadow Lane, annonça-t-elle.

— Quoi ?

— C'est là que nous allons. Vous avez besoin d'un guidage ?

Elle se pencha vers le tableau de bord et alluma le GPS embarqué du véhicule.

— Je n'ai pas l'intention de jouer les chauffeurs, dit l'agent fédéral d'un ton boudeur.

Aurora détacha sa ceinture.

— Très bien. Je vais prendre ma propre voiture.

Il la saisit par le poignet.

— Vous n'irez nulle part.

Elle planta son regard dans ses yeux bleu pâle.

— Je sais où est Felicia.

Il la dévisagea avec stupeur.

— A Meadow Lane ?

— Peut-être. Simon Bales est vétérinaire. Il est peut-être lié aux trafics des frères Fletcher. Les fabricants de drogue utilisent des produits vétérinaires, et il est possible que Bales soit leur fournisseur.

Les doigts crispés sur le volant, Glasser regardait droit devant lui, et elle croyait deviner à quoi il pensait. Il avait déjà commis de gros impairs et échoué dans sa mission. Cette fois, il n'avait pas droit à l'erreur.

— C'est une façon de vous rattraper par rapport à Felicia. Si vous la retrouvez, vous serez considéré comme un héros.

En le voyant ciller, elle comprit que son argument avait fait mouche.

— C'est moi qui commande, dit-il en tournant la tête vers elle.

— Bien sûr.

Elle s'inséra la boucle métallique de sa ceinture dans son attache.

— Vous ferez comme je le dirai.

Elle entra la destination dans l'appareil de navigation.

— Absolument. C'est vous qui êtes armé.

Il tourna le contact.

— Vous n'avez pas intérêt à me jouer un mauvais tour.

Elle effleura une touche de l'écran tactile pour lancer la planification d'itinéraire.

— Loin de moi cette pensée.

Tandis que Glasser attendait de s'insérer dans la circulation, son téléphone sonna dans son sac. Elle plongea la main à l'intérieur pour le récupérer et vit qu'il était toujours en veille. Pourtant, le sac continuait à sonner et à vibrer. Elle se souvint alors qu'elle avait avec elle le téléphone d'Ace.

Elle pressa le bouton de prise de ligne et entendit une petite voix demander :

— Ace ?

— Bianca ? demanda-t-elle à son tour.

— Qui êtes-vous ?

— Une amie de votre frère. Il s'inquiète pour vous.

— Je dois lui parler.

— Je regrette, il…

— Où est-il ? demanda l'adolescente d'un ton coléreux.

— Il a dû s'absenter.

— Evidemment ! Il n'est jamais là quand j'ai besoin de lui.

— Je peux peut-être vous aider.

— Laissez tomber.

— Bianca, je vous en prie, ne raccrochez pas.

La jeune fille renifla comme une fillette perdue.

— Dites-lui que je rentre à la maison.

— Bianca, attendez ! Laissez-moi venir vous chercher.

Un autre reniflement se fit entendre.

— Vous feriez ça ?

— Evidemment. Je vais prévenir Ace, et nous vous retrouverons là-bas.

— D'accord, mais je ne sais pas exactement où je suis.

— Décrivez-moi ce que vous voyez autour de vous, et je vous trouverai.

Tout en parlant, Aurora avait calé le téléphone contre son épaule, extirpé son ordinateur de son sac et s'était connectée.

— Je suis dans une grange. Je me suis tordu la cheville.

— Vous allez bien ?

— J'ai un peu mal, mais ce n'est pas cassé. Ça sent super fort la fraise, et il y a plein d'usines ou je ne sais quoi de l'autre côté de l'étang.

Aurora plissa le front. Pourquoi cela lui était-il familier ?

— Vous connaissez la ville ?

— Summersfield.

Le cœur d'Aurora fit un bond dans sa poitrine. Summersfield n'était pas un endroit sûr. Surtout si Bianca se trouvait comme elle le pensait à proximité de la zone industrielle où Taz avait son imprimerie.

Si Ace était repéré là-bas, il était mort. Peu après la course-poursuite avec Mike, le gang avait mis à prix la tête d'Ace. Penny avait appelé pour les prévenir, en les enjoignant de ne surtout pas revenir à Summersfield.

— Bianca, écoutez-moi. C'est très important. Restez où vous êtes. Je serai là…

Elle consulta l'horloge numérique sur le tableau de bord.

— Dans vingt minutes. Ne sortez pas. Si quelqu'un vient, cachez-vous. Je suis dans une berline américaine bleu marine, et j'ai les cheveux roux. Je porte une veste en lainage bordeaux, et j'ai une grande besace en toile avec des roses brodées dessus. Ne parlez à personne d'autre. Vous avez bien compris ?

— Ouais, pas de problème.

Mais la voix de la jeune fille semblait distraite.

— Vingt minutes, d'accord.

— O.K.

A regret, Aurora mit fin à la communication.

— De quoi s'agit-il ? demanda Glasser.

— Prenez la direction de la zone industrielle de Summersfield, je vous expliquerai après.

Les mains agitées de tremblements nerveux, elle composa le numéro de Sebastian.

— Falconer, répondit-il après la troisième sonnerie.

— J'ai besoin d'un énorme service, dit-elle de but en blanc.

— Il y a un problème ?

— Je sais où est Felicia.

— Où ?

— A la clinique vétérinaire de Simon Bales. Je voudrais que tu ailles là-bas la chercher.

— Mais qu'est-ce qui te permet d'affirmer cela ?

S'exhortant à garder son calme, elle lui fit part de l'hypothèse qu'elle avait exposée un peu plus tôt à Glasser.

— D'accord. Je m'en occupe. Autre chose ?

— La sœur d'Ace a appelé.

— Elle va bien ?

— Elle s'est tordu la cheville et je vais la chercher.

— Je préviens Ace.

— Non, surtout pas ! Elle est dans une grange près de la zone industrielle de Summersfield. Je ne veux pas qu'il prenne le risque d'y être vu.

— Je dois le mettre au courant.

Elle soupira.

— D'accord. Mais dis-lui que tout est réglé, que nous sommes en train de la ramener à la Caverne.

— Bon, si tu y tiens. Passe-moi Glasser.

*
* *

— Brave petite, dit l'homme au visage grêlé, en lui prenant le téléphone des mains.

— Vous avez promis, dit Bianca en se passant la langue sur les lèvres.

Avec un sourire, l'homme sortit un sachet de poudre blanche de sa poche.

Dans la semi-pénombre étouffante de la grange, des particules de poussière dansaient dans les rais de soleil qui passaient entre les planches disjointes.

Une odeur puissante, entre le vinaigre et l'urine, que même l'odeur douçâtre de fraise ne pouvait masquer, empuantissait l'atmosphère. La botte de paille sur laquelle elle était assise n'était pas très confortable, et le fond de la stalle vide était dur et froid dans son dos. Mais la vue du sachet tant attendu suffit à lui faire oublier son inconfort.

— Vous aviez dit un gramme, rappela-t-elle à l'homme.

— Et je tiens toujours mes promesses. Voici ta récompense.

15

Les doigts crispés autour des barreaux du portail métallique, Aurora secoua vainement les battants verrouillés.

— C'est fermé, annonça-t-elle, en reconnaissant elle-même que le commentaire était inutile.

Quatre chevaux occupaient un paddock à côté du plus grand des trois bâtiments. Une jument baie hennit nerveusement en secouant la tête pour chasser la nuée de mouches qui tournait autour d'elle et se remit à paître.

Glasser sortit son arme du holster qu'il portait à la ceinture et inspecta du regard les parages.

— Je vous avais dit de rester dans la voiture.

— Je ne pouvais pas.

Aurora aurait bien aimé être aussi courageuse qu'elle en donnait l'air, mais elle était terrorisée. Jamais la bibliothèque ne lui avait autant manqué. Mais elle avait jeté aux orties un emploi qui était tout pour elle, et elle n'avait désormais plus aucune certitude.

— J'ai dit à Bianca de me guetter et de n'ouvrir à personne d'autre que moi.

— Ce n'est pas malin.

Ils avaient longé le mur de façade et atteint la partie agricole de la vaste propriété. Là, l'accès aux pâtures était simplement délimité par deux rangées superposées de lisses en ciment. Sportif, Glasser sauta par-dessus, tandis qu'Aurora se glissait entre les traverses.

— A qui feriez-vous confiance si vous étiez une adolescente effrayée ? Un type à la mine renfrognée avec un revolver ou une sympathique bibliothécaire ?

Glasser marmonna quelque chose qu'elle ne comprit pas.

Ils avançaient sur le chemin de terre menant à la grange, quand soudain un chien de garde petit et râblé jaillit de derrière un autre bâtiment en aboyant furieusement. Par chance, il était enchaîné, et il fut arrêté dans son élan. Furieux, il se mit à sauter en tirant sur sa chaîne, les babines retroussées.

Prudemment, Aurora se glissa derrière Glasser tandis qu'ils continuaient à progresser vers la grange.

— Appelez-la, dit-il, en pointant son arme sur la porte ouverte.

— Bianca ?

Sa voix se résumait à un petit cri étranglé, et elle s'éclaircit la gorge.

— C'est moi, Aurora Cates, l'amie d'Ace.

— Par ici. Ouh, ouh…

Il y avait quelque chose de bizarre dans la voix de la jeune fille. Une excitation, une hilarité qui n'étaient pas adaptées à la situation.

— Bianca ?

Aurora voulu s'avancer vers l'ouverture, mais Glasser lui barra le chemin de son bras tendu.

— Laissez-moi passer le premier.

Tenant son arme à deux mains tendue devant lui, Glasser se déplaça à pas lents et précautionneux.

Aurora le suivit, les battements de son cœur résonnant si fort à ses oreilles qu'elle ne percevait aucun autre bruit environnant.

Franchir le seuil du bâtiment vétuste fut comme être propulsé dans un autre espace-temps. L'odeur la frappa en premier, puis la chaleur de sauna.

— Bianca ? appela-t-elle, en passant la main sur son front couvert de sueur.

Un rire haut perché la fit sursauter.

Ni Glasser ni elle ne virent le fil d'acier tendu en travers du passage.

Elle trébucha la première et tomba lourdement à terre. Au même moment, un coup de feu retentit et elle vit Glasser s'effondrer à côté d'elle, comme un vêtement tombé d'un cintre.

Un cri monta dans sa gorge, mais aucun son ne sortit de sa bouche ouverte.

Puis quelque chose de froid et de dur s'enfonça sur sa nuque.

— Bouge un seul muscle, dit une voix éraillée qu'elle n'eut pas de mal à reconnaître, et tu finiras comme lui.

Poussant le moteur de l'Indian aux limites de sa capacité, Ace filait vers l'agence Falconer.

Toute cette histoire était presque terminée. Aurora avait retrouvé Bianca, et tout le monde était en sécurité à la Caverne.

Maintenant qu'il avait été démasqué, sa mission ne pouvait pas continuer. Et, pour être tout à fait sincère, il n'en était pas mécontent. Ce métier qu'il avait passionnément aimé commençait à lui peser. Il était prêt à passer à quelque chose de radicalement différent.

Quelque chose de permanent, comme le mariage et la vie de famille.

Dès que Felicia aurait été retrouvée, il avouerait ses sentiments à Aurora. Ils achèteraient une maison, là où elle le voudrait. Ce n'était pas important pour lui. Il n'avait pas de racines et pouvait s'adapter n'importe où. Il ouvrirait peut-être un garage, mais il privilégierait une clientèle plus calme que les Cœurs d'acier. Il reprendrait en main l'éducation de Bianca. La discipline façon camp militaire n'avait pas fonctionné, mais une vraie vie de famille, de l'amour et de l'écoute devraient faire des miracles. Avec une femme telle qu'Aurora à son côté, il se sentait capable de déplacer des montagnes.

Plongé dans ses pensées, il bifurquait vers la route 101 quand son pager vibra. Il baissa les yeux vers sa ceinture et vit s'afficher le numéro de son portable.

Son pouls s'accéléra. Pourquoi Aurora l'appelait-il ? Pour lui dire qu'ils étaient bien arrivés à la Caverne ? Pour lui apprendre que Felicia était saine et sauve ?

Il s'arrêta à la première station-service accessible, se précipita vers la cabine publique et composa son propre numéro.

— T'es un rapide, dit une voix éraillée. Ça me plaît.

Un rire de démente résonnait en arrière-plan. Il comprit aussitôt que Bianca avait pris des stupéfiants, et il supposait qu'elle n'avait pas dû beaucoup se forcer. Il n'en allait évidemment pas de même pour Aurora, et il se demanda avec horreur si Taz lui avait injecté une drogue quelconque.

— Qu'est-ce que tu veux ?

— On a un problème avec ta frangine. Elle est complètement partie.

— Qu'est-ce que tu lui as donné ?

— Elle a demandé un gramme, elle a eu un gramme.

C'était comme ça qu'ils avaient eu Bianca. Ace ne savait que trop comment tout cela fonctionnait. Elle s'était adressée à un revendeur de rue, et elle était tombée sur un des hommes de Taz. Son addiction l'avait dirigée tout droit dans la gueule du loup.

— Et Aurora ?

— Je garde cette garce pour plus tard. Si tu ne me donnes pas ce que je veux, je la balance dans le puits.

Ace serra les dents.

— Je t'écoute.

— Fais arrêter l'enquête, ou tu ne les reverras jamais.

— Je n'ai aucun pouvoir.

— Mais si, mon vieux. Tu as le pouvoir de l'amour.

La vermine s'esclaffa, fier de son bon mot. L'amour, c'était quelque chose qui n'avait aucun sens pour lui, et bien trop pour Ace.

Un battement répétitif en arrière-plan, qui n'était pas sans évoquer le coassement d'un crapaud, le narguait depuis le début de la conversation, sans qu'il parvienne à l'identifier. Il était pourtant certain de l'avoir déjà entendu.

Il fit un effort de réflexion, et soudain le déclic se produisit. Quand il travaillait à l'imprimerie de Taz, il avait assez pesté contre le bruit que faisait le brasseur mécanique du bassin des eaux usées de la station d'épuration. Mais, s'ils étaient à l'imprimerie, alors le bruit aurait dû être plus fort.

Une vision de bottes maculées de boue traversa soudain son esprit. Une vague odeur de fumier incrustée à des vêtements qu'il avait prise pour un manque d'hygiène. Un sourire en coin et un regard toujours baissé – pas en signe de déférence, réalisait-il maintenant, mais avec la dissimulation d'un renard qui venait de manger une poule dont personne n'avait remarqué la disparition.

Soudain, tout prenait un sens. Pourquoi ils n'avaient pas pris Taz en pleine fabrication, pourquoi le laboratoire restait introuvable…

Ils s'étaient tout simplement trompés de cible. Tank n'était pas un homme à tout faire, il était le chef.

— Qu'est-ce que tu veux ? répéta-t-il avec impatience.

— Envoie-les sur une fausse piste. Donne-moi du temps pour déménager le labo et m'installer ailleurs.

— Ça, je peux le faire.

— N'essaie pas de passer un autre coup de fil depuis la station-service. Tu te souviens de Terra, notre amie de la compagnie du téléphone ? Elle est de service ce soir. Si un autre appel est passé de chez notre amie Craig dans les minutes qui suivent, je serai prévenu, et j'élimine une des deux garces.

Un éclat de rire râpeux comme du papier de verre crissa aux oreilles d'Ace.

— Et pour corser un peu les choses, tu as quatorze minutes pour aller au débarcadère et prévenir le chef Simpson que tu laisses tomber.

Avant qu'Ace ait eu le temps d'ajouter quoi que ce soit, la communication fut coupée.

Le chef Simpson, le corpulent et jovial flic local qui dirigeait la petite brigade composée de six hommes qui faisait régner l'ordre à Summersfield, était donc la taupe. Ce n'était pas une grande surprise. De forts soupçons avaient pesé sur lui quand le prédécesseur d'Ace avait été éliminé.

Quatorze minutes… Ace pouvait obéir à Taz, ou il pouvait foncer à Summersfield pour sauver les deux femmes qui comptaient pour lui.

Il se précipita à l'intérieur de la supérette attenante à la station-service. Terra surveillait peut-être la cabine publique, mais cela ne voulait pas dire qu'il n'existait pas une autre solution.

— Hé, mec, dit-il au jeune employé qui tenait la caisse. La cabine ne fonctionne pas. Tu pourrais me prêter un téléphone portable pour que j'appelle ma nana ? Elle m'a demandé de lui acheter une paire de collants, mais je ne suis pas sûr de la taille. Si je rentre avec le mauvais modèle, je vais me faire tuer. Tu sais comment sont les filles.

L'employé eut une mimique compatissante et vociféra

vers l'allée centrale, où un de ses collègues mettait des articles en rayon.

— Hé, Jack, ce type aurait besoin de ton portable une seconde.

Ace s'écarta pour appeler discrètement Falconer, puis il acheta la paire de collants la moins chère du rayon et fila vers Summersfield.

Suspendue comme une pièce de bœuf au moyen d'une corde enroulée autour d'une grosse poutre centrale, transpirant à grosses gouttes, Aurora s'efforça d'évaluer la situation.

Ses poignets et ses chevilles étaient liés par des colliers de serrage en plastique comme en utilisent les artisans et un large ruban adhésif couvrait sa bouche. Elle n'avait aucun moyen d'établir une communication avec Bianca, qui avait complètement déconnecté de la réalité.

Pour la première fois de sa vie, elle était totalement impuissante. Chaque fois qu'elle s'était trouvée en difficulté, elle avait toujours trouvé une solution pour s'en sortir. Mais cette fois, il n'y avait pas d'issue de secours.

Une fois de plus, son regard fit le tour de la grange.

Rien. Rien. Rien.

Faire tomber les flasques de verre sur la table de travail, renverser les réchauds, faire rouler les bidons de lait remplis de pilules… tout cela demandait une liberté de mouvements et une amplitude qu'elle n'avait pas.

Taz bondissait comme une puce d'un coin à l'autre de la grange, démantelant, triant, empaquetant…

Tank, qui n'était pas le coursier un peu simple d'esprit pour lequel Aurora le prenait, mais le chef, surveillait tout, perché sur une pile de bottes de paille.

Au loin, elle entendit soudain un bourdonnement haut perché.

La moto d'Ace.

Elle ne pouvait pas s'y tromper après l'équipée sauvage qu'elle avait menée avec lui quelques jours plus tôt.

Elle aurait aimé le prévenir de ne pas s'approcher. Mais comment ? S'il entrait, il subirait le même sort que Glasser : une balle en pleine tête.

Quel meilleur endroit pour cacher un laboratoire clandestin que de l'exploser en pleine vue ? Qui aurait l'idée de soupçonner une bucolique petite ferme cachée derrière une station d'épuration ? Qui noterait l'odeur des produits distillés ou fondus parmi la puanteur qui planait sur la zone industrielle ?

Garant la moto à bonne distance, Ace fit sa première reconnaissance des lieux à pied.

Il repéra la voiture gouvernementale devant la grille fermée. Il vit les chevaux, le chien, les deux Harley dissimulées dans un camion de transport de chevaux, garé sous un hangar à côté d'un tracteur.

Peu de personnes au sein de la bande connaissaient l'emplacement du labo, ce qui expliquait pourquoi sa position était restée si longtemps un mystère. Moins les gens savaient de choses, moins ils risquaient d'en révéler s'ils se faisaient arrêter.

Le chien aboyait déjà avant qu'il n'arrive, et Ace n'eut pas à craindre qu'il signale son intrusion. A l'aide de son couteau suisse, il creva les pneus des motos et du camion, puis il s'approcha de la grange, et risqua un coup d'œil à travers une fenêtre poussiéreuse.

Glasser gisait non loin de l'entrée dans une mare de sang. Bianca hurlait à tue-tête un air d'opéra, en multipliant les fausses notes.

Et Aurora… Il lui fallut quelques instants pour la repérer, suspendue à une poutre.

Ne pas se précipiter à son secours lui demanda un immense effort de volonté. Mais s'il voulait avoir une chance de les aider, elle et Bianca, il devait faire les choses à sa façon.

Il s'obligea à détourner le regard. Taz emballait des marchandises. Tank était introuvable, et cela l'inquiétait.

Puis il entendit sa voix de fausset quelque part au fond de la grange.

— Il ne lui reste plus que quatre minutes. Est-ce qu'il est arrivé ?

Le temps était compté, et ses hommes étaient trop dispersés pour qu'il puisse les réunir à temps. A mi-chemin de la clinique de Bales, Sebastian Falconer avait reçu l'appel d'Ace et avait aussitôt fait demi-tour. Felicia devrait attendre. Si elle était morte, il ne pouvait rien y changer. Si elle était en vie, elle était probablement en sécurité. Il n'avait pas le choix. S'il n'agissait pas maintenant, il perdrait sa seule chance de mettre un terme aux trafics en tout genre qui sévissaient dans la région, mais il perdrait aussi le meilleur de ses hommes et un ami cher.

Après avoir demandé à Kingsley de le rejoindre le plus vite possible à la ferme, Sebastian appela l'agent du FBI en charge des opérations au débarcadère.

— Vous êtes un civil, dit le fédéral. Vous n'avez aucune autorité.

Sebastian ne se laissa pas impressionner.

— C'est mon employé, c'est moi qui ai reçu l'information, c'est moi qui mène l'opération. Je ne vais pas rester les bras croisés parce que vous avez un problème d'ego. Je me moque que vous tiriez la couverture à vous devant les caméras de télévision une fois que ce sera fini. Je vais sortir mon employé de là.

*
* *

Il n'avait pas le temps d'attendre la cavalerie. Pas le temps de faire les choses en finesse. Il devait absolument passer par la grille pour ouvrir le passage à Falconer et libérer une issue pour lui-même.

La grille était vieille et en mauvais état, simplement verrouillée avec une clé, sans chaîne ni cadenas qui en auraient renforcé la fermeture.

Il monta dans la voiture du gouvernement.

Même s'il ne rêvait que de foncer à toute allure dans la grille, il avait besoin de la conserver en bon état de marche pour fuir avec Aurora et Bianca. Maintenir une vitesse peu élevée lui demanda un gros effort de volonté. Au moment de l'impact, il baissa la tête pour éviter une éventuelle projection de pièces métalliques.

Le portail céda plus facilement qu'il ne l'aurait cru, et il roula lentement vers l'arrière de la grange.

Se rapetissant pour faire de lui une cible plus petite, il entra par une fenêtre ouverte et se laissa tomber souplement dans une stalle. Dégoulinant de sueur, il se demanda ce qui clochait dans le tableau.

Le silence. C'était soudain beaucoup trop silencieux. Bianca ne chantait plus. Taz ne déplaçait plus de matériel. Et il aurait juré que Tank ne jouait plus le coq perché sur son tas de paille.

Bianca protestait contre un attaquant inconnu deux stalles plus loin. Aurora était suspendue au plafond, comme un appât trop évident. On s'attendait à ce qu'il se précipite pour la délivrer.

Tandis qu'il hésitait sur la marche à suivre, le canon d'une arme, dont le propriétaire se dissimulait derrière le bat-flanc de la stalle voisine, se posa sur sa tempe.

— Le problème avec les héros, dit Tank, de son

horripilante voix suraiguë, c'est qu'ils sont beaucoup trop prévisibles. Je savais que tu entrerais par cette fenêtre.

Ils allaient le tuer, et elle ne pouvait rien faire.

Au moment où le doigt de Tank se posait sur la gâchette, Ace passa à l'action. D'une main, il saisit le canon du revolver pour l'écarter de sa trajectoire, de l'autre, il planta un couteau dans la cuisse de son agresseur.

Un coup de feu partit. La déflagration fit vibrer les vieilles planches disjointes des murs, tandis qu'une étincelle mettait instantanément le feu à la paille.

Braillant comme une mauviette, Tank se recroquevilla sur lui-même. Surgi de nulle part, Taz mit Ace en joue. Ignorant la douleur qui mettait ses poignets à la torture, Aurora fit un mouvement de balancier pour se donner de l'élan et frappa violemment à pieds joints dans le dos de Taz. Ce dernier bascula en avant et s'assomma sur le rebord de l'allée cimentée qui traversait la grange dans son milieu.

La fumée qui envahissait la grange rendait la respiration difficile et le feu crépitait avec une intensité grandissante.

Son couteau dans une main, soutenant de l'autre Aurora par la taille, Ace coupa rapidement la corde qui la maintenant en l'air. Elle atterrit lourdement contre lui, et il s'empressa de couper les liens en plastique autour de ses chevilles et de ses poignets.

— Vite, dit-il. Il faut récupérer Bianca. Ça va exploser.

Au même moment, un coup de feu partit. Tank avait visiblement retrouvé ses esprits et tirait dans leur direction depuis la stalle.

Ace riposta tandis qu'Aurora se précipitait vers Bianca, qui était entrée dans une transe furieuse et donnait des coups de pied dans le mur, tout en criant des insanités.

— Venez, Bianca. Il faut sortir.

La jeune fille était incontrôlable, et Aurora dut la gifler violemment pour la faire réagir. Puis, moitié la traînant, moitié la portant, elle la guida vers la porte.

Au moment où elles sortaient à l'air libre, Sebastian et Kingsley apparurent.

— Ace est resté à l'intérieur, dit-elle. Dépêchez-vous.

Un grondement sourd fit vibrer le sol.

— Couchez-vous, cria Sebastian.

Les flammes jaillirent par la toiture. Des éclats de bois volèrent dans l'air, entraînant la chute de la structure. L'explosion projeta Sebastian et Kingsley en arrière. Aurora se coucha au-dessus de Bianca pour la protéger.

Tandis qu'une pluie de feu tombait du ciel, quelque chose en elle se déchira.

Elle l'aimait. Il ne pouvait pas la quitter déjà. Pas comme ça.

Un hurlement monta dans sa poitrine, partit à l'assaut de sa gorge, franchit ses lèvres.

— Ace !

16

Assise dans un fauteuil à côté du lit d'hôpital d'Ace, Aurora s'était à demi couchée en travers de son corps immobile.

Le son du moniteur cardiaque la rassurait. Tant que la machine bipait, il était en vie. Elle lui tenait la main, les doigts entrelacés aux siens depuis qu'elle avait été autorisée à entrer dans sa chambre, comme si le lâcher signifiait perdre l'espoir.

Les infirmières avaient essayé de la convaincre de se reposer. Elle avait accepté qu'elles lui apportent un café, mais elle n'avait pas voulu bouger.

Un bruit soudain dans son dos lui fit tourner la tête. Bianca se tenait timidement sur le seuil, ses longs cheveux noirs plaqués autour de son visage accentuant l'air de noyée que lui donnaient sa peau livide et cireuse et ses yeux cernés.

Vêtue d'une chemise d'hôpital et d'un peignoir, la jeune fille fit quelques pas hésitants dans la chambre et observa en se mordillant la lèvre la silhouette immobile de son frère.

— Il va s'en sortir, n'est-ce pas ?

Bianca semblait revenir tout droit de l'enfer, sans doute parce qu'elle l'avait vécu, mais elle paraissait également repentante.

— Le médecin a dit que tout irait bien. Il faut seulement attendre qu'il se réveille.

Aurora essaya de sourire, mais le cœur n'y était pas. Même avec la barbe qui ombrait sa mâchoire, il était trop pâle. Des plis de douleur creusaient son front. Et le bandage qui enveloppait son épaule gauche lui donnait un air de vulnérabilité qui ne ressemblait pas à cet homme fier et courageux.

Elle aurait donné n'importe quoi pour l'entendre lui dire d'un ton ironique « ma belle », « mon chou », et autres petits surnoms qui avaient pourtant le don de l'agacer.

— La balle n'a pas touché d'organe vital.

— Je suis désolée. Je ne voulais pas qu'il soit blessé.

— Vous pourrez lui dire quand il se réveillera.

Bianca hocha la tête, partagée semblait-il entre l'envie de voir Ace reprendre conscience, et la peur de devoir l'affronter.

— Bon, euh… je dois y retourner. Liv va venir me chercher. Je vais habiter chez elle jusqu'à ce qu'Ace puisse quitter l'hôpital.

— Vous l'aimerez. C'est une femme formidable.

Bianca hocha la tête, mais elle n'en semblait pas vraiment persuadée.

— Merci de m'avoir sortie de la grange.

— Je vous en prie.

— Euh, en fait… je vous ai piégée.

— Je sais.

— Pour de la drogue.

— Vous avez eu de la chance. Ce ne sera peut-être pas toujours le cas. J'espère que cela vous servira de leçon.

Aurora avait conscience de la sermonner, mais elle s'en moquait. Il fallait bien que quelqu'un ait le courage de la mettre face à ses responsabilités. Bianca avait failli causer la mort de son frère.

— J'ai envie de changer, mais c'est quelque chose qui vous possède, vous savez. C'est plus fort que vous.

— Mais vous êtes une battante.

Aurora se sentait désolée pour l'adolescente et avait sincèrement envie de l'aider.

— Je suis sûre que vous avez la même force de caractère que votre frère. Et il vous aidera.

Le regard de Bianca passa des poignets bandés d'Aurora, aux yeux fermés de son frère, puis au visage d'Aurora.

— Vous l'aimez.

— Oui.

Si fort qu'elle en avait mal. Si fort qu'elle ne savait pas quoi faire de ce sentiment écrasant. Si fort qu'elle pouvait à peine supporter de le voir tellement immobile.

En proie à une intense réflexion, Bianca se mordilla la lèvre.

— C'est bon, vous pouvez sortir avec lui.

— On ne parle pas d'un simple flirt, Bianca. Je l'aime, et je vais faire partie du paysage un bon moment. Vous allez devoir me supporter, que vous le vouliez ou non.

Elle ne fuirait pas cette fois. S'il voulait d'elle, elle resterait.

— Mais il vous aime, conclut-elle. Et vous ferez toujours partie de sa vie.

Les larmes aux yeux, Bianca hocha la tête et tourna silencieusement les talons.

— Devine un peu qui j'ai trouvé, dit Sebastian.

Aurora eut du mal à déchiffrer son expression. Son visage était dur et fermé, mais un sourire flottait dans ses yeux.

Il tira sur une manche appartenant à quelqu'un qu'elle ne pouvait pas voir.

Lentement, Felicia apparut.

— Aurora ? dit-elle d'une voix incertaine, ses yeux bleus emplis de larmes.

— Felicia ?

Abandonnant la main d'Ace, elle se rua à travers la pièce et prit sa sœur dans ses bras. Des flots de larmes et des rires jaillirent.

S'accrochant de toutes leurs forces l'une à l'autre, elles commencèrent à parler en même temps.

— Je savais que tu étais vivante.

— Je savais que tu viendrais me chercher.

Sebastian les conduisit dans le salon d'attente de l'étage, où Liv faisait sauter Hannah sur ses genoux. Un homme était assis deux chaises plus loin, mal à l'aise comme quelqu'un qui aurait été invité à une fête où il ne connaissait personne.

Felicia prit sa fille dans ses bras et s'assit près de l'homme. Liv se leva et prit la main de Sebastian.

— Nous serons dans la chambre de Bianca, si vous nous cherchez, annonça-t-elle.

Aurora prit la chaise de Liv et bombarda sa sœur de questions.

— Que s'est-il passé ? Où étais-tu ? Est-ce que tu vas bien ?

— C'est une longue histoire.

— J'aimerais bien l'entendre.

Felicia se pencha vers le sac de couches pour y prendre l'ours en peluche rose qui en dépassait et le tendit à Hannah.

— Mike voulait m'éliminer pour m'empêcher de témoigner contre lui.

— Je sais, mais que s'est-il passé ? Pourquoi Karla était-elle dans le coffre de ta voiture ?

— Je devais laisser Hannah.

Elle embrassa le dessus du crâne de sa fille et pressa son petit corps dodu comme pour se rassasier de sa présence.

— C'était la seule façon d'assurer sa sécurité. Mais cela me déchirait le cœur, tu sais. Jamais je n'avais dû prendre une décision aussi difficile. Donc, je me suis arrêtée chez Karla pour reprendre courage.

Des larmes de culpabilité lui montèrent aux yeux.

— Si je ne l'avais pas fait, elle serait encore en vie.

— Tu ne pouvais pas le savoir.

Felicia secoua la tête, balayant cette bienveillance qu'elle pensait ne pas mériter.

— Curtis était chez elle. Il nous a fait monter toutes les deux dans la voiture. Il avait un revolver.

Le regard de Felicia se fit vague, comme si elle faisait un voyage vers le passé, et sa voix devint monocorde.

— Il nous a conduites au chalet. Mike était à l'intérieur. Il a frappé Karla à la tête avec un tisonnier, et elle s'est évanouie. Quand Mike a voulu s'en prendre à moi, j'ai essayé de me défendre. J'ai réussi à attraper le tisonnier, mais je n'arrivais pas à lui faire lâcher prise. En me débattant, je suis tombée dans l'escalier de la cave. Mike a dit à Curtis de terminer le travail et de se débarrasser de la voiture.

L'homme remua sur sa chaise et passa un bras autour des épaules de Felicia.

— Curtis a refusé, en disant qu'il n'était pas un assassin. J'ai eu peur, je ne savais pas quoi faire. Je n'étais pas en condition de me battre contre deux hommes, alors j'ai fait la morte.

— C'était malin de ta part.

— Je ne pouvais penser à rien d'autre qu'à Hannah.

L'amour qui illuminait le visage de Felicia émut Aurora aux larmes. Avoir cet enfant avait réellement changé sa sœur.

— Je ne voulais pas que son père lui fasse du mal. Je savais que tu allais venir. J'étais persuadée que tu prendrais bien soin d'elle.

Les deux sœurs tombèrent dans les bras l'une de l'autre.

— Curtis a enveloppé Karla dans un tapis et l'a jetée dans le coffre, reprit Felicia. Puis il m'a déposée sur le siège passager et, avec Mike, ils ont noyé la voiture. J'ai essayé de rester calme, de ne pas paniquer. Je ne pouvais pas sortir tout de suite, parce que Mike était resté sur la rive pour regarder. La voiture se remplissait d'eau, et elle a commencé à se retourner. J'avais peur.

Felicia frissonna, et l'homme à côté d'elle la réconforta.

— L'eau était si froide… Quand elle est arrivée jusqu'à ma tête, j'ai retenu ma respiration le plus longtemps possible. Puis j'ai nagé et je suis ressortie plus loin sur la rive.

— Elle était à bout de forces, dit l'homme d'une voix douce.

Aurora prit le temps de bien le regarder et le reconnut enfin. C'était Simon Bales, le vétérinaire.

— Elle s'était évanouie sur la rive. Je l'ai trouvée là en allant pêcher après une dure journée de travail.

Il regardait Felicia comme si elle était le centre de l'univers. Elle prit sa main, y déposa un baiser, et la pressa contre son cœur.

— Je voulais appeler la police, reprit-il, mais elle a réussi à me convaincre de ne rien dire et de la cacher.

Hannah poussa des petits cris pour attirer l'attention de sa mère. Felicia la changea de position dans ses bras, la rapprochant ainsi de Simon. L'enfant avait les traits de Felicia, les mêmes yeux et la même couleur de cheveux que Simon. Ensemble, ils formaient une merveilleuse famille.

— Ce jour-là, à la supérette, continua Simon, Felicia m'avait envoyé pour vérifier que vous alliez bien. Je vous ai suivie à ce salon consacré à la moto, puis quand vous êtes allée faire des achats. Je me suis approché pour mieux voir Hannah. Je voulais pouvoir dire à Felicia que son bébé était heureux et en bonne santé.

— Cette remarque sur la pouliche…

Il afficha une expression contrite. Aurora crut même qu'il avait un peu rougi.

— C'était peut-être un peu goujat à première vue, mais j'essayais de vous faire passer un message. J'avais le cœur serré en vous voyant si triste et je voulais vous rassurer. Mais j'avais promis de ne rien dire…

Il caressa les cheveux de Felicia comme seul un amoureux savait le faire, et Aurora sut qu'elle n'aurait plus jamais à s'inquiéter pour sa sœur.

La première chose que vit Ace en ouvrant les yeux fut une masse bouclée de cheveux roux. Cette simple vision atténua la douleur qui irradiait dans son épaule, tandis que l'odeur épicée du parfum d'Aurora prenait le pas sur les relents d'antiseptique qui flottaient dans la chambre d'hôpital. Il y avait tant de confort dans le poids de son corps tiède abandonné contre le sien, qu'il se perdit un moment dans cette merveilleuse sensation.

Mais il voulait davantage. Il voulait se réveiller à côté d'elle tous les matins. Il voulait l'éclat enflammé des yeux d'ambre, le rouge flamboyant des cheveux, la dynamite à l'état pur du caractère.

— Epouse-moi, dit-il, tout en glissant les doigts dans ses cheveux.

Elle releva brusquement la tête, et il vit la joie qui éclairait son visage.

— Ace ! Tu es réveillé !

— Epouse-moi.

— Dis donc, essaya-t-elle de plaisanter, je ne sais pas ce qu'ils t'ont donné comme médicaments, mais c'est drôlement fort.

De sa bonne main, il lui prit le menton et attira son visage vers le sien.

— Tu vas m'obliger à te supplier ?

— Je ne vais pas profiter de ton état de faiblesse psychique pour te passer la corde au cou.

L'éclat de son sourire réchauffa le cœur d'Ace.

— Jamais je n'ai été aussi sûr de ce que je voulais.

Il essaya de rire, mais le mouvement provoqua une explosion de douleur dans tout son corps.

— J'ai décidé de venir vivre avec toi à Washington.

— J'ai démissionné.

— C'est vrai ?

Mais sa surprise fut de courte durée et ne le fit pas dévier de son idée.

— Il y a un autre endroit où tu aurais envie de vivre ?

— A l'ouest.

— C'est vaste.

Elle inclina la tête, une lueur de défi dans le regard.

— Nous avons toute la vie, non ?

— Ça veut dire que tu acceptes ?

Du bout des doigts, elle caressa le bandage qui couvrait son épaule.

— Tu dois quand même savoir que je n'ai aucun talent d'infirmière.

— Ne t'inquiète pas pour ça, ma belle. Je te dirai ce qu'il faut faire.

— Ah, c'est comme ça ?

— Oui. Et d'ailleurs, je crois qu'il va me falloir un bouche-à-bouche de toute urgence.

Elle effleura ses lèvres d'un tendre baiser, puis se fit plus insistante.

— Comme ça ?

— Oui.

Il lui rendit passionnément son baiser et sentit son cœur se gonfler d'un bonheur immense.

— Je crois que ça marche, dit-il. Je me sens déjà beaucoup mieux.

Aurora rejeta la tête en arrière et le regarda avec une tendresse infinie.

— Oui, dit-elle.

— Oui, quoi ?

— Je t'aime et je veux me marier avec toi.

Aurora s'allongea à côté de lui sur l'étroit matelas de l'hôpital, et il la tint contre lui de son bras valide.

— Bianca n'est pas encore sortie d'affaire, dit-il. Les années à venir risquent de ne pas être de tout repos.

— C'est pour ça que tu as besoin de moi.

— Ah bon ?

— Evidemment.

— Et Felicia ?

— Elle a Hannah… et Simon. Tu te souviens du vétérinaire ? Il lui a sauvé la vie et l'a cachée chez lui. Elle n'a plus besoin de moi. Cela ne veut pas dire qu'elle ne fera plus partie de ma vie. Au contraire, ces épreuves nous ont rapprochées. Et même si nous ne vivons pas dans la même ville, nous trouverons toujours du temps pour nous voir.

— J'en suis ravi.

Ils s'embrassèrent longuement, goûtant la joie d'être sains et saufs, et bien décidés à écrire ensemble sur le livre de la vie de nouvelles pages emplies d'amour et de complicité.

KARA LENNOX

Une troublante intimité

BLACK *ROSE*

éditions HARLEQUIN

Titre original : TAKEN TO THE EDGE

Traduction française de CHRISTINE BOYER

83-85, boulevard Vincent-Auriol, 75646 PARIS CEDEX 13.
Service Lectrices — Tél. : 01 45 82 47 47
www.harlequin.fr

1

Un premier whisky n'avait pas suffi. Quant au deuxième, il n'avait pas eu l'effet escompté pour apaiser son sentiment de culpabilité, et Ford Hyatt savait maintenant qu'il allait devoir passer au moins deux heures de plus dans ce bar sordide à attendre d'être de nouveau en état de conduire.

En règle générale, il n'était pas homme à chercher à noyer ses problèmes dans l'alcool. Il s'efforçait plutôt de les résoudre. En l'occurrence pourtant, il n'y avait rien à faire. Une femme était entre la vie et la mort, et il en portait l'entière responsabilité.

Son instinct prétendument infaillible lui avait fait défaut. Une fois de plus.

Le barman désigna son verre vide.

— Un autre ?

— Oui, merci.

Au point où il en était, un whisky de plus ou de moins ne ferait pas une grande différence. Il appellerait un taxi pour rentrer chez lui.

Il n'avait pas remarqué la jeune femme assise à côté de lui au bar jusqu'à ce que les fragrances de son parfum léger lui chatouillent les narines. Il leva les yeux. Aussi silencieuse qu'un chat, elle avait pris place sur le haut tabouret.

— Puis-je vous tenir compagnie ?

— Je n'ai besoin de personne, merci.

Ce soir, il doutait d'être de bonne compagnie. Dans

d'autres circonstances, il aurait peut-être tenté de la séduire. Du coin de l'œil, il l'observa avec plus d'attention. Elancée, elle avait de longues jambes fuselées et semblait trop bien habillée pour le McGoo. Il n'aurait probablement pas trop de mal à repartir avec elle…

Mais les conquêtes faciles ne l'intéressaient plus. Qui plus est, il n'était pas d'humeur : il avait déjà les plus grandes peines du monde à faire preuve du minimum syndical de courtoisie.

Quand elle commanda un soda light, le barman leva un sourcil surpris, et Ford ne put s'empêcher de sourire.

Il examina la nouvelle venue avec plus d'attention. Son visage ne lui était pas inconnu. Cela devait remonter à une bonne dizaine d'années. Elle avait un peu changé, s'était étoffée et ses cheveux semblaient plus sombres. Mais elle avait toujours le même regard magnifique, de grands yeux bleus innocents à faire damner un saint…

— Robyn ?

Il n'allait sans doute pas tarder à regretter d'avoir entamé la conversation.

— Je me demandais si tu me reconnaîtrais, répondit-elle. Cela fait un bail…

Elle ne lui avait pas souri. Pourquoi l'aurait-elle fait ? Ils n'avaient pas à proprement parler de bons souvenirs ensemble.

— En tout cas, toi, tu m'as reconnu tout de suite, répondit-il, se demandant pourquoi elle l'avait abordé.

— J'ai entendu dire que tu fréquentais ce bar de temps en temps. Comme tu n'es pas dans l'annuaire…

— Les flics préfèrent être sur liste rouge.

Parmi les sales types qu'il avait arrêtés, les candidats ne manqueraient pas l'occasion de lui rendre la monnaie de sa pièce s'ils savaient où il habitait.

— Je me suis laissé dire que tu n'étais plus policier, reprit-elle.

— En effet, j'ai quitté la police de Houston il y a quelques années.

— Pourquoi ? Tu étais un excellent flic !

— Qu'en sais-tu ?

— C'est ce que tout le monde dit. Et j'ai entendu parler de tes exploits.

Elle avala une gorgée de soda, et Ford se surprit à laisser errer son regard sur ses lèvres pulpeuses.

Quel imbécile il faisait ! Au lycée déjà, il la trouvait extrêmement sexy : elle incarnait le fruit défendu. A l'époque, elle avait le don de se mettre dans des situations impossibles, et il préférait éviter ce genre de filles. Ce qui ne l'avait pas empêché d'être très attiré par elle. Curieux comme ses souvenirs d'adolescent étaient restés vivaces ! Il se rappelait l'avoir désirée comme un fou, tout en sachant qu'aller plus loin avec elle aurait été une erreur. Il avait alors des idées bien arrêtées sur ce que serait sa vie, et Robyn ne cadrait pas avec ses projets d'avenir. Leur relation avait tourné court, ce qu'il avait par la suite très souvent regretté.

— Y a-t-il une raison pour que le récit de mes « exploits » soit arrivé jusqu'à toi ?

— En effet.

Il comprit alors que leur rencontre n'était pas due au hasard, qu'elle était entrée dans ce bar parce qu'elle savait qu'elle l'y trouverait.

— Je suppose que tu es au courant de ce qui m'est arrivé ? reprit-elle sans le regarder.

Qui dans le comté ignorait la tragédie qui avait dévasté la vie de Robyn Jasperson ?

— Oui, je suis désolé.

Ses mots sonnaient creux et dérisoires à ses propres

oreilles, mais il ne savait pas quoi répondre d'autre. Que dire à une femme dont l'enfant avait été enlevé et sans doute tué ? Rien n'aurait pu soulager sa peine.

— Merci, répondit-elle par automatisme.

Sans doute avait-elle prononcé ces deux petites syllabes des milliers de fois depuis le drame qui remontait maintenant à sept ou huit ans. Au moins le kidnappeur avait-il été arrêté…

Au fond de lui, il en était moins sûr, mais il repoussa cette idée.

Quand il releva les yeux vers elle, elle soutint son regard sans ciller.

— Devines-tu pourquoi je suis venue te trouver ?

— Je commence à en avoir une petite idée… Tu ne crois pas à la culpabilité d'Eldon, c'est bien cela ?

Lors du procès, les accusations portées à l'encontre d'Eldon Jasperson se fondaient en grande partie sur des présomptions, mais elles avaient paru convaincantes. En tout cas, elles avaient convaincu la majorité des jurés qui l'avaient condamné à mort.

— En effet. Je ne crois pas que mon ex-mari ait assassiné mon fils.

Ford se garda de faire un commentaire. Il régla ses whiskys et le soda de Robyn.

— Sortons faire un tour, proposa-t-il.

Les relents de bière du McGoo commençaient à lui soulever l'estomac. Peut-être considérait-il aussi qu'une femme aussi jolie et délicate que Robyn n'était pas à sa place dans ce genre d'endroit. Proche du port, le McGoo n'avait pas très bonne réputation.

Dehors, le temps était lourd. Les étés étaient toujours caniculaires dans le sud du Texas, mais à la tombée de la nuit, les températures devenaient un peu plus supportables.

Un sentier de randonnée longeait la route sinueuse

où se trouvait le bar. Sans lui demander son avis, il y entraîna Robyn : ils pourraient discuter sans craindre les oreilles indiscrètes. Il se rendit compte un peu tard que ses petites tennis n'étaient peut-être pas très adaptées au terrain accidenté, mais elle n'émit aucune protestation.

— Pourquoi penses-tu qu'Eldon est innocent ? demanda-t-il à brûle-pourpoint.

Project Justice, la fondation caritative pour laquelle il travaillait – jusqu'à cet après-midi –, ne s'occupait que des dossiers présentant une base d'argumentation solide. Les critères de sélection étaient assez stricts, la simple conviction de l'innocence d'un prévenu ne suffisait pas. Pour accepter de se charger d'une affaire, Project Justice exigeait de nouveaux éléments, qu'il s'agisse d'éléments de preuves ou d'analyses.

Manifestement, Robyn avait préparé l'entretien.

— Pour trois raisons, répondit-elle. Tout d'abord, un témoin a vu Eldon avec Justin à la pizzeria au moment où il a été enlevé. Comme cet homme avait bu une bière – une seule – et avait commis quelques erreurs sur des points de détail, la police a refusé de prendre en compte son témoignage et n'a même pas transmis son nom à la défense. Mais toi, avec ton expérience policière, tu sais que la mémoire est imparfaite.

— C'est sûr. Pourquoi ce témoin n'a-t-il pas été cité quand Eldon a fait appel ?

— Nous venons seulement d'apprendre son existence.

— Nous ? reprit-il en se demandant avec qui elle travaillait. Tu fais équipe avec l'avocat d'Eldon ?

— Non, je n'ai pas les moyens de payer un avocat. « Nous », c'est Trina Jasperson et moi.

— Trina ? La femme actuelle d'Eldon ?

— Celle-là même qui a brisé mon mariage.

Robyn trébucha, et Ford la rattrapa par le bras.

— Peut-être ferions-nous mieux de revenir sur nos pas, proposa-t-il. Je ne m'étais pas rendu compte que le chemin était si caillouteux.

L'endroit était également infesté de moustiques.

Robyn secoua la tête.

— Ça va. Continuons.

Peut-être désirait-elle prolonger leur entretien. Mais il reprit son bras avec fermeté.

— Je m'en voudrais que tu te tordes la cheville à cause de moi. Ne t'inquiète pas. J'écouterai tout ce que tu as à me dire. Tu as piqué ma curiosité.

Il avait du mal à imaginer Robyn et Trina alliées. Ford ne connaissait Trina Jasperson que de réputation, et les propos qu'il avait entendus n'étaient guère flatteurs : d'aucuns prétendaient qu'avant d'épouser Eldon, elle avait beaucoup fait la fête… voire le trottoir.

— Sincèrement, je suis surpris que Tina n'ait pas abandonné Eldon à son triste sort. Elle aurait pu divorcer, obtenir une pension alimentaire confortable et tourner la page.

— Les femmes qui se marient avec des hommes riches ne sont pas toutes intéressées ! protesta Robyn d'un ton indigné. Je n'ai pas épousé Eldon pour son argent.

— Pourquoi l'as-tu épousé ? répliqua Ford, avant de le regretter aussitôt.

Sa question était sans rapport avec l'affaire, il en était conscient. Quelles qu'aient été les motivations de Robyn, elles ne le regardaient en rien. Mais il ne pouvait s'empêcher de se poser des questions. Avait-elle cherché à accéder ainsi à une certaine respectabilité ? A élever ses enfants dans un environnement stable ? Ou avait-elle voulu profiter de sa richesse ?

— Je sais que c'est difficile à croire, mais je l'aimais, répondit-elle simplement. A ses yeux, j'étais quelqu'un.

Il avait décelé en moi un potentiel, des qualités, dont je ne soupçonnais même pas l'existence. Il a été bon pour moi… enfin jusqu'à un certain point.

Son ton semblait sincère, et Ford regretta d'avoir douté d'elle.

— Excuse-moi, tout cela ne me regarde pas.

— Je suis prête à répondre à toutes tes questions si cela peut t'aider à faire libérer Eldon. Il m'a trompée avec la terre entière, m'a menti, trahie… et l'accusation s'est servie de ses travers pour le traîner dans la boue. Mais Eldon était un père fantastique, il adorait Justin et je l'aimerai toujours pour cela. La mort de son fils l'a ravagé. Il l'a endurée en même temps qu'il subissait l'enquête, l'incarcération, le procès. Aux yeux du public, il semblait stoïque, peut-être même froid et détaché, mais moi qui le connaissais, je savais qu'il était profondément atteint et qu'il ne se remettait pas de la disparition de son fils.

Ford n'était pas sans ignorer que même les assassins pleuraient parfois leurs victimes.

— Est-ce la deuxième raison ?

— Pardon ?

— Tu m'as dit que tu étais convaincue de l'innocence d'Eldon pour trois raisons. La première est le témoin de la pizzeria. Le fait qu'Eldon ait été dévasté par la mort de Justin constitue-t-il le deuxième élément qui plaide en sa faveur ?

— Non. Je sais qu'au sein de Project Justice, vous voulez des faits et des preuves. Je répondais simplement à ta question.

— Quelles sont alors les deux autres raisons ?

De nouveau, elle trébucha contre une pierre, et Ford la retint par le bras pour l'empêcher de tomber.

Quand elle eut retrouvé son équilibre, elle esquissa un geste pour se dégager, mais il refusa de la lâcher.

— Il vaudrait mieux que tu te tiennes à moi jusqu'à ce que nous ayons regagné le parking.

Elle ne protesta pas et, l'espace d'un instant, Ford fut troublé par la douceur de sa main sur son bras. Combien de fois au lycée s'était-il imaginé lui faire l'amour ?

— Le deuxième élément est une fibre synthétique, poursuivit-elle, le tirant de ses rêveries. Les flics ont passé la voiture d'Eldon au peigne fin et ils y ont découvert une longue fibre provenant d'une perruque blonde. Ils ont prétendu qu'elle n'avait aucune signification, mais je ne vois personne dans l'entourage d'Eldon ou de Justin portant une perruque blonde.

Ford adorait ce genre de pièces à conviction. Aujourd'hui, avec les progrès réalisés par la police scientifique, il était possible d'établir des correspondances précises sur les fibres, en particulier les fibres synthétiques.

— Très bien, répondit-il. Mais je crois me rappeler que les flics ont aussi trouvé du sang dans la voiture d'Eldon.

— Quelques gouttes, trois fois rien. Justin saignait souvent du nez.

— D'accord. Et ta troisième raison ?

Robyn prit une profonde inspiration.

— Je suis persuadée qu'Eldon était avec quelqu'un, ce soir-là, quelqu'un qui pourrait l'innocenter. Je sens qu'il a gardé quelque chose pour lui. Il a toujours le regard fuyant quand il ment… à propos d'une femme.

Ford ne sut quoi répondre. Il avait le plus grand respect pour l'intuition féminine, mais il pouvait difficilement la considérer comme une preuve tangible.

— Je sais ce que tu penses, se hâta-t-elle d'ajouter. Mais si je pouvais lui parler, je suis certaine que j'arriverais à le convaincre de dire toute la vérité.

— Tu n'as donc pas pu t'entretenir avec lui ?

— Je n'ai pas l'autorisation de le voir. De plus, Trina

ne se doute pas de l'existence de cette autre femme, et j'ai hésité à lui en parler. Je n'ai pas vraiment envie d'être celle qui lui apprend qu'Eldon la trompait.

— Je pourrais sans doute t'obtenir un droit de visite, répondit Ford, à sa propre surprise. Mais pourquoi diable n'a-t-il pas mentionné cette femme, si elle existe ?

— Il a certainement une bonne raison. Mais je suis absolument sûre qu'elle existe.

— Peut-être était-ce elle qui portait la fameuse perruque…

— Exactement !

Robyn lâcha soudain son bras.

— Excuse-moi, j'avais oublié que je te tenais encore le bras.

Lui n'avait cessé d'en avoir conscience.

— Pas de problème.

Il faillit ajouter qu'elle pouvait le faire autant qu'elle le voulait, mais il préféra s'abstenir. Elle était venue le trouver parce qu'elle était désespérée, et il n'avait pas envie de profiter de sa vulnérabilité.

— Robyn, tu sembles avoir de bonnes raisons de chercher à rouvrir le dossier. En as-tu parlé avec les enquêteurs de l'époque ? Au procureur ?

— Oui et oui. Ils ne veulent rien entendre. Les policiers et les procureurs n'aiment pas reconnaître qu'ils se sont trompés, surtout si leurs erreurs ont conduit un innocent dans le couloir de la mort. J'ai eu beau argumenter, ils répètent à l'envi qu'Eldon est coupable et ne veulent pas en démordre.

Ford devait avouer que lui-même avait fait preuve de la même arrogance, du même ton péremptoire, lorsqu'il appartenait à la police. Il se savait intelligent, consciencieux, réfléchi ; on n'avait de cesse de le lui répéter. Il se croyait infaillible. Pourtant, il avait contribué à envoyer un innocent en prison et, deux ans plus tard, à libérer un coupable.

Il ne voulait plus risquer de commettre d'autres erreurs.

— Je te suggère d'envoyer le dossier à Project Justice par les canaux habituels, poursuivit-il. Je glisserai un mot en ta faveur, j'appuierai ta requête.

— J'ai déjà sollicité leur aide.

Dans ce cas, pourquoi était-elle venue le trouver ? Elle répondit à sa question avant qu'il l'ait formulée à voix haute.

— La procédure peut prendre des mois. Sais-tu quand Eldon doit être exécuté ?

— Non, j'ai bien peur que non.

— Le 18 juillet, dans quinze jours exactement. Le temps presse ; voilà pourquoi je suis venue te trouver. Tu es son seul espoir.

Si en quittant le bar, Ford avait encore l'esprit partiellement embrumé par l'alcool, il était à présent totalement dégrisé. Il se dirigea vers sa voiture – la même berline puissante qu'il conduisait quand il était policier.

— Tu ne me facilites pas les choses.

— Je ne suis pas là pour ça. La vie d'un innocent est en jeu.

— Robyn, je ne travaille plus pour Project Justice.

Elle écarquilla les yeux, catastrophée.

— Comment ? Mais depuis quand ?

— Depuis ce matin. J'ai démissionné. Mais ne t'inquiète pas, je vais m'arranger pour que le cas d'Eldon soit mis en bonne place dans la pile des dossiers à traiter…

Elle secoua la tête.

— Je tiens à ce que tu t'en occupes personnellement.

— Je ne peux pas.

— Pourquoi ? Je ne comprends pas.

Il n'avait pas l'intention de s'en expliquer, mais lorsqu'il avait vu Katherine Hannigan au centre de soins intensifs – plongée dans le coma parce qu'un homme qu'il avait aidé à libérer avait tenté de la tuer –, il avait ressenti comme un déclic. Il ne pouvait plus continuer à jouer ainsi avec la vie des gens.

— Je plaiderai ta cause demain, lui assura-t-il. Laisse-moi tes coordonnées. Quelqu'un te contactera dans les quarante-huit heures.

— Je veux que tu t'en occupes.

Lorsqu'elle leva fièrement le menton, les poings serrés, il revit la fille combative qu'il avait connue autrefois, celle qui n'avait cessé de soutenir *mordicus* qu'elle était innocente du vol dont on l'accusait.

— Pourquoi moi ? Je pensais que tu me détestais.

Elle esquissa un bref sourire.

— Mes sentiments personnels ne comptent pas. Je sais que tu es obstiné, que tu ne lâches pas une affaire tant qu'elle n'est pas résolue. Voilà des années que des avocats me racontent des histoires, que des détectives privés m'arnaquent, et j'ai compris depuis longtemps que les flics comme les procureurs préfèrent se protéger et privilégier leur carrière plutôt que de découvrir la vérité. Aujourd'hui, je veux quelqu'un qui n'ait pas peur de la vérité. Tu es le candidat idéal.

Ford avait du mal à en croire ses oreilles. Pourquoi Robyn Jasperson avait-elle une telle foi en lui ?

— Comment en sais-tu autant à mon sujet ?

— Je te connais.

Ils se dévisagèrent un instant.

— J'ai changé, déclara-t-il en détournant les yeux.

— Les gens ne changent jamais fondamentalement. Je ne peux croire que tu te désintéresses du sort d'un homme qui, dans deux semaines, va subir une injection mortelle pour un crime qu'il n'a certainement pas commis.

Elle avait raison.

— Je vais y réfléchir, concéda-t-il.

La dernière chose qu'il souhaitait, c'était de lui faire une promesse qu'il n'était pas certain de pouvoir tenir.

Ford n'accordait pas facilement sa confiance, et Daniel Logan pouvait se targuer de faire partie de ce club très fermé.

Daniel n'avait jamais fait d'études pour devenir avocat ou policier. Mais les six années qu'il avait passées dans les prisons fédérales à épuiser tous les recours pour se tirer d'affaire lui avaient donné une expérience inestimable en matière judiciaire.

Avec l'aide de son père millionnaire, Daniel avait réussi à prouver qu'il était innocent du meurtre de son associé.

Une fois libéré et complètement blanchi, Daniel avait décidé de se consacrer à d'autres personnes injustement emprisonnées. C'est ainsi que Project Justice avait vu le jour. Son père avait financé la fondation, et Daniel la dirigeait, même si ses employés le croisaient rarement.

— Cette affaire Jasperson ne m'a jamais paru très claire, déclara Daniel à Ford lorsque ce dernier vint le trouver pour lui présenter le dossier.

Ils se trouvaient dans le bureau de Daniel, installé dans son manoir de River Oaks. Equipée de nombreux et puissants ordinateurs, la pièce ressemblait à une annexe de la CIA.

Grand et mince, Daniel paraissait plus vieux que ses trente-six ans. Il s'installa devant un écran et pianota sur le clavier.

— La mort d'un enfant fait toujours ressortir le pire et le meilleur des gens, souligna-t-il. Dans cette affaire, il fallait absolument un coupable. Les flics et les jurés leur en ont donné un.

Ford s'installa dans un fauteuil de cuir.

— Depuis le départ, le dossier a été traité en dépit du bon sens. Un type comme Jasperson aurait pu s'offrir le meilleur avocat du pays, mais il a préféré faire appel à un vieil ami. Il a réagi comme un imbécile. Il était tellement sûr de s'en tirer qu'il n'a pas voulu engager les meilleurs pour le défendre. Peut-être était-il réellement innocent. Ou peut-être se croyait-il plus malin que tout le monde.

— Je ne peux pas m'empêcher de penser que s'il avait été vraiment intelligent, il aurait mieux maquillé son crime.

Dès qu'il avait commencé à s'intéresser de près au dossier, Ford s'était pris au jeu. Il aimait le défi, chercher la faille, le petit détail que personne n'avait remarqué mais qui changeait toute la donne.

— Vous savez aussi bien que moi que les gens intelligents font parfois des choses stupides, surtout dans le feu de l'action.

— Alors, que décidez-vous ? demanda Ford, conscient que le temps pressait.

Il voulait apporter une réponse à Robyn le plus vite possible.

Daniel se caressa le menton.

— Je pense qu'il y a assez d'éléments pour justifier une enquête.

— J'aimerais que Raleigh se charge du dossier, reprit Ford. Elle a de l'expérience et…

— Raleigh vient d'accepter de défendre Simonetti, le type accusé d'avoir tué sa petite amie.

— Dans ce cas, espérons que Joe Kinkaid pourra…

— Non, je viens de lui confier l'affaire Blanchard.

Bon sang ! Il ne restait plus grand monde ! Project Justice était une petite structure. Ils recevaient plus de dossiers qu'ils ne pouvaient en traiter et, la mort dans l'âme, ils devaient souvent se résoudre à refuser des cas qui, ils le savaient, auraient pu aboutir à des non-lieux.

— Alors qui ?

— Comme vous avez posé votre démission, que je n'ai pas encore acceptée, entre nous soit dit, nous sommes au maximum de nos capacités. Même si je suis certain qu'un innocent va payer de sa vie les erreurs de la justice, nous n'avons personne pour défendre ce Jasperson. Et il n'est pas question que ceux qui sont déjà en charge d'un dossier négligent leur affaire pour s'occuper à moitié d'une autre.

Ford le savait. Personne ne décrochait un poste à la fondation sans la volonté farouche de se consacrer corps et âme aux affaires qui leur étaient confiées, de travailler jour et nuit, sept jours sur sept. Daniel était un passionné et il exigeait de ses collaborateurs qu'ils se dévouent sans réserve aux causes qu'ils défendaient.

— Bref, conclut Daniel en levant le nez de l'écran. Si vous ne prenez pas vous-même la responsabilité de ce dossier, personne ne le fera.

Avec n'importe qui d'autre, Ford se serait senti manipulé. Mais il savait que Daniel Logan disait vrai.

Ford baissa la tête.

— M'imaginez-vous sérieusement me charger de ce dossier ? Après mon échec dans l'affaire Copelson…

— L'affaire Copelson était une erreur.

— C'était pire qu'une erreur. Je me suis battu pour que ce salopard soit libéré. J'ai commis un crime, on devrait me mettre en prison.

— Cessez de dramatiser, Hyatt. Les flics avaient semé de fausses pièces à conviction sur la scène de crime, le dossier était truffé d'irrégularités et vous l'avez prouvé. Ce type avait été injustement condamné.

— Pourtant, il était coupable.

— Je préfère savoir mille coupables en liberté plutôt qu'un innocent en prison.

— Je sais, répliqua Ford avec impatience.

Daniel n'avait pas vu Katherine Hannigan sur un lit d'hôpital, son corps sauvagement poignardé.

— Si je comprends bien, poursuivit-il, si je ne m'occupe pas de cette affaire, personne ne le fera.

— Je le crains.

— D'accord, soupira-t-il.

Il se demandait d'ores et déjà ce qu'il lui en coûterait.

2

— Madame Jasperson ! s'écria une voix paniquée. Mon pot s'est s'écroulé !

Réprimant un sourire, Robyn se précipita pour aider Arnie, un des élèves à qui elle donnait des cours de poterie. Il se servait pour la première fois du tour et, les mains dans la glaise humide, il découvrait le plaisir de créer.

Il avait mal centré la boule d'argile sur le plateau et, lorsqu'il avait voulu la mettre en forme, tout s'était effondré.

— Ne t'inquiète pas ! le rassura-t-elle. En poterie, si tu rates quelque chose, il te suffit de remouiller la glaise et de recommencer. A mon avis, pour un premier essai, tu devrais monter un pot plus petit aux parois plus épaisses.

— Mais j'aimerais faire un vase. Pour maman.

— Les vases peuvent être de toutes formes et de toutes tailles.

Entendre les jeunes caïds dont elle avait la charge exprimer leur amour pour leur mère l'attendrissait. Arnie n'était encore qu'un gamin. Il avait été arrêté deux fois pour dégradation de biens publics, mais rien n'était perdu pour lui. Il commençait à prendre conscience qu'il était beaucoup plus amusant de créer quelque chose de beau que de détruire. Après un an d'enseignement, Robyn avait décidé de donner des cours l'été pour ces jeunes « délinquants ». Au départ, il s'agissait d'une activité bénévole, mais elle recevait maintenant des subventions qui lui permettaient d'acheter du matériel et de s'octroyer un petit salaire.

Elle montra à Arnie des modèles faciles à réaliser. Du doigt, il lui désigna un vase rouge vif, strié de bleu.

— Je pourrais peindre le mien du même rouge ?

— Bien sûr.

— Alors très bien.

Satisfait, il écouta les instructions de Robyn et se remit au travail. Après un moment, elle le laissa se débrouiller pour aller consulter une nouvelle fois son téléphone portable. Elle n'avait toujours pas reçu de nouvelles de Ford. Il lui avait promis de la rappeler sous quarante-huit heures, et le délai était presque écoulé.

Elle ignorait ce qui avait rendu Ford à ce point désabusé. Autrefois, il était un élève sérieux, un athlète accompli, un travailleur acharné. Il arborait en permanence un sourire chaleureux qui redonnait le moral à ceux qui en avaient besoin.

Il ne lui avait pas souri, l'autre soir.

Elle était certaine qu'il était l'homme de la situation. Certes, il s'était trompé à son sujet, au lycée. Mais du temps avait passé, et l'homme qu'il était aujourd'hui avait le profil parfait pour réussir à faire libérer Eldon.

Elle reporta son attention sur ses élèves.

— Bien, il est temps de ranger et de tout nettoyer !

— Et mon pot ? s'exclama Arnie sans lever les yeux du tour.

Heureuse de voir qu'il préférait finir son travail que de sortir en récréation, elle lui sourit.

— Tu peux rester pour le terminer.

Un quart d'heure plus tard, en contemplant son œuvre, il lui adressa le plus beau des sourires.

— Merci, madame, dit-il avant d'aller se laver les mains.

Il avait parlé à voix basse, pour ne pas que ses camarades l'entendent se montrer poli avec un professeur. Puis il courut rejoindre les autres.

Le sourire de Robyn s'évanouit. Pourquoi Ford ne l'appelait-il pas ?

Quand quelqu'un frappa doucement à la porte, elle sentit sa gorge se serrer. Etait-ce Ford ? Avait-il préféré venir en personne pour lui apprendre une mauvaise nouvelle ? Non, il s'annoncerait avec moins de timidité, se dit-elle.

Elle ne fut pas particulièrement ravie de découvrir sur le seuil Trina, la femme qui avait détourné son mari d'elle. Petite, tout en rondeurs, exotique, Trina était son contraire. Obstinée, voire casse-pieds à ses heures, c'était elle qui avait eu l'idée de contacter Project Justice et d'approcher Ford.

Robyn lui ouvrit.

— Bonjour, Trina.

Les yeux de sa visiteuse brillaient de larmes.

— Je n'en pouvais plus de rester chez moi, les bras ballants, à attendre ton coup de fil. J'ai préféré venir.

Elle portait une courte robe d'été qui mettait en valeur ses jolies jambes. Sa coupe de cheveux comme son maquillage étaient parfaits. Quels que soient les événements qui bouleversaient sa vie, Trina s'efforçait toujours de soigner son image en public.

Robyn se sentit minable dans son jean élimé, avec ses cheveux tombant sur ses épaules, retenus par un simple bandana.

— Entre. Les gosses viennent de partir. Je n'ai encore aucune nouvelle.

Trina pénétra dans la maison, ses talons claquant sur le sol. Elle semblait très nerveuse.

— Pourquoi lui faut-il tant de temps pour passer un coup de fil ? gémit-elle. Peut-être avons-nous eu tort de lui faire confiance, peut-être nous a-t-il oubliées et est-il parti jouer au golf ou à je ne sais quoi.

— Il ne nous a pas oubliées.

Sans doute aurait-il préféré en être capable, songea-t-elle. Commentaire qu'elle se garda bien de formuler à voix haute.

— As-tu fini de travailler pour aujourd'hui ? reprit Trina en s'éventant de la main. C'est l'étuve dans cette pièce. Que dirais-tu d'un verre de bière ? Je t'invite.

Robyn n'avait aucune envie d'une bière, mais Trina avait manifestement besoin de compagnie.

— Où veux-tu aller ?

— Dans un endroit pas cher. Je dois surveiller mes dépenses. Les avocats me coûtent une fortune et, comme Eldon est en prison, je tire un peu le diable par la queue.

Robyn s'efforça de masquer sa surprise. Eldon avait été riche comme Crésus. Certes, les frais de justice étaient coûteux, mais elle avait du mal à imaginer qu'ils aient ruiné le couple.

D'aucuns avaient prétendu que Trina, coiffeuse de son état, avait épousé Eldon pour son argent. Les amis huppés d'Eldon ne l'avaient jamais acceptée. Quant à ses parents, ils l'appréciaient encore moins qu'ils avaient apprécié Robyn. Mais Trina n'avait certainement pas regardé à la dépense pour essayer de faire libérer son mari.

Robyn ayant été en butte aux mêmes jugements, elle avait tendance à croire que Trina aimait sincèrement Eldon. Les deux femmes n'auraient jamais sympathisé en temps normal, mais au cours du procès d'Eldon, elles avaient appris à se connaître. De plus, Trina s'était montrée très compatissante vis-à-vis de Robyn au moment de la disparition de son fils.

Robyn n'était pas femme à refuser une main tendue, d'autant qu'après son divorce, nombre de ses amies lui avaient tourné le dos. D'autres s'étaient éloignées d'elle après le kidnapping, ne sachant pas comment réagir face à son chagrin. Les rares personnes dont elle était restée proche trouvaient malsain son combat pour faire libérer l'homme qui avait tué son fils.

L'opinion publique s'était déchaînée contre Eldon, et la haine qu'il avait suscitée était encore très forte.

Alors qu'elles arrivaient devant la Cadillac de Trina, le téléphone portable de Robyn retentit.

Elle sortit l'appareil de son sac.

— Allô ?

— Ford Hyatt à l'appareil. Pouvez-vous me retrouver quelque part, Trina et toi ?

— Maintenant ?

— Le plus vite possible. Je suis dans une brasserie, le Pacifique. Sais-tu où ça se trouve ?

— Oui, nous pouvons y être dans une demi-heure.

— Très bien, je vous attends, dit-il avant de raccrocher.

— C'était lui ? demanda Trina d'un ton fiévreux. Project Justice est d'accord pour prendre le dossier ?

— Il veut nous rencontrer.

Trina ferma les paupières.

— Cela semble de mauvais augure. S'il avait de bonnes nouvelles, il les aurait annoncées au téléphone, tu ne crois pas ?

— Le pire n'est jamais sûr, répliqua Robyn.

Pourtant, elle partageait ses inquiétudes. Ford lui avait paru grave. Peut-être préférait-il leur apprendre le refus de la fondation en face à face. Mais peut-être sa gravité avait-elle d'autres raisons. Elle repensa à son regard triste, et se demanda pourquoi il en était réduit à boire seul dans un bar sordide.

***

Branché et assez snob, le Pacifique n'était pas le genre d'endroits que fréquentait Ford. Les jeunes cadres de Houston s'y retrouvaient après leurs journées de travail pour y boire des cocktails multicolores hors de prix.

Ce choix était celui de Raleigh Shinn, la plus ancienne avocate de Project Justice. Elle avait accepté de lire le dossier Jasperson, de se charger de la paperasserie juridique et d'assurer les comparutions au tribunal. Ford aimait travailler avec elle parce qu'elle était consciencieuse, intelligente et bosseuse. Par contre, elle était totalement dépourvue d'humour. Il ne l'avait jamais vue autrement qu'en tailleur strict et coiffée d'un chignon sévère. Elle avait un joli visage et un corps magnifique, mais elle semblait ne pas ménager ses efforts pour passer inaperçue.

En attendant Robyn et Trina, Raleigh sirotait un soda.

— Elles sont en retard, remarqua-t-elle.

— A cette heure-ci, elles doivent être coincées dans un embouteillage.

— J'ai mené une petite enquête sur ces deux jeunes femmes. La première Mme Jasperson a un casier judiciaire, mais personne n'y a plus accès parce qu'elle était mineure au moment de la condamnation. L'actuelle épouse d'Eldon Jasperson n'a rien d'un ange non plus. Elle a été accusée de divers délits qui vont de l'ivresse publique au racolage.

— Au racolage ? Je croyais qu'il ne s'agissait que de rumeurs.

— A ce que j'ai lu, elle était plus intéressée que prostituée. Elle aimait fréquenter des hommes riches pour se faire offrir des bijoux, de beaux vêtements, pour dîner dans de grands restaurants. Apparemment, Eldon était très attiré par les filles aux mœurs légères.

— Mais à l'époque où il a épousé Robyn, elle avait déjà changé de vie.

Lui aussi avait pris des renseignements. Robyn avait été à l'université et enseignait aujourd'hui les arts plastiques.

— Robyn ? Tu la connais ?

— C'était une amie, enfin, une connaissance. Je peux te dire ce qu'il y a dans son casier judiciaire. Elle a été condamnée pour vol à l'étalage, consommation d'alcool avant l'âge légal, recels. Mais elle a été prise en charge par un programme de réinsertion pour mineurs et elle est revenue dans le droit chemin.

Raleigh le dévisagea d'un air étonné.

— Comment sais-tu tout cela ?

— J'étais en classe avec elle, reconnut-il à contrecœur. Le lycée de Green Prairie était un établissement tranquille qui n'accueillait pas beaucoup de fauteurs de troubles. Robyn était l'exception.

A l'époque, elle le fascinait et l'horrifiait en même temps. Il ne comprenait pas qu'une fille aussi jolie et intelligente se soucie aussi peu de son avenir, au point de fréquenter des fainéants, des camés et des ratés.

Il avait tenté de lui tendre la main. Un jour, il l'avait surprise seule à la cafétéria, un sandwich à la main, un ouvrage sur Hamlet sur les genoux. A l'époque, elle revenait d'un séjour en maison de correction.

Il avait posé son plateau en face d'elle, puis regretté de ne pas avoir préparé ce qu'il pourrait lui dire. En général, il n'avait aucun mal à discuter avec les filles. Mais Robyn, qui lui semblait plus mûre et plus expérimentée que les autres, l'intimidait.

— Est-ce que tu t'en sors avec le Barde ?

Elle l'avait dévisagé d'un air perplexe.

— Le quoi ?

— Shakespeare, si tu préfères.

— Non, merci. J'ai tout ce qu'il faut.

— Je l'ai étudié l'année dernière. Je serais content de t'aider à rédiger ton devoir.

Posant son livre, elle l'avait fixé avec attention.

— Tu me dragues, là ?

— Mais non ! Je te propose un coup de main.

Peut-être avait-il espéré aussi, secrètement, que quelque chose se passerait entre eux, mais, à l'époque, il ne le lui aurait avoué pour rien au monde.

— Très drôle.

Elle avait ramassé ses livres et s'était levée pour partir sans lui faire l'aumône d'un regard.

Ford s'était mordu les doigts d'avoir tenté sa chance avec une fille comme elle.

Peu de temps après cet épisode, elle avait été accusée d'avoir volé des fournitures d'arts plastiques et avait « comparu » devant le tribunal des élèves. Sans doute avait-elle cru qu'il avait voté « coupable » pour se venger d'avoir été éconduit. Cela n'avait pas été le cas. Il avait été certain de sa culpabilité et, du reste, il l'était toujours. Mais il n'avait pas été mécontent de la voir punie. D'ailleurs, il avait lui-même suggéré la sanction qui avait été prononcée.

Soudain, la porte du bar s'ouvrit.

— Les voilà, dit-il en levant la main pour attirer leur attention.

Dans sa robe d'été au décolleté impressionnant, Trina avait l'air de sortir d'une gravure de mode. Sa démarche semblait savamment étudiée et elle était maquillée comme une voiture volée.

A côté d'elle, Robyn, grande et mince, était vêtue d'un jean délavé et d'une blouse de peintre. Elle avait noué ses cheveux en queue-de-cheval et chaussé des sandales. Elle était loin d'être sur son trente et un, ce qui ne l'empêcha pas de ressentir un pincement au cœur en la voyant.

Cette fille avait quelque chose… Vive, débordante de vie, méfiante, elle lui faisait penser à un cheval sauvage.

Il était certain qu'elle s'en voulait de solliciter son aide. Pourtant, elle l'avait fait pour sauver la vie d'un homme qui l'avait trompée et trahie. Elle ne manquait pas de cran, et il admirait son abnégation.

Quand les deux femmes les rejoignirent, Ford se chargea des présentations. La serveuse s'approcha.

— Aimeriez-vous boire quelque chose ?

— Une bière, répondit Trina sans hésitation.

— Un thé glacé, ajouta Robyn.

Dès que la serveuse se fut éloignée, son sourire disparut et elle se tourna vers Ford.

— Je t'en prie, ce suspens devient insoutenable. Prends-tu en charge l'affaire ?

— Oui. Je suppose que tu aurais préféré que je te l'apprenne au téléphone, je suis désolé.

— Oui, répondit Trina à sa place. J'étais tellement nerveuse que je me suis rongé les ongles dans la voiture.

Pour sa part, Robyn semblait surtout intensément soulagée.

— Dis-nous quelle est l'étape suivante.

Raleigh avait prévu cette question. Elle posa son attaché-case sur la table et en sortit des formulaires qu'elle leur demanda de signer. Par ces documents, elles la nommaient avocate d'Eldon, et elles acceptaient de ne pas se retourner contre Project Justice ou ses employés si leurs efforts pour libérer Jasperson n'aboutissaient pas.

Trina considéra les papiers d'un air soupçonneux.

— Cela va-t-il me coûter quelque chose ? Je croyais que votre aide était bénévole.

Robyn se tendit, mais Raleigh, qui avait l'habitude, expliqua à Trina que la fondation prendrait tout en charge.

Trina se mordilla les lèvres.

— Mon avocat m'a dit de ne rien signer sans son accord.

— Signe ces papiers, Trina ! s'exclama Robyn, exaspérée. Nous n'avons pas de temps à perdre.

— Oui, tu as raison. Auriez-vous un stylo ?

Ford mourait d'envie de poser la main sur le bras de Robyn pour la calmer. Il ne servait à rien de s'énerver pour des broutilles. Mais il n'osait pas la toucher, conscient que son geste n'aurait pas été uniquement destiné à la réconforter. Se remémorant la rebuffade qu'il avait essuyée au lycée, il préférait garder ses distances. Elle l'avait embauché pour effectuer une mission et rien d'autre.

Une fois les aspects juridiques réglés, Raleigh les laissa. Elle avait une audience au tribunal à préparer. Comme elle ne jouait qu'un rôle de conseiller dans ce dossier, elle n'avait pas à s'impliquer plus que nécessaire.

Quand elle fut partie, Trina avala une longue gorgée de bière.

— Cette femme me terrifie, déclara-t-elle. Je préfère l'avoir avec nous que contre nous. Elle devrait changer de coiffeur.

De nouveau, Robyn se tendit. Elle serra si fort son verre que les jointures de ses doigts blanchirent.

Dans l'espoir d'apaiser les tensions, Ford intervint :

— Raleigh est d'une redoutable efficacité. Nous avons de la chance qu'elle ait accepté de nous consacrer un moment. Voulez-vous déjeuner ?

— Je ne mange jamais de poisson, répondit Trina. Y a-t-il moyen de commander autre chose ? De la viande, par exemple ?

— Bien sûr, je vais demander la carte. Et toi, Robyn ?

— Je n'ai pas faim.

— Nous allons travailler pendant des heures. Je préfère que vous vous restauriez avant. Vous aurez besoin de réserve.

— A t'entendre, nous nous préparons pour un marathon !

— C'est un peu le cas. Le temps presse.

A ces mots, Robyn poussa un soupir, et les yeux de Trina se remplirent de larmes.

— Je vous en prie, ne remuez pas le couteau dans la plaie. Cela me rend malade.

Comme la serveuse leur tendait des cartes, Trina secoua la tête.

— Maintenant, je serais incapable d'avaler quoi que ce soit.

Avec un soupir, Ford commanda un steak frites. Il avait toujours besoin de se nourrir correctement avant d'attaquer un dossier.

Quand ils se retrouvèrent seuls, il s'éclaircit la gorge.

— Bien, à présent, commençons par le commencement.

— Que voulez-vous dire ? demanda Trina.

— Racontez-moi d'abord le week-end du meurtre.

— Du kidnapping, corrigea Robyn d'une voix ferme. Même si je sais que mon fils n'est peut-être… plus de ce monde, il ne faut écarter aucune hypothèse. La seule certitude est qu'il a disparu.

— Exact. Eldon avait ton fils ce week-end-là, non ?

Il connaissait les réponses à la plupart des questions qu'il allait poser, mais il préférait les entendre de la source.

— Oui. Il accueillait Justin chez lui un week-end sur deux et parfois dans la semaine aussi. Il aimait être avec lui et ne se plaignait jamais de sa présence.

— Je le confirme, acquiesça Trina. Il adorait ce gosse.

— Et s'est-il passé quelque chose d'inhabituel ce week-end-là ? Vous étiez-vous disputés ? Etiez-vous en colère l'un contre l'autre ?

— Si tu as lu le compte rendu du procès, tu sais qu'Eldon et moi, nous nous étions en effet disputés ce soir-là. Mais il ne s'agissait pas d'un conflit majeur comme le procureur l'a présenté. Ma belle-mère essayait de m'imposer ses vues sur la façon d'éduquer mon fils et Eldon a toujours donné raison à sa mère.

— Cette femme a raté sa vocation, elle aurait dû être générale en chef, intervint Trina.

— Bref, il s'agissait de petites frictions, habituelles chez les couples divorcés, reprit Robyn. Il n'y avait pas lieu d'en faire un drame.

— Eldon est donc passé prendre Justin après sa journée de travail et l'a conduit chez lui… Où étiez-vous, Trina ?

— J'assistais à un congrès professionnel. A l'époque, j'étais en formation pour devenir masseuse.

— Et où se tenait ce congrès ?

— Au Sheraton de Corpus Christi. Quand Eldon accueillait son fils, je m'efforçais toujours de ne pas être dans leurs jambes, de les laisser tranquilles. Je ne voulais pas jouer les belles-mères intrusives.

— La police a-t-elle vérifié votre alibi ?

— Oh, oui, nous étions plusieurs du cabinet où je travaillais à avoir fait le déplacement.

— D'accord. Eldon maintient donc qu'il était seul avec Justin chez lui, ce vendredi soir-là. Mais pour une raison obscure, il a décidé de sortir à minuit pour acheter une pizza, poursuivit Ford en consultant ses notes. Il a commandé une grande pizza, moitié au pepperoni, moitié aux olives noires.

— Aux olives noires ? s'exclama Trina. Qui vous a dit ça ? Eldon déteste les olives noires.

— J'ai trouvé le renseignement dans les rapports de la police, répondit Ford.

Il s'aperçut alors que Robyn lui faisait des signes pour l'inviter à se taire – et il se souvint que Trina ne savait rien de la mystérieuse femme qui aurait rendu visite à Eldon ce soir-là.

De toute façon, il était clair que puisque la pizza avait deux garnitures, elle avait été prévue pour deux.

Mais Trina secoua la tête.

— Cela montre une fois de plus le degré d'incompétence des policiers de Green Prairie. S'ils ne sont même pas capables de…

Traversée par une pensée soudaine, elle s'interrompit et reposa brutalement sa bière.

Ford regarda Robyn, ne sachant pas très bien quoi dire. En son for intérieur, il estimait qu'il valait mieux jouer cartes sur table et travailler en équipe. Mais il ne voulait pas être celui qui apprendrait à Trina que son mari l'avait trompée.

— Peut-être n'était-il pas seul…, suggéra Robyn avec douceur.

— C'est ridicule !

Trina avait blanchi sous son hâle. Elle se leva si brusquement qu'elle heurta la table, faisant vaciller les verres. Des clients se retournèrent pour comprendre ce qui se passait.

— Mon mari ne m'a jamais trompée. Il m'aime, il m'a toujours aimée. Comment peux-tu lancer de telles insinuations alors qu'il n'est pas là pour se défendre ? Les gens ont dit suffisamment de mal sur lui, ce n'est pas la peine d'en rajouter.

— Trina, je…

Mais Trina avait déjà tourné les talons et se dirigeait à pas vifs vers la porte.

— Ça commence bien ! dit Ford avec un soupir.

— Je t'avais dit qu'elle n'était pas au courant de la visite de la mystérieuse inconnue.

— Elle l'aurait appris tôt ou tard.

— J'aurais préféré ne lui en parler que lorsque nous

aurions découvert l'identité de cette femme. Trina a déjà tellement souffert…

— Tu en as enduré bien davantage.

Elle baissa la tête.

— Certes, mais j'ai appris à gérer mon chagrin. Le mari de Trina est dans le couloir de la mort, et j'imagine les images horribles qui doivent la hanter le soir quand elle essaie de s'endormir. Je sais qu'elle est parfois théâtrale, mais sa sincérité ne peut être mise en doute.

— Dis-m'en plus à son sujet. Eprouvait-elle de l'animosité contre Justin ?

— Trina ? Non, je ne le pense pas. Je ne la voyais pas souvent avant l'arrestation d'Eldon, mais il n'a jamais fait la moindre allusion à un quelconque problème.

— Son alibi est-il solide ? Corpus Christi n'est pas très loin d'ici.

— Plusieurs témoins ont juré sous serment qu'elle avait passé la soirée au bar avec eux. Puis elle et sa compagne de chambre sont montées se coucher. Elle n'est pas sortie de la chambre avant le lendemain matin.

— Et ton alibi à toi ?

Il avait posé la question d'un ton neutre, mais il savait que la police l'avait considérée comme suspecte.

Elle haussa les épaules.

— Je n'en ai pas. J'étais chez moi, seule, dormant comme un bébé pendant qu'un salopard m'enlevait mon enfant, lança-t-elle, les yeux brillants de colère.

Ford s'interdit de réagir. Il avait appris depuis longtemps que les émotions n'avaient pas leur place dans ce genre d'affaires. Les émotions contribuaient à forger des opinions qui elles-mêmes déformaient l'approche des événements, biaisant le jugement. Il s'efforçait toujours de garder l'esprit ouvert à toutes les hypothèses, de ne pas se laisser influencer, de ne pas s'impliquer. Tant pis s'il apparaissait du coup comme un homme insensible et froid.

Elle avala une gorgée de thé.

— Les flics m'ont interrogée pendant des heures.

— Quand quelque chose arrive à un enfant, les soupçons se portent toujours d'abord sur ses parents.

— Oui, ils me l'avaient expliqué. En tout cas, j'ai dû réussir à les convaincre que je n'avais rien à voir avec tout ça, car ils ont cessé de me harceler au bout de quelques jours.

— Tu crois qu'ils se sont très vite focalisés sur Eldon ?

— Oui, très vite, trop vite. Ils n'ont pas aimé ce qu'il leur a raconté ni la manière dont il s'est comporté pendant l'interrogatoire.

Ford se remémora un épisode survenu au début de sa carrière. Il avait été appelé pour enquêter sur son premier homicide, attribué à un gang. Dans son désir de bien faire, il avait fait du zèle. Il avait passé ce quartier minable au peigne fin. Après des heures d'efforts, il avait fini par découvrir un gamin caché dans des buissons. Il avait dix-sept ans, il était livide, terrifié.

A cet instant précis, Ford avait été convaincu d'avoir trouvé le meurtrier. Il n'en revenait pas de la facilité avec laquelle il y était parvenu.

— Les gens réagissent de différentes façons lorsqu'ils sont confrontés à un crime, expliqua Ford. Certains s'effondrent, d'autres semblent garder leur sang-froid, mais se comportent de manière irrationnelle, et d'autres encore donnent l'impression d'être complètement détachés, froids et indifférents.

— Eldon fait partie de cette dernière catégorie. Il n'est pas du genre à afficher ses émotions en public.

— Ce qui a suffi à influencer négativement les inspecteurs chargés de l'enquête.

Il se promit d'interroger les premiers policiers à s'être occupés de l'affaire.

— Maintenant, poursuivit-il, venons-en au témoin auquel tu as fait allusion.

— Il travaillait à la pizzeria. J'ai dernièrement rencontré Mindy Hodges qui était responsable à l'époque du service de nuit. J'ai retrouvé la trace de tous les témoins, et je me suis entretenue personnellement avec eux. Quand elle m'a raconté ce dont elle se souvenait à propos de cette soirée, elle a mentionné un employé dont je n'avais jamais entendu parler. Un certain Roy. Elle ne se rappelle pas son nom de famille. Elle est sûre qu'il était de service, ce soir-là. Il a été interrogé par les flics, mais je n'avais jamais entendu son nom.

Ford nota ces indications. Retrouver ce type était une priorité.

Ils discutèrent pendant des heures. Ford persuada Robyn de partager le contenu de son assiette, d'autant qu'il en avait plus qu'il n'en fallait. Lorsqu'ils eurent fini leur repas, Ford avait réussi à lui faire dire tout ce dont elle se souvenait à propos du crime et de ses suites. Pendant trois heures, il s'était focalisé sur elle, sur chacun de ses mots, avec plus d'attention que si elle avait été une amoureuse. Au départ, elle s'était montrée prudente, craignant sans doute de dire une bêtise, de se tromper, mais, peu à peu, il lui fit oublier ses réserves et ses résistances jusqu'à ce qu'elle cesse de s'autocensurer.

Le regard de la jeune femme s'adoucit.

Quelque chose se produisit alors, quelque chose d'imprévu. Ford se surprit à la désirer avec la même intensité qu'au lycée.

— Tu fumes toujours ? lança-t-il soudain.

Il espérait presque qu'elle répondrait par l'affirmative – il détestait l'odeur de la cigarette.

— Moi ? D'où sors-tu ça ? dit-elle en riant.

— Je me souviens que tu fumais au lycée. Derrière le bâtiment réservé aux élèves d'arts plastiques.

— Comment aurais-tu pu savoir ce qui se passait dans ce bâtiment ? Toi et tes camarades n'osiez pas y mettre un pied. Vous auriez eu trop peur d'être la risée de l'école.

Elle n'avait pas tort. Il aurait préféré mourir que d'assister à un cours d'art. Comme il lui fallait obligatoirement choisir une matière artistique, il s'était inscrit en musique.

Il haussa les épaules.

— Je t'espionnais.

— Tu m'espionnais ? répéta-t-elle, incrédule.

— J'aimais te regarder.

Il n'en revenait pas de lui avouer cela. Mais après tout, elle venait de lui raconter en détail sa vie sexuelle avec Eldon et lui ne lui avait encore rien confié de personnel. Néanmoins, rien ne l'obligeait à lui faire des confidences. Mais il aimait sa franchise et il avait envie qu'ils continuent à échanger avec honnêteté. Avouer des fautes passées ne pouvait qu'y contribuer.

— Tu étais un obsédé !

— Je n'ai pas dit que je t'espionnais dans les toilettes des filles.

Peut-être avait-il eu tort de se confier. Il savait interroger les criminels, faire parler les témoins. Mais dès qu'il s'agissait de ses propres sentiments, il devenait pitoyable. Kathy, son ex-femme, le lui avait souvent reproché.

Robyn répondit enfin à sa question :

— J'ai cessé de fumer quand j'ai fait la connaissance d'Eldon. Il voulait que je sois digne de devenir une Jasperson.

— Et cela a marché ?

— Pas aux yeux de sa mère, en tout cas. Pour elle, un diplôme en arts n'avait aucune valeur, et vouloir faire carrière dans l'enseignement était ridicule. Quant à mon désir de travailler avec de jeunes délinquants, il la rendait malade. « Dieu sait combien de microbes elle va rapporter à la maison ! », se plaisait-elle à répéter.

— Ma belle-mère, quant à elle, était un amour, déclara Ford.

Mais en divorçant, il avait malheureusement rompu les liens avec elle.

— Etait ? Tu as divorcé ?

— J'ai fortement déçu ma femme.

Robyn l'observa avec attention, comme si elle cherchait ce que son ex-femme avait bien pu lui reprocher. Il préféra ne pas s'étendre sur le sujet. La liste de ses défauts était longue.

— Il est tard, reprit-il, et une longue journée nous attend demain. Raleigh va demander au tribunal un accès à toutes les pièces du dossier. Les médias vont sans doute nous tomber dessus, et tu ferais mieux de t'y préparer.

— Je déteste les journalistes.

— Ils sont nos amis, pourtant. Ils vont faire savoir que nous cherchons des renseignements et que nous sommes prêts à payer pour les obtenir. Sois sympa avec eux.

— S'il le faut. Que dois-je faire ?

— Tu penses qu'Eldon a reçu la visite d'une femme cette nuit-là. Nous devons la retrouver le plus vite possible.

— Et Trina ? Elle semblait bouleversée. Devrais-je lui parler ?

— Franchement, je préfère qu'elle n'aille pas aborder le sujet avec son mari avant que nous ayons clarifié les choses avec lui.

La serveuse apporta l'addition, que Ford régla, refusant le billet que lui tendait Robyn.

— Je la ferai passer en frais professionnels.

Comme ils sortaient du restaurant, Robyn s'immobilisa brusquement.

— Je n'ai pas de voiture pour rentrer chez moi. J'étais venue avec Trina.

— Aucun problème, je te raccompagne.

Robyn avait tenté de dissuader Ford de la reconduire chez elle. Elle pouvait appeler un taxi. Mais Ford avait insisté, même si la raccompagner l'obligeait à un long détour puisqu'il habitait de l'autre côté de la ville.

Dans la voiture, elle repensa à leurs années de lycée. Elle avait été troublée qu'il lui avoue l'avoir espionnée à cette époque-là, et elle ne lui avait pas dit qu'elle aussi aimait le regarder pendant qu'il s'entraînait. Alors que la plupart des garçons de son âge paraissaient mal à l'aise dans leur corps, lui semblait mû par une sorte de grâce naturelle. Contrairement à ses camarades, il n'était pas du genre à faire le beau devant les filles. Sur un terrain, il se focalisait sur le jeu.

C'était d'ailleurs le trait de caractère dominant qu'elle se rappelait à son sujet : la concentration. Lorsqu'il travaillait sur un projet, il s'investissait généralement à fond. Dans les rares cours qu'ils suivaient ensemble, il prenait des notes, posait des questions. Elle s'était parfois demandé ce qu'elle éprouverait si elle avait été le centre de son attention.

Ce soir, elle avait eu la réponse. Très vite, elle avait aimé parler à cœur ouvert avec lui et s'était sentie soulagée de pouvoir baisser la garde et se montrer sincère.

Au-delà, elle était troublée de constater qu'elle éprouvait du désir pour lui. Etait-ce dû à leur passé commun, à leurs confidences de ce soir ? Aucun homme ne l'avait jamais vraiment écoutée. Ni les flics qui cherchaient surtout à lui faire dire ce qu'elle préférait taire, ni Eldon qui aimait la voir suspendue à ses lèvres, comme si elle s'abreuvait de son intelligence et de sa culture.

Se sentir l'objet unique de l'attention de Ford lui avait procuré un sentiment aussi étrange qu'inédit. Elle avait de plus en plus de mal à se rappeler qu'il l'avait injustement condamnée autrefois.

Chaque fois qu'elle repensait à cet épisode, elle bouillait de colère. A l'époque, elle avait essayé de toutes ses forces d'être quelqu'un de bien, de se comporter convenablement. Après les deux mois passés en maison de redressement, elle avait décidé que jamais plus elle n'y retournerait. Elle avait alors pris la résolution de changer et de faire quelque chose de son existence.

Or personne n'avait remarqué ses efforts. Ni sa mère, trop engluée dans ses propres problèmes pour s'en soucier, ni ses professeurs qui avaient déjà des *a priori* sur elle, ni ses anciens amis qui avaient à peine remarqué qu'elle n'était plus là à fumer de la dope ou à taguer les murs avec eux.

Pourtant, elle s'était accrochée. Mais c'est alors qu'elle avait été injustement accusée de vol, humiliée, et obligée de passer devant le tribunal des lycéens présidé par Ford.

La sanction avait été lourde. Elle n'avait pas eu le droit de réaliser une fresque murale dans l'enceinte du lycée. Avec du recul, il lui semblait ridicule de nourrir encore de la rancœur face à un événement aussi mineur. Mais à l'époque, quand son projet avait été retenu parmi des dizaines d'autres, elle y avait vu un signe : c'était la première fois qu'elle excellait dans un domaine, qu'elle était reconnue.

Ford avait brisé ce rêve.

Elle en éprouvait encore de la colère, qu'elle s'efforçait de réprimer. Car la détermination de Ford était indispensable pour faire libérer Eldon. Rien d'autre ne devait entrer en ligne de compte : ni un passif qui remontait à leurs années de lycée, ni l'étrange attirance qu'elle ressentait aujourd'hui pour l'homme très séduisant qu'il était devenu.

3

Après cette soirée, Robyn n'avait plus eu de nouvelles de Ford pendant deux jours. Elle avait l'impression de tourner comme un lion en cage. Ce matin-là, elle découvrit qu'il venait de laisser un message sur son répondeur pendant qu'elle était sous la douche.

— Je suis attendu à la prison de Huntsville à 14 heures. Je passerai te prendre à 11 heures. Habille-toi de façon classique.

Typique de Ford, pensa-t-elle. Il allait droit au but sans s'embarrasser d'un « bonjour » ni de formules de politesse. Ceci étant, il ne l'appelait pas pour l'inviter à dîner en amoureux. Ils allaient rendre visite à son ex-mari en prison. Comme sortie romantique, on faisait mieux.

Il lui avait conseillé une tenue classique, et Robyn décida de s'habiller avec soin. De par son activité professionnelle de peintre et de professeur de dessin, elle privilégiait les tenues pratiques, jean et T-shirt. Mais elle disposait de quelques tenues plus chic, dont elle avait fait l'acquisition pour le procès. Elle sortit de son armoire une jupe noire, longue et étroite, et un corsage de soie.

Compte tenu de la chaleur, elle noua ses cheveux en queue-de-cheval et enfila des sandales à talons.

Elle décida même de se maquiller, rituel dont elle avait pourtant perdu l'habitude. Tout en appliquant son mascara, elle se demanda qui elle cherchait à impressionner. Mais après tout, Ford lui avait dit qu'il y aurait sans doute des journalistes, des caméras, et elle voulait se montrer à son avantage.

En tout cas, elle ne s'apprêtait pas dans l'espoir de plaire à Ford ! Ce serait ridicule et même indécent. Elle tentait de sauver la vie d'un homme.

Ford arriva à 11 heures tapantes, malheureusement suivi par une camionnette de la chaîne de télévision locale.

Robyn détestait les journalistes. Certes, tous n'étaient pas à mettre dans le même panier, mais ceux qui rôdaient autour des victimes d'un crime étaient à ses yeux de véritables vautours. A l'époque du procès d'Eldon, ils n'avaient cessé de la harceler, espérant une déclaration choc qui aurait fait grimper l'Audimat.

Ford sortit de sa voiture et se dirigea vers le cameraman et le journaliste qui avaient bondi de la camionnette. Robyn prit une profonde inspiration et s'apprêta à le rejoindre. Ford lui avait dit qu'ils devaient ménager les journalistes, susceptibles de relayer leur cause. Mais si l'opinion publique exigeait la tête d'Eldon, il était plus que probable que le gouverneur n'allait pas surseoir à l'exécution.

Les journalistes, nombreux, la remarquèrent au moment même où elle sortait de son immeuble et se précipitèrent vers elle.

— Madame Jasperson, avez-vous de nouvelles pistes ? Savez-vous où se trouve votre fils ?

— Un cadavre a-t-il été découvert ?

— Pourquoi vous efforcez-vous de sauver l'assassin de votre enfant ?

— Etes-vous toujours amoureuse de votre ex-mari ?

Elle croyait s'être préparée à ces assauts, mais sous cette avalanche de questions, elle sentit très vite qu'elle perdait pied.

— Je suis convaincue que mon ex-mari est innocent, répondit-elle. Je le suis depuis le début.

— Qu'éprouvez-vous vis-à-vis de l'épouse actuelle d'Eldon ?

— Savez-vous quelque chose sur le meurtre de Justin ?

— Avez-vous enlevé votre fils ? Est-ce la raison pour laquelle vous ne doutez pas de l'innocence d'Eldon ?

— Etes-vous travaillée par votre conscience ?

Elle avait envie de les insulter, de leur dire ce qu'elle pensait de leurs insinuations odieuses, mais Ford lui avait recommandé de ne pas se mettre la presse à dos.

— Je n'ai rien d'autre à ajouter…

— Comment expliquez-vous la présence du sang de Justin dans la voiture de son père ?

Ils se rapprochaient toujours plus, agitant leurs micros sous son nez, l'encerclant pour qu'elle ne puisse leur échapper. Elle n'avait jamais aimé la foule, et elle fut saisie de panique.

Ford fendit alors le groupe et vint se placer à côté d'elle. Il passa un bras autour de son épaule.

— Nous ferons une déclaration sous peu, mais, dans l'immédiat, nous sommes pressés par le temps.

Son ton était cordial mais ferme, et les journalistes reculèrent.

Ford escorta Robyn jusqu'à la voiture.

— Tu as l'air d'un lapin terrorisé, lui murmura-t-il à l'oreille. Redresse les épaules et prends un air serein et confiant.

Robyn n'avait qu'une envie : se réfugier dans la voiture de Ford et s'en aller au plus vite.

— Monsieur Hyatt, ne craignez-vous pas de remettre un autre tueur en liberté ? lança soudain un des journalistes.

— Si je le craignais, je ne m'occuperais pas de cette affaire, répliqua Ford avec un petit sourire.

Il ouvrit la portière et aida Robyn à prendre place. Une fois dans l'habitacle, Robyn sentit sa respiration se calmer. Devant eux, la camionnette de la chaîne de télévision s'écarta pour les laisser passer.

— Ça va ? demanda Ford.

— Oui, tu dois être habitué, mais je n'y arrive toujours pas.

— Tu t'en es bien tirée, assura-t-il en démarrant.

— Oui, pas mal pour un lapin terrifié.

— As-tu déjeuné ?

Elle avait pris un solide petit déjeuner.

— Pourquoi t'intéresses-tu à ce point à mon alimentation ?

— Quand tu es sous tension, tu as tendance à ne plus rien manger, alors que tu devrais au contraire te nourrir convenablement.

Comment diable le savait-il ? Mais il avait raison. L'angoisse lui coupait l'appétit.

— A tes pieds, tu trouveras un petit sac. Je t'ai pris un milk-shake à la vanille. Ce n'est pas ce qu'il y a de meilleur pour la santé, je te l'accorde, mais cela t'évitera au moins de tourner de l'œil. Prends-le.

Son ton directif lui déplut. Personne ne lui donnait plus d'ordres depuis des années, pas même sa mère, partie avec son troisième mari à l'époque où Robyn avait décroché son diplôme, trop heureuse de se débarrasser de sa fille. Mais Ford avait raison : elle devait manger quelque chose.

— Merci, répondit-elle en prenant le milk-shake.

Elle savoura une longue gorgée de la délicieuse boisson.

— Que voulait dire le journaliste ? demanda-t-elle.

— Lequel ?

— Le dernier, celui qui t'a demandé si tu ne craignais pas de mettre un *autre* tueur en liberté.

— Il cherchait à me provoquer.

Mais elle remarqua qu'il avait serré plus fort le volant.

— As-tu déjà fait une erreur ?

— Tout le monde en fait.

— Bien sûr, mais t'es-tu déjà trompé sur l'innocence de quelqu'un ? As-tu déjà contribué à faire libérer un coupable ?

Un lourd silence tomba.

— Tu ne dois pas souvent lire les journaux, finit-il par répondre.

— Non, en effet.

Ferait-elle mieux de changer de sujet ?

— Le journaliste faisait allusion à Drew Copelson, un type dont j'ai réussi à faire annuler la condamnation, reprit-il. Deux semaines après sa sortie de prison, il a attaqué une vieille femme qui est à présent entre la vie et la mort.

— Mon Dieu ! As-tu… T'étais-tu douté qu'il…

— Non, j'étais et je suis toujours convaincu qu'il n'avait pas commis le meurtre pour lequel il avait été condamné. Il a été suspecté dès le départ parce qu'il avait un casier judiciaire, plusieurs agressions à son actif, et qu'il n'avait pas d'alibi. Mais il a été prouvé que la police avait délibérément placé des éléments sur la scène de crime dans le but de l'incriminer. Il avait été injustement condamné, mais je regrette de ne pas l'avoir laissé croupir en prison. Katherine Hannigan ne serait pas en unité de soins intensifs.

— Je ne me rendais pas compte que l'affaire était si récente, dit-elle, regrettant d'avoir mis un sujet aussi douloureux sur le tapis. Je suis désolée que les choses aient tourné de cette façon. Mais il n'est pas possible de condamner les gens sur la simple éventualité qu'ils puissent commettre un crime. Tu as fait ce qu'il fallait.

— Tu ne dirais pas ça si tu voyais dans quel état est cette malheureuse.

Robyn sentit son cœur se serrer en entendant la culpabilité perceptible dans sa voix. Manifestement, Ford se sentait responsable de cette tragédie. Nul doute qu'on avait dû lui reprocher son intervention.

— Voilà pourquoi j'ai démissionné de Project Justice, reprit-il. Je ne voulais plus décider de la culpabilité ou de l'innocence de quelqu'un. Si tu n'avais pas insisté, je n'aurais pas accepté de m'occuper de ton affaire. J'aurais dû renoncer à ces fonctions depuis longtemps.

— Je ne le crois pas. J'ai lu des articles sur toi et sur la façon dont tu as défendu d'autres innocents injustement condamnés – l'homme d'Atlanta accusé d'avoir étranglé son épouse ou la femme de l'Illinois emprisonnée pour avoir prétendument tué son père. Je fais confiance à la justice de mon pays, mais, comme toutes les entreprises humaines, elle est faillible. Il est heureux que des personnes se dressent pour corriger ses erreurs quand elle en commet.

— Je le pensais aussi, et peut-être est-ce toujours le cas. Mais ce n'est plus à moi de le faire. Ton ex-mari est le dernier condamné que je défendrai.

Un camion lui fit une queue-de-poisson, à laquelle Ford réagit par des coups de klaxon rageurs.

— La circulation est impossible. ajouta-t-il avec un soupir. As-tu parlé à Trina ?

Robyn comprit qu'il tentait de changer de sujet.

— J'ai préféré la laisser se calmer seule. Pour le moment, elle doit se sentir trahie, mais après y avoir réfléchi, je suis sûre qu'elle se rangera à notre avis.

— Comment êtes-vous devenues amies, toutes les deux ?

— Je ne dirais pas que nous sommes vraiment « amies ». Elle m'a quand même volé mon mari.

— A mon avis, seuls les maris consentants se font « voler ».

— Je sais. Quoi qu'il en soit, elle ne fait pas partie des gens avec qui j'aurais spontanément sympathisé, mais quand Eldon a été jugé, son avocat a pensé que le jury verrait d'un bon œil que les deux Mme Jasperson fassent front commun. A force d'être assise à côté d'elle au tribunal, j'ai appris à la connaître. Je l'avais toujours considérée comme la garce responsable de l'échec de mon mariage, c'était commode, mais je me suis rendu compte qu'elle aimait vraiment Eldon. Elle n'est pas méchante par nature. Les gens l'ont rejetée parce qu'elle était pauvre et qu'elle a épousé un homme riche, mais ils m'avaient traitée de la même manière.

— Au moins Eldon n'était-il pas marié quand tu l'as rencontré. De plus, tu avais déjà changé de vie, tu avais entrepris des études. Tu ne cherchais pas à mettre le grappin sur un homme riche.

Comment savait-il autant de choses sur elle ?

— Je n'ai pas dit que j'admirais Trina, mais je comprends pourquoi elle voulait Eldon et aussi pourquoi il la désirait. Eldon adore jouer les Pygmalion, modeler les jeunes femmes pauvres et incultes, en faire des femmes accomplies. Une fois cette métamorphose opérée, elles perdent tout intérêt à ses yeux.

— Es-tu toujours amoureuse de lui ?

La question resta suspendue entre eux plus longtemps qu'elle ne l'aurait dû. Robyn aurait pu s'empresser de lever toute ambiguïté, mais elle tenait à lui dire précisément le fond de sa pensée.

— Je serai toujours reconnaissante à Eldon de tout ce qu'il a fait pour moi. Il a financé mes deux dernières années à l'université, m'a encouragée à devenir professeur et, surtout, il m'a donné Justin. Les deux années et demie que j'ai vécues avec mon petit garçon ont été les plus heureuses de ma vie. Mais je ne suis plus amoureuse de mon ex-mari. Il m'a fait trop de mal.

Touché par la sincérité de Robyn, Ford ne répondit rien. Il mesurait bien à présent la profonde douleur que Robyn s'était efforcée de cacher jusque-là.

De nouveau, il se demanda s'il avait raison de chercher à faire libérer Eldon Jasperson. Il voulait avoir la certitude de son innocence. Hors de question pour lui de prendre la responsabilité de mettre un autre assassin – un assassin d'enfant, qui plus est – en liberté.

S'il refusait de le défendre, et il envisageait sérieusement cette éventualité, il ruinerait les espoirs de Robyn et lui prouverait une fois de plus qu'elle ne pouvait compter sur personne. S'impliquer dans cette histoire était une erreur, mais il était désormais trop tard pour faire machine arrière.

Malgré les embouteillages, ils arrivèrent à l'heure prévue à la prison de Huntsville, où ils durent se plier aux mesures de sécurité habituelles. Ils furent fouillés et scannés plus de fois qu'un terroriste en puissance dans un aéroport. Puis un employé leur expliqua longuement ce qu'ils n'auraient pas le droit de faire au cours de la visite.

Ford avait l'habitude de ces formalités. Depuis qu'il travaillait pour Project Justice, il s'était souvent rendu dans le couloir de la mort. Les condamnés à la peine capitale n'étaient pas autorisés à recevoir beaucoup de visites. Robyn, en revanche, avait du mal à cacher sa nervosité.

Lorsque les gardiens se furent assurés que Ford et Robyn n'avaient dissimulé sur eux aucune arme ou cutter, ils les escortèrent jusqu'au quartier des condamnés à mort. Ils furent invités à entrer dans une salle meublée d'une table et de quatre chaises fixées au sol.

— Jasperson va bientôt vous rejoindre, annonça un des gardiens.

Dès qu'ils furent seuls, Robyn se leva et se mit à faire les cent pas dans la pièce.

— Je croyais que nous le verrions à travers une vitre et que nous communiquerions avec lui par téléphone, comme dans les films.

— La perspective de le voir en chair et en os t'angoisse-t-elle ?

Elle esquissa un faible sourire.

— Je me sens surtout terrifiée. Je ne l'ai pas revu depuis des années. Trina m'a dit qu'il n'était pas en grande forme.

— Assieds-toi. Tu as lu le règlement, nous devons rester assis.

— Désolée, répondit-elle en obtempérant.

Quelques instants plus tard, un gardien escorta Eldon Jasperson dans la pièce. Il portait des menottes aux pieds et aux mains. Ford découvrit pour la première fois depuis le procès celui qu'il allait sans doute défendre. Ford savait que la vie en prison brisait les détenus, mais il ne s'attendait pas à voir apparaître un homme aussi décharné, aux cheveux gris, à la peau cireuse. Huit ans d'incarcération avaient fait de lui un vieillard.

Le gardien le fit asseoir sur une chaise à laquelle il l'enchaîna. Quand Eldon posa sur Robyn un regard avide, Ford éprouva le désir violent de la protéger.

— Robyn, murmura-t-il. Pour une surprise…

— Bonjour, Eldon.

Elle s'était exprimée d'une voix douce, réconfortante, où l'émotion était palpable.

— Je suis venue avec quelqu'un qui va peut-être pouvoir t'aider.

Eldon jeta un œil dédaigneux vers Ford.

— Un nouvel avocat ?

— Non, je suis un des enquêteurs de Project Justice, Ford Hyatt.

Ford hocha la tête, puisque le règlement leur interdisait de se serrer la main.

— Avez-vous entendu parler de Project Justice ? reprit-il.

Eldon le dévisagea avec curiosité.

— C'est vous qui faites sortir les innocents de prison.

— Parfois, répondit Ford avant de lui expliquer les fonctions de la fondation et le rôle qu'il y jouait. Robyn a attiré mon attention sur votre cas. J'en avais entendu parler, bien sûr, mais j'ignorais que tant de questions étaient restées sans réponse. Ce qu'elle m'a raconté m'a donné envie de creuser le sujet.

— Il est un peu tard, non ?

— Nous intervenons souvent en dernier ressort, quand tous les recours semblent avoir été épuisés. Je ne vais pas tourner autour du pot. J'ai lu les rapports de la police et j'ai le sentiment que vous n'étiez pas seul le soir où Justin a disparu.

La peur et la surprise se reflétèrent dans les yeux gris d'Eldon, mais celui-ci s'empressa de dissimuler toute émotion. Pourtant, sa réaction n'avait pas échappé à Ford.

— Qu'est-ce qui vous fait penser un truc pareil ? Si quelqu'un avait pu confirmer ma version des faits, je l'aurais dit, vous ne croyez pas ?

— Pourquoi aviez-vous commandé une pizza extra-large composée de deux moitiés de garnitures différentes ?

Eldon haussa les épaules.

— Parce que j'avais faim. Qui vous a dit ce que j'avais commandé ? Pourquoi quelqu'un se soucierait-il de ce genre de détails sans intérêt ?

— C'était dans le rapport de la police, répondit Ford. Les policiers s'intéressent souvent aux détails lorsqu'ils interrogent les victimes, les témoins ou les suspects potentiels. C'est souvent sur un détail que les criminels se font coincer.

— Ou qu'ils parviennent à prouver leur innocence, intervint Robyn. Eldon, tu as commandé une pizza avec une moitié garnie d'olives noires. Or tu *détestes* les olives.

— Ce n'est pas vrai.

Mais il avait du mal à déglutir et son regard devenait fuyant. Manifestement, la question le rendait nerveux.

Ford insista :

— Monsieur Jasperson, je ne comprends pas pourquoi vous refusez de nous dire avec qui vous étiez. Quels qu'aient été les motifs qui vous poussaient au silence, ils n'ont plus de raison d'être aujourd'hui. Vous n'avez plus rien à perdre.

— J'aimerais vous aider, soyez-en certain, répliqua poliment Eldon. Mais j'étais seul.

De son poing, Robyn frappa la table métallique.

— Tu profitais de ce que Trina assistait à un congrès pour la tromper avec une autre, dit-elle d'un ton mordant. Pourquoi ne pas le reconnaître ?

— Qui t'a mis cette idée ridicule en tête ?

— Je le sais. Tu la trompais comme tu m'as trompée. J'ai regardé la vidéo de ton interrogatoire et j'ai reconnu l'expression de ton visage. Je l'avais déjà vue… quand tu couchais avec Trina et que tu tentais de me le cacher.

Il se raidit sur son siège.

— Peut-être ai-je l'air coupable sur cette vidéo parce que j'ai tué notre fils, rétorqua-t-il d'un ton de défi.

Ford se demanda si Robyn allait flancher, mais elle répliqua avec force :

— Je sais très bien que tu n'aurais jamais touché à un cheveu de la tête de Justin. Dis-moi qui était cette femme.

Robyn et son ex-mari s'affrontèrent du regard, puis, vaincu, Eldon détourna les yeux.

— Il m'est impossible de la retrouver, répondit-il avec un soupir. Au départ, je n'ai pas vu l'intérêt de l'impliquer.

Je ne me doutais pas que les choses tourneraient ainsi, je n'imaginais pas un instant que je serais soupçonné du meurtre de Justin. Alors, j'ai prétendu avoir été seul ce soir-là. Plus tard, quand j'ai compris que j'allais avoir des ennuis, j'ai tenté de la recontacter, mais en vain. Elle avait quitté la ville. Alors je n'ai rien dit. Modifier ma version – sans personne pour la corroborer – m'aurait seulement fait passer pour un menteur… et pour un mari infidèle, en prime.

Ford réprima un sourire.

— Quel était le nom de cette femme ? s'enquit-il en sortant son calepin.

Eldon secoua la tête.

— Vous ne la retrouverez pas, elle a disparu de la circulation. De toute façon, elle n'était pas là au moment où Justin s'est fait enlever. Elle était restée chez moi.

— Mais elle pourrait confirmer que Justin était encore en vie au moment où vous êtes allé chercher cette pizza, répliqua Ford, surpris que cette évidence n'ait jamais traversé l'esprit d'Eldon. L'accusation a toujours prétendu que l'histoire de la pizza était un prétexte destiné à faire croire à un enlèvement, et que vous aviez sans doute tué Justin des heures plus tôt et pris le temps de faire disparaître le corps.

Robyn et Eldon le dévisagèrent, horrifiés.

— Je suis désolé, mais il n'est plus temps de ménager les âmes sensibles, poursuivit-il. Eldon, cette femme pourrait vous innocenter.

— Cela m'étonnerait qu'elle accepte de témoigner, même si vous parveniez à la retrouver.

— C'est mon problème. Son nom ?

— Vous ne pouvez pas faire ça ! protesta Eldon. Trina… Trina a été loyale, elle me soutient de toutes ses forces.

Je ne peux pas affronter la mort en sachant qu'elle sait et m'en veut…

— Eldon, reprit Robyn. Il est trop tard pour t'en soucier. Elle est déjà au courant.

— Et elle l'accepte, renchérit Ford, sans se soucier du mensonge qu'il proférait. Elle comprend. Elle ne vous en veut pas, c'était il y a longtemps.

Obstiné, Eldon secoua la tête.

— Vous préférez mourir que de tenter de vous en sortir, répliqua Ford, incrédule.

Eldon ne répondit pas.

— Nous la retrouverons sans votre aide, conclut Ford d'un ton déterminé. Et à ce moment-là, nous ne serons pas gentils avec elle. Je livrerai son nom en pâture à tous les journalistes du pays, et sa vie deviendra un enfer.

Lorsque Ford formula cette menace, Robyn eut envie de protester. Eldon n'avait-il pas été assez maltraité ? Mais Ford s'en moquait. Il ne connaissait pas Eldon, ne l'avait jamais vu jouer avec Justin, lui donner le biberon, lui apprendre à marcher. L'objectif de Ford n'était pas non plus de sympathiser avec lui. Il défendait le dossier de la même manière qu'il vivait sa vie. Il se donnait un but et ne laissait rien ni personne l'en détourner.

Raison pour laquelle Trina et elle avaient pensé qu'il était l'homme de la situation, le seul à pouvoir sauver Eldon.

Quand Ford l'avait protégée de la meute des journalistes, elle avait cru qu'il était capable de faire preuve d'humanité. Mais elle avait sans doute eu tort. Cet homme était une véritable machine.

— Eldon, dit-elle avec douceur. Quoi qu'il se soit passé entre nous, tu ne mourras pas seul. Je serai avec toi, tu comptes pour toujours pour moi.

— Comment fais-tu ? Après tout ce que tu as traversé, je suis surpris que tu tiennes encore debout.

— Toi aussi, tu as perdu un enfant. Peut-être n'es-tu pas le mari le plus fidèle, mais tu aimais ton fils et je ne veux pas que tu sois exécuté pour un crime que tu n'as pas commis. Au nom de l'amour que nous avions pour Justin, au nom de l'amour que nous avons partagé autrefois, aide-nous à t'aider. Dis-nous le nom de cette femme. Nous ne lui ferons aucun mal.

Eldon ferma les paupières, luttant contre ses démons intérieurs. Finalement, il regarda Robyn.

— Heather, répondit-il dans un souffle. C'était Heather.

— Heather Boone ? s'exclama Robyn d'un ton accusateur.

Seigneur ! Inutile de se demander pourquoi il avait préféré garder le silence.

— Tu comprends maintenant ?

Robyn déglutit avec peine.

— Quel âge avait-elle à ce moment-là ? parvint-elle à articuler.

Elle risqua un œil vers Ford, guettant sa réaction. Son visage était aussi impénétrable qu'un mur de granit, mais elle remarqua une lueur désapprobatrice dans ses yeux. La tournure que prenait la conversation semblait lui déplaire au plus haut point.

— Elle était majeure, répliqua Eldon.

Ford se pencha brusquement en avant.

— Quelqu'un aurait-il l'amabilité de me dire qui est Heather Boone ?

— Elle était une de mes élèves d'arts plastiques, quelqu'un qui m'intéressait particulièrement. Apparemment, elle intéressait également Eldon. Bon sang, Eldon ! ajouta-t-elle en se tournant vers son ex-mari. Elle n'était qu'une gamine, à l'époque, et elle se débattait déjà dans des problèmes sans nom. Comment as-tu pu profiter de sa…

— Je l'aidais.

— En couchant avec elle ?

— Cela suffit ! cria Ford, les réduisant au silence.

Robyn se tourna vers lui, étonnée. Il y avait des moments où il fallait être compréhensif, d'autres où il fallait se montrer dur. Manifestement, Ford savait d'instinct quand passer d'un registre à un autre.

— Si vous voulez que je m'occupe de ce dossier, vous allez tous les deux la fermer et m'écouter. Eldon, vous avez affaire à moi, à présent, pas à votre ex-femme. Racontez-moi ce qui s'est passé cette nuit-là. Et je vous préviens, si je sens la moindre entourloupe, je m'en vais et vous laisse vous débrouiller tout seul.

4

La colère de Ford impressionna Robyn. Elle n'avait pas l'habitude de ce genre de réactions. La plupart des membres de son entourage – y compris ceux de sa famille – mettaient des gants pour s'adresser à elle. Ils toléraient ses emportements ou ses écarts de conduite parce qu'elle avait perdu son enfant de façon tragique.

Elle regarda Ford, se préparant à d'autres reproches. Mais il se rassit et rassembla des papiers devant lui.

Robyn reporta son attention sur Eldon, certaine qu'il allait exploser à son tour. Il n'avait jamais supporté que les gens élèvent la voix avec lui, ce qui l'avait desservi au cours des interrogatoires de police. Mais à sa grande surprise, il se garda de tout commentaire, croisa les bras et baissa les yeux dans une attitude de soumission.

Il ne ressemblait plus en rien à l'homme qu'elle avait connu ou pensait avoir connu. Elle avait encore du mal à croire qu'il avait eu une liaison avec une adolescente, une lycéenne qui avait à peine l'âge légal pour avoir des relations sexuelles. Bien sûr, Robyn avait le même âge quand Eldon avait commencé à s'intéresser à elle, et Trina n'avait pas vingt ans à l'époque où Robyn avait découvert qu'elle couchait avec son mari.

— Si vous pensez que cela peut être utile, je vais tout vous raconter, déclara Eldon avec calme.

Il relata la suite des événements, depuis le moment où il était passé chercher Justin chez Robyn et qu'ils s'étaient disputés à propos de sa mère qui se posait en donneuse de leçons. Son récit corroborait parfaitement celui de Robyn, sans doute parce qu'ils l'avaient répété tant de fois l'un et l'autre que leurs souvenirs étaient devenus identiques.

Quand il en arriva à Heather, il s'exprima dans un murmure, et Ford dut le prier de parler plus fort afin que le magnétophone parvienne à enregistrer sa voix.

Ils avaient passé la soirée à faire ce que font la plupart des amants illégitimes. Après l'amour, Heather avait été prise d'une fringale subite et avait demandé à Eldon de lui commander une pizza. Il était allé chercher la commande, car le restaurant ne livrait plus à domicile après minuit.

— Pourquoi avez-vous pris Justin avec vous ? demanda Ford. Pourquoi ne pas l'avoir laissé à la maison puisque Heather était là ?

— Il s'était réveillé au moment où je m'apprêtais à partir et il pleurait. Heather ne connaissait rien aux enfants, elle n'était pas à l'aise avec lui. J'ai enveloppé le petit dans une couverture et l'ai emmené avec moi parce que je savais qu'il aimait la voiture. En général, il s'endormait dès qu'elle roulait.

— S'est-il rendormi ? s'enquit Ford, sans cesser de prendre des notes.

— La pizzeria se trouvait à un quart d'heure de route et, quand j'y suis arrivé, oui, le petit dormait profondément. Voilà pourquoi je l'ai laissé dans la voiture, je ne voulais pas le réveiller. Je sais que j'ai eu tort, mais le restaurant était situé dans un quartier tranquille et le parking était bien éclairé. Je comptais prendre la pizza et revenir en vitesse. Je me suis absenté moins de deux minutes.

— Que s'est-il passé quand vous êtes retourné à votre voiture ?

Eldon secoua la tête.

— J'ai failli ne pas m'apercevoir tout de suite que Justin

avait disparu. La voiture était plongée dans l'obscurité, et j'avais hâte de retourner à la maison. J'ai embrayé pour passer la marche arrière et me suis retourné pour reculer… C'est là que j'ai vu qu'il n'était plus là.

— Qu'avez-vous fait ?

— Pendant un instant, je suis resté pétrifié, sous le choc. Je me suis dit que c'était impossible. Peut-être avait-il défait son siège et s'était-il faufilé dans un autre endroit de l'habitacle, peut-être était-il sorti de la voiture. Il venait d'apprendre à déverrouiller les sangles de son siège. Je me rappelle m'être dit aussi que je ne l'avais peut-être pas emmené avec moi, qu'il était resté à la maison. J'ai tout envisagé, y compris que je perdais l'esprit. Puis j'ai commencé à chercher, à l'appeler. J'ai supplié les employés du restaurant de m'aider à le chercher à l'intérieur et à l'extérieur de l'établissement. Comme il restait introuvable, j'ai appelé la police.

Le cœur de Robyn se serra en voyant le visage torturé d'Eldon pendant le récit. Au procès, son avocat avait décidé de ne pas le faire venir à la barre, prétendant que c'était trop risqué. Le procureur était capable de désarçonner un accusé, y compris le plus innocent, au point de lui faire perdre pied.

Aujourd'hui, elle regrettait que les jurés n'aient pu voir la profonde douleur d'Eldon. Personne n'aurait pu le qualifier d'être froid ou distant.

Elle n'avait aucun mal à imaginer la culpabilité dont il était la proie. Si elle s'était retrouvée dans la même situation… Non, jamais elle n'aurait laissé Justin seul dans la voiture. Mais il arrivait pourtant que des enfants soient enlevés à des parents très attentifs.

Robyn pensait que l'interrogatoire était fini. Eldon avait terminé son récit. Mais Ford avait d'autres questions.

— Qu'est-il advenu de Heather ? Comme vous n'êtes

pas revenu avec la pizza, vous a-t-elle appelé ? Est-elle venue vous rejoindre ?

— Non, j'étais tellement focalisé sur Justin, sur mon désir de le retrouver, que je l'avais complètement oubliée. Quand je suis rentré chez moi, des heures plus tard, elle était partie. En colère, elle avait laissé un mot, que j'ai jeté.

— Avez-vous été surpris qu'elle n'appelle pas ?

Eldon hésita.

— Elle avait un penchant… mélodramatique. Elle avait dû croire que j'étais avec une autre femme. Je sais que cette réaction semble exagérée, mais je suis à peu près certain qu'elle l'avait imaginé.

Ford se tourna vers Robyn qui hocha la tête en signe d'acquiescement. La jeune Heather était presque paranoïaque. Dans son esprit torturé, les gens comme les événements conspiraient contre elle.

— Avez-vous continué à la fréquenter ? poursuivit Ford.

— Seigneur, non ! Après la disparition de Justin, ma vie a basculé. Quand j'ai compris que la police me considérait comme le suspect numéro un, Heather avait quitté la ville. Je ne voyais pas l'intérêt de l'impliquer dans cette histoire, de remettre ainsi en cause mon mariage alors qu'elle était introuvable et ne pourrait venir confirmer ma version des faits.

Robyn regarda Ford. Il restait de marbre, mais elle sentit qu'il avait une idée en tête. Ils avaient à peine rouvert le dossier qu'ils avaient une piste.

Ford poursuivit son interrogatoire, qui, en tout et pour tout, dura presque trois heures, jusqu'à ce qu'un gardien vienne les avertir que l'heure des visites était passée.

Comme ils s'apprêtaient à partir, Robyn chercha quelque chose à dire à Eldon, quelque chose qui soulagerait son chagrin, qui le rassurerait, qui lui redonnerait peut-être de l'espoir.

Mais rien ne lui vint. Elle avait devant elle un homme brisé.

— Eldon, dit-elle enfin. Tu n'es pas tout seul. Je ne t'abandonnerai pas et Trina non plus. Elle t'aime.

Eldon secoua la tête.

— Vous avez toutes les deux aimé un homme qui n'a jamais vraiment existé.

Il se laissa emmener par le gardien sans ajouter un mot.

Une fois sortie de la prison, Robyn prit une profonde inspiration. Elle n'avait jamais autant apprécié l'air chaud et poussiéreux qu'en cet instant.

— Il doit vivre un enfer, dit-elle tandis qu'ils regagnaient la voiture. Huit ans derrière les barreaux…

— Coupable ou innocent, l'incarcération change quelqu'un pour toujours. Mais Robyn, ajouta-t-il en lui ouvrant la portière, qu'a-t-il voulu dire, à ton avis, quand il t'a lancé que vous aviez aimé un homme qui n'avait jamais existé ?

— Je pense qu'il voulait dire que nous le prenions l'une et l'autre pour un bon époux, alors qu'il n'a fait que multiplier les aventures.

— Il y a eu d'autres femmes ?

Robyn se glissa sur le siège passager et attendit que Ford s'installe au volant.

— Trina était la troisième des maîtresses dont j'ai entendu parler. Lorsque je l'ai surpris avec la première, il m'a juré qu'il s'agissait d'une aventure sans lendemain, d'un moment d'égarement qui ne se reproduirait pas. A l'époque, j'étais enceinte de Justin, je ne voulais pas faire de vagues et j'ai choisi de le croire. A la seconde, j'ai menacé de le quitter, alors il m'a promis de consulter un spécialiste, de se faire aider. Il l'a fait. Le salon de coiffure où travaillait Trina se trouvait en face du cabinet du conseiller conjugal.

— Quel salaud ! grommela Ford.

— Tu dois certainement te dire que je me suis comportée comme une véritable idiote.

— Pas du tout. Eldon sait mentir, se montrer convaincant. Il sait jouer avec brio des émotions.

Elle se raidit.

— Tu penses qu'il mentait ? demanda-t-elle, alarmée.

Si Ford le croyait coupable, il laisserait tomber l'affaire.

— Non, je suis persuadé que l'histoire qu'il nous a racontée aujourd'hui est vraie. J'ai essayé plusieurs fois de le coincer, sans y parvenir. Mais je suis certain qu'il en rajoutait à propos de son angoisse et de ses regrets… Pour t'attendrir.

— Moi ?

— Tu es sa dernière alliée. Il peut perdre Trina dans l'histoire, et il le sait. Il a joué sur la corde sensible pour être certain de te rallier à sa cause. C'est un manipulateur, Robyn. J'ai fréquenté ce genre de types toute ma vie.

Elle ferma les yeux.

— Tu veux laisser tomber le dossier ?

— Non, non, je te l'ai dit, je crois son histoire. Il a trompé ses épouses toute sa vie, mais il ne mérite pas de mourir pour autant. J'aimerais seulement que tu me promettes quelque chose.

— Quoi ?

— Si nous parvenons à le faire libérer, je voudrais que tu n'aies plus jamais affaire à lui.

— Mais s'il sort, il aura besoin de…

— Jamais. Promets-le-moi, Robyn.

Pourquoi s'en souciait-il ?

— Je pourrais te le promettre et ne pas tenir parole. Je suis une menteuse, tu t'en souviens ? J'ai menti à propos du vol des fournitures.

Bon sang, pourquoi remettait-elle le sujet sur le tapis ? L'histoire remontait à des années.

— Tu reconnais donc que tu avais menti ? demanda-t-il, curieux.

— Non, bien sûr que non. Je n'ai jamais volé ces fournitures !

— Ecoute, quoi que j'aie pu penser à l'époque, cela n'a pas d'importance. Promets-le-moi pour Eldon, et je te croirai.

— Je te promets de ne jamais retomber amoureuse d'Eldon Jasperson. Mais s'il sort de prison, je ne lui tournerai pas le dos. Je lui ai dit qu'il n'était pas seul et je le pensais.

— Au lycée, tu n'aurais jamais pris tant de risques pour quelqu'un.

— Tu crois que tu me connaissais au lycée ? Que tu m'avais cernée ? Alors que tu ne m'avais adressé la parole qu'une fois ?

Elle rougit au souvenir de la façon brutale dont elle avait repoussé ses avances. Mais qu'avait-il espéré ? A l'époque, elle n'avait aucune raison de lui faire confiance.

— J'en savais plus à ton sujet que tu ne t'en doutais, répliqua-t-il avec un sourire.

C'était la première fois qu'elle le voyait sourire depuis qu'elle l'avait abordé dans ce bar. Son sourire éclaira ses traits, métamorphosant totalement son visage.

— Comment cela ?

— J'étais amoureux de toi, fou amoureux.

— Je n'en crois rien.

— A ton avis, pourquoi suis-je venu te parler à la cafétéria ?

— Je n'en sais rien… Peut-être s'agissait-il d'un pari. A moins que tu n'aies voulu te moquer de moi. Tout le monde le faisait. Les gens me regardaient toujours comme une bête curieuse.

— Ce n'était pas mon cas.

Son ton avait durci, et elle sentit une étrange émotion s'emparer d'elle.

Il l'avait désirée autrefois, et voilà qu'elle réagissait à un béguin d'adolescent qui datait de douze ans. Elle se sentait ridicule. A l'époque, rien n'aurait été possible entre eux, et c'était toujours le cas aujourd'hui.

Robyn ne supportait plus que quiconque la juge de travers, et surtout pas un ancien flic qui manifestement se plaisait à distribuer les bons et les mauvais points.

— J'ai de bonnes nouvelles pour toi, Ford, annonça Beth McClelland, l'experte médico-légale de Project Justice.

Elle aussi avait longtemps travaillé pour la police de Houston. Recrutée par Ford, elle coordonnait les analyses relatives aux preuves matérielles. Elle obtenait de bons résultats dans le petit laboratoire de Project Justice. Pour un travail plus spécialisé, elle avait à sa disposition toute une équipe d'experts disséminés dans tout le pays, capables de travailler très vite.

Ford leva les yeux de son écran d'ordinateur.

— Tant mieux, j'en ai bien besoin.

Ses tentatives pour tenter de localiser Roy, le mystérieux témoin, s'étaient révélées vaines. La pizzeria avait fait faillite, l'ancien propriétaire avait disparu de la circulation, et les autres employés s'étaient dispersés aux quatre coins du pays.

Aussi se focalisait-il à présent sur Heather Boone. Mais celle-ci n'avait plus de famille à Green Prairie et n'avait pas subi de contrôle de police depuis des lustres. Elle semblait s'être évanouie dans la nature.

La visite à la prison de Huntsville remontait à trois

jours, et il n'avait pas beaucoup progressé dans ses investigations. Lorsqu'il avait tenté de s'entretenir avec le procureur qui avait poursuivi Eldon, il avait eu l'impression de s'adresser à un mur.

Il avait eu plus de chance avec la police. Son vieux copain de lycée, Bryan Pizak, s'était une fois de plus montré utile. Quand Ford avait produit l'ordonnance du tribunal, Pizak avait demandé à ce qu'on lui apporte une copie du dossier et le carton contenant les indices et les preuves.

Ford s'attendait à un dossier conséquent. En général, dans ce genre d'affaires, les policiers ramassaient tout ce qu'ils trouvaient.

Il fut surpris de voir l'employé lui apporter deux modestes boîtes. Elles ne contenaient rien d'intéressant, mise à part la fibre synthétique dont Robyn lui avait parlé.

Il l'avait rapportée à Beth, de sorte qu'il supposait que les « bonnes nouvelles » concernaient cette fibre.

Beth prit place dans un fauteuil en face de lui. A cet instant précis, elle ressemblait plus à une secrétaire sur le point de lui rapporter un commérage croustillant qu'à une scientifique de haut niveau. Agée d'une trentaine d'années, elle avait de grands yeux bleus innocents et des boucles brunes. Même si elle se qualifiait de « scientifique ringarde », elle s'habillait avec beaucoup de soin, aimait les couleurs vives et les bijoux originaux.

— Alors, qu'as-tu pour moi ?

— Tu as de la chance. Cette fibre est plutôt rare, par ici, en tout cas. La perruque dont elle provient a été fabriquée en Allemagne, par la société Brandenburg. Ils sont spécialisés dans le haut de gamme et n'ont vendu qu'une marque de leurs produits dans le pays, l'Allure. La couleur de cette fibre est « blé ».

De nouveau, Ford fut surpris de la vitesse avec laquelle elle avait réussi à obtenir ces informations.

— Comment as-tu appris tout ça ?

— Je me suis contentée d'analyser la fibre, mais je connais un type à Oklahoma qui a une banque de données complètes sur les fibres. Qu'elles viennent de perruques, de tapis ou de moquette, il a tout répertorié.

— Excellent travail !

— Dis à Daniel qu'il devrait m'augmenter.

Cette plaisanterie était habituelle entre eux. Daniel les payait très bien. Il prenait les meilleurs et s'arrangeait pour les garder.

— Ce n'est pas tout, poursuivit-elle. Cette marque de perruque n'a été commercialisée que pendant deux ou trois ans, au moment du meurtre. Je t'ai envoyé un rapport complet par e-mail.

Ford pensait toujours qu'il aurait du mal à remonter la trace de chacune des perruques vendues, mais il ne devait négliger aucune piste. Robyn avait envie de se rendre utile. Appeler tous les détaillants qui avaient vendu ces perruques n'aurait rien d'un travail passionnant, mais il préférait que les enquêteurs de Project Justice se focalisent sur des questions plus ardues.

— Merci, Beth.

Elle sourit.

— De rien et, par ailleurs, je suis heureuse que tu aies changé d'avis et renoncé à quitter la fondation.

— Ce n'est que partie remise. Une fois cette affaire bouclée…

— Ce n'était pas ta faute !

Il ne comptait pas le nombre de gens qui le lui avaient répété. Mais beaucoup d'autres lui avaient soutenu le contraire. Pas Katherine Hannigan, bien sûr, mais ses proches.

Il n'avait aucune envie d'en discuter avec Beth.

— Merci, dit-il avant de reporter son attention sur l'écran de son ordinateur.

Soudain, elle apparut. Heather Boone. Une de ses anciennes camarades de classe avait répondu à un courriel que Ford lui avait envoyé, lui demandant des renseignements. A présent, Heather s'appelait Heather Brinks, elle avait épousé un pasteur et vivait en Louisiane, à Armore.

En quelques clics, il obtint son adresse.

Il s'empara de son téléphone et composa le numéro de portable de Robyn. Elle lui avait dit qu'il pouvait l'appeler vingt-quatre heures sur vingt-quatre.

Il ne put s'empêcher de se réjouir d'avance de l'entendre. Il pensait beaucoup à elle, presque autant qu'à l'affaire qui les occupait. Il trouvait Robyn plus séduisante encore qu'à l'époque du lycée où il fantasmait pourtant énormément sur elle.

La maturité l'avait embellie. Elle était toujours mince, mais elle semblait plus épanouie. Ses traits s'étaient adoucis. Mais il s'imaginait toujours se noyer dans ses grandes prunelles et embrasser ses lèvres.

Cela n'arriverait pas. Il sentait une alchimie entre eux, mais chaque fois qu'elle faisait allusion à leur passé, il devinait qu'elle lui en voulait toujours. Malheureusement, il ne pouvait rien y changer.

Il savait que sa vie n'avait aujourd'hui plus rien à voir avec celle qu'elle menait autrefois. Lui n'avait aucun mal à tirer un trait sur le passé, mais, manifestement, elle en était incapable. Elle avait fait appel à lui pour prouver l'innocence de son ex-mari, mais n'attendait rien d'autre de lui.

Robyn posa le dernier pot dans le four et le referma avec soin.

— C'est comme le four que j'ai chez moi ? s'enquit Arnie qui suivait avec attention chacun de ses gestes.

Il avait verni son œuvre avec application. Elle avait deviné que la poterie était devenue une passion pour lui. Les autres jeunes de son cours – ils étaient douze en tout – avaient aimé, eux aussi, l'étape de l'émaillage qui leur permettait de personnaliser leur œuvre.

Si certains avaient donné l'impression de vouloir faire vite pour pouvoir sortir jouer dans la cour, Robyn n'avait pas protesté. Elle avait envie que ses cours soient un moment de détente, même si elle notait leur travail.

Arnie, en tout cas, avait conçu et réalisé son vase avec l'intensité d'un artiste en herbe. Il avait un don, mais manquait de technique. Robyn pouvait la lui enseigner, développer ses capacités. Il avait soif d'apprendre. Voir naître sous ses yeux un talent artistique faisait partie des joies de son métier.

— Malheureusement, tu ne pourrais pas faire cuire ce pot chez toi, parce que le four de ta cuisinière n'est pas assez chaud, dit-elle. Mais il existe désormais de l'argile qui se cuit dans un four normal.

— Vous en avez ?

— Non, c'est une argile plus chère que l'ordinaire.

— J'aimerais en avoir pour pouvoir travailler chez moi. Combien coûte un tour de potier électrique ?

Robyn sourit. Il était complètement mordu.

— Cher. Mais j'ai trouvé le mien dans une brocante. Pour moins de deux cents dollars.

— Je ne suis pas assez riche ! soupira-t-il. Je n'ai que vingt dollars.

Elle s'en félicitait. Faute de preuves, la police n'avait jamais inculpé Arnie, mais elle l'avait soupçonné de trafic de drogue. S'il n'avait pas d'argent, c'était sans doute qu'il n'était pas mêlé à ces histoires.

— Arnie, je te le promets, si tu veux créer plus de pots, je m'arrangerai pour que tu puisses le faire.

Elle lui consacrerait son temps libre et mettrait le matériel de l'école à sa disposition.

— Ce serait génial ! Dans combien de temps mon pot sera-t-il cuit ?

— Il ne faut pas rouvrir le four avant demain.

— Je pourrai passer voir ?

— Non, mais toutes vos œuvres seront prêtes mardi. Je vais être occupée ces jours-ci, mais nous allons convenir d'un planning pour te permettre de continuer à faire du tour, même après la fin du stage.

— Formidable.

A présent, il ne se souciait pas d'être surpris par ses camarades en grande conversation avec un professeur. L'important pour lui était de créer, il devenait un véritable artiste. Elle savait ce qu'il éprouvait. Elle se remémorait sa propre émotion à la vue de son premier pot. Il trônait à présent dans sa cuisine.

Sentant un frisson la parcourir, Robyn se tourna vers la porte et découvrit Ford qui l'observait derrière la vitre.

Depuis combien de temps était-il là ?

Elle avait attendu impatiemment de ses nouvelles. Quand il l'avait appelée, il n'avait rien voulu lui dire au téléphone, mais il l'avait prévenue qu'il la conduirait quelque part, qu'elle devait se préparer à une longue route.

Par chance, elle avait apporté des vêtements de rechange. Ceux qu'elle portait étaient couverts de glaise et de peinture.

Elle fit signe à Ford d'entrer.

— Tout le monde a-t-il nettoyé ses pinceaux et rangé son matériel ? demanda-t-elle à la cantonade.

Ses élèves savaient qu'elle ne les laisserait pas partir

tant que la pièce ne serait pas en ordre, aussi, ils obtempérèrent sans discuter.

Ford lui parut plus séduisant que jamais dans son jean et sa chemise blanche. Il avait l'air d'un policier, même s'il n'en était plus un. Il en avait en tout cas conservé le style vestimentaire.

— Tu aurais dû entrer directement, lui dit-elle. Au lieu de nous espionner derrière la vitre.

— Je ne voulais pas déranger. De plus, cela m'intéressait de t'observer dans ton environnement naturel.

— A t'entendre, j'ai l'impression d'être un animal de zoo.

— J'aime savoir avec qui je travaille, répondit-il.

Arnie qui, quelques instants plus tôt, se montrait amical dévisageait Ford sans chercher à dissimuler son animosité.

Robyn les présenta l'un à l'autre, expliquant à Arnie qu'elle travaillait avec Ford, mais le jeune homme refusa de lui serrer la main.

— Ce type m'a tout l'air d'un flic.

Robyn réprima un sourire. Elle ne voulait pas paraître cautionner la grossièreté d'Arnie, mais ne venait-elle pas de penser la même chose que lui ?

— Très fort, répliqua Ford. J'en ai longtemps été un.

— Et pourquoi n'en êtes-vous plus un ? poursuivit Arnie sans se départir de son hostilité.

— Arnie, intervint Robyn, lorsqu'on a envie de discuter avec quelqu'un, on commence par le saluer.

— Pas question de serrer la main d'un flic.

— D'accord, alors va rejoindre tes camarades. Je te reverrai mardi avec ton pot qui sera, j'espère, à la hauteur de nos espérances.

Mais Arnie continuait de fixer Ford d'un air agressif.

— Je vous conseille de ne pas ennuyer Mme Jasperson.

Vous auriez affaire à moi, lança-t-il avant de sortir de l'atelier.

Ford secoua la tête.

— Il est vraiment charmant, celui-là ! Tes élèves sont-ils tous aussi bien élevés ?

— Les policiers leur ont toujours mené la vie dure, aussi ont-ils du mal à sympathiser avec eux.

— Il porte un sigle prouvant son appartenance à un gang. Je pensais qu'il était interdit d'arborer ces signes distinctifs à l'école.

— Exact et, en temps normal, il aurait été renvoyé chez lui. Mais l'été, je suis plus permissive. Tant qu'ils ne s'entretuent pas en classe, ils peuvent afficher leurs sigles.

Elle rangea différents livres sur son bureau, tandis que Ford continuait à l'interroger.

— Es-tu la seule adulte présente dans l'établissement ?

— En général, oui. Il y a un gardien aussi. Pourquoi cette question ?

— Je n'ai pas vu de gardien. J'ai l'impression qu'on entre ici comme dans un moulin. Je pourrais être un assassin, avoir ma hache sous le bras, personne ne m'aurait demandé quoi que ce soit.

Robyn poussa un soupir.

— Tu parles comme mon ancienne belle-mère. Elle pensait que j'étais en danger de mort parce que j'enseignais dans une école publique. C'est du snobisme.

— Pas du tout, répliqua Ford avec fermeté. Il ne s'agit pas de snobisme, mais de sécurité. La violence des gangs n'est plus à…

— Ces gosses ne lèveront jamais la main sur moi ! Si tu les considères comme des fauves, ils se comporteront comme tels. Si tu les traites comme des êtres humains, ils…

Devant son visage fermé, Robyn comprit qu'elle perdait

son temps. Ce n’était pas la première fois qu’elle était confrontée à cette réaction chez lui.

— Laisse tomber, dit-elle en éteignant les lumières.

Ford lui ouvrit la porte, la laissa passer avec une galanterie qui la dérouta, puisqu’ils étaient en train de se disputer. Mais il avait toujours montré une éducation parfaite, elle s’en souvenait.

— Tu disais que tu avais du nouveau ? demanda-t-elle tout en fermant la porte.

— J’ai localisé Heather.

— C’est vrai ? s’exclama-t-elle, excitée. Où est-elle ? Lui as-tu parlé ? Est-elle d’accord pour corroborer la version d’Eldon ? Accepte-t-elle de témoigner ? C’est génial !

— Ne nous emballons pas. Je sais où elle habite, mais rien ne dit qu’elle voudra nous aider. Elle va sans doute nier en bloc.

— Même si elle sait que la vie d’un homme est en jeu ?

Ford sembla mal à l’aise.

— Si tu savais l’égoïsme dont les gens sont capables pour protéger leurs intérêts. Il semble qu’Heather ait changé radicalement de vie. Sans doute n’appréciera-t-elle pas de voir son passé revenir la tourmenter.

— Nous allons devoir la convaincre. Où habite-t-elle ? Nous y allons ?

Ford acquiesça.

Calvin, le vieux gardien de l’école, se dirigeait vers eux. Il salua Robyn avec un sourire chaleureux, mais considéra Ford avec suspicion.

Pauvre Ford, songea-t-elle. Sans doute n’avait-il jamais pris le métro sans titre de transport, mais ici tout le monde le dévisageait comme s’il était un tueur en série.

5

Ford se gara devant la maison d'Heather Brinks et, pendant un moment, Robyn et lui considérèrent la bâtisse en silence.

Il leur avait fallu plus de trois heures pour atteindre la petite ville d'Ardmore, en Louisiane. Comme Robyn n'avait pas pris le temps de déjeuner, ils s'étaient arrêtés dans un fast-food. Ford savait de quoi il parlait en exhortant la jeune femme à se nourrir convenablement. Mais il devinait qu'elle supportait mal l'autorité. Il avait dû insister pour qu'elle finisse son plateau.

Pendant le trajet, elle était restée assise les bras croisés, tendue et silencieuse.

Il avait été soulagé d'arriver à destination.

Heather Boone Brinks avait épousé un pasteur luthérien. Avant même son mariage, elle avait changé de nom. A en croire sa grande amie du lycée, en quittant Green Prairie, elle avait trouvé refuge chez un des ex-amants de sa mère et avait commencé à se présenter sous le patronyme de cet homme.

Robyn finit par rompre le silence.

— J'ai l'impression qu'Heather s'en est bien sortie.

Cependant, la satisfaction qu'elle exprimait semblait teintée d'une pointe de colère.

Ford se demanda s'il avait eu raison de demander à Robyn de l'accompagner. Le simple fait de la voir – elle, l'ex-épouse de l'homme avec qui elle avait eu une liaison – pouvait inciter Heather à se taire. D'un autre côté, toutes deux avaient un lien. Robyn avait sans doute été la première personne à s'intéresser sincèrement à elle, à l'encourager.

Avec ses murs bien entretenus et ses clôtures blanches, la grande maison d'Heather respirait la respectabilité.

— Quel genre de fille était Heather, avant ?

Ford se rendait compte qu'il aurait dû interroger Robyn plus tôt.

— Une catastrophe ambulante, répondit-elle. Elle était trop jolie, trop maquillée, avait de trop gros seins, de trop nombreux petits amis…

— C'était une fille légère, si je comprends bien ?

— On peut le dire comme ça.

— Etait-elle douée sur un plan artistique ? Etait-elle bonne élève ?

Robyn éclata de rire.

— Non, elle n'a jamais su dessiner, mais nous nous entendions bien toutes les deux. J'avais été comme elle au même âge. Elle manquait de confiance en elle, elle avait des problèmes de discipline à l'école, des ennuis à la maison, elle cherchait l'amour là où il ne fallait pas, là où il n'était pas. J'ai eu envie de lui tendre la main, nous avons sympathisé et, à une époque, nous étions proches, très proches. Elle s'investissait à fond dans les activités artistiques et, même si son niveau était lamentable, je lui donnais de bonnes notes. J'ai beaucoup parlé d'elle à Eldon. Je pensais vraiment avoir aidé cette fille.

— Tu l'as aidée, cela ne fait aucun doute. Apparemment, elle s'en est sortie.

— Oui, mais après avoir eu une liaison avec un homme marié. Cela me choque, non pas qu'elle ait couché avec un homme marié plus âgé et riche, mais qu'Eldon ait abusé de sa jeunesse et de sa vulnérabilité. Il ne pouvait ignorer le mal qu'il allait lui faire.

— Tu la trouvais fragile ?

— Bien sûr. Elle accordait une importance démesurée au regard des autres. Au début, elle explosait en sanglots chaque fois que j'émettais une remarque ou que je lui donnais un conseil artistique. Elle était d'une sensibilité extrême, d'une susceptibilité extrême plutôt. Je marchais sur des œufs avec elle.

Ces révélations ennuyèrent Ford. Si l'opinion des gens était toujours aussi importante pour Heather, elle refuserait certainement d'avouer une liaison avec un homme accusé d'avoir tué un enfant.

Pourtant, la présence de Robyn s'avérerait sans doute utile. Elle avait la capacité de repérer les incohérences ou les mensonges de son ancienne élève – dans l'hypothèse où celle-ci accepterait de parler.

— J'espère qu'elle s'est endurcie. Cette Heather pourrait remettre en cause le jugement, toute cette affaire.

Robyn ne parut pas convaincue.

— Elle fera passer Eldon pour un menteur, et tout le monde saura qu'il était un coureur de jupons.

— Si elle confirme le récit d'Eldon, cela n'aura plus d'importance. La police pense qu'il a tué Justin, qu'il a pris le temps de cacher son cadavre avant de se rendre à la pizzeria pour prétendre à un kidnapping inventé de toutes pièces. Mais si Heather a vu l'enfant vivant et en bonne santé quelques instants avant sa disparition, la police devra changer de thèse. Eldon n'aurait eu alors qu'un quart d'heure pour tuer le gosse et faire disparaître le corps avant de… Excuse-moi, Robyn, je suis désolé !

Robyn avait changé de couleur. Blême, elle se détourna pour plonger le visage dans ses mains.

Ford s'en voulut aussitôt d'avoir manqué à ce point de sensibilité.

— Excuse-moi, j'ai oublié à qui je m'adressais.

Il lui avait parlé comme à une consœur, une alliée. Il avait oublié qu'elle était surtout la mère du petit garçon disparu.

Il n'avait pas de mal à imaginer l'enfer qu'elle avait dû vivre. Pendant près de trois ans, elle avait aimé, câliné, embrassé, bercé cet enfant. Elle l'avait regardé faire ses premiers pas, écouté prononcer ses premiers mots. Et brutalement, le petit lui avait été arraché…

Ford comprenait son chagrin. Même si ce qu'il avait traversé était moins horrible que l'épreuve de Robyn, il mesurait sa souffrance et se devait de la respecter.

Il lutta contre l'envie de la prendre dans ses bras, de l'embrasser, de la réconforter, de lui faire oublier son manque de sensibilité. Mais il se contenta de repousser en arrière une mèche de ses cheveux blonds.

Au moins, elle ne repoussa pas cette marque d'affection.

— Robyn, je suis désolée. Mon ex-femme me traitait toujours de salaud sans cœur, et je crois qu'elle avait raison. A l'avenir, j'essaierai de faire preuve d'un peu plus de compassion.

Elle essuya une larme.

— Je vais bien. J'ai entendu ce genre de choses un million de fois. Je croyais que cela ne me faisait plus rien, mais revoir Eldon, revivre cette nuit horrible, ce coup de fil à 3 heures du matin… tout cela m'a déstabilisée.

— Pourquoi ne m'attendrais-tu pas dans la voiture pendant que je discute avec Heather ? proposa-t-il, désireux de lui épargner une épreuve supplémentaire.

— Non, je tiens à lui parler. Je sais que je peux la convaincre. Je t'en prie, Ford.

Elle le laissait décider. Il attendit un instant avant de céder.

— D'accord. Mais tu me laisses mener l'entretien, d'accord ? C'est mon point fort.

Elle acquiesça.

— Tu sais, reprit Ford, nous ne pouvons pas écarter Heather de la liste des suspects. Si elle avait assass… si elle était coupable, penses-tu qu'Eldon la protégerait ?

— Eldon la protégerait-il si elle avait tué son fils ? Non, certainement pas. Mais elle aurait pu enlever Justin lorsqu'il se trouvait dans la voiture. Personne ne l'a revue cette nuit-là, après le drame, pas même Eldon. Elle aurait pu l'emmener quelque part et… Le simple fait qu'elle ait déménagé, changé de nom, est louche.

Il opina.

— Peut-être Heather espérait-elle devenir la troisième Mme Jasperson, mais peut-être n'avait-elle pas très envie de jouer les belles-mères. Eldon a dit qu'elle ne se sentait pas à l'aise avec Justin.

— Exactement. Allons lui parler.

Quand Ford appuya sur la sonnette, Robyn resta légèrement en retrait. Il ne voulait pas qu'Heather la voie avant d'avoir ouvert la porte.

Lorsqu'une femme apparut, Ford hésita. Elle ne ressemblait pas beaucoup à la photo d'identité qu'il avait vue. Il devait pourtant s'agir d'Heather Boone. Elle avait coupé ses longs cheveux blonds qui lui arrivaient maintenant à mi-épaules et les avait teints en châtain. Elle n'était plus maquillée et portait de modestes boucles d'oreilles au lieu des grands anneaux qu'elle arborait autrefois.

Sa tenue semblait d'une autre époque. En voyant le corsage blanc aux manches ballon, la jupe sage, Ford pensa que sa propre mère aurait pu s'habiller ainsi.

— Bonjour, madame, dit-il d'un ton extrêmement

poli. Je m'appelle Ford Hyatt et j'aimerais m'entretenir avec vous à propos d'une affaire urgente. Vous êtes bien Heather Boone, n'est-ce pas ?

Quand il prononça son nom de jeune fille, elle écarquilla les yeux, mais reprit vite contenance.

— Je n'ai besoin de rien, répondit-elle en s'apprêtant à refermer la porte.

— Attendez, je n'ai rien à vendre. Je voudrais vous parler d'Eldon Jasperson. Votre témoignage pourrait sauver la vie de cet homme.

Elle se pétrifia.

— Je ne connais personne du nom d'Eldon Jasperson, répondit-elle prudemment.

— Si vous cherchez un peu, je suis sûr que vous allez vous souvenir de lui. Il était très riche, il vivait au Texas, à Green Prairie, votre ville natale…

— Je n'ai jamais été… Je…

— Tu es née là-bas, Heather, intervint Robyn, incapable de rester plus longtemps dans l'ombre. Et tu y as vécu les vingt premières années de ta vie.

Heather blêmit.

— Je t'en prie, se hâta d'ajouter Robyn, nous ne sommes pas venus te créer d'ennuis. Tu as la possibilité de prouver l'innocence d'Eldon. Peut-être n'es-tu même pas consciente de l'importance qu'aurait ton témoignage.

Heather secoua la tête.

— Je ne sais rien. Je vous en prie, partez.

— Pourquoi ? Avez-vous peur que des voisins nous voient et se posent des questions ? s'enquit Ford. Avez-vous peur que des gens apprennent que rien n'est vrai dans ce que vous leur avez raconté sur votre passé ? Votre mari est-il au courant de la vie dissolue que vous avez menée autrefois, des drogues que vous avez consommées, des hommes qui…

— Parlez moins fort ! chuchota Heather. Mon fils est à côté.

Ford ne baissa pas d'un ton.

— Si vous ne voulez pas que votre fils apprenne que vous étiez une camée et une salope, laissez-nous vous parler.

— Ford ! s'exclama Robyn, choquée.

Mais il la fit taire d'un regard. Il savait qu'il se montrait violent, mais aussi que cette méthode donnait des résultats. De toute façon, Heather mentait, et il n'aimait pas les menteurs ni les gens qui cherchaient à se protéger en se moquant du sort des autres.

— D'accord, répondit Heather. J'accepte d'écouter ce que vous avez à me dire, je vous donne cinq minutes. Mais vous perdez votre temps, je ne sais rien.

Elle inspecta brièvement la rue avant de les faire entrer, se demandant sans doute si des voisins les espionnaient derrière leurs rideaux.

C'était souvent le cas dans les petites villes. Les gens s'intéressaient aux affaires des autres. Ford avait été soulagé en s'installant à Houston de pouvoir vivre de façon anonyme, loin des regards indiscrets.

Une fois à l'intérieur, il se rendit compte d'un détail qu'il n'avait pas remarqué plus tôt. Heather était enceinte et sans doute assez proche du terme.

Elle les fit entrer dans un salon aussi accueillant qu'une chambre funéraire.

Comme ils s'asseyaient, un petit garçon apparut et les dévisagea avec curiosité. Il avait trois ou quatre ans, les cheveux bouclés et une moustache de chocolat. Il serrait son doudou contre lui.

— C'est qui, maman ?

Robyn considéra l'enfant en songeant à Justin qui avait

presque le même âge quand il avait disparu. Heather s'en souvenait-elle ?

— Personne que tu connais, répondit Heather en le faisant sortir de la pièce.

Ford n'osait pas regarder Robyn. Il voulait dire quelque chose, mais ne savait pas quoi.

Heather s'installa dans un fauteuil.

— Puis-je vous offrir quelque chose à boire ? s'enquit-elle avec politesse.

— Non, merci.

— Heather, nous n'avons plus de temps à perdre avec des mensonges, reprit Ford. Nous savons où vous étiez la nuit où Justin Jasperson a été enlevé. Nous avons besoin d'entendre votre version des faits.

— Comme je l'ai dit, je ne sais pas de quoi vous parlez. J'étais une gamine au moment du rapt.

— Où étiez-vous ?

— Je ne m'en souviens plus. Sans doute chez moi, en train de dormir.

— D'accord. Alors dites-moi, quelle pizza aimez-vous ?

Elle parut un instant déstabilisée, mais se reprit vite.

— Je ne vois pas l'intérêt de la question.

— Répondez-y quand même… Pour me faire plaisir.

— Nous ne mangeons pas souvent de pizza. Brad, mon mari, déteste ça. Je prépare les repas à la maison.

— Mais au lycée, il vous est arrivé de manger des pizzas. Lesquelles préfériez-vous ?

— Je ne m'en souviens pas. Au saucisson, sans doute.

— Vous n'aimiez pas les pizzas pepperoni ou aux olives noires ?

— Je ne sais plus…

— Bon sang, Heather ! Est-ce parce que vous avez une nouvelle vie, un mari respectable et des enfants parfaits que vous devez laisser un innocent mourir pour protéger vos mensonges ?

— Je ne mens pas !

— Vous n'avez jamais couché avec un homme marié en l'absence de sa femme ?

— Non ! Je ne connais pas Eldon Jasperson, je n'ai jamais rencontré ce type.

— Heather, intervint Robyn avec calme. Tu mens. Tu l'as rencontré quand tu étais mon élève, il t'avait acheté un tableau.

— Je ne m'en souviens pas.

Ford repassa à l'attaque.

— Je sais que vous ne me devez rien, dit-il. Mais qu'en est-il de Mme Jasperson ? Elle vous a tendu la main à une époque où tout le monde vous tournait le dos, elle vous a aidée quand les temps étaient durs, elle vous a vue comme un être humain au lieu de vous rejeter. Et maintenant, vous refusez de lever le petit doigt pour elle ? Tant qu'Eldon est en prison, la personne qui a enlevé leur fils est en liberté, susceptible de commettre d'autres crimes.

— Je vous aiderais si je le pouvais.

Ford comprit qu'il devait absolument faire quelque chose pour la tirer du déni.

— Heather, reprit-il doucement. Eldon n'est pas le seul à prétendre que vous étiez avec lui, cette nuit-là. Il a des caméras de surveillance autour de sa maison et il a gardé des films sur lesquels on vous voit arriver chez lui, ce soir-là. Il a déposé ces preuves dans un coffre à la banque. Il n'avait pas l'intention de s'en servir à moins d'y être contraint.

Son histoire ne tenait pas debout, il le savait. Si de telles images existaient, elles auraient été retrouvées depuis longtemps. Mais Heather ne réfléchit pas et le crut sur parole. Une peur qui se mua en panique se peignit alors sur ses traits.

— Sortez immédiatement de chez moi ou j'appelle la police !

Robyn bondit sur ses pieds, mais Ford resta assis, désireux de montrer à Heather que ses menaces ne l'impressionnaient pas le moins du monde.

— Tout le monde dans le quartier vous considère comme une femme pieuse et respectable, une femme qui consacre une grande partie de son temps à des œuvres caritatives, qui donne de l'argent aux pauvres. Pourtant, vous avez un cœur de pierre si vous êtes capable d'embrasser votre fils sans penser à Mme Jasperson qui n'a pas votre chance, qui n'a plus le sien. Quelqu'un l'a assassiné et vous laissez ce salaud en liberté pour protéger votre petite vie de sainte-nitouche ! Et si c'était votre enfant qui avait été enlevé ? Et si c'était lui qu'un salopard avait tué ?

Robyn s'empara de son sac et quitta la pièce. Un instant plus tard, la porte d'entrée claqua.

Ford regarda Heather, qui s'obstinait.

— Partez, s'il vous plaît. J'en ai assez entendu.

— Bien sûr. N'oubliez pas de prier pour moi, à l'occasion. Cela dit, c'est sur vous que vous devriez implorer la pitié de Dieu. En général, les gens de votre espèce n'emportent pas leurs mensonges au paradis.

Robyn tremblait encore quand Ford la rejoignit à la voiture.

— Ça va ? demanda-t-il en démarrant.

— Non, ça ne va pas, répondit-elle, au bord des larmes.

— Veux-tu que nous allions prendre un café quelque part ?

— Comment as-tu pu faire ça ? Comment as-tu pu

te servir du fils de cette femme contre elle ? Tu n'as pas d'enfant, n'est-ce pas ?

— Non.

— Alors tu ne sais pas ce que c'est. Une mère s'inquiète tout le temps pour son enfant. Quand elle est enceinte, elle a peur que le bébé ne soit pas normal, quand il est né, elle a peur de ne pas savoir s'en occuper, si elle le confie à quelqu'un, elle a peur que cette personne ne s'en occupe pas bien. Et surtout, elle a peur que quelqu'un lui fasse du mal. Et toi, tu l'as menacée de la pire façon, en disant qu'il pouvait arriver malheur à son petit garçon !

— J'utilisais les techniques d'interrogatoire qui ont fait leurs preuves…

— Elle est enceinte, son fils est dans la pièce voisine, elle n'avait personne pour la défendre… C'était ignoble.

— Ecoute, Robyn. Je suis désolé que cet entretien t'ait bouleversée, mais je cherchais à la faire parler. Elle n'a pas cessé de mentir.

— Qu'en sais-tu ?

— Je le voyais bien !

— Mais elle disait peut-être la vérité à propos d'Eldon. Nous savons qu'Eldon…

— Elle mentait. Elle ne veut pas que son mari apprenne son passé, c'est tout.

— Comme tous les flics, tu es toujours sûr d'avoir raison. Tu me fais penser aux inspecteurs qui m'ont interrogée après le kidnapping de Justin. Ils m'ont questionnée pendant des heures, me reposant sans cesse les mêmes questions, me faisant répéter les mêmes choses. Ils m'ont fait comprendre que j'aurais pu tuer mon fils, mon cœur, l'amour de ma vie pour qui j'aurais donné la mienne mille fois…

Elle fondit en larmes, incapable de les retenir plus longtemps. Elle n'en avait jamais parlé à personne, pas même à ses amis. Elle avait eu le sentiment qu'elle devait être forte, pour Justin.

— Ils me faisaient croire qu'ils avaient des preuves et ils m'interrogeaient encore et encore. Et j'étais tellement épuisée, brisée, que je finissais par hocher la tête. J'étais tentée de dire : « Oui, je l'ai enlevé, oui, je l'ai tué » pour qu'ils me laissent tranquille.

Ford se gara sur le bas-côté.

— Je suis désolée que la police t'ait fait subir ça. Mais c'est un fait, certains coupables finissent alors par craquer. Il faut les mettre sous pression pour obtenir leurs aveux.

— Tu es comme eux. Même au lycée, tu employais ces méthodes. Tu me posais indéfiniment les mêmes questions, tu sous-entendais que tu avais des preuves de ma culpabilité.

Il hocha la tête, il ne pouvait le nier.

— Malheureusement, certaines personnes innocentes comme toi se font piéger par ces procédés inhumains.

Il lui tendit une boîte de mouchoirs en papier et elle se moucha.

— Es-tu en train de dire que tu crois que je n'avais pas volé ces fournitures ?

Il détourna les yeux.

— Il n'y avait pas assez de preuves pour t'incriminer, c'est certain.

— Je te demande ce que tu crois. Pas ce que tu pensais, à l'époque. Mais maintenant.

— Robyn, cette histoire remonte à des années.

Elle hésitait à insister, tout en sachant au fond d'elle que sa réponse ne lui plairait pas.

— Je n'aurais pas dû te demander de venir, reprit Ford. C'est trop dur pour toi, et cela ne fait que commencer.

— Non, je t'en prie, ne me tiens pas à l'écart. Tout va bien, maintenant, je ne m'effondrerai plus, promis.

— Je ne peux pas accomplir ma mission correctement si je dois en permanence me demander si je te blesse ou non. Tu as raison, je ne peux pas comprendre ce que tu as traversé, je ne sais pas ce que c'est que de perdre son fils dans de telles conditions. Mais tu as tort sur un point. Moi aussi, j'ai perdu un enfant.

6

Robyn en eut le souffle coupé.

— Mon ex-femme avait fait une fausse couche, s'empressa de préciser Ford.

— Oh, Ford ! Je suis désolée.

— Ce n'est pas la même épreuve que celle que tu as…

— Bien sûr que si, c'est exactement la même chose. Perdre un enfant est une abomination, quelles que soient les circonstances. Parfois, j'ai tendance à croire que je suis la seule à avoir souffert. Je suis devenue égocentrique.

— Je t'en prie, ne t'excuse pas. Je ne te l'ai pas dit pour que tu ressentes de la pitié pour moi, mais pour que tu comprennes que je ne suis pas une machine.

Robyn considéra Ford d'un autre œil. Elle savait qu'il avait été marié et qu'il avait divorcé, mais elle ne l'avait jamais imaginé en père de famille. Pour elle, il était l'homme de la situation, un rouage du système judiciaire qui pour une fois allait fonctionner en sa faveur.

Mais il n'était pas dénué de cœur. S'il lui fallait heurter une femme de pasteur égoïste et menteuse pour sauver la vie d'Eldon, qui pourrait le lui reprocher ?

Soudain, elle se rendit compte que Ford s'était mis à lui caresser les cheveux.

Cette caresse lui fit plus de bien qu'il ne l'aurait fallu. Sans doute ne cherchait-il qu'à la réconforter, mais elle se sentit fondre sur place.

Elle se ressaisit et écarta sa main.

— Tout va bien, maintenant.

Elle n'osait pas le regarder tant elle craignait qu'il ne surprenne dans ses yeux l'intensité de ce qu'elle éprouvait soudain pour lui.

Elle l'entendit débloquer sa ceinture de sécurité, sentit son bras lui enlacer les épaules et, l'espace d'un instant, elle crut qu'il allait l'embrasser. Elle l'espérait presque.

Mais il se contenta de la serrer contre lui.

— Je suis un salaud sans cœur, mais je connais mon boulot. Même si mes méthodes te semblent barbares, je sais qu'elles sont efficaces. Fais-moi confiance.

— Je te crois.

— Si tu veux m'accompagner, participer à l'enquête, je ne t'en empêcherai pas. Mais tu dois me promettre de…

— Je n'éclaterai plus en sanglots pour rien, je te le jure.

— Ce n'est pas ce que j'allais te demander. Je veux que tu me promettes de ne rien garder pour toi, de ne pas réprimer tes émotions. Si tu es bouleversée, dis-le. Parce que je ne supporterais pas de savoir que tu pleures toute seule dans ton coin parce que je t'ai blessée sans m'en rendre compte. Si je me comporte comme un butor, laisse-moi au moins la possibilité de m'en excuser.

— D'accord.

Elle vit alors briller dans ses yeux une lueur de désir, le même dont elle brûlait pour lui. Il n'était pas question d'y céder, d'aller plus loin. Elle tenta de reculer, mais elle était coincée contre la portière.

Soudain, pourtant, elle ne voulut plus lui échapper. Elle mourait d'envie de l'embrasser.

Elle aurait dû éprouver une profonde gêne, mais, au contraire, elle sentit qu'elle faisait ce qu'elle devait faire. Ils venaient l'un et l'autre de se confier leurs souffrances, et une forte intimité s'était établie entre eux.

Lorsqu'il captura ses lèvres, leur baiser fut très doux, très tendre, et Robyn aurait aimé qu'il dure toujours.

Puis Ford s'écarta, trop vite au goût de Robyn.

— Excuse-moi.

— Ce n'est rien, renchérit-elle en ponctuant ses propos d'un rire nerveux. Nous n'avons qu'à faire comme si rien ne s'était passé.

Comme si c'était possible ! Soudain, elle se sentait merveilleusement bien, en harmonie avec le monde entier.

Ford se rassit correctement derrière le volant.

— Je rêve de t'embrasser depuis le lycée.

— Moi aussi.

— Toi ? Tu m'avais snobé à la cafétéria alors que je te proposais de t'aider dans ton travail !

— Oui, avec Shakespeare.

— Tu devais me trouver bien prétentieux, mais j'avais attendu un quart d'heure avant d'oser t'aborder et tu m'avais repoussé d'une remarque cinglante.

A l'époque, Robyn avait douté de sa sincérité, et elle n'y croyait toujours pas. Elle aussi avait été amoureuse de lui au lycée, elle aimait le regarder pendant les matchs, imaginer faire l'amour avec lui. Mais quand il avait tenté de l'approcher, elle l'avait remis brutalement à sa place, tant elle craignait qu'il s'agisse d'une méchante plaisanterie, ou qu'il cherche à l'humilier. Les gens n'avaient pas été tendres avec elle, de sorte que se protéger était chez elle une seconde nature.

— Je me suis mal comportée, reconnut-elle. Si tu étais sincère.

— Je l'étais.

— En vérité, j'avais très envie de t'embrasser, moi aussi, avoua-t-elle, écarlate.

Curieux comme le simple fait d'évoquer cette époque la poussait à réagir comme l'adolescente qu'elle était alors.

Ford l'observait du coin de l'œil.

— Vraiment ?

— Bien, maintenant que nous avons chacun satisfait notre curiosité, remettons-nous au travail.

— Parfait, dit-il en rattachant sa ceinture de sécurité. Je ne t'ai pas encore parlé de la fibre de la perruque.

Il démarra, puis lui fit le récit de ce que Beth avait découvert. La moitié des explications scientifiques échappa à Robyn, mais elle comprit qu'il était possible de remonter la piste de cette perruque.

Elle ne voyait ni comment ni pourquoi. Encore troublée par le baiser qu'ils venaient d'échanger, elle ne se sentait pas vraiment en état de réfléchir.

Elle n'avait pas fréquenté d'hommes depuis la disparition de Justin. Elle avait l'impression que l'enlèvement de son fils avait sonné le glas de sa libido. Ses élèves étaient les seules personnes dont elle se sentait proche, même si elle était consciente de projeter sur eux ses sentiments maternels. Le reste ne l'intéressait pas, ne l'intéressait plus.

Jusqu'à cet instant, tout du moins. Quelque chose au fond d'elle se réveillait, qui plus est au pire moment. Elle aurait aimé avoir quelqu'un pour en parler, mais elle ne se sentait assez proche d'aucune de ses amies pour aborder le sujet.

La route du retour risquait d'être longue.

Son téléphone portable sonna, et Robyn vit le nom de Ford s'afficher sur l'écran. Un coup d'œil à son réveil lui apprit qu'elle avait dormi plus longtemps que d'habitude.

Le cœur battant, elle décrocha. La veille, lorsqu'il l'avait laissée sur le parking de l'école où elle avait garé sa voiture, il avait attendu qu'elle soit en sécurité dans l'habitacle pour s'éloigner, et ce geste l'avait touchée.

Mais rien n'avait été dit. Il n'avait plus fait allusion à

leur baiser, alors qu'elle n'arrivait pas à penser à autre chose. Elle avait minimisé les choses, pour lui cacher à quel point elle était troublée, mais elle était incapable de faire comme si rien ne s'était passé.

— Bonjour, Ford, dit-elle d'un ton neutre.

— Bonjour, Robyn. Es-tu prête à effectuer un travail qui n'a rien de passionnant ? Il s'agit d'enquêter par téléphone.

Il lui expliqua qu'elle devrait contacter tous les détaillants de perruques et que cela prendrait du temps.

— Tout me semble préférable au fait de rester assise sans rien faire.

— En général, nous demandons à des stagiaires de la fondation de se charger de ce type de tâches, mais l'un d'eux est malade et les deux autres donnent un coup de main sur un autre dossier.

— Cela ne m'ennuie pas du tout, vraiment.

— Peux-tu demander également à Trina de participer ? Je sais qu'elle est en colère, mais nous avons besoin d'elle. Plus nous serons nombreux à travailler sur l'affaire, plus nous aurons des chances d'aboutir.

— Je vais voir ce que je peux faire.

En raccrochant, elle appela Trina, qui semblait épuisée mais calmée.

— Si Ford a besoin de mon aide, il peut naturellement compter sur moi. Mais je n'apprécie guère la façon dont il mène les choses.

— Il sait ce qu'il fait. De plus, ce que nous allons faire n'a rien à voir avec… ce dont nous avons parlé l'autre jour. Il s'agit de trouver des informations sur la fibre synthétique de la perruque.

— D'accord, je passe te prendre dans cinq minutes.

— Je peux venir te chercher.

— Non, non, ma voiture est plus confortable et plus sûre.

— L'air conditionné est en panne dans la mienne, alors d'accord.

Trina aimait tout contrôler, tout diriger. Elle adorait être au centre de l'attention lorsqu'elle rencontrait des avocats.

A sa décharge, c'était bel et bien *son* mari qui était en prison et non plus celui de Robyn.

En route, elles ne parlèrent pas beaucoup. Robyn essaya de discuter de choses et d'autres, évitant avec soin le sujet des infidélités d'Eldon, mais l'effort était tel qu'elle abandonna et laissa la musique emplir l'habitacle.

Comme une chanson d'amour passait à la radio, Robyn se surprit à songer de nouveau à Ford. Elle ne parvenait pas à oublier l'intensité de leur baiser.

Elle tenta de se ressaisir. Elle s'efforçait de sauver la vie d'un homme, et il était hors de question que ses sentiments la détournent de cet objectif.

En outre, tant que ses émotions n'affectaient pas ses actes, il n'y avait aucun mal à se laisser aller à ces douces rêveries. Quand son chagrin menaçait de la submerger, il lui suffisait de penser aux lèvres de Ford ou à ses mains dans ses cheveux pour se sentir mieux.

Trina se gara non loin du bâtiment qui abritait les bureaux de Project Justice. Après avoir mis des pièces dans le parcmètre, elles se dirigèrent vers l'imposant édifice en brique rouge. Haut de trois étages, il ne manquait pas d'allure avec ses fenêtres voûtées et ses grandes portes en chêne.

Pour Robyn, il faisait partie des réussites architecturales de la ville. Houston était une ville relativement nouvelle, dans laquelle il ne subsistait que peu de bâtiments historiques.

— Je me demande pourquoi ils ont décidé de s'installer dans ce vieux quartier, dit Trina. Le type qui a fondé Project Justice est milliardaire, je crois.

Robyn haussa les épaules.

— L'endroit lui plaisait peut-être, répondit-elle, refusant de se laisser entraîner sur ce terrain.

Alors que toutes deux s'apprêtaient à entrer dans le bâtiment, Trina l'arrêta.

— Ecoute, je voulais te dire que je regrette la manière dont je me suis comportée l'autre jour. Je me suis sentie blessée et j'ai réagi bêtement.

Robyn se contenta de hocher la tête.

Mais Trina poursuivait, cette fois d'un ton plus agressif.

— Je n'arrive pas à croire qu'Eldon m'ait trompée. Mais je veux savoir. Si Ford doit m'apprendre autre chose de désagréable, je préférerais que tu m'en parles avant.

Ford avait pensé parler à Trina de leur entretien avec Eldon, mais Robyn l'en avait dissuadé. Tant qu'Heather niait avoir connu Eldon, mettre au courant Trina ne ferait que les desservir.

— Es-tu certaine de vouloir savoir ? s'enquit Robyn.

Trina croisa les bras et s'adossa au mur.

— Qu'y a-t-il encore ?

Dans son jean rose bonbon et son débardeur de soie, elle aurait pu poser pour un magazine de mode.

— Eldon a confirmé qu'il était avec une femme, ce soir-là, répondit Robyn. Elle vit à présent en Louisiane, c'est la femme d'un pasteur et elle nie tout en bloc.

— Qu'est-ce que je disais ? Ta mystérieuse inconnue est l'épouse d'un homme d'Eglise et n'a rien d'une voleuse de mari aux gros nichons.

Trina n'avait pas conscience de se décrire ainsi elle-même, mais Robyn s'abstint de tout commentaire. Jusqu'à présent, Robyn n'avait jamais évoqué avec Trina ce qu'elle avait ressenti quand Eldon avait commencé à la tromper avec elle. Parfois, l'attitude de Trina lui en donnait très envie.

— Quoi que t'ait dit Eldon, poursuivit Trina, il ne faut pas le prendre pour parole d'Evangile. Il est désespéré, raconte n'importe quoi et s'accroche à tout pour tenter de s'en sortir.

— Tu as sans doute raison, répondit Robyn, confortée dans son idée qu'il valait mieux laisser Trina dans l'ignorance de certaines réalités désagréables.

Les bureaux de Project Justice occupaient tout le bâtiment. Robyn perçut immédiatement le dynamisme des locaux lorsqu'elle pénétra dans l'immense hall d'accueil avec ses hauts plafonds, son plancher ciré et son lustre. Une cloison de verre séparait le hall des étages, permettant cependant aux visiteurs de distinguer les silhouettes de ceux qui y travaillaient.

Sur un pan de mur, sous le logo doré de la fondation, des articles de journaux encadrés relataient les différents succès de Project Justice. Combien d'innocents avaient recouvré la liberté grâce au travail de Ford et de ses collègues ? Mais combien étaient toujours en prison parce que personne n'avait défendu leur cause ?

Quand son regard se posa sur la réceptionniste, Robyn eut un sursaut. La femme, âgée au moins de soixante-quinze ans, n'avait rien d'une gentille grand-mère. Elle avait de longs cheveux bouclés argentés, d'immenses lunettes mauves, un rouge à lèvres écarlate et des boucles d'oreilles en pierre.

Levant les yeux du magazine *Soldier of Fortune*, elle dévisagea les nouvelles venues d'un air hautain.

— Puis-je vous aider ?

Dans sa bouche, le verbe « aider » sonnait comme une insulte.

— Je suis Robyn Jasperson, répondit-elle. Ford Hyatt nous a demandé de venir.

Elle se reprocha sa voix tremblante. Elle avait le droit d'être ici et n'avait aucune raison de se laisser impressionner.

— Montrez-moi vos papiers.

Robyn chercha son portefeuille dans son sac. A l'occasion, elle savait s'exprimer de façon à intimider ses élèves lorsque ceux-ci chahutaient, mais elle n'avait pas l'habitude que quiconque utilise cette technique à son encontre.

Trina ne parut pas le moins du monde désarçonnée. Quand elle s'avança, Robyn retint son souffle. Elle avait bien envie d'assister à une prise de bec entre les deux femmes, mais elle savait aussi qu'une telle entrée en matière ne ferait que les retarder.

— Nous sommes ici pour aider à résoudre une importante affaire, reprit Trina. Vous ne nous reconnaissez pas ?

Celeste – son nom était inscrit sur son corsage – l'examina de pied en cap.

— Non, raison pour laquelle je vous ai demandé vos papiers. J'ai reçu des ordres stricts. Personne n'entre ici sans montrer patte blanche.

Robyn tendit son permis de conduite.

— Sors le tien, Trina.

La réceptionniste examina leurs pièces d'identité.

— Etes-vous parentes ? finit-elle par demander.

— Non, répondit Robyn. Nous…

Trina l'interrompit.

— Pouvez-vous appeler Ford Hyatt, je vous prie ? Nous sommes prises par le temps.

— Bien sûr, répondit la secrétaire.

La brusquerie de Trina trahissait son irritation. Mais Robyn s'interdit de s'en formaliser. Trina avait de bonnes raisons d'être nerveuse.

Celeste dévisagea Trina d'un air revêche avant de composer un numéro.

— Monsieur Hyatt, deux dames veulent vous voir. Toutes deux sont des Mme Jasperson.

Quand elle raccrocha, elle ajouta avec un sourire suave :

— Apparemment, vous êtes attendues. M. Hyatt va venir vous chercher. Merci de porter ces badges. Par ailleurs, sachez que vous n'avez pas le droit de circuler sans escorte.

Robyn fut soulagée de voir apparaître Ford, qui leur adressa un bref sourire de bienvenue. Ce jour-là, il était vêtu d'un T-shirt qui mettait ses larges épaules en valeur et d'un jean, et portait aux pieds des Converse.

Manifestement, il travaillait depuis des heures. Il n'était pas rasé et, à son expression tendue, Robyn devina qu'il n'avait pas beaucoup progressé dans l'enquête.

Le désir de le toucher la traversa. Depuis quand était-elle obsédée à ce point par Ford ? Elle devait absolument se ressaisir. Elle ne pouvait pas se permettre de le détourner de son objectif. Elle avait besoin qu'il soit totalement focalisé sur cette affaire.

La vie d'un homme en dépendait.

7

Robyn s'efforça de ne pas croiser le regard de Ford.

— Merci d'être venues si vite, dit-il en leur indiquant d'un geste le chemin. Voulez-vous faire rapidement le tour des bureaux ?

— Je préfère commencer sans tarder, répondit Trina. J'ai un rendez-vous chez le dentiste à 15 heures.

C'était la première fois que Robyn entendait parler de ce rendez-vous. Elle fut ennuyée que Trina ne l'ait pas mentionné plus tôt, mais elle s'abstint de tout commentaire.

— Dans ce cas, répondit Ford, je me contenterai d'un rapide tour du propriétaire.

— Quel est le problème avec la réceptionniste ? demanda Trina en lui emboîtant le pas. Elle m'a paru très agressive, ajouta-t-elle, apparemment inconsciente de sa propre grossièreté.

— Ah, Celeste ! C'est notre pit-bull attitré. Elle est chargée de décourager les visiteurs inopportuns.

— Combien est-elle payée pour rester assise à lire des magazines et à terrifier les gens ?

— Il faudra le lui demander. Mais quel que soit son salaire, elle ne le vole pas. Elle a travaillé plus de quarante ans dans l'armée et elle est loin d'être une idiote.

Trina, cependant, semblait intarissable.

— Avez-vous du nouveau dans notre affaire ? Quel dommage qu'Eldon n'ait pas d'alibi !

Robyn aurait voulu la gifler. Trina prêchait le faux pour

savoir le vrai, testant Ford pour voir s'il lui confirmerait ce qu'elle avait appris ailleurs.

— Nous en parlerons là-haut.

Comme il l'avait annoncé, il leur fit une rapide présentation de la fondation.

— Project Justice emploie d'anciens inspecteurs de police qui supervisent tous les dossiers. Leurs bureaux sont au-dessus. Chacun d'eux s'occupe de cinq ou six affaires en même temps, donc un peu moins qu'un inspecteur de police. La fondation consacre plus de moyens et d'hommes à chaque cas que ne le font les polices du pays, ce qui lui permet de creuser toutes les pistes.

Robyn remarqua qu'il ne s'incluait pas dans cette présentation, comme s'il estimait déjà ne plus faire partie de l'organisation. Apparemment, il n'avait pas changé d'avis à propos de sa démission.

Ils jetèrent un coup d'œil dans le petit laboratoire de la fondation où quelques employés en blouse blanche s'affairaient autour de microscopes ou de machines futuristes.

La société offrait à ses salariés une pièce de repos très agréable, dans laquelle un traiteur disposait à l'instant même des sandwichs et des rafraîchissements.

— Si je travaillais ici, je deviendrais vite obèse, remarqua Trina en louchant sur des saladiers remplis de bonbons.

— Servez-vous. Le réfrigérateur est bien fourni de boissons diverses, il y a également du café et du thé à volonté. Daniel est persuadé qu'il est impossible de réfléchir l'estomac vide, alors il s'efforce de nourrir ses employés.

— C'est un bon patron, dit Trina.

Ils entrèrent dans une salle immense, meublée d'une grande table en fer à cheval, recouverte de téléphones, de blocs-notes et de bouteilles d'eau.

Deux femmes assises à l'une des extrémités de la

table s'entretenaient à mi-voix au téléphone d'un ton professionnel.

— C'est ici que nous allons travailler ? s'enquit Trina en fronçant le nez.

— Je vous avais prévenues qu'il ne s'agirait pas d'une mission très glamour. J'aimerais que vous preniez chacune un siège et un téléphone. Voici les listes des détaillants de perruques dans un rayon de cinq cents kilomètres, ajouta-t-il en leur tendant des feuillets.

— Cela fait beaucoup, murmura Trina.

— J'ai également relevé les sites internet sur lesquels il est possible de se les procurer. Nous cherchons un magasin qui était en activité il y a huit ans et qui vendait des perruques Brandenburg de la ligne Allure. Vous devrez donc vous adresser à un responsable ou à un vendeur en poste depuis longtemps.

Il continua à leur donner des instructions – ce qu'il fallait demander, ce qu'il fallait consigner, à quelle adresse prier les commerçants d'envoyer le double de leurs factures ou la liste de leurs clients. Robyn prit des notes tandis que Trina montrait des signes d'impatience.

— A votre avis, quelle est la probabilité d'obtenir un résultat ? s'enquit Trina. Après cinq ans, la plupart des entreprises balancent au panier ce genre de données.

— Vous seriez surprise du nombre de gens qui gardent tout. Cela dit, c'est vrai, les chances d'aboutir sont minces. Mais tant que nous n'avons rien de mieux pour avancer…

— Si je comprends bien, pour sauver mon mari, vous comptez sur une probabilité quasi nulle de retrouver la personne qui avait acheté cette perruque… Mais pourquoi ne pas s'intéresser plutôt au témoin ? Pourquoi ne pas chercher ce Roy quelque chose ?

— J'ai relu toutes les notes de l'officier de police qui

assurait le standard ce soir-là, répondit Ford. Un Roy y est mentionné, mais il n'a pas été interrogé par la suite.

— As-tu découvert son nom de famille ? s'enquit Robyn, tout excitée.

— Oui. Roy White. Cela vous dit-il quelque chose ?

Trina secoua la tête, mais un souvenir remonta à la mémoire de Robyn.

— Une famille White vivait dans Cherry Street, je crois. Le père était conducteur de camion pour une entreprise de béton.

Ford nota ces renseignements.

— Cela peut s'avérer utile. Il est possible que cet homme ait vu quelque chose qui contredisait la thèse de la culpabilité d'Eldon et que la police ait laissé tomber son témoignage. J'ai déjà entendu pire.

— C'est horrible, dit Trina. Mais White est un nom très courant. Pensez-vous avoir une chance de retrouver ce type ?

— J'essaierai.

— Nous ferions mieux de nous mettre au travail, déclara Robyn.

Elle n'aimait pas beaucoup parler au téléphone, demander quelque chose à des inconnus. Un jour, elle avait offert ses services à une association caritative et avait dû appeler des dizaines de personnes pour récolter des fonds. Elle l'avait vécu comme une véritable épreuve.

Mais aujourd'hui, elle était déterminée à faire ce qu'il fallait.

— Prenez des notes chaque fois que vous aurez quelqu'un au bout du fil, reprit Ford. Si les gens ne veulent pas vous aider, essayez de faire appel à leurs bons sentiments. Dites-leur que vous avez besoin d'eux pour sauver la vie d'un innocent, dites-leur qu'ils peuvent contribuer ainsi à mettre un tueur d'enfants en prison, dites-leur qu'ils passeront à la télé. Suppliez-les, pleurez, faites tout et n'importe quoi pour obtenir leur coopération.

Robyn comprit alors pourquoi il avait sollicité leur aide pour cette mission. Il serait plus difficile à leurs interlocuteurs d'envoyer promener une femme qui risquait de perdre son mari ou une mère dont le petit garçon avait été kidnappé qu'un employé de la fondation.

Tout ce qui multipliait leurs chances d'aboutir était bon à prendre.

Deux heures plus tard, Robyn était totalement découragée. Elle avait mal au dos et la voix enrouée. Certaines personnes l'avaient insultée, d'autres lui avaient raccroché au nez. La plupart des gens la considéraient comme une démarcheuse désireuse de leur refourguer une nouvelle cuisine ou une encyclopédie.

Aussi, lorsqu'elle eut au bout du fil une personne sympathique – une femme qui avait tenu pendant vingt ans une boutique de perruques et qui avait commercialisé la gamme Allure de la société Brandenburg –, elle faillit tomber à la renverse, d'autant que cette commerçante consciencieuse avait conservé toutes ses factures.

— Je me souviens de ce procès, lui dit son interlocutrice. Je l'avais suivi à la télévision. Quelle tragédie ! Et vous êtes… sa femme ?

— Son ex-femme. Mais je sais au fond de mon cœur que mon ex-mari n'aurait jamais fait de mal à notre fils. La police l'a désigné trop vite comme coupable. Des témoignages ont été négligés, certaines pistes abandonnées sans raison. Vous m'aideriez beaucoup en me confiant le double de vos factures de cette année-là.

— En vérité, je m'apprêtais à jeter tous ces papiers. Je vais vous envoyer ce que j'ai. Qu'en dites-vous ?

— Ce serait formidable.

— A quelle adresse souhaitez-vous que je vous fasse parvenir ces documents ?

L'amabilité de cette inconnue surprit tellement Robyn qu'elle oublia qu'elle devait donner les coordonnées de Project Justice. Sans réfléchir, elle lui communiqua sa propre adresse.

Elle voulut rectifier, puis se dit que ce détail n'avait pas d'importance. Elle remettrait les factures à Ford en mains propres. Lorsqu'elle raccrocha, après avoir remercié chaleureusement son interlocutrice, elle s'aperçut que Trina avait écouté leur échange.

— Combien de réponses positives as-tu eues ?

— En fait, je viens de tomber sur la première personne d'accord pour m'aider. Et toi ?

— Trois ! Essaie de pleurer, ça marche bien.

— J'essaierai, mais il ne s'agit pas de compétition, répondit-elle sèchement.

Aussitôt, Trina s'assombrit.

— Excuse-moi, ce travail est tellement barbant que je tentais seulement d'alléger l'atmosphère.

Robyn lui sourit. Parfois, Trina se montrait très puérile. Eldon l'avait décrite comme une jeune femme exubérante, pleine de vie et drôle, mais ces traits de sa personnalité ne sautaient pas aux yeux. Mais Trina gagnait peut-être à être connue.

— Tu as raison, Trina. Prendre tout au tragique ne servirait à rien.

— Pour me motiver, je m'octroie un bonbon chaque fois que j'obtiens une réponse positive.

— Excellente idée.

Robyn décida de contacter les entreprises qui vendaient des perruques via internet. La plupart des sites n'existaient pas huit ans plus tôt, mais l'une d'elles commercialisait ces produits depuis douze ans. Le directeur de la société accepta de lui envoyer ses fichiers clients.

— Et une réponse positive de plus ! annonça-t-elle.

— Mon Dieu ! s'exclama Trina en consultant sa montre. Je dois partir en vitesse chez le dentiste. Tu rentres avec moi ?

— Je reste, il faut avancer. En plus, maintenant que je commence à comprendre ce qu'il faut dire, ce n'est pas le moment de m'arrêter.

Ford arriva à ce moment précis, et Robyn contempla son séduisant visage. Voulait-elle rester pour continuer les recherches ou pour avoir un prétexte pour tourner autour de Ford ? Elle se trouva assez pitoyable.

— Tout se passe bien, mesdames ? lança-t-il.

— Nous sommes crevées, répondit Trina.

— Nous progressons, rectifia Robyn.

— Très bien. Vous allez être contentes d'apprendre que j'ai retrouvé Roy White, grâce à sa profession de conducteur de poids lourds dans une entreprise de béton. Il vit à Bozeman, dans le Montana. Il prétend que la police l'avait interrogé ce soir-là. Il avait vu quelque chose qui lui avait paru important, mais qui, semble-t-il, n'avait intéressé personne. Puis l'histoire lui était sortie de l'esprit.

— Et qu'avait-il vu ? demanda Robyn.

Si le témoignage de ce type accusait Eldon, Ford ne se frotterait pas les mains avec cet air réjoui, songea-t-elle.

— Il ne me l'a pas dit. Je pense qu'il espère une récompense. Il doit savoir qu'Eldon est riche.

— *Etait* riche, rectifia Trina. Les frais de justice ont entamé l'essentiel de son capital. La maison coûte une fortune en entretien, j'ai dû l'hypothéquer.

— Et la mère d'Eldon ? demanda Ford.

— Vous croyez qu'elle va donner de l'argent pour

la défense de son fils ? Que nenni ! A mon avis, elle le croit coupable.

Robyn hocha la tête. Depuis la mort de son mari, quelques années plus tôt, Tillie Jasperson avait tout fait pour qu'Eldon sorte de sa vie. Les démarches de ses deux belles-filles en faveur de son fils la gênaient.

De nouveau, Trina consulta sa montre.

— Je dois vraiment y aller.

Elle ramassa les papiers de bonbons et les jeta à la poubelle.

— Je peux prendre ces listes avec moi et continuer à la maison, proposa Robyn.

— Je préfère que le travail se fasse à la fondation, afin qu'il y ait une trace officielle de ces appels. De plus, ici, tu peux enregistrer les conversations si nécessaire. Si tu te demandes comment rentrer chez toi, ne t'inquiète pas, je te reconduirai.

— J'habite à plus de cinquante kilomètres !

— Ça m'est égal.

— Cela lui est égal, renchérit Trina. Tu devrais rester.

Dans le dos de Ford, elle lui adressait des mimiques entendues.

Formidable, songea Robyn. Maintenant, Trina allait multiplier les allusions et nourrir les commérages sur une supposée histoire d'amour entre Robyn et Ford.

Cela dit, si Trina avait senti quelque chose…

Trina rendit les feuillets à Ford.

— Si je peux être utile à autre chose, dites-le-moi surtout. Maintenant, je m'en vais.

Elle quitta la pièce, violant les règles énoncées à leur arrivée par Celeste.

Perplexe, Ford la regarda partir.

— Je dois m'assurer qu'elle va réussir à sortir sans encombre.

— Tu as peur que Celeste la réduise en bouillie ? demanda Robyn, ne plaisantant qu'à moitié.

Elle appela un nouveau numéro qui ne donna rien. Comme elle raccrochait, elle s'aperçut que Ford était toujours là.

Il prit une chaise.

— Je ne voulais pas t'interrompre. A ton avis, était-ce une erreur de demander à Trina de nous aider ?

— Elle s'en est plutôt mieux tirée que moi. Elle sait se montrer convaincante au téléphone. Alors que beaucoup de gens m'ont raccroché au nez.

Il regarda sa liste.

— Mais certaines personnes ont accepté de t'adresser les doubles de leurs factures.

— Elles ne sont pas nombreuses.

— Avec un peu de chance, cela nous mettra sur une piste. As-tu déjeuné ?

— Quelle heure est-il ?

— Presque 14 heures. Il y a un excellent restaurant mexicain au bout de la rue. Ils servent le meilleur chili con carne du pays.

Robyn se rendit compte qu'elle mourait de faim.

— D'accord. Excuse-moi de mettre le sujet sur le tapis, mais tu sembles bien plus en forme que l'autre jour.

— Vraiment ?

— Tu n'as plus rien à voir avec l'homme que j'ai découvert dans un tripot, noyant son chagrin dans l'alcool.

Il s'assombrit aussitôt.

— J'avais eu une rude journée. Mais me remettre en chasse m'a fait du bien. Lorsque je travaille sur un dossier, je déborde d'énergie. Et comme je bois beaucoup de café, je suis souvent excité comme une puce.

— Je ne me plaignais pas, je remarquais simplement ton changement d'humeur.

— Es-tu d'accord pour le restaurant mexicain ?

Elle avait faim, et les sandwichs offerts à la cafétéria de la fondation ne lui disaient rien.

— Allons-y.

Un quart d'heure plus tard, ils se retrouvèrent devant un thé glacé à grignoter des chips en attendant leur commande.

Quand la serveuse revint avec leurs assiettes, ils commencèrent par se restaurer en silence. Même si Ford lui avait vivement recommandé le chili, Robyn avait préféré prendre une enchiladas au poulet à la crème.

Depuis des années, elle avait perdu l'appétit. Mais la simple vue du plat gratiné lui mit l'eau à la bouche. Elle en coupa un morceau et le savoura avec un soupir de plaisir.

Ces derniers temps, elle recouvrait des saveurs qu'elle avait cru à jamais perdues. En prenant sa douche, par exemple, elle avait remarqué que l'odeur du savon lui plaisait. Elle l'avait acheté au hasard, sans faire attention à son parfum. De même, elle redevenait sensible à la douceur de certains tissus.

Elle avait l'impression que ses sens se réveillaient après un long sommeil. Elle ignorait s'ils revenaient à la vie parce qu'elle s'efforçait de faire libérer Eldon ou à cause de Ford.

En tout cas, elle qui avait l'habitude de picorer au lieu de se nourrir se surprit à finir son assiette.

Ford lui sourit.

— C'était bon ?

— Un régal !

Lui aussi semblait avoir apprécié son chili con carne, et Robyn ne put s'empêcher de se demander s'il avait autant d'appétit pour d'autres plaisirs de la vie. Souriait-il de la même façon quand il avait fait l'amour ?

Comme le rouge envahissait ses joues, elle détourna

la tête, gênée. Que lui arrivait-il ? Le réveil inattendu de sa libido devenait problématique.

Pour tenter de recouvrer ses esprits, elle avala une gorgée de thé glacé et s'efforça de changer de sujet.

— Comment allons-nous convaincre ce Roy de témoigner ? Devrons-nous le payer ?

— C'est un sujet épineux. Si nous le payons, nous serons tenus de le signaler au procès, et ce n'est jamais positif.

— Mais monnayer des informations est une pratique courante, non ?

— En général, on se sert alors des renseignements obtenus, mais on ne demande pas aux indics rémunérés de témoigner devant un tribunal. Les sources restent anonymes, elles permettent aux enquêteurs de découvrir de nouvelles pistes. Mais l'informateur reste dans l'ombre.

— Tu penses donc que nous avons intérêt à verser de l'argent à Roy White pour qu'il nous dise ce qu'il sait, mais qu'ensuite, il vaudrait mieux qu'il ne vienne pas à la barre.

— Exactement. Si le juge ou les jurés apprennent qu'il a été payé, ils auront tendance à ne pas accorder beaucoup de crédit à ses déclarations. S'il révèle quelque chose qui prouve l'innocence d'Eldon, par exemple, tout le monde croira que nous l'avons soudoyé. C'est d'autant plus probable que sa déposition ne figure pas dans les rapports de police d'origine.

— Peut-être devrions-nous prier Trina d'aller lui parler ? Elle sait se montrer très convaincante. Honnêtement, tu aurais dû l'entendre au téléphone. Elle pleure sur commande.

Ford y réfléchit un instant tout en sirotant son thé glacé.

— Ce n'est pas une mauvaise idée. Mais je pensais plutôt te demander de parler à Roy.

— Moi ? Pourtant, avec Heather, je n'ai pas été très brillante.

— Nous nous sommes tous les deux plantés avec Heather. Mais tu es une jolie femme et Roy a une trentaine d'années. Il devrait y être sensible.

De nouveau, les joues de Robyn s'empourprèrent.

— Une jolie femme ? Tu parles ! répliqua-t-elle en considérant son jean usé et son T-shirt de coton.

Sciemment, elle ne s'était pas maquillée ce jour-là pour que Ford n'aille surtout pas s'imaginer qu'elle se pomponnait pour lui.

— Si tu as besoin d'une jolie femme, reprit-elle, Trina me semble plus appropriée.

— Je reconnais que Trina ne manque pas de charme. Elle est très glamour. D'un autre côté, toi, tu…

— Je n'ai rien de glamour, c'est certain.

— J'allais dire que tu irradies d'une beauté naturelle. Sans son maquillage, sans son brushing, sans ses tenues sexy, Trina passerait sans doute inaperçue. Alors que toi… Excuse-moi si mes propos te mettent mal à l'aise.

— Oui, reconnut-elle.

Elle n'avait rien d'une beauté. Elle était mince, mais n'avait pas de formes plantureuses. Un des ex-amants de sa mère s'était moqué d'elle à ce sujet. Ses cheveux étaient d'un blond terne. Elle était loin d'être laide, mais de là à se trouver belle…

— Pardonne-moi, je ne voulais pas te gêner. Puis-je te poser une question un peu personnelle ? As-tu connu beaucoup d'hommes depuis ton divorce ?

— Pourquoi le sujet t'intéresse-t-il ? demanda-t-elle avec curiosité.

— Comme je te l'ai dit, j'aime savoir avec qui je travaille. Plus je te confie de responsabilités, plus il est important pour moi de te connaître sur tous les plans.

Il me sera alors plus facile de prévoir comment tu t'en sortiras.

— Penses-tu que je devrais demander à ce Roy de sortir avec moi ?

— Non, bien sûr que non. Tu n'as pas répondu à ma question, ajouta-t-il, une légère irritation dans la voix.

— Y suis-je obligée ?

— Non, bien sûr que non.

— Je n'ai eu aucune relation sérieuse. En perdant Justin, j'ai perdu ma capacité à aimer. Elle est morte avec lui.

— Je suis désolé. J'ai l'impression de passer mon temps à m'excuser avec toi, remarqua-t-il.

— Tu n'as pas besoin de t'excuser.

— Si je te fais de la peine, je le dois.

— Où habite ce Roy ? reprit-elle pour changer de sujet.

— A Bozeman.

— Si tu crois que je devrais aller lui parler, j'irai.

— Je lui ai proposé de venir jusqu'ici en avion ou de me rendre là-bas, mais il joue au chat et à la souris. Négocier avec lui promet d'être délicat.

— Si je peux être utile à quoi que ce soit, dis-le-moi. Une balade dans le Montana ne serait pas pour me déplaire : il fait si chaud ici !

Depuis plusieurs jours, les températures étaient caniculaires.

— Oui, répondit Ford. A la place de Roy, je n'aurais aucune envie de venir dans cette fournaise.

Robyn se décida soudain.

— Je vais y aller. Je serai sans doute plus utile là-bas à tenter de convaincre Roy de nous aider qu'ici à continuer à téléphoner à d'anciens détaillants de perruques.

— Parfait, je m'occupe des réservations. Nous trouverons certainement de la place sur un vol pour le Montana en fin d'après-midi.

Robyn s'efforça de dissimuler sa surprise.

— Tu m'accompagnes ?

— Bien sûr. Je ne vais pas te laisser affronter ce type toute seule. Je passerai un coup de fil au shérif local pour lui demander de mettre une salle d'interrogatoire à notre disposition. Ainsi, nous pourrons enregistrer le témoignage de Roy.

C'était très intelligent, songea Robyn.

Pourtant, quand elle avait proposé de se rendre dans le Montana, elle n'avait pas imaginé voyager en compagnie de Ford. Ils allaient passer au moins vingt-quatre heures ensemble, descendre dans le même hôtel.

Si elle se rétractait maintenant, Ford voudrait en connaître la raison. Elle ne pourrait jamais lui avouer qu'elle avait peur de tomber amoureuse de lui.

8

Malgré ses prévisions optimistes, Ford ne put trouver des places dans un avion pour Bozeman avant le lendemain. Même si Robyn était impatiente de partir, elle fut contente de ne pas avoir à annuler son cours d'arts plastiques. Les gosses dont elle avait la charge la maintenaient dans la réalité et lui rappelaient que sa vie n'était pas exclusivement consacrée à la libération d'Eldon.

Ses jeunes élèves avaient été ravis de voir leurs œuvres achevées, surtout Arnie. Lorsqu'il avait découvert son vase d'un rouge éclatant, un immense sourire avait éclairé son visage.

— Il est super, vraiment super ! Quand pourrai-je en faire un autre ?

Certains de ses camarades se mirent à ricaner, mais Arnie s'en moquait. Robyn aussi.

— A l'automne, je donnerai des cours de poterie, tu pourras t'y inscrire. Pendant les deux prochaines semaines, nous allons nous consacrer aux collages.

Elle leur montra des exemples de collages réalisés par des artistes professionnels, dont certains étaient exposés dans des musées. Comme elle distribuait le matériel, quelqu'un frappa à la porte.

Elle fut étonnée de voir entrer Ford.

— Je croyais que nous devions nous retrouver à l'aéroport.

— Je travaillais dans le quartier et j'ai terminé plus tôt

que prévu, répondit-il. Je me suis dit que nous pourrions faire le trajet ensemble jusqu'à l'aéroport.

— On a encore un peu de temps, n'est-ce pas ? demanda-t-elle en consultant sa montre.

— Oui, oui, finis ton cours. Je… regarderai.

Autour d'eux, les jeunes suivaient la conversation avec intérêt. Robyn secoua la tête.

— Personne ne regarde, à mon cours. Il faut participer pour pouvoir y assister. N'est-ce pas ?

Tous approuvèrent. Robyn pensait que Ford allait sortir prendre un café pour tuer le temps, mais, à sa grande surprise, il déclara qu'il avait envie d'apprendre à faire des collages.

— Cela me fera du bien. Je n'ai jamais suivi de cours d'arts plastiques.

Il chercha des yeux une place et s'installa sur une chaise inoccupée. Il se retrouva assis à côté d'Arnie qui s'écarta ostensiblement.

— Bien, reprit-elle. Comme je le disais, vous allez vous servir de magazines, de coupures de journaux, de publicités, mais aussi de clous, de morceaux de verre, de boutons, de bouchons, de cannettes… Tout peut devenir de l'art.

Robyn avait l'intention de réaliser elle-même un collage. Elle s'était rendu compte qu'il était souvent plus efficace de les laisser la regarder et l'imiter plutôt que de leur expliquer comment faire. Elle plongea les mains dans le carton contenant divers objets. A mesure qu'elle les posait devant elle, elle imagina un oiseau, peut-être un héron.

A leur tour, Ford et Arnie farfouillèrent dans les boîtes.

— Ce qui est là-dedans est à moi ! déclara Arnie avec agressivité.

— D'accord, excuse-moi d'avoir pris ce qui t'appartient, répondit Ford.

Arnie tentait de le provoquer, mais Ford soutint son regard et Arnie finit par céder.

— C'est bon, vous pouvez vous servir.

— Merci.

La classe se poursuivit sans incident, mis à part les cris suraigus d'une fille quand elle se mit de la colle dans les cheveux. Arnie utilisa des gobelets en plastique pour réaliser un collage en trois dimensions. Il avait du mal à suivre les instructions, mais ne manquait pas de créativité.

La création de Ford fut totalement ratée. Pourtant, il s'était appliqué… Peu après, Ford et Arnie, qui manifestement avaient fait une trêve, comparaient leurs travails respectifs, s'échangeant conseils et astuces.

— Vous avez mis trop de colle, expliquait Arnie. Voilà pourquoi ça ne va pas. Si vous regardez bien, Mme Jasperson en utilise très peu.

— Comme ça, ce serait mieux ?

— Oui, beaucoup mieux. Vous allez voir la différence.

Robyn réprima un sourire. Arnie était passé du statut d'élève à celui de professeur, et Ford se révélait un étudiant attentif. Décidément, les gens ne cesseraient jamais de la surprendre.

— As-tu peur de prendre l'avion ? s'enquit Ford.

Ils n'avaient pas encore décollé, mais Robyn serrait les accoudoirs de toutes ses forces.

— Je n'avais encore jamais volé sur une compagnie commerciale.

— Tu plaisantes ! Quand tu étais mariée, tu ne voyageais pas ?

— Si, bien sûr, mais Eldon possédait un jet privé. A l'époque, prendre l'avion ne me dérangeait pas, mais maintenant… Je me demande si je ne suis pas devenue claustrophobe.

Ford couvrit sa main de la sienne.

— Tu aurais dû me le dire, j'aurais au moins réservé des places en première classe. Penses-tu que tu serais mieux installée côté couloir ?

Il lui avait laissé la place près du hublot afin que lui puisse allonger ses longues jambes, mais il ne voulait pas qu'elle se sente mal.

— Je suis mieux ici, je peux regarder la vue.

Ford ne savait pas quoi faire pour la rassurer, il n'avait jamais eu de phobie.

Quand l'avion décolla, il garda un œil sur Robyn. Elle s'accrochait aux accoudoirs comme à une bouée de sauvetage et, à un moment où l'appareil traversait une zone de turbulence, elle lui prit le bras. Tendue, livide, elle ferma les paupières.

— Tu te sentiras mieux quand nous aurons pris de l'altitude, assura-t-il. Le temps est au beau fixe, le vol devrait se dérouler sans problème.

— Je l'espère.

Quand une hôtesse vint leur proposer des rafraîchissements, il commanda un whisky et se tourna vers Robyn. Il se doutait que s'il lui demandait ce qu'elle aimerait, elle ne voudrait rien. Aussi prit-il les devants.

— Un verre de vin blanc te ferait-il plaisir ?

— Je vous apporte ça tout de suite, répondit l'hôtesse sans attendre la réponse de Robyn.

Quand elle revint, Ford tendit le verre à Robyn.

— Voilà de quoi te détendre.

— En général, je ne bois pas d'alcool.

— Au lycée, tu en prenais.

Elle se mit à rire.

— Je faisais beaucoup de bêtises au lycée que je ne ferais plus, maintenant. Quand j'ai décidé de prendre ma vie en main, j'ai cessé de boire. Eldon m'a appris à apprécier le bon vin, mais j'ai toujours veillé à ne pas en abuser.

— Un petit verre te détendra et ne te fera pas de mal. Mais si tu préfères, je peux demander autre chose.

Elle le regarda d'un air hésitant avant de se décider.

— Non, je vais le boire, merci, dit-elle.

Elle avala une gorgée et s'humecta les lèvres.

— Il n'est pas aussi bon que les grands crus que j'ai découverts avec Eldon, mais il est bien meilleur que la sangria dont je raffolais au lycée.

En sirotant son bourbon, Ford se disait, lui aussi, que ce n'était pas le meilleur whisky qu'il ait goûté.

— Tu buvais quand tu étais lycéen ? reprit Robyn. Je ne m'en souviens pas.

— Pas pendant les championnats de football, mais le reste de l'année, oui, un peu. J'avais l'impression que l'alcool coulait à flots à l'époque. Nous falsifions nos cartes d'identité pour avoir l'âge d'en acheter ou nous nous servions dans les caves de nos parents.

— Oui, c'est vrai, il ne m'était pas très difficile de m'en procurer.

Ford avait oublié que la mère de Robyn était alcoolique. Il aurait sans doute dû lui demander son avis avant de lui commander d'autorité un verre de vin. Mais elle le but et, lorsqu'il lui en proposa un autre, elle accepta.

— C'est vrai que cela me détend.

— En tout cas, tu avais raison à propos d'Arnie, reprit-il, s'efforçant de la distraire.

Elle fronça les sourcils.

— Comment ça ?

— Il a du talent. Même moi, j'ai pu m'en rendre compte. Je pensais qu'il te manipulait, j'étais certain qu'un gamin comme lui ne pouvait réellement s'intéresser à l'art. Je me trompais.

— « Un gamin comme lui » ?

— Oui, un jeune délinquant, issu de quartiers sensibles, toujours fourré dans les mauvais coups avec sa bande de voyous, tu vois ce que je veux dire. J'ai été surpris de le découvrir aussi passionné et attentif, aussi… Quoi ? ajouta-t-il devant son expression.

— Mesures-tu à quel point tu es prompt à attribuer une étiquette aux gens ? Il est très difficile pour un adolescent catalogué comme un voyou de devenir quelqu'un de bien, de faire quelque chose de constructif de sa vie. Même s'il a envie de changer, la façon dont les autres le perçoivent le condamne à rester *ad vitam* un voyou.

— Je sais, mais…

— J'avoue que je vis mal les préjugés de ce type… sans doute parce que j'en ai été longtemps victime.

— Il est humain de juger quelqu'un en se fondant sur ses comportements passés. Tu n'aurais sans doute pas envie de te balader seule avec un tueur en série dans une forêt, même s'il n'a assassiné personne depuis deux ou trois ans…

— Donc, d'après toi, les gens ne peuvent pas changer.

— J'ai du mal à croire aux changements radicaux.

— C'est très difficile pour ces jeunes, parce que les tentations sont multiples, que leurs parents, pour la plupart, sont démissionnaires, qu'ils n'ont pas de modèles, de repères. Mais le plus dur à surmonter est le regard des gens.

Elle savait de quoi elle parlait. Quand elle était au lycée, les professeurs comme les élèves la traitaient de droguée, de fainéante, de voleuse, parfois même de Marie-couche-toi-là.

— Je suis d'accord, répliqua Ford. Si tu m'avais laissé parler, j'allais dire qu'Arnie avait fait exploser mes préjugés. Il m'a prouvé que tu avais raison à son sujet et que j'avais tort. Grâce à toi, il a changé du tout au tout et tu peux légitimement en être fière.

— Nous verrons si cela se confirme. J'aimerais qu'il continue par la suite. Parfois, les gosses montrent de remarquables dispositions, voire de véritables talents, mais à la fin du stage, ils passent à autre chose et ne retouchent plus un pinceau. Arnie aimerait s'offrir un tour de potier, mais ils sont très chers. Si j'avais les moyens de lui en acheter un, je le ferais.

Il comprenait son désir d'aider Arnie. Quand elle-même avait découvert son amour pour l'art, elle avait dû être frustrée de ne pas avoir la possibilité matérielle de travailler.

Mais frustrée au point de voler les fournitures qu'elle ne pouvait acheter ? Il commençait à en douter sérieusement et à se demander si lui et ses camarades n'avaient pas fait une grave erreur de jugement lorsqu'ils étaient lycéens.

— Tu avais vraiment très envie de participer à cette fresque murale, dit-il sans se rendre compte qu'il s'exprimait à haute voix.

— Pardon ?

— Notre discussion à propos d'Arnie m'a fait penser à toi quand tu étais au lycée. Ton projet pour la fresque avait été sélectionné, tu étais heureuse que tes talents aient été reconnus.

— C'est vrai.

— Tu n'aurais pas été stupide au point de passer à côté d'une telle opportunité en volant du matériel pour une somme d'ailleurs dérisoire.

Elle leva un sourcil étonné.

— Donc, *maintenant*, tu crois que je n'avais rien volé.

Il soupira.

— Je te dois peut-être des excuses.

— Peut-être ?

— Je te rappelle quand même que c'était ton professeur de dessin qui t'avait accusée. Ta culpabilité ne faisait aucun doute à ses yeux.

— Oui, elle s'était déchaînée contre moi… au lieu de se fonder sur les faits.

— Je m'en rends compte, à présent.

— Mais pourquoi ne pouvais-tu pas t'en rendre compte, à l'époque ? Comment se fait-il que tes camarades et toi ayez été aussi aveugles ? Mais peut-être te vengeais-tu parce que j'avais repoussé tes avances…

— Non, je te croyais vraiment coupable. Mme Tanner avait été convaincante et, d'ailleurs, tous mes camarades impliqués dans cette histoire étaient également certains de ta culpabilité. J'ai fait une erreur de jugement, reconnut-il. Mais j'étais de bonne foi et, avec du recul, je m'aperçois que je n'avais pas assez d'éléments pour être impartial. Je te présente mes excuses… Que pourrais-je faire de plus ?

Elle lui adressa un petit sourire.

— Je ne demande rien d'autre et j'accepte tes excuses, Ford.

Soulagé, Ford ne pouvait néanmoins s'empêcher de penser qu'il avait mal mené la discussion. Robyn ne parlait pas seulement d'un événement isolé à l'époque où ils étaient lycéens.

Lorsqu'ils atterrirent à Bozeman, Robyn n'était pas vraiment détendue, mais elle se sentait mieux qu'au décollage. Comme ils n'avaient pas enregistré de bagages, ils sortirent directement du terminal et hélèrent un taxi.

— Comme cette brise nocturne est agréable ! s'exclama Robyn. Le Montana est l'endroit rêvé pour passer ses vacances d'été.

Ford la regarda secouer ses cheveux, inspirer à grands

traits. Elle était magnifique, et elle ne se doutait pas de l'effet qu'elle lui faisait.

Quand ils arrivèrent à leur hôtel – le plus confortable qu'il ait pu trouver, car Daniel insistait toujours pour que ses employés voyagent dans les meilleures conditions –, Robyn semblait enfin à l'aise.

Ford avait demandé à Celeste de réserver une suite avec deux chambres plutôt que deux chambres séparées afin qu'ils puissent continuer de travailler et d'élaborer ensemble une stratégie face à Roy White. Pourtant, dans l'ascenseur, il se demandait s'il n'avait pas commis une erreur. Dans son jean slim noir et son chemisier rouge, Robyn était tellement séduisante que l'idée qu'ils dorment tous les deux dans des chambres mitoyennes le troublait.

Robyn se tourna vers lui en souriant.

— L'hôtel est sympa. Vous avez très bon goût à Project Justice !

— Etre bien payés et descendre dans de bons hôtels nous donne envie de continuer à nous consacrer à la fondation au lieu de servir la police. La plupart du temps aussi, nous travaillons davantage que les flics. Nous ne comptons pas nos heures sur un dossier.

— Est-ce la raison pour laquelle tu ne t'es pas remarié ?

Comme il levait un sourcil étonné, elle poursuivit :

— Tu m'as interrogée sur ma vie amoureuse. Ne crois-tu pas qu'il serait juste que je sache un peu mieux, moi aussi, avec qui je travaille ?

— Je n'ai pas le temps de fréquenter des jeunes femmes, encore moins celui de me remarier. Project Justice est un job à plein temps. Je n'aurais pas le loisir de rendre une femme ou une petite amie heureuse avec mes horaires de travail.

— Quand cette affaire sera réglée, tu auras tout le temps devant toi. Comptes-tu toujours démissionner ?

— Oui, dès que ce dossier sera clos, quelle que soit la façon dont il se soldera.

— Espérons qu'il se conclura par la libération d'Eldon. Mais si je comprends bien, avec ce métier, tu dois t'investir corps et âme.

— As-tu l'impression que je ne m'investis pas assez ?

— J'ai conscience de t'avoir forcé la main, de t'avoir obligé à t'occuper de cette affaire, répondit-elle. Il me semblerait normal que tu ne sois pas très content d'avoir été contraint de faire quelque chose dont tu n'avais pas vraiment envie.

— C'est vrai, je n'aime pas être manipulé. Mais une fois ferré, j'ai oublié mes réticences de départ et je me suis passionné pour l'affaire. Je mentirais si je prétendais que ce travail me déplaît.

Elle se tourna vers lui.

— Dans ces conditions, pourquoi démissionner ?

— J'aime ce travail, mais beaucoup moins les résultats de mes efforts.

— Tu fais allusion à Katherine Hannigan, n'est-ce pas ?

Mâchoires serrées, il gagna la suite.

— Mieux vaut ne pas revenir sur le sujet. Je ne comprends d'ailleurs pas pourquoi tu veux en reparler.

— Excuse-moi. Tu vois que tu n'es pas le seul à te montrer parfois insensi… Oh, mon Dieu !

Ford venait d'ouvrir la porte, et ils découvrirent, abasourdis, que la suite qui leur avait été attribuée n'était pas une suite standard mais la suite nuptiale.

Un immense lit à baldaquin trônait dans la chambre, décoré de petites fleurs roses et de cœurs. Une bouteille de champagne dans un seau à glace et un énorme bouquet de roses blanches complétaient l'ensemble.

— J'espère qu'il y a une deuxième chambre, répondit-il.

Il ouvrit une porte qui donnait sur un Jacuzzi. La salle

de bains était équipée d'une baignoire géante. Tout était rose, du carrelage aux serviettes-éponges en passant par les lavabos.

— J'ai bu deux verres de vin, c'est vrai, dit Robyn. Mais je crois que je m'en souviendrais si nous nous étions mariés.

Il se félicita qu'elle ait gardé son sens de l'humour. Pour sa part, il ne trouvait rien de drôle à la situation.

Il appela la réception.

— Il y a eu une erreur. Personne n'a réservé la suite nuptiale.

Un doute le traversa soudain. Celeste s'était chargée des réservations, pas lui. Avait-elle fait exprès de demander la suite nuptiale ? Pour quelle raison ? Il n'en voyait aucune, mais il savait que Celeste se comportait parfois de façon irrationnelle, aux yeux des autres, en tout cas.

Après un moment, le réceptionniste lui confirma ses craintes.

— Je vois noté, à côté de votre nom, « suite nuptiale », monsieur.

— Bon, avez-vous autre chose ? Je suis en déplacement professionnel avec une collègue.

L'employé finit par lui proposer une autre chambre à l'étage du dessous.

— Je la prends, dit-il. Pouvez-vous demander à quelqu'un de me monter la clé ?

En face de lui, Robyn souriait.

— C'est plutôt drôle, non ? dit-elle. Cette chambre est terrifiante, même si nous étions réellement en voyage de noces. A part une gamine de dix ans, je ne vois pas à qui elle plairait.

Ford se força à se détendre.

— Oui, c'est amusant. Mettons-nous au travail, à présent.

Il ouvrit son attaché-case, en sortit stylos et calepins. Pendant les deux heures qui suivirent, ils discutèrent de la meilleure façon d'aborder Roy White.

Ou plutôt, Ford tenta de se concentrer sur le dossier, mais il ne pouvait s'empêcher d'admirer les longues mains d'artiste de Robyn. Qu'elle les remue pour argumenter ses propos ou qu'elle les pose sur la table, il les imaginait sur lui.

Puis il se mit à fantasmer sur sa bouche. Elle avait une bouche particulièrement sensuelle. Lorsqu'elle réfléchissait, elle se mordillait les lèvres.

Elle sentait bon. Il ne s'agissait pas d'un parfum, mais des fragrances de son shampoing ou de son savon. En tout cas, il les aimait beaucoup.

Ce lit à froufrous était si près et Robyn le rendait fou, même s'il était certain qu'elle n'en était pas consciente. Elle lui avait dit qu'elle n'avait plus envie de relations amoureuses, et il n'avait aucune raison de douter de sa parole.

Lorsqu'ils eurent enfin terminé, Ford ne savait plus s'il devait prolonger la soirée en sa compagnie ou au contraire fuir comme s'il avait le diable à ses trousses.

Il opta pour la seconde solution.

— Je te retrouve dans la salle de restaurant demain vers 7 h 30 pour le petit déjeuner, dit-il. Nous nous rendrons alors dans la société qui emploie Roy. Dors bien.

— Merci. A demain.

Ce n'est que dans l'ascenseur qu'il respira librement.

Robyn regarda la porte fermée, consternée. Sans Ford, la chambre semblait vide, tout à coup. Il était parti si vite qu'elle n'avait pas eu le temps de se préparer à son absence.

Elle se demanda si elle allait réussir à dormir. Le vin l'avait sans doute détendue, mais, en réalité, elle débordait d'énergie.

Elle adorait travailler avec Ford et elle était soulagée de pouvoir compter sur ses compétences et son expérience pour faire libérer Eldon. Ford avait l'esprit vif, constructif. Il avait mille idées à la minute.

Certes, elle aimait son métier et ses élèves, mais pour elle, il était infiniment plus stimulant de travailler avec un égal. Plus qu'un égal, d'ailleurs. Il était brillant, très intelligent. Il l'était déjà au lycée. Aujourd'hui, elle prenait la pleine mesure de ses capacités.

Il n'était pas difficile de comprendre pourquoi ce métier le passionnait et pourquoi il réussissait aussi bien dans sa partie. Il se montrait modeste, ne faisait jamais allusion à ses qualités, mais il n'en manquait pas.

Robyn se mit en pyjama, fit sa toilette avant de se glisser dans le lit ridicule, deux fois plus grand que celui qu'elle avait chez elle. Elle s'y sentait deux fois plus seule.

Jusqu'alors, elle n'avait pas pris conscience de ce qu'elle manquait à vivre sans un homme à ses côtés, quelqu'un qui l'étreindrait la nuit, quelqu'un avec qui elle pourrait discuter, partager un repas, de bons moments.

Même si elle ne voulait plus vivre avec Eldon – Ford n'avait aucun souci à se faire à ce sujet –, elle regretta soudain les débuts de leur vie conjugale.

Leur complicité sensuelle aussi. Même s'ils n'avaient jamais eu une sexualité débordante, ils avaient partagé ensemble une intimité tranquille.

Elle se doutait qu'avec Ford, la sexualité serait d'un autre registre. Bien sûr, elle ne le saurait jamais. Il n'était manifestement pas conscient de l'attirance qu'elle éprouvait pour lui.

Cela valait mieux. Elle réagissait sans doute au stress. Quand Eldon serait libre ou mort, elle ne tarderait pas à oublier Ford.

9

Pour gagner sa vie, Roy White chargeait des camions de goudron. Ce travail était fatigant, sale, pénible, et il parut ravi de faire une pause avec la bénédiction de son employeur. Ford et Robyn avaient réussi à convaincre celui-ci de lui accorder un moment de répit.

En outre, ils avaient décidé de ne pas faire appel à la police locale. Compte tenu du passé criminel de Roy White, une présence policière risquait de le rendre nerveux.

Heureusement, le directeur de la petite entreprise pour laquelle travaillait Roy les autorisa à interroger son employé dans un des bureaux de sa société. Manifestement, il était impressionné par le poste de Ford et par sa mission.

Roy était un petit homme trapu aux bras musclés et au cou de taureau. Il avait des cheveux longs qu'il nouait en queue-de-cheval.

Il leur sourit d'un air affable et parut heureux de les aider jusqu'au moment où il aperçut le magnétophone.

— Je n'aime pas trop ces appareils, dit-il. Pouvons-nous l'éteindre ?

— Nous avons besoin d'enregistrer cet entretien, expliqua Ford pour la troisième fois. Je pourrais prendre des notes, mais elles seraient moins rigoureuses que l'enregistrement de votre voix qui ne peut être soumis à caution.

— Je ne sais pas grand-chose, répondit Roy, contredisant ce qu'il avait affirmé à Ford au téléphone. Mon témoignage ne vous apportera sans doute rien.

— Dans ce cas, nous n'utiliserons pas la bande.

Avec un haussement d'épaules, Roy finit par s'asseoir à califourchon sur une des chaises en plastique.

— D'accord, allons-y.

Robyn s'installa non loin de lui. Au premier regard, Roy lui avait déplu, même si elle ne savait pas très bien pourquoi. Il n'avait manifestement pas envie de s'impliquer. Peut-être n'appréciait-elle pas son regard salace. Peut-être était-ce parce qu'il semblait se moquer qu'un homme meure ou non pour un crime qu'il n'avait pas commis.

Ford commença par lui poser des questions simples, le priant de décliner son identité, son âge, de dire où il travaillait à l'époque de la disparition de Justin, de donner ses horaires d'alors. Une fois que Roy se mit à parler, il parut se détendre.

Petit à petit, les questions devinrent plus précises, tout comme les réponses. Roy semblait avoir une excellente mémoire. Il se rappelait même à quelle heure il avait pris une pause.

— Comment pouvez-vous être certain de l'heure ? demanda Ford, s'efforçant de se montrer amical.

Il tâtait le terrain, ne sachant pas comment Roy réagissait face à quelqu'un susceptible de le contredire. Si son témoignage innocentait Eldon, les flics le cuisineraient sans relâche.

— J'ai travaillé trois ans dans cette pizzeria. Je prenais toujours ma pause à minuit et quart. Un travailleur regarde sa montre. Manifestement, vous n'avez sans doute jamais exercé des métiers qui vous donnent envie de penser toute la journée au moment où elle finira, ajouta-t-il d'un ton de défi.

Ford regarda Robyn. Même si elle était restée silencieuse depuis le début, il espérait qu'elle allait prendre la parole.

Elle comprit le message.

— Je suis professeur, dit-elle, et je regarde souvent l'heure, non pas parce que j'ai hâte que la journée se termine, mais parce que les emplois du temps sont très rythmés dans un établissement scolaire et qu'il est impossible de faire abstraction des horaires.

Elle espérait qu'apprendre qu'elle gagnait sa vie à la sueur de son front rendrait Roy plus enclin à l'aider.

Il reporta son attention sur elle.

— Vous êtes donc mariée à ce type en prison, si j'ai bien compris.

— Je l'ai été.

— Et vous tentez de le faire libérer ? Il a de la chance. Si j'étais dans le couloir de la mort, je ne crois pas que mon ex-épouse se démènerait pour m'en faire sortir.

Robyn voulut protester, mais Ford l'en dissuada d'un regard.

— Il est le père de mon fils, se contenta-t-elle de répondre.

— Revenons à cette soirée, coupa Ford brusquement. Vous avez donc pris votre pause à minuit et quart. Qu'avez-fait alors ?

— Je suis sorti sur le parking fumer une cigarette. Un joint, en fait. Comme vous n'êtes pas flic, je peux bien vous le dire, pas vrai ? ajouta-t-il en souriant.

Bien que Ford ne réagît pas ouvertement, Robyn devina sa déception. Au moment du drame, Roy était défoncé. C'était sans doute la raison pour laquelle la police, à l'époque, n'avait pas tenu compte de son témoignage. Il ne s'agissait pas d'« une bière » comme Robyn l'avait pensé au départ.

Apparemment, ils avaient fait le voyage pour rien.

Ford reprit d'un ton neutre :

— Fumiez-vous beaucoup de joints quand vous travailliez là-bas ?

— Oui, mais je ne prenais que des petites taffes, je ne me défonçais pas. Il n'est pas possible de travailler au four si vous n'avez pas l'esprit clair.

— Bref, que s'est-il passé ensuite ?

— J'ai vu arriver le type au volant de sa bagnole. Une Jag, j'ai toujours remarqué les voitures.

— Quand vous dites « le type », parlez-vous d'Eldon Jasperson ?

— Oui. Je l'ai regardé se précipiter à l'intérieur. Il avait l'air pressé.

— Pouviez-vous voir quelqu'un d'autre dans l'habitacle ? lança Robin, incapable de s'en empêcher.

Mais Roy secoua la tête.

— Les fenêtres étaient teintées.

— Vous n'avez donc rien vu d'autre ?

— Si, j'y viens. Alors que je m'apprêtais à retourner à l'intérieur, une autre voiture a pénétré sur le parking.

Robyn se raidit. Personne n'avait raconté avoir vu une autre voiture. Aucun autre client n'était venu acheter de pizza.

— Vous l'aviez raconté à la police, ce soir-là ?

— Oui, et ils avaient semblé intéressés.

— De quelle voiture s'agissait-il ? intervint Ford.

Il avait gardé un ton calme, mais il était en état d'alerte. Ce témoignage pouvait mener à une nouvelle piste.

— Je ne sais pas, répondit Roy.

— Vous venez de dire que vous remarquiez toujours les voitures.

— Oui, mais je commençais à retourner à l'intérieur. Si j'avais su qu'un rapt ou un meurtre allait se produire, j'aurais pris des photos, c'est sûr.

— Etait-ce une grosse voiture ? Une petite ? Etes-vous sûr qu'il s'agissait bien d'une voiture et pas d'un pick-up ?

— Je pense que c'était une voiture, ni grosse ni petite. Moyenne.

Robyn soupira intérieurement. C'était positif. Quelqu'un pouvait témoigner qu'Eldon ne mentait pas en disant que Justin avait été enlevé dans la voiture pendant le bref intervalle où lui-même en était sorti chercher la pizza.

Mais elle regrettait que Roy ne se souvienne pas de la voiture ou, mieux, de la plaque d'immatriculation.

— De quelle couleur était le véhicule ? reprit Ford d'un ton patient. D'une teinte claire ou sombre ?

Roy réfléchit. Il semblait réellement chercher à les aider et faisait preuve de bonne volonté.

— Désolé, je ne m'en souviens pas.

Ford posa d'autres questions, mais aucun souvenir précis ne remonta à la mémoire de Roy. Finalement, il mit fin à l'interview et éteignit le magnétophone.

— Alors ? Mon témoignage vous a-t-il été utile à quelque chose ? demanda Roy. Pensez-vous que ce type voudra me donner de l'argent pour me récompenser ?

Les sentiments positifs que Roy avait fait naître dans le cœur de Robyn s'évanouirent aussitôt.

— C'est possible, répondit Ford. Je parlerai à M. Jasperson de votre collaboration et je suis sûr qu'il saura se montrer généreux.

— J'espère que cela lui suffira.

Dès qu'elle se retrouva dans la voiture avec Ford, Robyn explosa presque de joie.

— C'est positif, non ? Il a vu une voiture. Même s'il ne peut pas la décrire, c'est important, non ? Cela dit, il venait de fumer un joint. Crois-tu que c'est la raison pour laquelle la police n'a pas donné suite ?

— Ce qui est curieux, c'est que même si un type ivre

mort prétendait avoir vu des éléphants roses attaquer une banque, les flics seraient tenus d'en faire un rapport. Bien sûr, ils préciseraient le degré d'alcoolémie du témoin. Mais il devrait y avoir une trace de ce témoignage.

— Pourquoi, à ton avis, n'y en a-t-il pas ?

— Tu veux mon opinion ? Je suis persuadé que dès qu'ils sont arrivés sur les lieux, les flics se sont tout de suite convaincus qu'Eldon était coupable.

— A un moment, ils m'ont pourtant suspectée.

— Brièvement. Une fois qu'ils ont compris que tu n'étais pas impliquée dans ce crime, Eldon s'est retrouvé dans leur collimateur. Comme le récit de Roy était en contradiction avec leur théorie, ils l'ont écarté.

— C'est terrible.

— Cela arrive plus souvent qu'on ne le pense. Les flics n'hésitent pas à manipuler les témoins, à déposer de fausses preuves sur une scène de crime. Ils le font parce qu'ils sont intimement persuadés que le type est coupable et ils veulent s'assurer qu'il ne va pas leur échapper.

— Pour que justice soit faite, à n'importe quel prix ?

Il hocha la tête.

— Il m'est arrivé de me comporter ainsi.

— Toi ? Je n'en crois rien. Tu n'as jamais mis de faux éléments de preuves pour confondre quelqu'un.

— Non, mais alors que je débutais dans la police, mon témoignage trop zélé a envoyé un innocent en prison, dit-il d'une voix qui ne parvenait pas à dissimuler son émotion. Des années plus tard, Project Justice a rétabli la vérité.

— Et tu as changé de métier.

— Oui, mais, apparemment, je peux faire beaucoup de mal aussi en étant de l'autre côté de la barrière.

De nouveau, il pensait à Katherine Hannigan. Robyn devinait que cette affaire le torturait en permanence.

Elle posa la main sur le bras de Ford.

— On fait tous de notre mieux, et personne n'est à l'abri d'une erreur.

Elle croyait qu'il allait se refermer dans sa coquille comme la dernière fois qu'ils avaient abordé le sujet, mais il soupira.

— Certes, mais mieux vaut alors éviter de se mettre dans une situation telle que certaines personnes la paient de leur vie.

— Si tout le monde fonctionnait ainsi, il n'y aurait ni médecins, ni avocats, ni policiers… L'erreur est humaine.

— Parfois, quand elles s'accumulent et que tu mesures à quel prix des innocents les ont payées, le mieux est de se retirer. J'espère seulement qu'Eldon Jasperson ne fera pas partie de la liste de mes échecs.

— Ford, même si nous ne parvenons pas à sauver Eldon…

Elle s'interrompit, brisée par l'émotion. Elle savait que son ex-mari serait peut-être exécuté.

— Même si nous ne parvenons pas à sauver Eldon, reprit-elle, nous aurons au moins essayé. C'est déjà beaucoup. En vérité, personne ne pourrait demander plus.

Ford posa la main sur la sienne.

— Merci.

Robyn et Ford ne parlèrent pas beaucoup pendant le vol de retour. Ford passa le voyage à prendre des notes sur un calepin, Robin rêvassait dans son coin et finit par s'assoupir.

A un moment, elle se réveilla et fut étonnée de voir qu'elle s'était blottie contre l'épaule de Ford dans son sommeil.

— Désolée, dit-elle en se redressant.

— Pas de problème. Je suis heureux que tu aies pu te reposer un peu.

— C'est curieux, mais je crois que je suis trop fatiguée pour me sentir anxieuse.

— Sens-toi libre de dormir encore un peu. Nous n'atterrissons pas avant une heure. Et n'hésite pas à m'utiliser comme oreiller quand tu veux.

Et pourquoi pas ce soir ? songea-t-elle. Dans mon lit.

Elle était si exténuée qu'elle avait failli parler tout haut. A force de passer du temps avec Ford, de se sentir attirée par lui, elle finissait par perdre le nord.

Elle devinait – elle savait, plutôt – que Ford éprouvait physiquement quelque chose pour elle. Mais même sans cet épisode douloureux au lycée entre eux, il n'oserait pas exprimer son désir. Elle était sa cliente et, déontologiquement, il n'avait pas le droit de tenter quoi que ce soit.

Ford était animé par une droiture naturelle. Il s'interdirait toujours de franchir la ligne jaune.

Mais ensuite ? S'il parvenait à sauver la vie d'Eldon ?

Elle s'autorisa à imaginer ce que ce serait. Au lit, ce serait un feu d'artifice, elle en était certaine. Mais elle craignait aussi que leurs relations soient difficiles. Trop de choses les séparaient. Certes, il avait reconnu son erreur de jugement et s'en était excusé, mais combien d'années lui avait-il fallu pour arriver à se dire qu'il avait pu se tromper ?

Ses excuses ne garantissaient pas qu'il ait changé. Pour lui, il y avait toujours le bien, le mal, le blanc, le noir. Pour sa part, elle avait toujours tendance à accorder aux gens le bénéfice du doute. Pour elle, rien n'était tranché, tout se déclinait en gris.

Elle ne se rendormit pas, veillant à appuyer sa tête contre le hublot.

Il faisait nuit quand Ford se gara devant l'immeuble de Robyn. Ils étaient tous deux épuisés.

— Veux-tu que je te raccompagne jusqu'à ta porte ? proposa Ford.

Sûrement pas ! S'il se rapprochait de son lit, elle risquait d'être incapable de résister à la tentation de l'entraîner entre les draps.

— Green Prairie est une ville tranquille, je ne risque rien.

Sans conviction, il la laissa prendre son sac et ouvrir la portière.

Tout en introduisant la clé dans sa serrure, elle lui adressa un signe de la main.

Quelques instants plus tard, elle regretta amèrement qu'il ne l'ait pas raccompagnée. Dès qu'elle entra, en effet, elle perçut immédiatement quelque chose d'étrange dans son appartement. Elle chercha l'interrupteur à tâtons, mais, avant d'avoir pu l'atteindre, une silhouette se rua sur elle et la jeta à terre. Elle tenta d'amortir sa chute, mais se tordit le poignet. Son assaillant se releva d'un bond et se précipita vers la porte, mais, furieuse, Robyn lui fit un croche-pied. Il tomba sur elle et ils luttèrent un moment. Recouvrant son sang-froid, elle cessa de se battre.

— Sortez ! cria-t-elle. Vous n'avez aucune raison de me tuer. Il fait trop sombre pour que je puisse vous identifier…

L'intrus la repoussa brutalement et sa tête heurta le sol. Le monde explosa dans son crâne. Elle comprit que son agresseur était parti, laissant dans son sillage une curieuse odeur de noix de coco.

Elle tenta de se mettre debout, mais elle se sentait faible, nauséeuse. Elle repéra dans l'obscurité son téléphone portable qui s'était échappé de son sac.

Elle s'en empara et composa un numéro.

— Ford ?

— Robyn ?

Le simple fait de l'entendre la calma.

— Oui, c'est moi. Quelqu'un se trouvait chez moi.

— Quoi ? Ça va ?

— Oui, il est parti.

— J'arrive, je suis là dans trois minutes. Verrouille la porte et ne coupe pas ton téléphone.

— D'accord, répondit-elle d'une voix tremblante, même si elle n'avait pas la force de se lever.

Très vite, elle entendit ses pas sur le trottoir.

— Robyn, c'est moi, cria-t-il. Ouvre-moi.

Inutile. Elle avait réussi à repousser la porte du pied, mais elle n'était pas verrouillée.

Ford entra et fit jaillir la lumière.

— Fais attention où tu mets les pieds, lui recommanda-t-elle. Le carrelage est terriblement glissant.

Il s'agenouilla près d'elle et composa un numéro à la hâte.

— Mon amie s'est fait attaquer, dit-il dès qu'il eut son correspondant en ligne. J'ai besoin d'une ambulance.

— Ford, ce n'est pas nécessaire.

— Tu parles ! Je suis un ancien policier. Je sais quand il y a besoin d'une ambulance ou pas. Robyn, chérie. Où as-tu mal ?

C'est alors qu'elle vit le sang, le sien, partout sur ses vêtements, sur le sol. Un voile noir tomba sur ses yeux. Dans le lointain, elle entendit Ford crier son nom, mais elle était incapable de lui répondre.

10

Ford n'avait jamais eu aussi peur depuis la nuit où l'inspecteur de police qui faisait équipe avec lui avait été tué. Cette nuit-là, il avait arpenté la salle d'attente d'un autre hôpital, mais les deux établissements se ressemblaient beaucoup. Tout comme la désagréable sensation d'avoir l'estomac noué.

Il aurait été incapable d'exprimer en mots ce qu'il avait éprouvé en voyant Robyn étendue sur le sol, gisant dans son sang. S'il retrouvait son agresseur, il l'étranglerait de ses propres mains.

— Ford ?

Comme il levait les yeux, il fut surpris de découvrir Raleigh.

— Que fais-tu ici ?

— Daniel m'envoie. Il m'a dit que tu lui avais paru bouleversé au téléphone. Comment va-t-elle ?

Il poussa un soupir.

— Une profonde plaie à l'arrière de la tête, peut-être un bras cassé. Elle n'a perdu conscience que quelques instants, alors j'espère que ce n'est pas trop grave. Ils sont en train de s'en assurer.

— Cela n'a pas l'air trop méchant. Tant mieux. J'avoue que Daniel m'a inquiétée.

— Je me suis affolé.

Terrifié, il avait eu besoin d'en parler à quelqu'un. Daniel lui avait paru la personne *ad hoc*. Ford le considérait comme un ami et, qui plus est, il avait le bras long et pouvait se montrer très efficace.

Il n'avait pas pensé que Daniel mettrait l'ensemble des collaborateurs de Project Justice au courant des événements.

— Ne te sens pas obligée de rester, dit-il en regardant Raleigh avec curiosité.

Elle lui semblait différente, ce soir.

— Cela ne m'ennuie pas. Une salle d'attente d'hôpital n'est pas un endroit où être seul. Et cesse de me fixer comme ça. Tu ne m'avais jamais vue sans ma tenue d'avocate, voilà tout.

Il détourna les yeux. Personne ne pourrait accuser Raleigh de faire du rentre-dedans à un homme.

Cela dit, elle avait raison. Chaque fois qu'il avait travaillé avec elle, elle était toujours vêtue de tailleurs moches et de chaussures plates. Son armure.

Ce soir, elle portait un jean délavé, un T-shirt rouge et des bottes. Elle avait natté souplement ses cheveux.

Si elle avait été n'importe quelle autre femme, il lui aurait dit qu'elle était jolie, mais Raleigh risquait de mal interpréter ses propos. Il savait en effet qu'elle prenait mal tout ce qui ressemblait de près ou de loin à du flirt. Aussi laissa-t-il tomber le sujet.

— Puisque tu es là, reprit-il, j'aimerais te parler de Roy White, te demander ton avis.

Il lui résuma leur entretien.

— Ce n'est pas vraiment ce que j'espérais, conclut-il.

— Non, mais ce n'est pas rien non plus. Son témoignage apporte la preuve que nos doutes étaient fondés. La police de Green Prairie a décrété qu'Eldon était coupable et a écarté tout ce qui pouvait faire penser le contraire, y compris les témoins qui donnaient une autre version des événements. Pour eux, Eldon mentait. Il avait tué son fils. Indépendamment de la valeur du témoignage de

Roy, le simple fait que les flics l'aient entendu, mais aient sciemment oublié de verser son témoignage au dossier est suffisant pour annuler le verdict.

— Tu crois ?

— En tout cas, nous allons nous y employer. Revenons à Robyn. Penses-tu que l'agression dont elle vient d'être victime est liée à cette affaire ?

— J'en suis sûr, répondit-il, l'air sombre. A Green Prairie, le taux de criminalité est plus faible qu'ailleurs. En aucun cas, il ne s'agit d'une coïncidence.

Ford s'estimait responsable de l'agression de Robyn. Il aurait dû se douter qu'elle courait un danger. Elle se démenait pour faire libérer son ex-mari. Le véritable meurtrier avait dû se sentir menacé et avait tenté de la neutraliser.

— Il faudrait pousser le véritable assassin à se dévoiler.

— Pas s'il le fait au détriment d'innocents qui risquent de le payer cher.

— Bien sûr, mais le tueur semble aux abois. As-tu prévenu la police ?

— Oui. Ils ont cru que j'étais son agresseur. Ce sont vraiment des guignols. Si Robyn n'avait pas repris connaissance au moment où les flics s'apprêtaient à me menotter, je serais en prison à l'heure où nous parlons.

— Ai-je besoin d'intervenir ?

— Non, c'est arrangé. Ils gèrent l'affaire comme s'il s'agissait d'un vulgaire cambriolage. Ce sont de véritables incapables.

Raleigh opina.

Une infirmière souriante entra dans la salle.

— Etes-vous Ford ?

Il bondit sur ses pieds.

— Oui, comment va-t-elle ?

— Vous pouvez aller en juger par vous-même. Vous la trouverez dans la deuxième salle à droite.

— Je te laisse, dit Raleigh. Je dois être au tribunal demain à la première heure.

— Merci d'être venue.

— Quand Daniel me demande quelque chose, je ne discute pas, je fonce. Je serais venue même s'il ne me l'avait pas demandé, ajouta-t-elle très vite. Project Justice est un peu une famille pour moi.

Il ignorait qu'elle considérait ainsi la fondation. Pour sa part, il ne connaissait rien ou presque de la vie personnelle de ses collègues. Il restait très discret sur la sienne, sans doute à tort, et il lui semblait étrange d'être perçu par Raleigh comme un proche.

Lorsqu'il entra dans la salle d'examen, Robyn l'accueillit avec un grand sourire. Elle était pâle et sa tête était ornée de bandages comme son poignet et sa main gauches, mais globalement, elle semblait en forme.

Incapable de réprimer son impulsion, Ford se précipita vers elle et la prit dans ses bras. Il l'embrassa tendrement.

— Tu m'as donné la peur de ma vie !

— Tout va bien, je t'assure. Je n'ai rien de cassé.

Il n'avait pas envie de la lâcher. Le contact de son corps chaud contre le sien lui faisait du bien.

— Tu étais couverte de sang, reprit-il.

— Il provenait d'une petite coupure sur mon cuir chevelu. Le médecin m'a posé quatre points de suture.

— Mais tu as perdu connaissance !

— Oui, mais tout va bien maintenant. Il n'y a pas lieu de s'inquiéter, le médecin me l'a assuré.

— Je suis désolé, Robyn. J'aurais dû savoir que tu courais un danger.

Elle lui sourit.

— Tu m'avais proposé de me raccompagner à la porte. J'ai refusé, tant pis pour moi.

— J'aurais dû insister…

— Ford, cesse de te sentir responsable de tout ce qui ne se passe pas bien autour de toi.

— En tout cas, je ne te laisserai plus seule. Pas avant que cette histoire avec Eldon soit terminée. Si un fou dangereux essaie de te tuer…

— Non, non, tu m'as mal comprise. Cette agression n'est certainement pas liée à l'affaire. Mon agresseur était de petite taille, peut-être s'agissait-il d'un adolescent. Il cherchait sans doute de l'argent pour acheter de la drogue.

— En es-tu sûre ?

— Il m'est tombé dessus et il n'était pas très lourd. En tout cas, il ne cherchait pas à me tuer. Il aurait facilement pu le faire. Il tentait seulement de sortir, et j'étais en travers de son chemin.

Ford ne se sentit nullement convaincu par cette explication. Il ne croyait pas aux coïncidences.

Devinant son scepticisme, Robyn insista :

— Cesse de t'inquiéter. Ce gamin ne pouvait pas être impliqué dans la disparition de Justin. Il était sans doute à l'école primaire au moment du kidnapping.

— Même s'il n'y a aucun lien entre les deux, tu cours peut-être un danger. Nous devons redoubler de vigilance.

Elle lui caressa tendrement la joue.

— Merci de t'inquiéter pour moi.

Il se rendit compte soudain qu'il se souciait d'elle comme il s'était rarement soucié de quelqu'un.

Comment en était-il arrivé là ?

Cette femme n'avait jamais quitté ses rêves. Mais elle n'était plus l'adolescente pour laquelle il nourrissait un béguin sans espoir. A présent, elle était une femme intelligente et passionnée, la seule qui lui redonne l'envie d'aimer.

Même si, aujourd'hui comme à l'époque du lycée, rien ne se passerait jamais entre eux.

Un homme en blouse blanche entra. Jeune, d'origine latino-américaine, peu charismatique, il n'inspira aucune confiance à Ford. Le médecin salua brièvement Ford et entreprit de poser ses questions à Robyn.

— Comment vous sentez-vous, madame ?

— Ça va, surtout depuis que vous m'avez donné des antalgiques.

Voilà sans doute pourquoi elle se montrait si chaleureuse avec lui, songea Ford, pourquoi elle lui tenait la main, lui caressait la joue comme s'il était un amoureux et non un… Qu'était-il au juste pour Robin ? Plus qu'une relation professionnelle, apparemment. C'est son numéro et non celui des secours qu'elle avait composé quand elle s'était retrouvée en danger.

— Vous pouvez rentrer chez vous, annonça le médecin. Malgré tout, comme vous avez perdu connaissance, j'aimerais que quelqu'un vous surveille au cours de la nuit et vous réveille toutes les heures pour s'assurer que vous allez bien. Y a-t-il quelqu'un dans votre entourage qui pourrait s'en charger ?

Robyn fronça les sourcils.

— Euh… Je pense que je…

— Je m'en occupe, intervint Ford.

— Ne t'y sens pas obligé, dit-elle.

Il réprima le désir fort de l'embrasser.

— Tu vas venir chez moi. Mon immeuble est plus sûr que le tien.

Comme elle ouvrait la bouche pour protester, il secoua la tête.

— Tu n'as pas le choix, ce n'est pas négociable. Je

ne peux pas travailler sur le dossier d'Eldon si je dois m'inquiéter pour toi.

Elle finit par céder.

— D'accord.

Si elle n'avait pas été assommée par les médicaments, sans doute aurait-elle discuté plus longtemps, songea-t-il.

Mieux valait cependant qu'elle soit sous calmants. Même s'il avait très envie d'aller plus loin, il ne le ferait pas. Elle était blessée, elle n'était pas dans son état normal. Il n'allait certainement pas profiter de sa faiblesse pour abuser de la situation.

Peut-être que, lorsqu'elle serait rétablie, la tentation de faire quelque chose de vraiment stupide lui serait-elle passée.

Robyn ne parvenait pas à croire qu'elle avait accepté de passer la nuit chez Ford. Elle aurait dû protester, lui assurer qu'elle allait très bien. Mais les médicaments ramollissaient son esprit.

Quelques instants plus tard, une ordonnance à la main, elle s'installa dans la voiture de Ford.

Elle devait reconnaître qu'elle se sentait plus en sécurité avec lui à son côté. Sous ses airs fanfarons, l'agression l'avait secouée. Elle ne s'était jamais aussi sentie aussi vulnérable, sauf lorsqu'elle était enfant. Un jour, par exemple, un des amants de sa mère l'avait frappée et cette dernière n'avait rien fait pour la protéger.

— Veux-tu que nous nous arrêtions à la pharmacie ? demanda Ford.

— Non, ce n'est pas la peine. Ils m'ont donné ce qu'il faut pour ce soir.

Les médecins avaient certainement forcé la dose parce qu'elle se sentait légère, presque euphorique, et ne ressentait aucune douleur.

— Où habites-tu ? s'enquit-elle.

— Pas très loin des bureaux de Project Justice. Daniel possède un immeuble dans le centre-ville. Il encourage ses employés à y vivre. Les loyers sont raisonnables, les appartements spacieux, confortables et ensoleillés.

Elle était très curieuse de découvrir l'endroit où vivait Ford. Avait-il aménagé les lieux de façon spartiate avec juste le minimum ? Ou vivait-il au contraire dans un studio encombré et en désordre ?

— C'est là que tu vivais avec ta femme quand tu étais marié ?

Elle fut surprise de s'entendre poser la question, mais son absence de retenue habituelle était probablement un autre effet des médicaments.

Le sujet ne parut pas le gêner.

— Non. Quand j'étais marié, nous vivions en banlieue.

— Curieux. J'ai vraiment du mal à t'imaginer en banlieue.

— Moi aussi ! Nous avions la pelouse la plus mal entretenue du quartier. Je ne sais pas comment faisaient nos voisins, mais leurs jardins étaient magnifiques. Malgré mes efforts, le nôtre était minable. Je n'avais pas la main verte. Je me suis rendu compte à cette époque que je n'étais pas à la hauteur, en jardinage comme dans de nombreux domaines. Mon épouse m'en a fait prendre conscience.

Robyn fut triste de penser qu'une femme n'avait pas apprécié Ford à sa juste valeur. Elle avait l'intuition qu'il avait la capacité de chérir et de protéger sa moitié de toutes ses forces. Elle était certaine qu'il savait aimer, aimer vraiment. Elle sentait que, contrairement à Eldon, il ne tromperait pas son épouse.

Elle ne l'imaginait pas tondre la pelouse ni s'activer le week-end devant un barbecue. Il lui semblait trop sérieux pour les tâches domestiques comme pour les mondanités.

Mais il ne devait pas consacrer toute sa vie au travail. Aimait-il passer du temps avec les femmes ? Faire l'amour ?

Elle ne put s'empêcher de sourire… sourire qui ne lui échappa pas.

— Quoi ?

— Rien, répondit-elle.

Les médicaments qu'on lui avait prescrits avaient d'étranges effets secondaires sur la nature de ses pensées…

Une fois dans le centre-ville, Ford s'engagea dans une petite rue avant de rentrer dans un parking souterrain. Robyn ne s'était pas rendu compte qu'ils étaient arrivés à destination. Elle se tordit le cou pour voir le bâtiment avant de passer dessous. Il s'agissait d'un ancien entrepôt reconverti en immeuble d'appartements.

Ce n'est que dans l'ascenseur que Robyn se rendit compte qu'elle n'avait rien avec elle, mis à part les vêtements fournis par l'hôpital, les siens étant couverts de sang. Elle ignorait d'ailleurs où étaient passés ces derniers. Elle n'avait pas pensé à poser la question.

Elle n'avait ni pyjama, ni brosse à dents, ni sous-vêtements de rechange pour le lendemain. En outre, avec sa main bandée, elle n'arriverait pas à laver quoi que ce soit dans le lavabo.

Mais dès qu'elle pénétra dans l'appartement de Ford, elle ne pensa plus à rien. Spacieux était un euphémisme. L'endroit était immense. Une grande porte en chêne ouvrait sur un hall gigantesque au sol de marbre, éclairé par un lustre. Elle descendit deux marches et se retrouva dans un salon aussi vaste qu'une piscine olympique. La moquette blanche, comme les canapés et les fauteuils de cuir noir et rouge ou les meubles de verre fumé conféraient un chic de bon ton à la pièce.

— Mais c'est un vrai palais !

— Quand je me suis installé, l'appartement était déjà

entièrement meublé et décoré. Comme mon ex-épouse avait gardé la maison et tous les meubles, j'ai été content d'avoir tout sous la main.

— Qui habitait ici avant toi ?

— Une cousine de Daniel, je crois. Un mannequin. Elle est partie vivre avec son petit ami à Hollywood. Je te ferai visiter demain, mais là, il est plus de minuit, nous sommes tous les deux épuisés, je te propose de dormir un peu.

Il la conduisit jusqu'à la chambre d'amis. Robyn fut presque déçue de découvrir une pièce meublée de façon simple.

Sur le lit recouvert d'une couette, elle trouva, sidérée, un sac contenant des affaires de toilette, un pyjama en coton et des vêtements propres, y compris des sous-vêtements.

— Qu'est-ce que c'est ?

— Je vois que Jillian est passée. C'est le bras droit de Daniel, son assistante. Comme j'ai prévenu Daniel que je te ramenais chez moi, il a dû demander à Jillian de te procurer des vêtements de rechange.

— Quand l'as-tu prévenu ?

— Dans la voiture, pendant que tu dormais.

— Je ne m'étais même pas rendu compte que je m'étais endormie. Tu es sûr que je dormais ?

— Oui, sauf si tu ronfles éveillée…

— Je ne ronfle pas !

En réalité, elle s'inquiétait de son état mental.

— Tu as perdu connaissance, tu as subi une agression qui t'a mise en état de choc, il est normal que tu sois secouée. Tu pourrais même avoir oublié l'agression elle-même, cela n'aurait rien de surprenant.

— Je m'en souviens très bien.

Si elle fermait les paupières, elle se remémorait les

détails, la silhouette qui s'était profilée dans l'ombre pour se jeter sur elle, la chute sur le sol, l'odeur de noix de coco.

— Essaie de te reposer, d'accord ? Je viendrai te secouer dans une heure et ensuite tu te rendormiras.

Elle hocha la tête.

— Ford…

Il s'immobilisa et la dévisagea d'un air interrogateur.

Même si elle avait conscience d'être idiote, elle noua les bras autour de son cou pour la seconde fois de la soirée.

— Merci. Merci d'être venu à ma rescousse et d'avoir pris soin de moi, merci de t'être inquiété de moi. Personne ne s'est jamais soucié de moi ainsi… Pas depuis très longtemps, en tout cas.

— Alors, il était temps que quelqu'un le fasse.

Sa voix était rauque et, quand elle recula pour le regarder dans les yeux, elle vit briller dans ses prunelles un désir qui faisait écho au sien.

Il était tout près et, l'espace d'un instant, elle pensa qu'il allait l'embrasser. Elle n'aurait rien eu contre.

Mais il se contenta de poser un baiser sur son front.

— Tu es une femme surprenante, Robyn. Bonne nuit.

A la hâte, Robyn fit sa toilette et se coucha. Elle se sentait euphorique, légère comme un ballon d'hélium. Elle ne savait pas si c'était à cause des médicaments ou de la manière dont Ford l'avait dévisagée, comme s'il avait envie de la chérir et de la dévorer.

Comme elle se glissait sous la couette, elle tenta de s'accrocher à cette image, mais elle sombra immédiatement dans un profond sommeil.

Quand son téléphone portable sonna, Ford se réveilla aussitôt. Il était temps d'aller s'assurer que Robyn allait bien. Il avait l'impression qu'il venait de se mettre au lit, mais une heure s'était déjà écoulée.

Il se leva et se dirigea vers la chambre d'amis... avant de s'apercevoir qu'il était nu. Il enfila à la hâte un jean.

Arrivé devant la chambre, il frappa à la porte.

— Robyn ?

Pas de réponse.

Il entra. Elle dormait, ses cheveux blonds éparpillés sur l'oreiller. Il n'avait pas envie de la réveiller alors qu'elle semblait goûter à un sommeil si paisible. Mais il le fallait.

Il posa la main sur son épaule.

— Robyn ?

Pas de réponse.

Il la secoua un peu plus fort.

— Robyn ?

Soudain, elle battit des paupières. Ses yeux brillaient de peur et de colère. Elle semblait ailleurs, en plein cauchemar, et elle ne paraissait pas le reconnaître. Levant le poing, elle tenta de le frapper.

— Robyn, réveille-toi ! C'est moi, Ford.

Petit à petit, elle recouvra ses esprits.

— Mon Dieu !

— Ça va ? Tu as fait un mauvais rêve...

— C'était horrible. Ils exécutaient Eldon et moi aussi. Il y avait un gardien de prison, un médecin complètement fou qui tentait de m'attraper pour me faire l'injection.

Elle semblait si terrifiée qu'il la prit dans ses bras et l'étreignit contre lui pour la réconforter.

— Tout va bien, Robyn. Tu es en sécurité, ce n'était qu'un cauchemar.

— Je n'ai pas l'habitude d'en faire. Et encore moins de me réveiller en hurlant.

— Tu n'as pas hurlé.

Elle se blottit contre lui.

— Je t'ai frappé, Ford, je suis désolée.

— Ce n'est rien.

Mon Dieu, il devait sortir au plus vite de cette chambre. La façon dont elle le dévisageait, les fragrances qui chatouillaient ses narines le troublaient.

Pourquoi ne parvenait-il pas à la laisser tranquille ? Et pourquoi n'avait-il pas pris le temps de passer une chemise ?

— Je dois te poser des questions, dit-il, s'efforçant de s'exprimer d'un ton détaché, professionnel.

Mais il n'y parvint pas. Le désir dont il était la proie modifiait son intonation, rendait sa bouche sèche.

— Des questions ?

— Euh… Comment t'appelles-tu ?

— Ah, tu veux t'assurer que j'ai toute ma tête…

— Réponds-moi, s'il te plaît.

— Ernestine Grimdiddy.

— Robyn, je t'en prie.

Elle se blottit contre lui.

— Si je réponds à tes questions, tu voudras bien rester avec moi ?

— Je ne peux pas.

— Je me sentirais plus en sécurité.

— Tu… tu ne le serais pas, crois-moi.

Ils se dévisagèrent un long moment, laissant ces mots flotter dans l'air.

— Comment t'appelles-tu ? répéta-t-il.

Elle promena la main sur son torse nu avant de presser ses lèvres dans son cou.

— Robyn Knotley.

— C'est ton nom de jeune fille.

— Oui, je n'ai pas envie de penser à Eldon. Pas ce soir. Ce soir, j'ai besoin de toi, Ford.

Ford sentait qu'il ne résisterait pas longtemps. Robyn était dans ses bras, le couvrait de baisers…

— Où habites-tu ?

— A la Maison Blanche, murmura-t-elle en lui mordillant le lobe de son oreille.

— Quel jour sommes-nous ?

— Le 24 mai 1997.

— Veux-tu que je te ramène à l'hôpital ? Je crois que tu as perdu la tête.

Sans répondre, elle l'étreignit plus fort.

— Robyn…

Il lui prit le menton, l'obligeant à le regarder en face.

— Tu as pris des médicaments, je ne veux pas abuser de ta faiblesse.

Même s'il en mourait d'envie.

Le regard qu'elle lui lança était tout à fait normal.

— L'effet des médicaments est passé. Je m'appelle Robyn Knotley Jasperson, je vis au 305 Oak Bend Way, appartement 60. Nous sommes le 13 juillet et j'ai envie de faire l'amour avec toi, Ford. Je ne te demande pas de promesses, pas d'engagements. J'ai juste envie de passer la nuit avec toi, dans tes bras. Si tu ne veux pas, dis-le, nous n'en reparlerons plus jamais.

Elle le lâcha et baissa les yeux.

— Menteuse. Je n'ai pas la possibilité de t'échapper et tu le sais très bien, répondit-il en capturant ses lèvres pour l'embrasser comme un fou.

Demain peut-être regretterait-il sa folie et se reprocherait-il d'être incapable de maîtriser ses pulsions.

Mais cette nuit, elle était à lui.

11

La tête de Robyn lui faisait mal, elle avait des élancements dans le poignet, preuves que l'effet des calmants s'était dissipé. Mais dès que Ford l'embrassa, de délicieuses sensations chassèrent la douleur.

Ford n'abusait pas de sa faiblesse. Elle avait conscience que c'était elle qui profitait de la situation, de sa gentillesse, de son inquiétude pour elle, de son hospitalité, sans parler de sa quasi-nudité.

Sur ce dernier point, elle l'estimait en partie responsable. Peut-être aurait-elle réussi à résister à la tentation s'il n'avait pas fait irruption, vêtu d'un simple jean.

Elle s'abreuva à ses lèvres. Oui, elle avait envie qu'il l'embrasse, de se perdre dans cette étreinte pour quelques instants, quelques heures, pour la nuit.

Lorsqu'il glissa les mains sous sa veste de pyjama, elle poussa un gémissement. Le vêtement n'avait rien de sexy, pourtant elle se sentait particulièrement belle et désirable. Quand Ford se mit à caresser ses seins, à les pétrir et à jouer doucement avec la pointe, elle étouffa un autre gémissement.

— Déshabille-moi, réussit-elle à articuler.

Elle voulut retirer elle-même son pyjama, mais sa main bandée la gênait.

Il se mit en devoir de la dévêtir, embrassant chaque parcelle de peau qu'il découvrait. Lorsqu'il eut déboutonné la veste, son regard se posa sur ses seins. Avec gourmandise, il y promena la bouche.

Avant Eldon, Robyn avait eu des aventures, et ses relations avec Eldon avaient été particulièrement satisfaisantes sur le plan sensuel. Mais rien dans son passé ne l'avait préparée à ce qu'elle éprouvait à présent.

Elle avait envie d'arracher ses derniers vêtements et les siens, mais Ford avait à présent pris la direction des opérations. De toute manière, elle n'était pas en état d'accélérer ou de ralentir la manœuvre.

Sans perdre de temps, il acheva de la mettre nue. Apparemment, lui aussi avait hâte. Il glissa les mains sous son pantalon de pyjama et la saisit par les fesses, laissant courir ses doigts vers son sexe chaud et humide.

Il la sentait vibrer sous lui, mais la retenait fermement. Il aperçut alors un petit patch sur le haut de sa cuisse.

— Est-ce ce à quoi je pense ? demanda-t-il.

— Oui.

Il s'agissait d'un contraceptif, même si elle l'utilisait pour régulariser ses cycles. Peut-être allait-il penser qu'elle lui avait menti en prétendant ne pas avoir de vie sexuelle, mais elle lui expliquerait tout plus tard.

— Parfait, grommela-t-il en retirant son jean.

Lorsqu'elle le vit pour la première fois intégralement nu, elle en eut le souffle coupé. Il était beau comme un dieu.

Ford reporta son attention sur elle, couvrant son corps du sien. Quand elle sentit son érection se presser contre elle, son désir s'intensifia encore. La peau de Ford était brûlante, ses muscles durs, son ventre ferme.

Il promenait ses mains partout sur elle, comme s'il cherchait à mémoriser ses formes sous ses doigts, à la modeler dans son imaginaire.

Elle avait presque peur de le toucher, tant elle était bouleversée de le sentir là, avec elle, dans son lit. Elle se demandait si elle ne rêvait pas, s'il n'allait pas disparaître comme il était apparu, par enchantement.

Puis elle se risqua à quelques caresses. Elle effleura son dos, ses fesses, son torse, le découvrant elle aussi avec les mains.

— Je t'en prie, murmura-t-il. J'ai envie d'être en…

— Viens, répondit-elle, le serrant contre elle.

Quand il la pénétra, elle faillit laisser échapper un cri. Il se mouvait lentement pour la laisser s'adapter à lui, mais même si elle n'avait pas fait l'amour depuis très longtemps, elle n'avait pas besoin d'aller lentement. Elle se mit à onduler, à l'attirer, le suppliant de la prendre.

Avec un grognement, il céda à sa supplique et, pour la première fois depuis une éternité, elle se sentit complète, entière. Physiquement, sentimentalement, Ford la comblait et elle avait l'impression d'être enfin un tout.

Leurs corps s'accordèrent spontanément comme s'ils avaient l'habitude de faire l'amour depuis des années.

Les mouvements de Ford s'accélérèrent et, quand il poussa un cri de plaisir, un étrange sentiment s'empara de Robyn, de délicieuses sensations qui finirent par la submerger.

Elle eut soudain l'impression d'exploser de jouissance avec tant de force qu'elle en resta un moment anéantie.

Lorsqu'elle rouvrit les yeux, elle vit Ford qui la dévisageait avec intensité. Leurs yeux scellèrent le pacte tacite qu'ils venaient de signer.

Quand Ford se rallongea près d'elle, elle l'enlaça, caressant sans cesse ses cheveux. Elle avait envie de lui dire qu'il l'avait comblée, mais elle craignait que les mots banalisent ce qu'ils venaient de partager, aussi resta-t-elle silencieuse, cherchant comme lui à recouvrer son souffle.

Il s'écarta d'elle avant de la prendre par la taille et de

la ramener contre lui, son dos contre son ventre, veillant à ne pas heurter son poignet blessé.

— Ça va comme ça ? Je ne te fais pas mal ? demanda-t-il.

— Non, je suis très bien.

— Je crois que j'étais trop affamé de toi pour faire preuve de douceur et j'ai oublié que tu avais une entorse. D'ailleurs, dès que je t'ai embrassée, j'ai tout oublié, y compris mon nom et celui de notre planète.

Avec un sourire, elle se blottit plus étroitement contre lui.

— Je n'ai pas eu mal, ne t'inquiète pas.

— Je me demande si je n'ai pas eu tort de…

— Chut, je t'en prie, pas maintenant. Demain, tu pourras m'expliquer en long et en large pourquoi faire l'amour avec moi était une terrible erreur et je te le promets, je ne chercherai pas à en discuter, à te convaincre du contraire, à te supplier de quoi que ce soit. Mais cette nuit, Ford, tu es à moi.

Avec un soupir soulagé, il lui embrassa l'épaule.

— D'accord.

Ils restèrent un long moment silencieux, mais Robyn devinait qu'il ne dormait pas.

Comme il poussait un grognement frustré, elle lui demanda ce qui n'allait pas.

— Je dois toujours te réveiller toutes les heures pour m'assurer que tout va bien, mais j'ai laissé mon téléphone dans ma chambre. Il me sert de réveil.

S'il quittait la pièce, peut-être ne reviendrait-il pas, se dit-elle. Avec effort, elle se mit sur son séant et alluma la lampe de chevet. Elle croyait bien se souvenir d'avoir vu… Oui, un réveil était posé sur sa table de nuit. Elle le programma pour le faire sonner dans une heure avant de se lover de nouveau au creux de ses bras.

— Voilà, c'est réglé.

Quand l'alarme se déclencha, Robyn nageait en plein

rêve érotique. Comme elle cherchait le réveil à tâtons pour le réduire au silence, elle se rendit compte qu'il ne s'agissait pas d'un rêve. Ford la caressait doucement.

— Très agréable façon de se réveiller, murmura-t-elle.

— Pour ma part, je trouve cette sonnerie insupportable.

— Je ne parlais pas d'elle, mais de tes mains…

— Ah, désolé, je n'ai pas pu m'en empêcher.

— Désolé ? Tu plaisantes ! J'adore ça ! dit-elle en se pressant contre lui pour l'embrasser avec passion. Te sens-tu prêt pour un deuxième round ?

— Oui, mais attends ! Comment t'appelles-tu ?

— J'ai oublié, répondit-elle en picorant son cou de baisers brûlants.

— Où habites-tu ?

— A Hollywood.

— Quel jour sommes-nous ?

— Le jour de la fête nationale !

— Bon, ça ira.

Ford dormit peu cette nuit-là, mais s'en moquait comme d'une guigne. Regarder Robyn assoupie dans ses bras le comblait. Ils firent l'amour trois fois dans la nuit.

Quand le soleil se leva, il sortit du lit, laissant Robyn endormie. Il avait envie de rester sous la couette avec elle, de passer la journée à l'aimer, à la caresser, en oubliant le reste du monde.

Mais si coucher avec elle avait sans doute été une erreur, ne plus rien faire d'autre serait complètement stupide. Il ne regrettait pas ce qu'il avait fait. Le souvenir de cette nuit le ravirait sa vie durant, même s'il mourait centenaire.

Mais à présent, ils avaient un travail à effectuer et il devait chasser Robyn de ses pensées. Ce qui impliquait mettre une distance entre lui et le corps nu de la jeune femme.

Lorsqu'il sortit de la douche, il se rasa, s'habilla avec soin et se rendit dans la cuisine pour préparer le petit déjeuner. Il sortit des œufs, du jambon, des yaourts, des fruits. Ils avaient besoin de reconstituer leurs forces.

Ils venaient de confectionner des œufs brouillés quand Robyn entra dans la pièce. Même s'il s'était efforcé de se détacher, le simple fait de la voir le fit frissonner. Elle portait les vêtements que Jillian avait choisis pour elle. Ils mettaient tellement son corps en valeur que Ford déglutit avec peine. Sans maquillage, les cheveux encore en bataille, elle lui parut jeune et vulnérable.

— Bonjour, dit-elle.

— Bonjour, Robyn. Tu as veillé à ne pas mouiller tes points de suture sous la douche, n'est-ce pas ?

Sa réflexion manquait de romantisme, il en était conscient, mais il devait sortir de l'euphorie amoureuse pour être capable de travailler.

— Je ne me suis pas lavé les cheveux. Par contre, j'aurai besoin d'aide pour refaire mon bandage au poignet, mais cela attendra la fin du petit déjeuner. Tu cuisines ?

— Des œufs brouillés et des toasts. Mes compétences en matière culinaire sont un peu limitées. J'espère que tu as faim.

— Je meurs de faim ! Je ne me souviens pas d'avoir jamais été aussi affamée.

Tant mieux. Il n'aurait pas à la nourrir de force.

— Quel est le programme, aujourd'hui ? demanda-t-elle en mettant le couvert.

— D'abord, nous devons repasser chez toi pour empaqueter les affaires dont tu risques d'avoir besoin ces prochains jours. Tu peux soit décider de rester dans ma chambre d'amis, soit aller vivre chez Daniel.

— Je suis persuadée que la personne qui a cambriolé mon appartement n'y remettra jamais les pieds.

— Eh bien, pas moi. Et comme me soucier de ta sécurité m'empêche de me consacrer entièrement à défendre Eldon, je préfère imaginer le pire. Tiens, voilà du café. Sers-toi.

Avec un soupir, elle remplit sa tasse.

— Tu sais, je ne suis pas en vacances, j'ai des cours à assurer…

— Nous sommes samedi. Tu n'as pas de cours avant mardi. A ce moment-là, je te conduirai et, si j'ai un empêchement, Daniel mettra un chauffeur à notre disposition.

— C'est ridicule.

— Peut-être mais c'est ainsi.

— Tu n'es qu'un tyran !

Il se félicita de la voir dévorer son petit déjeuner avec appétit. Pour une fois.

Lorsqu'elle eut fini de se restaurer, elle s'essuya les lèvres et lui sourit.

— Et maintenant ?

— Allons chez toi. Peut-être ton agresseur a-t-il laissé des indices qui nous permettront de l'identifier. Nous nous assurerons que l'appartement est bien fermé et prendrons tes affaires.

— D'accord, dit-elle tout en rangeant les assiettes sales dans le lave-vaisselle.

— Veux-tu revenir sur ce qui s'est passé entre nous cette nuit ? demanda-t-il soudain.

— Non, à moins que tu en aies envie, répondit-elle avec légèreté.

Il ne fut pas dupe un instant de cette indifférence apparente.

— J'ai le sentiment de te devoir des excuses.

Elle referma le lave-vaisselle et se tourna vers lui.

— Non, vraiment pas ! Nous en avions envie tous les

deux, nous en avions besoin, cela a allégé l'atmosphère, non ?

— Pas exactement.

Il l'avait désirée comme un fou, mais, à présent, la situation était pire, parce qu'il savait ce qu'il éprouvait en faisant l'amour avec elle…

Il avait l'impression de marcher sur des œufs. Ce genre de conversation l'avait conduit à se séparer de sa femme. Il était censé deviner ce qu'elle pensait et, s'il devinait de travers, elle l'interprétait comme une preuve d'indifférence.

Peut-être n'était-il pas juste de comparer Robyn et Kathy, les deux femmes n'ayant rien en commun. Mais en tout cas, il ignorait ce qu'il y avait dans la tête de Robyn.

— Si tu étais en colère contre moi, tu me le dirais, n'est-ce pas ?

— Ford, bien sûr. Je ne suis pas en colère. Comme je devais me réveiller toutes les heures et répondre à tes questions, c'était une excellente façon de rendre cette corvée agréable.

Agréable ? C'était un euphémisme. Faire l'amour avec elle l'avait bouleversé.

Mais il préférait ne pas insister. De toute manière, il n'aurait pas l'occasion de réitérer l'expérience.

Dans la voiture, Robyn s'efforçait de refouler les larmes qui brûlaient ses paupières. Ford parlait de choses et d'autres et elle lui répondait. Mais elle était totalement déstabilisée par son comportement professionnel.

Elle n'était pas en colère, elle n'avait pas menti en le disant. Mais elle était blessée. Elle avait cru qu'après cette nuit d'amour, ils avaient franchi une étape et qu'ils seraient désormais plus proches. Même si cela semblait fou, elle avait cru qu'ils partageraient ensuite quelque chose. Bien sûr, elle n'avait pas imaginé un avenir tout tracé avec lui, mais elle s'était dit qu'ils seraient plus proches, plus complices qu'auparavant.

Elle n'avait pas mesuré à quel point l'intimité physique avec un homme lui avait manqué. Faire l'amour avec Ford avait été un baume pour son cœur meurtri et, à présent, elle en voulait plus.

Mais elle devrait manifestement se contenter d'une seule nuit. Ford estimait que coucher avec elle avait été une erreur, il éprouvait le besoin de s'en excuser. Elle devait l'accepter. Elle n'allait certainement pas lui courir après ou rêver à quelque chose qui ne se produirait jamais.

Lorsqu'ils arrivèrent chez elle, Ford comprit très vite comment l'intrus avait réussi à pénétrer dans l'appartement. Après avoir cassé la petite fenêtre de la salle de bains, il s'était glissé à l'intérieur.

Un voisin avait gentiment cloué quelques planches pour que l'endroit ne soit pas ouvert aux quatre vents.

— Tu avais raison, dit Ford. Ton agresseur n'était pas très grand. Voilà pourquoi il a réussi à se faufiler par cette ouverture étroite.

— Il avait la stature d'un adolescent. Je suis certaine que ce cambriolage n'était pas lié à notre enquête.

— Tant que nous ne savons rien, nous considérerons pourtant cette affaire comme une agression te visant personnellement, répliqua-t-il.

Robyn ne répondit rien, devinant que cela ne servirait à rien.

Elle se changea rapidement, passa un jean propre, un corsage de coton avant de réunir les affaires dont elle aurait besoin, des vêtements, essentiellement. Elle arrosa les plantes sur son balcon et vida la poubelle de la cuisine.

Quand elle descendit chercher le courrier, elle découvrit une épaisse enveloppe en papier kraft dans sa boîte aux lettres. L'adresse de l'expéditeur la laissa un instant perplexe, mais elle se souvint de l'ancienne propriétaire de la boutique de perruques qui lui avait promis de lui envoyer le double des factures. Après avoir jeté le reste du courrier – des prospectus publicitaires sans intérêt –, elle ouvrit l'enveloppe d'une main impatiente.

Une douzaine de factures s'y trouvaient. Le cœur battant, elle découvrit les noms : Vera Stearn, Chloe Bellflower, Amos Jones – Amos Jones ? Après tout, peut-être avait-il voulu offrir une perruque à sa femme.

Consciente que Ford l'attendait, elle se hâta vers le parking. Elle lança ses affaires à l'arrière de la voiture, à l'exception de la précieuse missive, et elle s'installa à l'avant.

— Qu'est-ce-c'est ? demanda-t-il.

— Les factures d'une vendeuse de perruques. Par erreur, je lui avais donné mon adresse personnelle.

Elle passa en revue les noms – Cynthia Ludlow, Bella Orizaba, Jasmine Tyson…

— Tu trouves quelque chose ? demanda Ford.

— Pas vraiment. C'est drôle, le nom de Bella Orizaba me dit quelque chose, mais je n'arrive pas à me rappeler quoi.

— Nous vérifierons.

Déçue de ne rien découvrir de probant, elle parcourut rapidement les autres feuillets et finit par tout remettre dans l'enveloppe.

— Je crois que j'espérais qu'un nom allait me sauter aux yeux comme une évidence.

— Ne perds pas espoir. Ces factures étaient une piste parmi d'autres. Raleigh pense que le témoignage de Roy pourrait remettre en cause la validité du verdict.

— Vraiment ?

— En tout cas, c'est une possibilité.

Manifestement, il ne voulait pas qu'elle nourrisse de faux espoirs, aussi tempéra-t-elle son optimisme.

— Que fait-on, maintenant ? lança-t-elle d'un ton léger.

— Nous allons retrouver Raleigh et Daniel, leur montrer ce que nous avons découvert et faire le point.

Un certain malaise s'empara de Robyn. Si elle ne l'avait pas encore rencontré, elle savait que Daniel Logan était celui sur qui, en dernier ressort, reposaient les décisions. Il avait autorisé Ford à s'occuper du dossier d'Eldon, mais pouvait tout à fait lui interdire de continuer s'il estimait qu'il s'agissait d'une perte de temps.

— Je vais donc enfin faire la connaissance du mystérieux Daniel Logan. A quoi ressemble-t-il ?

Ford se contenta de lui sourire.

— Tu verras bien.

— Cela ne suffit pas, dit Daniel.

Il était étendu sur un matelas de mousse dans sa piscine, sirotant un jus de fruits tout en jouant avec son téléphone dernier cri.

Ford s'était assis sur une chaise en teck près du bord, Robyn et Raleigh étaient installées tout près de lui, sous un parasol. A 11 heures du matin, la chaleur était déjà accablante.

Daniel se comportait toujours ainsi. Ceux qui voulaient obtenir un peu de son temps devaient se plier à ses règles. En général, il recevait ses visiteurs chez lui. Il quittait rarement son domaine. D'ailleurs, pourquoi l'aurait-il fait ? Il y possédait tout ce que pouvait désirer un homme – une piscine, des chevaux, un terrain de polo, des courts de tennis et beaucoup de gens à son service.

En revanche, il n'avait pas de compagne. Avant son arrestation, il avait tout d'un play-boy, mais ne s'était jamais engagé de façon romantique. S'il avait une vie amoureuse, il s'arrangeait pour qu'elle soit secrète.

Pourtant, de nombreuses femmes avaient tenté d'attirer son attention. Elles lui écrivaient des lettres d'amour, lui envoyaient des cadeaux, patientaient des heures derrière les grilles de sa propriété dans l'espoir de l'apercevoir. Un jour, l'une d'elles avait même réussi à s'introduire chez lui en se cachant dans une camionnette de livraison.

Daniel considérait toutes ces démonstrations amoureuses avec perplexité. Il ne comprenait pas ce que ces femmes lui trouvaient.

Pendant un bon quart d'heure, Ford s'efforça de démontrer l'innocence d'Eldon – la fibre de perruque, le nom de la femme en compagnie de laquelle il se trouvait ce soir-là et, surtout, l'existence d'un témoignage qui corroborait la thèse de l'enlèvement et qui avait été sciemment radié des rapports de police.

A plusieurs reprises, Raleigh intervint pour donner son point de vue d'avocat. Robyn resta totalement silencieuse. Ford avait hésité à la faire venir. Si les arguments rationnels ne suffisaient pas à convaincre Daniel, il espérait qu'elle pourrait être une corde sensible pour le persuader de continuer à mobiliser des ressources afin de défendre le dossier.

Robyn savait se montrer très convaincante.

Daniel faisait mine de jouer avec son portable, mais Ford ne pas dupe de son manège. L'homme savait faire plusieurs choses à la fois, et il n'avait pas perdu un mot des paroles de Ford ou de Raleigh.

Il finit par reposer son mobile. Ford se demanda combien d'appareils avaient déjà sombré dans la piscine.

Daniel releva la tête et retira ses lunettes de soleil.

— Cela ne suffit pas, répéta-t-il.

Ford échangea un regard avec Raleigh. Le visage de

la jeune femme était impénétrable, mais elle était passée maître dans l'art de dissimuler ses réactions et ses sentiments. Puis il se tourna vers Robyn. Immédiatement, il éprouva le désir de la prendre dans ses bras. Elle semblait accablée. Le moment semblait idéal pour qu'elle exprime sa détresse, même si Ford et elle ne s'étaient pas concertés au préalable. Si son intervention avait été programmée, Daniel l'aurait immédiatement senti.

— Alors, pensez-vous que nous perdions notre temps ?

— Je n'ai pas dit que ce cas était désespéré, répliqua Daniel. Mais il n'y a pas assez d'éléments pour convaincre le gouverneur. Une des promesses de campagne de James Redmond était de se montrer très ferme avec les criminels. Il ne va pas annuler l'exécution d'un assassin d'enfant sans des preuves irréfutables de son innocence ou les aveux d'une autre personne que celle qui est en prison.

— Que suggérez-vous alors ? s'enquit Ford, soulagé que Daniel n'ait pas opposé son veto à la poursuite de l'enquête.

L'aurait-il fait que Ford n'aurait pas renoncé. Il continuerait à se battre jusqu'au bout. Il le devait à Robyn.

— Le témoin qui vit dans le Montana, ce Roy White, répondit Daniel. Offrez-lui un aller et retour pour Houston en première classe, prenez-lui une chambre dans un hôtel de luxe et emmenez-le voir le Dr Ellison.

Le Dr Ellison était la psychologue de Project Justice. Elle était une grande spécialiste de l'hypnose.

— Vous croyez que Roy devrait être placé sous hypnose ?

— Notre seule chance est que Roy soit capable de décrire la voiture qu'il a vue sur le parking et de nous donner son numéro d'immatriculation. Même partiel. Il pourrait alors nous mettre sur la piste d'un autre suspect. Le gouverneur Redmont pourrait ajourner une exécution s'il avait un autre suspect sur qui se focaliser.

Raleigh s'éclaircit la gorge.

— Si nous hypnotisons M. White, il ne pourra plus témoigner par la suite. Il est interdit de faire venir à la barre un témoin ayant subi une séance d'hypnose…

— Je connais la loi, Raleigh, répliqua Daniel qui détestait perdre du temps. Mais je veux avancer, et vite. C'est le problème du procureur si un témoin capital ne peut s'exprimer au tribunal.

Problème qui deviendrait rapidement le leur si Eldon bénéficiait d'un nouveau procès. Mais Ford s'abstint de le signaler. Daniel avait analysé les données, les avait évaluées et avait décidé d'une ligne de conduite. C'était l'un de ses points forts et, une fois qu'il avait établi un plan d'action, il s'y tenait.

— Mettez également la pression sur la femme, poursuivit Daniel.

— Heather ?

— Allez trouver son mari. C'est un homme d'Eglise, faites appel à sa fibre humanitaire. Si elle est dévouée corps et âme à son époux comme elle le prétend, elle fera ce qu'il lui ordonnera de faire. Déterrez tout ce que vous pourrez sur ce type, découvrez sa faille et exploitez-la. Cela dit, je ne suis pas certain que quelqu'un la croira, compte tenu du fait que Jasperson n'a jamais fait la moindre allusion à cette fille dans le passé.

— Je m'en occupe.

— Bien. Restez-vous déjeuner, vous tous ? Mon chef cuisinier prépare une salade de crabe.

Raleigh se leva et prit son attaché-case.

— Je ne peux pas, Daniel. J'ai des papiers à remplir pour l'affaire Simonetti. Mais merci.

Comme par magie, Jillian Baxter, l'assistante de Daniel, apparut pour raccompagner Raleigh à la porte.

Robyn se leva à son tour.

— Merci beaucoup, monsieur Logan. Mais il nous reste cinq jours pour découvrir de nouveaux éléments, plus probants, et je préfère ne pas perdre ne serait-ce qu'un seul instant.

Elle regarda Ford comme pour le mettre au défi de la contredire.

— Oui, nous avons un programme très chargé, renchérit-il en fermant son calepin. Mais merci pour l'invitation.

— Très bien.

Daniel pagaya sur son matelas pour atteindre l'extrémité de la piscine et sortit de l'eau comme un dieu marin. En les raccompagnant aux portes du domaine, il s'adressa à Robyn :

— Je sais à quel point c'est difficile, croyez-moi. Ne renoncez pas. Vous n'avez pas encore perdu. Je ne veux pas avoir l'air insensible, vous le comprenez, j'espère. J'ai une chance de convaincre le gouverneur, il serait dommage de la gâcher.

Robyn hocha la tête.

— Je comprends.

— J'ai entendu dire que vous aviez vous-même été victime d'une agression hier. Vous êtes la bienvenue ici si vous avez envie de rester.

— C'est très généreux de votre part, monsieur.

— Daniel, appelez-moi Daniel, je vous en prie.

— Daniel, corrigea-t-elle, manifestement touchée par la générosité de leur hôte.

Lorsque Daniel manifestait sa sollicitude, il était difficile d'y rester insensible.

— Mais Ford a une chambre d'amis très confortable, et comme nous travaillons ensemble sur ce dossier, il est plus simple que je demeure chez lui.

A l'intense soulagement qui le traversa, Ford comprit

qu'il avait eu peur qu'elle accepte l'offre de Daniel. Qui aurait pu le lui reprocher ? La moitié des femmes de la région donneraient tout pour avoir le privilège de séjourner chez lui.

Comme Daniel lui jetait un regard interrogateur, Ford se contenta de hausser les épaules. Raleigh n'était pas la seule à savoir dissimuler ses sentiments.

12

— Bonjour, je m'appelle Ford Hyatt et j'aimerais obtenir le plus tôt possible un rendez-vous avec le révérend Brinks. Il pourrait être d'une grande utilité dans une affaire judiciaire et peut-être sauver la vie d'un homme.

Ford croisa les doigts, espérant que la secrétaire du pasteur ne lui demanderait pas de précisions. Il s'était préparé à mentir sur ses véritables motivations, mais préférait ne pas avoir à en arriver là.

Dans le passé, curieusement, mentir ne lui posait aucun problème.

— Je regarde son emploi du temps. Pourriez-vous m'indiquer l'objet de cet entretien ?

— Il s'agit d'une question privée.

— Je comprends. Un instant, je vous prie.

Tout en patientant, Ford faisait le point sur les progrès de l'enquête.

Deux jours de plus s'étaient écoulés sans qu'ils aient beaucoup avancé. Des doubles de factures arrivaient de différents détaillants de perruques, fruit des efforts de Robyn et de Trina. Ford les avait confiés à l'analyste informatique de Project Justice qui avait dressé des listes de noms, les avait comparés avec ceux que la police avait mentionnés dans ses rapports au moment du kidnapping.

Jusqu'ici, cela n'avait rien donné. Aucun nom ne correspondait.

Par ailleurs, Ford avait essayé d'en apprendre davantage sur le mari d'Heather. Le révérend Bradley Brinks semblait irréprochable. Sa vie était exemplaire. Il payait ses factures et ses impôts rubis sur l'ongle, n'avait jamais consommé de drogues, jamais abusé d'alcool, n'avait jamais été condamné, jamais eu à s'acquitter d'une amende, pas même pour défaut de stationnement. Les membres de sa congrégation l'appréciaient beaucoup, ses voisins aussi. Personne de sa famille n'avait jamais défrayé la chronique.

La seule décision sujette à caution que cet homme avait prise avait été d'épouser une femme qui mentait à propos de son passé. A ce jour pourtant, son mariage s'était avéré heureux. Tout le monde s'accordait à dire qu'Heather était une bonne mère, une bonne épouse, qu'elle se dévouait sans compter comme bénévole, qu'elle était généreuse et adorable.

Pourtant, même s'il n'avait aucune prise, Ford devait tenter de faire pression sur lui.

La secrétaire revint en ligne.

— Le révérend peut vous recevoir cet après-midi, à 14 heures.

— Merci, j'y serai.

Ford avait confié à Robyn plusieurs tâches pour l'occuper. D'abord, elle devait convaincre Roy White de venir à Houston, puis organiser son voyage. Ensuite, elle devait assister l'analyste de Project Justice sur les factures des détaillants de perruques.

En réalité, Celeste aurait tout aussi bien pu s'en charger. Mais Ford préférait savoir Robyn en sécurité dans les locaux de la fondation pour s'entretenir tranquillement avec le révérend Brinks. L'entrevue avait de grandes chances d'être désagréable, et il préférait que Robyn ne soit pas confrontée, une fois de plus, au côté sombre de sa personnalité.

Pourtant, le voir tel qu'il était réellement serait peut-être une bonne chose. Elle avait aimé faire l'amour avec lui parce qu'il s'était montré tendre et protecteur. Elle avait alors cru qu'il l'était fondamentalement.

Mais au fond de lui, il était resté un policier. Il était capable de menacer une femme enceinte, d'être odieux avec un condamné à mort au désespoir. Il allait au bout de ses missions, mais, pour aboutir, il n'hésitait jamais à se comporter comme un être abject.

Robyn le considérait – provisoirement – comme une sorte de héros, parce qu'il faisait partie des rares personnes à soutenir sa cause et à vouloir l'aider. Mais il n'avait rien d'un héros. Il était un homme faillible, qui risquait de rejoindre la longue liste de ceux qui l'avaient déçue au cours de sa vie.

Lorsqu'ils avaient divorcé, Kathy lui avait dit qu'elle était tombée amoureuse de l'homme qu'il aurait pu devenir, pas de lui. Il ne voulait pas réitérer les mêmes erreurs avec Robyn. Trop de gens avaient déjà brisé le cœur de la jeune femme.

La seule chose qu'il pouvait faire pour elle était d'avancer dans la mission dont elle l'avait chargé. Mais il avait peu d'espoir de réussir. Il faisait confiance à l'instinct de Daniel en la matière. A moins de découvrir d'autres éléments, quelque chose de probant et de concret, Eldon serait exécuté.

Il arriva en avance au temple et la secrétaire, qui semblait mal à l'aise, l'introduisit dans le bureau du révérend.

Dès qu'il entra dans la pièce, décorée de façon spartiate, Ford comprit que son stratagème avait échoué. Le pasteur était bien là, mais son épouse se trouvait à son côté, l'air presque triomphant. Son regard trahissait malgré tout une certaine peur.

Ford refusa de s'avouer battu. Peut-être pouvait-il encore réussir à tirer son épingle du jeu.

— Bonjour, révérend, et merci d'avoir accepté de me recevoir, dit-il en lui tendant la main.

Par ses bonnes manières, il parvint à vaincre les réticences de son interlocuteur qui lui serra la main, même s'il n'en avait manifestement aucune envie.

Ford se tourna vers Heather.

— Bonjour, madame. Je suis ravi de vous revoir.

— J'aimerais en dire autant. Mon mari est au courant des circonstances de notre première entrevue.

Ford s'interrogeait sur ce qu'elle lui avait raconté. Comment avait-elle tourné les choses ?

Il décida de passer à l'attaque.

— Et votre mari sait-il que vous avez la possibilité de sauver la vie d'un homme et que vous refusez de le faire ?

Le pasteur répondit pour elle :

— Vos insinuations à propos de ma femme me paraissent non seulement injurieuses, mais encore diffamatoires. Vous vous êtes introduit chez nous sans en avoir le…

— Elle m'avait laissé entrer.

— Vous l'avez calomniée. J'ai déjà pris contact avec mon avocat. Si vous vous manifestez de nouveau, nous n'hésiterons pas à vous poursuivre en justice. A présent, je vous remercie de vous en aller.

— Vous ne pourriez me poursuivre pour calomnie que dans le cas où j'en parlerais à un tiers. De toute façon, je n'ai pas peur des avocats. Voulez-vous savoir ce que je crains ?

Il s'interrompit. Il s'apprêtait à révéler au bon pasteur à quel point le passé de son épouse était sordide. Mais à quoi cela servirait-il ?

Mentalement, il imagina les yeux bleus de Robyn, ses yeux sincères et bons. Elle serait horrifiée qu'il avilisse

Heather devant son mari. Quel qu'ait été son passé, elle s'efforçait aujourd'hui de vivre de façon honnête.

Elle avait sûrement de bonnes raisons de ne pas vouloir parler d'Eldon.

Une pensée troublante le perturbait. Et si Heather savait quelque chose – quelque chose qui confirmerait la culpabilité d'Eldon au lieu de le disculper ? Dans ce cas, pour elle, Eldon se trouvait là où il méritait d'être.

L'impliquer dans cette histoire ne ferait que ternir sa réputation, et elle ne serait pas la seule à en souffrir. Elle avait un mari, des enfants.

— Qu'est-ce qui vous fait peur, monsieur Hyatt ? demanda le pasteur. L'enfer ?

— Non, je ne crains plus l'enfer, j'en reviens, répliqua-t-il en se levant. Je suis désolé d'avoir abusé de votre temps. Vous n'entendrez plus parler de moi.

Tout en regagnant sa voiture, il se félicitait d'avoir pris cette décision. Naturellement, il était déçu. Mais il savait au plus profond de lui-même qu'il avait eu raison de ne pas avoir ravagé la vie de cette femme par dépit ou frustration.

De nouveau, il songea à Robyn. Il avait faim, et il aurait pu s'arrêter pour déjeuner quelque part, mais y renonça. Il avait hâte de rentrer. De la retrouver.

Ces sentiments contredisaient la décision qu'il avait prise quelques heures plus tôt à leur sujet.

Elle n'avait pas insisté pour connaître ses projets pour l'après-midi, se contentant de lui dire qu'elle l'attendrait. Voilà longtemps qu'une femme ne l'avait pas attendu et plus longtemps encore qu'il ne s'était pas senti fier de lui pour quelque raison que ce soit.

Il ne se pensait pas capable de changer du tout au tout. Mais Robyn faisait remonter à la surface les bons côtés de sa personnalité. Bien sûr, il n'envisageait pas sérieusement un avenir commun avec la jeune femme. Mais peut-être n'était-il pas trop tard pour qu'ils vivent enfin quelque chose ensemble.

Robyn avait mal à la tête, et les lettres dansaient devant ses yeux. Voilà deux heures qu'elle aidait Billy Cantu, l'un des analystes de Project Justice, à décrypter les documents envoyés par différentes boutiques de perruques. Qui se douterait du nombre de gens qui achetaient ce genre d'articles ?

Elle avait comparé leurs noms à la liste d'une centaine de personnes liées de près ou de loin à l'enquête sur la disparition de Justin. Après tout, la police n'avait peut-être pas manifesté tant de hâte à incriminer Eldon. En tout cas, les enquêteurs avaient interrogé beaucoup de monde.

La plupart des noms lui étaient connus, mais elle n'avait jamais entendu parler de certains autres. Elle n'avait pas la moindre idée de leurs liens réels ou supposés avec l'affaire. Elle disposait d'une liste, pas des détails qui lui auraient permis de le savoir.

Lorsque Ford revint de sa mystérieuse mission, la plupart des membres de l'équipe avaient déjà quitté la fondation, mais certains travaillaient encore au téléphone ou sur leur ordinateur. Elle était certaine que l'activité ne s'arrêtait jamais complètement entre ces murs.

En voyant Ford, son cœur bondit dans sa poitrine. Elle tenta de se persuader qu'elle était seulement soulagée d'en finir avec ce travail harassant. Mais elle savait qu'il n'en était rien. Elle était heureuse de le voir.

Maintenant qu'elle le connaissait intimement, il lui manquait comme une drogue.

Même si elle mourait d'envie de le toucher, elle fit appel à toute sa volonté pour ne pas se jeter à son cou ni lui sourire comme une idiote.

— Bonjour, la journée n'a pas été trop dure, j'espère.

Elle s'était efforcée de parler d'un ton neutre, de se contrôler. Mais Ford était probablement si rompu dans l'art d'analyser le comportement de ses semblables qu'il n'était sans doute pas dupe de ses piteux efforts pour dissimuler ses sentiments.

Elle ne pouvait rien y faire.

— Très dure, répondit-il. De votre côté, vous avez progressé ?

— Billy est plongé dans le dernier lot de factures. J'ai passé l'après-midi à comparer des listes de noms, mais sans aucun résultat jusqu'ici. Il y a juste un truc qui me chiffonne mais…

Elle se demanda si elle devait ou non lui en parler, mais décida finalement de s'abstenir. Se lancer sur une fausse piste serait une perte de temps, et il ne pouvait se le permettre. Elle secoua la tête.

— Non, ce n'est rien.

— De quoi s'agit-il ? insista-t-il en se laissant tomber sur une chaise. Tu allais dire quelque chose. Je t'écoute.

— C'est idiot.

— Laisse-moi en juger. Vas-y, dis-moi.

— D'accord. C'est à propos de cette Bella Orizaba. Tu m'avais dit que quelqu'un effectuerait des recherches à son sujet…

— Oui. Bella Orizaba est une vieille dame qui vit à Gaveston. Apparemment, elle se bat depuis des années contre un cancer.

Robyn baissa la tête.

— Elle a donc perdu ses cheveux après une chimio et a eu évidemment besoin d'une perruque. Encore une impasse.

— Je crois qu'au lycée, une fille s'appelait Orizaba. Une dénommée Maria ou Marissa peut-être. Un peu plus jeune que nous. Voilà sans doute pourquoi ce nom te disait quelque chose.

Robyn tenta de se remémorer cette élève, mais elle n'en avait gardé aucun souvenir.

— C'est sans doute cela.

— Tu ne le penses pas vraiment.

Elle hésita.

— Je t'avais dit que c'était idiot.

— J'effectuerai d'autres recherches.

— Non, Ford, je ne veux pas te faire perdre ton temps. Je n'aurais pas dû t'en parler.

— Il ne s'agit pas d'une perte de temps. Tu as une intuition, et j'accorde beaucoup d'importance à ce genre de choses. Je donnerai son nom à Mitch Delacroix, un de nos experts. Si cette femme à un lien quelconque avec Green Prairie ou avec Eldon, Mitch le découvrira.

— Cela semble bien aléatoire.

— Tout dans cette affaire est incertain, mais, petit à petit, nous parvenons à démêler les fils. Il est impossible de savoir d'avance quelle piste nous permettra d'aboutir.

— Ni même si nous aboutirons.

— En effet.

Robyn commença à nettoyer le bureau, jetant les gobelets de café vides, triant les papiers, comme s'ils pouvaient être utiles à quelqu'un.

— De ton côté, as-tu avancé ? demanda-t-elle.

Elle ne voulait pas le presser de questions sur ce qu'il avait fait. S'il avait envie de lui en parler, il le ferait, et elle savait que parfois ses investigations impliquaient des questions confidentielles ou des informations sensibles. Même si elle était sa cliente, elle n'avait pas à tout savoir et elle l'acceptait.

Il ne répondit pas tout de suite. Au moment où Robyn pensait qu'il ne le ferait pas, il poussa un profond soupir.

— Je n'ai rien obtenu. Je… je suis allé voir le mari d'Heather.

A ces mots, Robyn se tendit. Elle n'avait rien dit quand Daniel Logan avait conseillé à Ford de mettre la pression sur le révérend Brinks. Même si elle ne croyait pas qu'il serait utile de malmener davantage Heather, Robyn était venue trouver Project Justice parce qu'ils étaient experts dans leur domaine, les meilleurs. Elle ne se serait jamais permis de leur dicter leur manière de faire.

— Ne t'inquiète pas, Robyn. Si quelqu'un s'est senti humilié au cours de cette entrevue, c'est moi. Ils s'étaient préparés à ma venue. C'est une dure à cuire, ton Heather.

— Je n'en doute pas, vu son passé. Tu n'as donc rien obtenu ?

— En fait, je ne dirais pas ça.

— Tu sembles presque content.

— Je le suis. Pas à propos du refus d'Heather de collaborer, qui me contrarie. Mais à propos d'autre chose…

— De quoi ?

— Je ne peux pas l'expliquer. Pas de façon compréhensible, en tout cas. Mais après être sorti du bureau du pasteur sans avoir avancé d'un pouce, je me sentais bien, j'étais heureux de la manière dont j'avais mené l'entretien. Et je dois t'en remercier.

Il avait raison, elle ne comprenait pas.

— Je n'étais même pas là.

— Tu n'as pas quitté mon esprit, répliqua-t-il. J'ai pensé à ta compassion, à ta façon de ne jamais juger les gens. Toute ma vie, je me suis érigé en juge, j'ai distribué les bons et les mauvais points. Voilà pourquoi j'ai présidé un tribunal de lycéens quand j'étais jeune et condamné une jeune fille sans aucune preuve. Mais aujourd'hui, pour une fois, je n'ai pas porté de jugement. Je suis parti et je me sentais incroyablement bien.

Robyn avait la tête qui tournait. Ford venait de faire une découverte capitale et, même si elle ne comprenait pas très bien de quoi il parlait, elle était heureuse pour lui. En tout cas, il n'avait plus rien de commun avec l'homme qu'elle avait trouvé dans un tripot, noyant ses ennuis dans l'alcool.

— Cela pourrait pourtant poser un problème si je voulais garder ce travail, remarqua-t-il d'un air songeur.

— Je pensais que tu ne voulais pas continuer à travailler pour Project Justice.

Ses mots l'arrêtèrent.

— J'ai donné ma démission, non ?

— Alors peut-être reconsidéreras-tu ta position.

— Peut-être.

— A mon avis, tu ne devrais pas en décider en fonction du résultat que tu obtiendras à propos d'Eldon. Dans cette affaire, les chances d'aboutir sont très minces, nous le savons depuis le début.

En voyant son visage s'assombrir, elle se reprocha d'avoir chassé la légèreté qu'il éprouvait en arrivant.

— Je me félicite que tu en sois consciente. La situation est grave, pour ne pas dire désespérée. Mais je m'en voudrais de te décevoir. Tu l'as si souvent été.

Il ne se rendait pas compte qu'il l'avait déjà déçue. Pas pour des raisons professionnelles. Sa célérité, son sérieux comme son intelligence l'impressionnaient au plus haut point.

Non, il l'avait déçue dans un domaine plus personnel. Elle avait été tentée de reconnaître qu'elle avait peut-être eu tort de mépriser cet homme depuis des années, elle avait été tentée de lui pardonner et… de l'aimer. Mais en définitive, il n'avait pas vraiment changé. La seule différence était qu'à présent, il était de son côté au lieu d'être contre elle.

Elle se hâta de passer à autre chose.

— J'allais oublier… Roy White débarque demain, il atterrira vers midi et une voiture viendra le chercher à l'aéroport pour le conduire à l'hôtel, puis au cabinet du Dr Ellison.

Ford sourit, acceptant le changement de sujet.

— Parfait. Je savais que le traiter en VIP marcherait.

— Oui, cet abruti se croit important. Seigneur ! Voilà que je me mets à juger les gens sur leur mine !

— Ne te reproche rien. Il ne m'est pas très sympathique non plus.

— Pourrait-il être considéré comme suspect ?

— C'est possible, même si rien dans son comportement ne vient corroborer cette hypothèse. L'inspecteur qui l'avait interrogé a quitté la police il y a plusieurs années, et j'essaie de retrouver sa trace. Si nous parvenions à lui faire avouer que quelqu'un lui avait ordonné de mettre au rancart le témoignage de Roy White, cela nous aiderait beaucoup.

— A mon avis, aucun policier ne reconnaîtra jamais ce genre de choses.

— Les flics ne veulent même pas discuter de l'affaire. Pour eux, je perds mon temps, et ils ne sont pas disposés à me laisser leur faire perdre le leur. Même Bryan Pizak, qui est un vieux copain, refuse d'en parler.

— Les salauds.

— Tu as faim ?

— Une faim de loup ! Je ne sais pas ce que j'ai. J'ai pourtant mangé comme quatre à midi.

— Ce travail mobilise beaucoup d'énergie. On va chez l'Italien ?

Robyn hésita. Elle préférait éviter tout ce qui pouvait ressembler à une sortie en amoureux avec Ford. D'un autre côté, elle salivait à l'idée de se régaler des délicieuses lasagnes servies dans ce restaurant. Se détendre et prendre un bon repas les aiderait sans doute à mieux travailler ensuite.

— D'accord, dit-elle.

— Dr Ellison, laissez-moi vous présenter Roy White, l'homme dont je vous avais parlé, dit Ford à la psychologue qui allait tenter de faire émerger des souvenirs plus précis de la mémoire de Roy. Et voici le sergent Ken Glasgow de la police de Green Prairie.

Ce dernier leur serra la main sans commentaire. Ford avait réussi à convaincre les forces de l'ordre d'envoyer un de leurs hommes. Il fallait qu'un témoin impartial entende ce que Roy avait à dire. Il ne leur restait que deux jours pour convaincre le gouverneur de surseoir à l'exécution, et un membre de la police aurait plus de poids que quiconque.

Manifestement, Roy White buvait du petit-lait. Il était le centre de l'attention, son patron lui avait accordé deux jours de congés payés, il serait nourri aux frais de la princesse, logé dans un hôtel confortable, et il bénéficiait d'une voiture avec chauffeur.

Project Justice n'avait pas lésiné sur les moyens pour caresser Roy dans le sens du poil et lui donner envie de collaborer. S'il leur livrait des renseignements utiles, son nom serait à la une des journaux. Même si la séance d'hypnose qu'il allait subir lui interdirait par la suite de témoigner à la barre, il serait sans doute interviewé par les chaînes de télévision.

— Roy, je suis ravie de faire votre connaissance, dit Claudia Ellison.

Grande et blonde, elle avait un sourire chaleureux dont elle gratifia également Glasgow.

Roy tomba aussitôt sous son charme, mais Glasgow resta de marbre.

Ford avait rencontré Claudia avant même de faire partie de l'équipe de Project Justice. Elle lui avait fait passer une batterie de tests pour s'assurer qu'il était fait pour ce travail.

Il avait cru qu'il échouerait, mais, apparemment, cela n'avait pas été le cas puisqu'il avait décroché le poste.

Claudia faisait partie de ces psychologues qui vous donnent envie de livrer les bonnes réponses. Elle était experte pour faire resurgir les souvenirs oubliés grâce à l'hypnose. Roy se sentit immédiatement à l'aise avec elle, lui racontant son voyage en avion – il avait volé en première classe pour la première fois de sa vie –, sans prendre conscience que cette conversation à bâtons rompus permettait à Claudia d'évaluer sa sincérité et sa véracité en tant que témoin.

Après un premier échange anodin, elle le fit asseoir dans un fauteuil confortable, et la séance commença.

Ford, Robyn et Glasgow restèrent dans la pièce, mais s'installèrent hors du champ de vision de Roy. Ainsi, même si ce dernier savait qu'ils étaient présents, il aurait l'impression d'être seul avec la jolie psychologue.

Claudia lui posa une série de questions. Apparemment, Roy semblait détendu et s'exprimait facilement, les yeux mi-clos.

— Racontez-moi ce qui s'est passé le soir où Justin Jasperson a disparu, demanda-t-elle d'un ton neutre.

— Je faisais partie de l'équipe du soir, répondit-il. J'ai donc commencé à travailler vers 21 heures.

— Y avait-il beaucoup de monde ?

— Non, c'était assez calme.

— Quelque chose d'inhabituel s'est-il produit ce soir-là ? Mis à part l'enlèvement de l'enfant, bien sûr ?

— Non, c'était une soirée ordinaire. Le restaurant fermait ses portes à 23 heures et, après, nous nous contentions de servir les commandes. Le livreur, Jeff, était parti déposer la dernière pizza peu avant minuit. C'est alors que Jasperson a téléphoné pour commander une pizza pour deux.

— Connaissiez-vous Jasperson ?

— Non.

— Vous souvenez-vous de quelle pizza il s'agissait ?

— Une extra-large, moitié pepperoni, moitié olives noires.

Ford regarda Robyn et leva un pouce triomphant. Non seulement Roy n'avait pas changé sa version des faits, mais il semblait se rappeler de davantage de détails.

— Avez-vous pris la commande ?

— Non, c'était Mindy, la responsable de nuit, qui s'en était chargée. J'ai confectionné la pizza, je l'ai mise au four et, ensuite, j'ai pris ma pause.

— Et qu'avez-vous fait pendant votre pause ?

— Je suis sorti fumer sur le parking, non loin de la benne à ordures. Nous n'avions pas le droit de fumer devant le restaurant.

— Quelle sorte de cigarette avez-vous fumée ?

— J'avais un joint dans ma poche.

Il ne semblait plus gêné de reconnaître qu'il avait consommé de la drogue. Ford lui avait assuré qu'il y avait prescription et qu'il ne risquait plus d'être inquiété.

— Je l'ai allumé et j'ai tiré quelques bouffées, poursuivit Roy. Cela m'aidait à supporter ce travail. C'est alors que j'ai vu arriver une voiture sur le parking. J'ai jeté mon joint et allumé une Malboro.

— Quelle voiture était-ce ?

— Une Jag. Métallisée. Je me souviens d'avoir pensé que je m'offrirais un jour une bagnole comme ça.

— Avez-vous vu qui conduisait ?

— J'ai vu Eldon Jasperson en sortir. Je veux dire, je ne le connaissais pas à l'époque, mais maintenant, je sais qu'il s'agissait de lui. Avec tout le battage qui a suivi cette affaire.

— Comment semblait-il ?

— Semblait-il ?

— Comment se comportait-il ? Etait-il calme ou agité ?

— Il a fermé la portière à l'aide de sa télécommande, puis est entré à l'intérieur. Il marchait vite, mais ne courait pas.

— Que s'est-il passé ensuite ?

— Je pensais à cette Jaguar, j'imaginais ce que ce serait de la conduire, le genre de trucs dont tout le monde rêve, quoi. Puis une autre voiture est arrivée et s'est garée à côté de la Jag. J'ai trouvé ça curieux, parce que le parking était pratiquement désert. L'autre bagnole aurait pu se mettre n'importe où.

Ford glissa un coup d'œil vers le policier. Il gardait un visage impassible et ne se donnait même pas la peine de prendre des notes, le fumier ! Bien sûr, Glasgow n'avait aucune envie d'entendre que la police s'était complètement plantée au cours de l'enquête, mais à un moment donné, il lui fallait prendre en compte les faits, quand bien même déplaisants.

— Quelle sorte de voiture était-ce ? demanda Claudia.

Un long silence tomba et Ford retint son souffle. A côté de lui, Robyn prit sa main et la serra avec force. Il se demanda si elle était consciente de son geste.

— Un petit modèle. Métallisé. Une Toyota Camry ou quelque chose d'approchant. Ces bagnoles sont tellement courantes que je n'y fais plus attention.

— Avez-vous noté le numéro d'immatriculation ?

Un autre silence.

— PCA, répondit-il d'un ton neutre. Je me souviens des lettres, pas des chiffres.

Ford eut besoin de toute sa volonté pour ne pas lever les poings en l'air. C'était énorme ! Avec un numéro d'immatriculation, même partiel, une couleur de carrosserie et un modèle possible, il avait la possibilité de retrouver la trace de cette voiture.

Il se tourna vers Robyn, pensant voir sur son visage la même joie et la même excitation que celles qui l'habitaient. Mais elle semblait accablée et elle était blanche comme un linge.

— Qu'est-ce qui ne va pas ? lui murmura-t-il à l'oreille. Tu ne te sens pas bien ?

Sans répondre, elle se leva et quitta la pièce sans bruit.

Ford fut tenté de la suivre, mais il avait besoin de rester et d'écouter la séance jusqu'au bout. Glasgow semblait enfin intéressé par les révélations de Roy, à présent. Il avait sorti un calepin de sa poche et y griffonnait quelque chose.

L'interrogatoire touchait à sa fin. Roy expliqua qu'il avait terminé sa cigarette et était retourné travailler au moment où l'autre voiture avait surgi. Il n'avait pas aperçu qui était au volant et n'avait rien vu d'intéressant. Il se souvenait d'avoir mis la pizza dans un carton de livraison, puis du branle-bas de combat qui avait suivi quand Eldon avait annoncé que son fils avait disparu.

Dès que Claudia commença à ramener Roy à la conscience, Ford quitta discrètement la pièce. Il pensait trouver Robyn dans la salle d'attente, mais celle-ci était vide. La réceptionniste de Claudia était au téléphone.

Inquiet, Ford jeta un coup d'œil dans le couloir. Lorsqu'il vit Robyn sortir des toilettes, se tamponnant le visage avec une serviette en papier, il poussa un soupir de soulagement. Elle semblait secouée, mais elle avait repris quelques couleurs.

— Ça va ? demanda-t-il. Que s'est-il passé ?

— Je suis désolée… j'ai dû sortir, je craignais d'être malade.

— Quelque chose que tu as mangé n'est pas passé ?

Il était surpris. Les gens réagissaient de différentes manières aux bonnes nouvelles, mais, en général, ils ne vomissaient pas.

Elle le dévisagea, les yeux écarquillés.

— Tu ne comprends pas.

— Je comprends que Roy White vient de nous mettre sur une piste capitale. A présent, nous avons bon espoir de retrouver la trace de cette deuxième voiture.

— Tu n'auras pas besoin de la chercher. Il y a huit ans, je conduisais une Honda Accord, un modèle très proche d'une Toyota Camry. Le numéro d'immatriculation était PCA 227.

13

Robyn vit le moment précis où Ford prit conscience des implications de ce qu'elle venait de dire. Au début, il parut désorienté, comme s'il ne l'avait pas bien entendue. Puis il secoua la tête comme pour nier la réalité.

Finalement, il la regarda en face.

— Es-tu en train de me dire que Roy White vient de t'impliquer dans l'enlèvement et le meurtre de ton propre fils ?

Elle hocha la tête. Au cours de son existence, il lui était arrivé d'avoir peur, mais jamais à ce point. En un éclair, elle vit son avenir, sa vie réduits à néant.

Plus que tout, elle avait besoin que Ford la prenne dans ses bras, lui affirme qu'il s'agissait d'une regrettable erreur, que Roy se trompait ou mentait et qu'il allait rétablir toute la vérité sur-le-champ.

Mais il ne le fit pas. Son incrédulité se mua en colère. Ses traits se durcirent, puis il tourna les talons et, sans un mot, retourna dans le bureau de Claudia.

Robyn se sentit obligée de le suivre.

Elle allait être conduite dans les locaux de la police, y être interrogée, elle le savait. Peut-être serait-elle menottée, incarcérée.

Mais elle ne pensait qu'à l'expression horrifiée, ravagée de colère, de Ford.

Il avait déjà brisé ses espoirs, réduit à néant son rêve

d'une relation amoureuse avec lui, mais elle avait cru qu'il éprouvait au moins de l'amitié pour elle, du respect.

Maintenant, elle comprenait qu'il n'en était rien. Il ne voyait que la loi, l'ordre, le bien et le mal, et elle allait être suspectée de meurtre.

Que Roy White soit un menteur patenté n'y changerait rien.

Elle réfléchit à toute vitesse. Pourquoi Roy avait-il menti ? La réponse était évidente. Quelqu'un l'avait payé pour mentir, quelqu'un commençait à avoir peur, ce qui signifiait qu'ils étaient plus près de la vérité que ce qu'ils croyaient.

Robyn se ressaisit et suivit Ford dans le bureau. Elle n'avait pas lieu de s'inquiéter. Ford allait interroger Roy qui finirait par craquer, par reconnaître qu'il avait été soudoyé pour faire un faux témoignage et il livrerait le nom du commanditaire.

Mais quand elle entra dans la salle d'attente, ce qu'elle vit la terrassa. Roy et Ford se serraient la main, Claudia rayonnait. Tous trois estimaient que la séance d'hypnose avait été un franc succès. Ils avaient obtenu les renseignements qu'ils désiraient.

Ford *croyait*-il donc Roy ?

Ce n'était pas possible ! Ne la connaissait-il donc pas ? Elle lui avait tout raconté, n'avait rien gardé pour elle ; il n'ignorait plus rien de sa vie, de son intimité. Elle avait accepté de se livrer tout entière dans l'espoir de réussir ainsi à sauver Eldon.

Il aurait dû être en colère, s'efforcer de prouver son innocence. S'il ne le faisait pas, qui le ferait ?

Elle aurait pu survivre au supplice qui l'attendait, mais seulement si elle pouvait s'accrocher à quelque chose, garder espoir. Ford était le seul à pouvoir lui en donner. Mais là, il ne lui donnait rien. Il ne la regardait même pas.

Craignant d'éclater en sanglots devant tout le monde, elle sortit de la pièce, prit l'ascenseur et quitta le bâtiment. Elle se retrouva dans la rue, non loin de l'université, un quartier qu'elle ne connaissait pas bien. Elle avançait sans but, elle éprouvait le besoin de marcher. La chaleur était étouffante, mais elle n'en avait cure.

Ford se demanderait où elle était passée, mais elle n'avait pas l'intention de partir longtemps. Elle n'avait aucune envie de fuir, de se cacher : elle avait seulement besoin de se retrouver un petit moment seule pour se ressaisir, recouvrer sa dignité.

Quand la police entrerait en scène, puis les médias, quand elle se retrouverait sous les feux des projecteurs, elle ne leur laisserait rien voir de sa peine.

Comme Eldon, elle se montrerait stoïque. Parce que si Ford, l'homme qu'elle avait tellement voulu aimer, ne prenait pas sa défense, plus rien n'avait d'importance.

Ford avait vu Robyn entrer dans le bureau et en ressortir presque aussitôt. Il avait senti sa douleur, son incompréhension, mais, dans l'immédiat, il ne pouvait y faire quoi que ce soit. Il lui fallait jouer la comédie face à Roy, lui faire croire qu'il prenait ses bobards pour argent comptant, et qu'il n'avait pas encore compris que sa cliente venait d'être impliquée dans un meurtre.

— J'ai besoin de parler de tout cela avec mes supérieurs, disait Glasgow.

Il semblait prendre le témoignage de Roy au sérieux. A présent, Ford regrettait d'avoir impliqué la police. Maintenant, il allait devoir dire la vérité pour ne pas être accusé d'entrave à la justice. De toute façon, il ne faudrait pas longtemps à un enquêteur digne de ce nom pour considérer Robyn comme la nouvelle suspecte. Il n'était pas très difficile d'apprendre quelle voiture elle conduisait au moment de la disparition de Justin et quel était son numéro d'immatriculation.

— Un instant, sergent ! lança Ford avant de tendre des billets à Roy. Voilà pour le taxi qui va vous reconduire à l'hôtel. Votre avion décolle demain matin et une voiture passera vous prendre pour vous conduire à l'aéroport.

Roy hocha la tête.

— Si cela peut vous être utile, je suis d'accord pour prolonger mon séjour ici…

Glasgow examinait Roy des pieds à la tête comme pour mesurer sa crédibilité.

— La police vous recontactera.

— Je suis très heureux d'avoir pu vous aider.

Ford eut du mal à ne pas lui envoyer son poing en pleine figure.

Quand Roy quitta la pièce, l'inspecteur considéra Ford d'un air interrogateur.

— Vouliez-vous me dire quelque chose ?

— La voiture que Roy a décrite est celle de Robyn, vous le vérifierez dans le dossier.

Glasgow en resta un instant bouche bée.

— Vous n'auriez pas dû la laisser partir ! s'exclama-t-il quand il eut recouvré ses esprits.

— Elle ne va pas s'enfuir, vous avez ma parole.

Il la connaissait assez pour savoir qu'elle ne se déroberait pas aux accusations qui pesaient sur elle.

— Nous aurons besoin de lui parler, poursuivit Glasgow. Le plus tôt sera le mieux.

Ford savait ce qu'il entendait par « parler ». Une salle d'interrogatoire, deux ou trois inspecteurs qui harcèleraient Robyn pendant des heures.

— Excusez-moi de vous interrompre, intervint Claudia. Il y a quelque chose que je dois vous dire. Roy White mentait.

Glasgow leva un sourcil étonné.

— Qu'est-ce que c'est que cette histoire ? Il m'a paru totalement sincère, et j'ai l'habitude d'interroger les gens.

— Il mentait, insista-t-elle. Pas sur tout. Seulement lorsqu'il a décrit la voiture. Son corps l'a trahi. L'étude du langage du corps est une science fondée sur des éléments concrets et cette séance fut un modèle du genre.

— Vous ne pouvez pas prétendre tout et son contraire, répliqua l'inspecteur. Soit votre témoin a dit la vérité et en ce cas, nous sortons Eldon de prison et nous arrêtons son ex-femme, soit votre témoin ment et Eldon va mourir dans deux jours. Que choisissez-vous ?

Ford réprima l'envie de l'étrangler et s'efforça d'argumenter.

— Vous savez très bien que ce n'est pas si simple.

Glasgow parut réfléchir et, pour la première fois, Ford vit une lueur d'intelligence passer dans les yeux de son interlocuteur.

— En tout cas, je vais faire de mon mieux pour accorder un délai à Eldon Jasperson. Il est évident qu'il subsiste des zones d'ombre dans cette affaire. Mais j'exige que vous conduisiez Robyn Jasperson à nos bureaux avant 8 heures, ce soir. Si vous ne le faites pas, nous irons l'interpeller.

Sur ces mots, il s'en alla.

Claudia parut accablée.

— Ford, je suis désolée de ne pas l'avoir convaincu. Peut-être que si j'avais discuté avec quelqu'un d'autre…

— Cela n'aurait sans doute rien changé.

Dans l'immédiat, Ford avait d'autres urgences. Il lui fallait retrouver Robyn.

Elle n'était pas dans le couloir et, quand il l'appela sur le seuil des toilettes, seul le silence lui répondit.

Il n'aimait pas cela. Même si elle refusait de le croire, Robyn était toujours en danger. Le véritable meurtrier rôdait dans les parages. Il avait convaincu Roy de mentir pour faire accuser Robyn. Il fallait être animé par beaucoup de haine et de colère pour agir ainsi.

Il composa le numéro de portable de Robyn et fut soulagé qu'elle réponde.

— Salut, Ford.

Elle s'exprimait d'une voix tendue.

— Robyn, où es-tu ?

— Je suis allée faire un tour dans le quartier, j'avais besoin de marcher seule quelques instants. Je me doute que tu dois regretter d'avoir misé sur le mauvais cheval avec moi, mais, ne t'inquiète pas, je n'ai pas pris la poudre d'escampette.

— Je n'ai jamais… Pour l'amour de Dieu, reviens tout de suite au cabinet de Claudia.

Il sentait qu'elle était terrifiée. Depuis des jours, elle vivait sur les nerfs, ne dormait pas, ne tenant que grâce à la caféine. Ce n'était pas le moment qu'elle s'effondre. Doutait-elle de lui ? Comment pourrait-elle penser, ne serait-ce qu'un instant, qu'il avait cru Roy ?

Une fois de plus, Ford regretta de ne pas avoir les moyens des services de police. Il aurait pu alors demander à l'opérateur téléphonique de Roy White la liste des personnes qu'il avait eues en ligne et découvrir qui l'avait payé pour mentir.

Lorsqu'il sortit de l'immeuble, il repéra tout de suite Robyn qui se dirigeait vers lui, l'air accablé par la chaleur ambiante. Quand elle se rapprocha, leurs regards se croisèrent et elle soutint le sien un instant avant de détourner la tête.

— Je suis désolée d'être partie comme ça, dit-elle avec raideur. J'avais peur d'éclater en sanglots devant le sergent.

Il se radoucit aussitôt. Elle était bouleversée et avait

réagi de manière irrationnelle. Comment aurait-il pu le lui reprocher ?

Elle promena les yeux autour d'elle, comme si elle s'attendait à voir une légion de policiers faire irruption pour lui passer les menottes.

— Où est-il passé, d'ailleurs ?

— Il est parti faire des vérifications.

— Il a donc cru Roy ?

— Je le crains. Il veut que tu te présentes dans les locaux de la police de Green Prairie à 8 heures, ce soir.

Elle ferma un instant les paupières comme pour encaisser le choc.

— Et Eldon ?

Comme d'habitude, Robyn se préoccupait en priorité des autres, même lorsqu'elle était elle-même en mauvaise posture.

— Glasgow a promis d'intervenir en sa faveur, de demander à ce que la date d'exécution soit repoussée.

— Penses-tu qu'il va obtenir gain de cause ? Que le gouverneur l'écoutera ? Il reste très peu de temps. Deux jours seulement.

— Oui, je crois que le procureur tiendra compte de sa requête. Je ne peux pas le garantir, mais il n'est pas fou.

Robyn sourit presque.

— C'est déjà ça, nous avons au moins atteint notre objectif.

Oui, mais à quel prix ?

— Vont-ils m'arrêter ? reprit-elle d'une petite voix.

Il aurait aimé la rassurer, mais il se devait d'être honnête.

— Je n'en sais rien.

— Je vais passer chez moi pour arroser mes plantes, au cas où.

Elle tentait de faire de l'humour, mais la plaisanterie tomba à plat.

— Quoi qu'il advienne, nous gérerons le problème.

— Vraiment ? Si je suis inculpée, Project Justice prendra-t-il ma défense ?

Il ouvrit la bouche pour répondre par l'affirmative, que c'était une évidence. Mais elle parlait de Project Justice, pas de lui personnellement, et il ne pouvait se prononcer à la place de la fondation. La décision ne relevait pas de lui. Il s'interrompit pour prendre le temps de réfléchir à ce qu'il allait dire.

Mais la lueur d'espoir qui avait traversé Robyn s'éteignit.

— Je ne peux pas te le reprocher. Tout m'accuse. Il serait fou de ta part de prendre fait et cause pour moi sans en savoir davantage.

Détournant les yeux, elle leva le bras pour héler un taxi.

— Ne tire pas de conclusions hâtives, répliqua-t-il en lui prenant le bras. Ecoute, tu ne peux pas partir comme ça. Laisse-moi au moins te chercher un avocat. Si Raleigh n'est pas disponible, je trouverai quelqu'un d'aussi compétent.

Il fallait d'abord régler les problèmes immédiats. Puis ils mettraient au point une stratégie. C'était ainsi que travaillaient les policiers, qu'il travaillait.

Le taxi s'arrêta le long du trottoir, et Ford la lâcha à contrecœur. Robyn ouvrit la portière, mais le regarda en face avant de s'engouffrer à l'intérieur.

— Je n'ai pas besoin d'avocat. Je suis innocente.

— Ne sois pas si naïve. Innocente ou coupable, les flics vont te hacher menu dans la salle d'interrogatoire.

— Tu oublies que je suis déjà passée par là. Je ferai face. Mais merci de te soucier de ce qui m'arrive.

Elle s'installa dans l'habitacle et referma la portière.

Il se reprochait de n'avoir pas mieux mené l'affaire.

*
* *

Cinq minutes plus tard, alors que son taxi s'enlisait dans les embouteillages, Robyn sentit le choc se dissiper et regretta de ne pouvoir revenir en arrière. Ford lui avait proposé de l'aide. Il avait eu envie de la confier à un avocat. Elle avait eu tort de repousser son offre, elle avait besoin de soutien.

Mais elle ne pouvait nier qu'elle avait espéré davantage de cet homme qu'elle avait tant voulu aimer. Ford ne la croyait peut-être pas coupable, mais il n'avait pas esquissé le moindre geste pour la défendre et elle se sentait blessée.

Enfin arrivée chez elle, Robyn régla la note de taxi exorbitante avec sa carte de crédit. Son déficit bancaire était le cadet de ses soucis. D'autres sujets la préoccupaient. Qu'adviendrait-il de sa classe d'arts ? Lui accorderait-on quelques jours pour emballer ses affaires ? Ou son propriétaire les jetterait-il dans la rue ?

Une fois chez elle, elle se promena dans les pièces comme un fantôme, touchant ses meubles, sa vaisselle, même son savon.

Elle ne nourrissait aucune illusion, elle savait qu'elle serait arrêtée. Elle n'avait rien pour se défendre, pour prouver que Roy avait menti – tout du moins, pas pour l'instant –, et elle passerait au moins une nuit en prison.

Il n'y aurait pas de savon parfumé dans sa cellule.

Le souvenir d'Eldon dans le couloir de la mort la fit frissonner. Même si elle avait l'intention de se battre de toutes ses forces, de nier le meurtre dont elle serait fatalement accusée, elle ne pouvait exclure l'éventualité de finir ses jours derrière les barreaux ou d'être exécutée.

Les plantes sur son balcon avaient besoin d'eau, et elle les arrosa. Le geste n'avait aucun sens : de toute façon, elles allaient périr à cause de la sécheresse et par manque de soins.

Finalement, elle se rendit dans les locaux de la police.

Elle connaissait bien l'endroit. Elle se gara sur le parking, prit une profonde inspiration et se dirigea vers le bâtiment.

Comme le policier à la réception la dévisageait avec surprise, elle s'aperçut qu'elle le connaissait. Huit ans plus tôt, il occupait déjà ce poste. Il avait un peu grossi, ses cheveux grisonnaient à présent, mais il était tout à fait reconnaissable.

— Madame Jasperson ?

— Oui, j'ai été convoquée par le sergent Glasgow.

Ce dernier apparut alors, un petit sourire narquois sur les lèvres.

— Je ne vous attendais pas si tôt, dit-il sur un ton presque aimable.

— Je préfère en finir au plus vite.

Il grommela quelque chose, un « N'y comptez pas trop », mais elle ne fut pas certaine d'avoir bien entendu.

Il la conduisit jusqu'aux inspecteurs. Le commissariat était modeste, et les inspecteurs partageaient le même grand bureau, qu'ils soient chargés de crimes de sang, de cambriolages, de fraudes ou d'enquêtes sur des personnes disparues.

Quand elle entra, tous les policiers levèrent les yeux vers elle. Elle soutint leurs regards avant de détourner la tête.

Le sergent Glasgow ouvrit la porte de la salle des interrogatoires et l'invita à y pénétrer. Il la suivit en compagnie de deux autres inspecteurs qui lui étaient inconnus.

— Avant de commencer, dit-elle en s'installant sur une chaise, suis-je en état d'arrestation ?

— Non, madame. Il s'agit d'une conversation amicale.

Elle leva les yeux au ciel.

— Cessez de me prendre pour une idiote ! J'ai déjà eu droit à vos « conversations amicales ».

Elles avaient duré six heures, et elle n'avait même pas été autorisée à se rendre aux toilettes au cours de l'interrogatoire. Elle était certaine que rien n'avait changé, si ce n'est que cette fois, ils ne l'interrogeraient pas à l'aveuglette. Un témoin l'avait placée au cœur de la scène du crime.

Ils commencèrent assez amicalement, lui rappelant ses droits. Elle accepta de s'exprimer sans la présence d'un avocat. Elle savait qu'elle avait la possibilité d'interrompre l'interrogatoire à tout moment pour en exiger un. Huit ans plus tôt, elle l'ignorait. Le savoir lui apporta un certain réconfort.

Ils lui demandèrent d'abord de décliner son identité, son âge, ses liens avec Eldon et avec Justin, son adresse à l'époque de la disparition de son fils. Elle avait déjà répondu des millions de fois à ces questions et devrait sans doute recommencer autant de fois encore.

Le sergent Glasgow abordait à peine le cœur de l'interrogatoire – ce dont elle se souvenait à propos de la nuit où Justin avait été enlevé – quand quelqu'un frappa à la porte.

A en juger à la mine de ses trois interlocuteurs, cette interruption les dérangea.

Une femme passa la tête dans l'entrebâillement de la porte.

— L'avocat de Mme Jasperson est là.

Les trois hommes se tournèrent vers Robyn. Elle haussa les épaules.

— Ford Hyatt a dû envoyer quelqu'un, il m'avait dit qu'il le ferait.

Tout le monde se tut quand la porte s'ouvrit en grand. Robyn espérait voir apparaître Raleigh Shinn qui connaissait le dossier et qui était dotée d'une grande intelligence. Mais elle ne reconnut pas l'homme chauve tiré à quatre épingles qui entra.

Pourtant, le moment de surprise passé, elle se rendit compte qu'elle l'avait déjà rencontré. Il s'agissait d'un des avocats d'Eldon, William Purdy. Il n'avait pas obtenu la liberté d'Eldon, mais Robyn l'appréciait, malgré tout. Il était intelligent et connaissait au moins la loi. Ford l'avait bien choisi.

Mais était-ce à lui de désigner son défenseur ? Si elle acceptait Purdy comme avocat, il ne la laisserait pas poursuivre l'interrogatoire et elle avait envie d'en finir. Mais Ford avait peut-être raison. Les innocents avaient besoin d'avocats, même si leur présence contrariait les inspecteurs de police.

Elle ouvrait la bouche pour accepter l'avocat quand une autre personne fit irruption dans la pièce.

Trina ?

Robyn fut contente de voir un visage ami et soulagée de ne pas avoir à affronter Ford tout de suite.

— Ne t'inquiète de rien, Robyn, annonça Trina. Ford a engagé le meilleur avocat du pays.

Dans l'expectative, les inspecteurs dévisageaient Robyn. A présent, la décision lui appartenait. Elle pouvait accepter de l'aide ou la décliner. Après un moment d'hésitation, elle hocha la tête.

— J'accepte pour le moment que Maître Purdy prenne ma défense.

Purdy lui sourit.

— Parfait. Ma cliente ne souhaite pas répondre à d'autres questions pour l'instant.

Robyn tenta de protester.

— Mais je voudrais…

Trina la fit taire d'un regard.

— D'accord, mais je tiens à préciser que je n'ai rien à cacher, reprit Robyn. Dès que j'aurai convaincu mon avocat de mon innocence, vous pourrez poursuivre l'interrogatoire.

Les inspecteurs n'avaient pas l'air content. Mais au

moins n'était-elle pas en état d'arrestation. Elle était libre de s'en aller… dans l'immédiat, en tout cas.

Purdy et Trina l'escortèrent. Ils avaient tout organisé pour que Robyn puisse avoir un entretien approfondi avec son avocat le lendemain matin avant de retourner avec lui dans les locaux de la police pour reprendre l'interrogatoire.

Elle profitait donc de quelques heures supplémentaires de liberté. Toutes les tensions accumulées la rendaient faible et elle tenait à peine sur ses jambes.

— Ma pauvre, lui dit Trina. Quand j'ai appris ce qui se passait, je n'ai pas pu le croire.

— Ford t'a-t-il appelée ?

Mettre Trina au courant des avancées de l'affaire n'avait pourtant pas paru une priorité pour lui.

— Euh, non… j'ai entendu la nouvelle à la radio. D'ailleurs, les journalistes, les chaînes de télévision sont dehors.

Robyn envisagea la possibilité d'aller se cacher dans les toilettes et de ne plus jamais en sortir. Affronter les médias avait été difficile alors que Ford était là pour la protéger. Qui veillerait sur elle, à présent ? Trina ?

— Trina, tu ne me crois pas coupable, n'est-ce pas ?

Elle avait un besoin vital que quelqu'un la croie.

— Bien sûr que non ! Nous n'avons pas grand-chose en commun, toi et moi, mais tu aimais ton petit garçon, je n'en ai jamais douté.

— Merci.

— Tu as l'air épuisée. Ma voiture est garée tout près. Pourquoi ne pas sortir discrètement par-derrière ? Je te ramènerai chez moi et te préparerai un bon petit repas. Ford m'a dit qu'il valait mieux que tu ne restes pas seule chez toi, ce ne serait pas prudent.

— Tu as donc parlé à Ford ?

— Je lui ai téléphoné. Je voulais faire quelque chose. Il s'occupait déjà de te trouver un avocat, mais il m'a conseillé de venir pour être sûre que Purdy se charge bien de ta défense. Et il m'a dit de ne pas te laisser seule.

Vu la manière dont elle avait réagi après la séance d'hypnose, ce n'était pas surprenant de sa part.

En vérité, Robyn n'avait pas envie de passer seule ce qui serait sans doute sa dernière nuit de liberté. Certes, Trina n'était pas la personne avec qui elle aurait préféré se trouver, mais elle était là et faisait preuve de sollicitude.

— D'accord, dit-elle finalement.

Un des policiers leur montra une porte dérobée et, un instant plus tard, Robyn s'installa dans la voiture de Trina. L'air conditionné lui procura une agréable fraîcheur, et elle s'efforça de ne plus penser à rien.

Ce n'est que lorsque Trina s'engagea dans Sycamore Lane que Robyn se rendit compte que « chez elle » signifiait le manoir d'Eldon, la maison où elle-même avait vécu avec lui quand ils étaient mariés. Elle n'y était pas revenue depuis l'enlèvement de Justin.

La belle demeure de brique rouge n'avait pas changé avec sa cour pavée ornée d'une fontaine. Robyn se souvint à quel point elle avait été impressionnée la première fois qu'elle avait vu la maison, si différente du minuscule mobil-home où elle avait grandi.

A présent, elle la trouvait m'as-tu-vu.

Les arbres avaient prospéré. La gorge serrée, Robyn reconnut le cornouiller qu'elle et Eldon avaient planté à la naissance de Justin. A l'époque, il avait tout d'un bâton, mais aujourd'hui il touchait le toit du porche.

En s'approchant, elle constata que le jardin était un peu à l'abandon. Les haies avaient besoin d'être taillées, la pelouse était clairsemée par endroits, les mauvaises herbes envahissaient les parterres. Entretenir la propriété coûtait une fortune, et Trina n'en avait sans doute pas les moyens.

Trina entra dans le garage et coupa le moteur. Des meubles au rebus étaient entassés dans un coin. Robyn reconnut une table basse et des fauteuils dont elle avait fait l'acquisition avec Eldon, ainsi que leur ancien lit.

Après tout, il était naturel pour une nouvelle épouse d'avoir envie de s'approprier le lieu. Mais quand elle aperçut le berceau de Justin, elle réprima à grand-peine un cri.

Pourtant, sur les conseils de ses amis, de ses proches et de son thérapeute, elle-même n'avait pas conservé la chambre de Justin chez elle. La vie devait continuer.

Elle suivit Trina à l'intérieur.

— J'imagine que tu n'as pas déjeuné, lui dit Trina. Et il est presque l'heure de dîner. J'ai de quoi confectionner une salade, des sandwichs, et il me reste aussi de la soupe. Cela te va ?

— Trina, c'est formidable, merci beaucoup.

Sur une impulsion, elle lui ouvrit les bras et l'embrassa. Elle avait besoin de se sentir proche de quelqu'un. Un besoin vital.

Trina parut surprise, mais, après un moment, elle se radoucit et lui rendit son baiser.

— Ma vieille, je suis certaine que tu ferais la même chose pour moi si j'avais des ennuis.

L'épaisse chevelure de Trina chatouilla les narines de Robyn et elle huma les fragrances de son shampoing.

Un parfum de noix de coco.

Cette odeur ne lui était pas inconnue, et une décharge d'adrénaline traversa Robyn, lui donnant envie de repousser Trina et de s'enfuir en courant. Un peu perdue, elle se demanda ce qui lui arrivait avant de se rappeler dans quelles circonstances elle avait déjà senti ces fragrances.

La personne qui s'était introduite chez elle et qui l'avait agressée utilisait le même shampoing.

Robyn avait dit à Ford que son agresseur était trop petit pour être un homme adulte et qu'il s'agissait sans doute d'un adolescent. Mais à présent, elle comprenait qu'il aurait pu s'agir aussi d'une petite femme.

— Robyn, quelque chose ne va pas ?

Robyn avait reculé et, si elle tenait toujours Trina par les épaules, elle la dévisageait sans doute avec horreur.

— Tu es entrée par effraction chez moi, dit-elle sans réfléchir.

Il n'était sans doute pas prudent de sa part d'affronter en face quelqu'un qui l'avait agressée et avait peut-être fait pire.

— Je te demande pardon ?

Les morceaux du puzzle se mettaient en place.

— Je comprends tout, à présent. Tu n'aimais pas Justin, tu me jalousais et tu m'en voulais d'être liée à Eldon parce qu'il était le père de mon fils. Alors, tu as réglé la question.

— Tu as perdu l'esprit ? Je ne ferais jamais de mal à un enfant. J'ai été innocentée. Roy a vu une blonde aux longs cheveux sur ce parking et je suis brune.

Trina venait de se trahir et Robyn se raidit.

— Roy n'a jamais parlé d'une blonde aux longs cheveux. Mais il aurait dû le faire, n'est-ce pas ? Tu lui avais demandé de le dire, tu l'as payé pour qu'il raconte tout ça.

— Je ne sais pas de quoi tu parles, je n'ai jamais rencontré Roy en personne.

— Alors, tu lui as téléphoné et tu lui as envoyé de l'argent.

Robyn devinait qu'elle en disait trop. Elle devait sortir

d'ici au plus vite, fuir Trina avant que celle-ci commette un acte irréparable. Un de plus.

Ou avant qu'elle-même en commette un. Jamais Robyn n'avait éprouvé le désir de tuer quelqu'un, sauf la personne qui lui avait enlevé son enfant.

Elle saisit son sac pour prendre son téléphone et appeler… qui ? La police ? Non, leur expliquer prendrait trop de temps.

Ford. Lui la croirait. Il le fallait.

Elle commençait à composer son numéro quand Trina lui frappa la main. L'appareil tomba sur le carrelage de la cuisine.

— Je ne te laisserai pas faire ! cria Trina. Cette fois-ci, ton petit Ford chéri ne viendra pas à ta rescousse. C'est entre toi et moi.

14

Le cœur battant à tout rompre, Robyn évalua ses chances de s'enfuir.

Elles étaient minces. Si Trina avait été capable d'assassiner un enfant, elle n'hésiterait pas à tuer un adulte. Elle était petite mais musclée grâce à un entraînement sportif assidu.

Robyn leva la main.

— D'accord, j'ai peut-être tiré des conclusions hâtives. N'aggravons pas la situation qui est assez complexe comme ça et…

Trina l'interrompit d'un coup de coude dans le ventre qui lui coupa le souffle.

— Ferme-la, compris ? Je dois réfléchir. Le temps joue contre toi. Dans deux jours, j'aurai quitté la ville. Je ne suis pas stupide, j'ai assuré mes arrières et mis de l'argent de côté aux îles Caïman, juste au cas où.

Robyn parvint à reprendre sa respiration.

— Au cas où quelqu'un comprendrait que tu as tué Justin, c'est bien cela ?

— Je n'ai pas tué ton imbécile de fils.

— Quoi ?

Mue par une force qui la surprit elle-même, Robyn se redressa et, attrapant Trina par les épaules, elle la plaqua contre le réfrigérateur.

— Mais alors, qui l'a tué ? Tu le sais et tu vas me le dire tout de suite, sinon…

— Lâche-moi !

Trina se débattit, mais la fureur de Robyn décuplait son énergie.

— Si tu ne me lâches pas tout de suite, tu ne sauras jamais ce qu'il est advenu de ton gosse.

Aussitôt, Robyn recula.

— Trina, si tu as une once d'humanité, dis-moi ce qu'il est arrivé à Justin.

Elle tomba à genoux, elle n'avait plus envie de se battre. Depuis longtemps, elle s'était interdit d'y penser, mais, à présent, elle imagina son cher petit ange enterré dans un bois ou dans le désert, là où personne ne le retrouverait jamais.

— Cesse de pleurnicher, cria Trina. Et lève-toi.

— Je n'appellerai personne, je te donnerai le temps de t'enfuir, mais dis-moi où je peux trouver son…

— Il n'est pas mort, d'accord ? Je ne suis pas une sainte, loin de là, mais je suis incapable de tuer un enfant.

Ford avait des crampes d'estomac à force d'avaler trop de café et rien de consistant. Il négligeait les règles d'hygiène de vie dont il avait pourtant fait une religion. Il avait sauté le déjeuner et s'apprêtait également à se passer de dîner.

Tenaillé par l'urgence de faire quelque chose pour Robyn, il estimait que se préoccuper de son estomac serait trivial.

Sur les recommandations de Raleigh, il avait engagé William Purdy pour défendre Robyn, que cette dernière ait envie ou non d'un avocat. Ford espérait que l'homme allait réussir là où lui-même avait échoué. Il savait comme il était fréquent que des innocents avouent lorsqu'ils étaient sous pression des crimes qu'ils n'avaient pas commis.

Ford aurait voulu faire plus. Il aurait aimé se rendre à

Green Prairie, pour être aux côtés de Robyn et s'efforcer de neutraliser les retombées des mensonges de Roy. Mais il devinait qu'elle n'apprécierait pas sa présence.

Aussi se concentrait-il sur ce qu'il *pourrait* faire pour l'aider de loin. Il lui fallait à tout prix réduire à néant le témoignage de Roy White et sa crédibilité.

Mitch Delacroix, l'expert en technologie de Project Justice, s'était vu confier la mission de pirater les enregistrements téléphoniques de Roy. C'était illégal, mais s'ils parvenaient à savoir avec qui il avait été en contact, ils découvriraient qui l'avait soudoyé.

Un bref instant, Ford avait suspecté Roy d'être le ravisseur et le meurtrier. Peut-être avait-il monté cette histoire avec la voiture de Robyn pour se couvrir. Mais sans complice, il n'aurait pas eu la possibilité de faire disparaître Justin, puisqu'il était revenu à son poste moins de cinq minutes après le rapt.

De toute façon, il n'avait pas agi seul.

Ford faisait ce qu'il savait faire de mieux – s'efforcer de faire parler l'entourage. Roy avait de la famille, des amis, des collègues, et il ne n'avait pas été difficile de les retrouver. Chaque fois qu'il avait quelqu'un au bout du fil, il lui demandait si Roy avait évoqué une rentrée d'argent prochaine ou le projet d'acquérir une voiture ou un écran plasma.

Il apprit vite que Roy n'était pas apprécié de ses proches, pas même des membres de sa famille.

Roy avait parlé à la plupart d'entre eux de son voyage à Houston et du fait que son témoignage allait permettre de sauver la vie d'un condamné à mort, et peut-être de confondre un assassin. Mais personne ne se souvenait de quoi que ce soit en rapport avec l'argent… jusqu'au moment où Ford tomba sur un de ses collègues.

— Oui, répondit le type. Il comptait s'offrir sous peu

une Harley. Cela fait des années qu'il en parle, mais hier, je l'ai entendu en discuter au téléphone avec un concessionnaire. Il semblait décidé à l'acheter.

Ford reprit espoir. Il allait sans doute pouvoir retrouver le vendeur et en apprendre davantage. Il s'apprêtait à demander des détails quand il aperçut Celeste sur le seuil de sa porte, suivie d'une jeune femme. Lorsqu'il reconnut cette dernière, il s'interrompit.

— Je vous rappelle, dit-il à son interlocuteur.

Il raccrocha et se leva.

— Heather.

— Cette dame insiste pour vous voir immédiatement, expliqua Celeste. Quand elle m'a dit que c'était au sujet de l'affaire Jasperson, j'ai pensé que vous auriez envie de la recevoir.

— Bien sûr. Merci, Celeste.

Heather entra dans la pièce d'un pas hésitant. Elle semblait terrifiée.

Sur un ton poli qui ne lui était pas habituel, Celeste proposa des rafraîchissements. Elle était d'un naturel curieux et avait envie d'en apprendre davantage sur leur visiteuse.

— Montez-nous des sodas et quelque chose à grignoter, répondit Ford. Et merci de refermer la porte derrière vous.

— Je n'ai besoin de rien, intervint Heather.

— Ne vous en faites pas, je mangerai ce dont vous ne voulez pas. Asseyez-vous, je vous en prie, et surtout n'ayez pas peur. Je promets de ne plus vous menacer et je vous présente toutes mes excuses pour la façon dont je vous ai traitée.

Il lui désigna un fauteuil et s'installa dans un autre.

— Que puis-je faire pour vous ?

Il retenait son souffle. Il devinait que s'il parlait un peu trop fort ou s'il esquissait un geste brusque, elle risquait de prendre la fuite. Une seule chose avait poussé Heather Boone dans son bureau. Sa conscience.

Elle tripotait nerveusement un bouton de son chemisier.

— J'ai parlé à Brad, je lui ai tout raconté. C'est un homme si bon, je ne le mérite pas, ajouta-t-elle en fondant en larmes.

Sans un mot, Ford lui tendit une boîte de mouchoirs. Il se demandait ce qu'il ferait si elle avouait. Elle ne pourrait pas quitter l'immeuble. Celeste l'en empêcherait. Il lui suffisait de lui passer un coup de fil pour qu'elle verrouille les portes. Elle était capable de la neutraliser et de la menotter elle-même si nécessaire. Elle semblait âgée et vulnérable, mais elle était d'une force incroyable.

Tandis qu'Heather se ressaisissait, Ford sortit un magnétophone du tiroir de son bureau et le posa entre eux, avant d'appuyer sur le bouton d'enregistrement.

Heather n'émit aucune objection. Elle fut bientôt en mesure de reprendre la parole.

— La nuit où Justin a disparu, j'étais avec Eldon, chez lui. Il… est sorti chercher une pizza. Nous avions espéré qu'elle nous serait livrée, mais nous avons téléphoné pour la commander deux minutes après minuit, et le restaurant ne livrait plus. Mais comme j'avais très faim et qu'il n'y avait rien à manger dans la maison, Eldon a dit qu'il allait passer la chercher. C'est alors que Justin s'est réveillé. Il pleurait, et je ne savais pas quoi faire. Je n'avais que dix-huit ans à l'époque, et je ne m'étais jamais occupée de jeunes enfants. Eldon a alors décidé d'emmener le petit avec lui parce qu'il dormait toujours dans la voiture.

Ford ne savait pas s'il devait être soulagé ou déçu. D'un côté, le témoignage d'Heather corroborait dans ses moindres détails les déclarations d'Eldon. Si Justin vivait encore peu après minuit, Eldon n'aurait pas eu le temps de le tuer et de faire disparaître son fils avant de débarquer à la pizzeria dix minutes plus tard.

Mais le témoignage d'Heather n'exonérait en rien Robyn.

— Je sais que j'aurais dû me manifester, à l'époque. Mais je m'étais dit que si Eldon avait besoin de mon aide, il aurait parlé de moi à la police. Et j'avais tellement peur d'être impliquée, que quelqu'un me soupçonne du rapt. Je sortais du ruisseau, j'avais déjà eu maille à partir avec la police. Alors, j'ai quitté la ville. Je savais que tout était fini avec Eldon et je n'avais rien à espérer en restant à Green Prairie. Je ne regardais pas en arrière. Je ne lisais pas les journaux, je ne suivais pas les informations à la télévision parce que je n'avais pas envie de savoir. Je me suis tournée vers quelqu'un d'autre. Mais le passé a fini par me rattraper.

— En effet, acquiesça Ford. Je sais à quel point toute cette histoire est difficile pour vous, mais seriez-vous disposée à faire une déclaration officielle auprès des autorités ?

— Attendez, je n'ai pas fini. Il y a encore autre chose.

Ford se figea.

— Continuez, je vous écoute.

— Quand Eldon est monté dans la voiture et a quitté la propriété, j'étais à la porte, sous le porche. La barrière s'est ouverte et il a tourné à droite pour s'engager dans Sycamore Street. J'ai vu alors des phares s'allumer. Une voiture était garée le long du trottoir et a suivi celle d'Eldon. Je me souviens d'avoir trouvé cela curieux, parce que personne ne se garait dans la rue dans ce quartier.

— Avez-vous vu l'autre voiture ?

Le cœur de Ford battait si fort qu'il craignit de ne pas entendre la réponse de la jeune femme.

— Je l'ai aperçue un bref instant quand elle est passée

devant la barrière ouverte. C'était une voiture de luxe, un modèle européen, je crois. Rouge.

Rouge, non métallisée. Ford éprouva un tel soulagement qu'il faillit rater ce que Heather ajoutait.

— Et elle faisait un bruit de teuf-teuf. Comme un camion, vous voyez…

— Comme un moteur diesel.

— Oui, c'est ça.

Ce détail éveilla quelque chose dans la mémoire de Ford.

— Excusez-moi, Heather, j'aimerais vérifier quelque chose.

Le dossier de l'affaire se trouvait sur son bureau, et il le feuilleta d'une main fébrile. A l'époque du kidnapping, quelqu'un de l'entourage d'Eldon conduisait une Mercedes rouge. Equipée d'un moteur diesel.

Trina Jasperson.

Il se jeta sur son téléphone pour composer le numéro de portable de Robyn. Il tomba sur sa messagerie. Ce n'était pas inquiétant en soi. Si elle était encore dans les locaux de la police, elle avait éteint l'appareil.

— Cela a-t-il une signification particulière ? s'enquit Heather. La voiture rouge ?

Il avait oublié sa présence. Le magnétophone tournait toujours et il le coupa.

— Votre témoignage est très important. Merci d'avoir eu le courage de venir ici.

Il la poussa presque à la porte et, dans le couloir, ils faillirent heurter Celeste qui revenait, chargée d'un plateau de boissons et de sandwichs.

Celeste les considéra d'un œil réprobateur.

— Vous partez déjà ?

— Celeste, merci de raccompagner Mme Brinks. Appelez-lui un taxi si besoin. Heather, je vous rappelle.

— Euh… d'accord.

Tout en fonçant vers l'escalier – l'ascenseur était trop lent –, il composait le numéro de portable de Trina.

Elle ne répondit pas non plus.

Ford était la proie d'un mauvais pressentiment. Quelque chose clochait, et il avait appris à faire confiance à son intuition.

Robyn craignait de s'évanouir. Justin était-il donc toujours en vie ?

— Lève-toi ! ordonna Trina. Si tu fais ce que je te dis, je ne te ferai pas de mal. Je te donnerai tous les renseignements nécessaires pour te permettre de retrouver ton gosse.

Dans un état second, Robyn se releva. Justin était vivant. Après toutes ces années, elle n'osait y croire. Dans son esprit, elle tentait d'imaginer tous les scénarios possibles. La plupart étaient horribles. Avait-il été vendu comme esclave à l'étranger ? Des choses de ce genre se produisaient. Si son fils était en vie, quelle existence avait-il menée ? Avait-il été brutalisé ? maltraité ? Parviendrait-elle à le retrouver ?

Trina la prit par les épaules et la fit pivoter brutalement. Elle lui désigna un placard à balais.

— Entre là-dedans.

Les jambes de Robyn ne la portaient plus et elle avait du mal à marcher. Mais la promesse de Trina de lui révéler ce qu'il était advenu de Justin l'aidait à tenir. Elle se força à avancer.

— Bien, entre là-dedans.

Devait-elle suivre aveuglément les instructions de Trina ?

Son intuition lui disait d'opposer une résistance. Mais que se passerait-il si Trina refusait de lui dire ce qu'elle avait fait de Justin ?

Robyn se glissa dans l'étroit cagibi. Trina referma le

placard et coinça un balai dans les poignées pour enfermer Robyn à l'intérieur. Elle était effectivement prisonnière.

La panique s'empara d'elle, mais elle se maîtrisa.

— Dis-moi. Je t'en supplie.

— Tu as tout gâché, tu le sais, non ? Je me doutais que quelqu'un finirait par tout découvrir, mais je pensais que ce seraient ces factures de perruques qui me trahiraient. Voilà pourquoi je me suis introduite chez toi. Tu avais donné par erreur ton adresse personnelle à un de tes interlocuteurs. Or il s'agissait justement du détaillant chez qui j'avais acheté la mienne. Mais je n'ai rien trouvé chez toi. Est-ce ainsi que tu as tout compris ?

Fais-la parler.

Robyn entendait presque Ford l'encourager. Tant que Trina parlerait, Robyn resterait en vie et aurait des chances d'apprendre ce qu'était devenu son fils.

— Non, je l'ai compris en reconnaissant l'odeur de ton shampoing. Je me suis souvenu que j'avais déjà respiré ce parfum quand nous nous sommes battues chez moi.

— Tu viens donc juste de tout comprendre ! Quelle ironie du sort. Je suis une ancienne coiffeuse, et je me suis trahie à cause de mon shampoing. Mais tu n'as pas eu le temps d'en parler à qui que ce soit. Ton Ford chéri est sans doute en train de s'agiter à tenter de prouver ton innocence.

— Trina, à propos de Justin…

— J'y viens…

Robyn l'entendait s'agiter dans la cuisine, ouvrir des tiroirs.

— Je n'ai jamais prévu d'enlever Justin. Je savais qu'Eldon avait une maîtresse, mais je voulais des preuves. Je comptais prendre des photos pour prétendre à un dédommagement quand je demanderai le divorce pour faute.

Je me suis donc inscrite à ce congrès à Corpus Christi, j'y suis restée jusque tard dans la nuit et je suis revenue.

— Mais tu avais un alibi, répliqua Robyn. Ta compagne de chambre a dit que tu avais passé une grande partie de la soirée au bar, que vous étiez toutes les deux montées vous coucher et que tu n'avais pas quitté la chambre de la nuit.

— Elle avait soixante-quinze ans, elle était à moitié gaga et sourde comme un pot. Elle s'est endormie cinq minutes après s'être mise au lit. Je suis partie et rentrée à l'aube sans qu'elle s'aperçoive de mon absence.

— D'accord. Tu es donc revenue espionner Eldon…

— Elle était là. Dans ma maison, vêtue de mon peignoir Dolce & Gabbana. Je me suis garée dans la rue pour les surveiller et j'ai attendu… Je ne sais pas ce que j'attendais, je ne sais pas ce que je comptais faire. J'avais un revolver dans mon sac, peut-être avais-je envie de le tuer. J'étais folle de rage.

Robyn hésitait à lui dire qu'elle savait ce qu'elle avait éprouvé. Mais elle ne voulait pas contrarier une femme qui tenait sa vie entre ses mains.

— J'ai été étonnée qu'il quitte la propriété avec Justin dans la voiture. Par curiosité, je l'ai suivi. Il s'est garé devant la pizzeria. Je l'ai vu sortir de l'habitacle et laisser Justin dans la voiture, tout seul. C'est alors que l'idée m'est venue.

Robyn ferma les paupières, se préparant à ce que Trina allait lui dire.

— J'allais lui prendre Justin, lui faire la peur de sa vie et lui donner ainsi une bonne leçon. J'avais des perruques dans la voiture qui devaient me servir pour un séminaire de coiffure le lendemain, alors j'ai pris la blonde.

— Pour me faire porter le chapeau…

— Toi ? Je ne pensais même pas à toi. L'autre perruque

était brune et je ne voulais pas être reconnue au cas où des gens se seraient trouvés sur le parking. Mais il n'y avait personne.

— Tu n'as pas vu Roy White près de la benne à ordures ?

— Ne me parle pas de ce fumier. S'il avait été là à un moment, il était parti quand je suis arrivée. J'avais un double des clés de la Jaguar d'Eldon. J'ai déverrouillé la portière, j'ai pris le petit – il dormait et n'a pas protesté –, je l'ai mis dans ma voiture et je suis partie en me disant que j'étais très maligne. J'imaginais l'angoisse d'Eldon. Je pensais ramener le gosse un quart d'heure plus tard. Mais quand je suis revenue, les flics étaient déjà là. Il y avait des gyrophares partout, et j'ai compris que je risquais d'avoir des ennuis. J'avais enlevé un enfant qui n'était pas le mien. J'ai eu peur. Alors j'ai mis le cap sur la maison de ma mère. Je pensais l'abandonner quelque part, dans un endroit où quelqu'un le retrouverait. Mais ma mère a eu une meilleure idée. Elle connaissait un couple à Mexico, de vagues cousins qui rêvaient d'être parents, mais qui ne parvenaient pas à faire un enfant. Ils songeaient à en adopter, mais cela leur aurait coûté trop cher.

Robyn ne tenait plus sur ses jambes et s'écroula.

— Tu as envoyé mon fils au Mexique.

— C'était si simple et cela réglait tous les problèmes. Je n'aurais plus à supporter un beau-fils pour qui mon mari consacrait tant de temps, d'argent et d'attention, je n'aurais plus à l'entendre me parler de son ex-femme. Si tu savais comme je t'ai détestée. Tu étais une mère si dévouée, si parfaite. Eldon t'adorait.

Même si Robyn savait qu'il n'en était rien, elle préférait ne pas en discuter. Elle essuya les larmes qui ruisselaient sur ses joues.

— Qu'est-il arrivé à mon bébé ?

— Je te l'ai dit. Il est allé vivre chez un couple de Nuevo Laredo, au Mexique. C'est tout ce que je sais.

— Comment s'appellent ces gens ? demanda Robyn. Ce couple ?

Trina hésita.

— Je n'en sais rien. Mais pourquoi voudrais-tu retrouver ce gamin après toutes ces années ? Tu vas mettre sa vie en l'air.

Avait-elle perdu l'esprit ?

— Je veux mon enfant.

Après un long silence, Trina articula le nom du couple.

— Valdez.

Les Valdez à Nuevo Laredo. Il y avait sans doute un millier de Valdez dans cette ville, mais Robyn était prête à les voir un par un s'il le fallait. Lorsqu'elle s'en irait d'ici… si elle y parvenait… elle irait chercher son enfant.

— Merci, Trina.

Cette dernière soupira.

— Je crois que je te devais au moins ça.

Elle semblait prise de remords, et Robyn avait presque du chagrin pour elle. Les choses ne s'étaient pas déroulées comme prévu. Trina n'avait sans doute pas compris qu'Eldon serait suspecté. Elle avait réussi à se débarrasser d'Heather et avait pensé que la crise la rapprocherait d'Eldon. Mais elle n'avait pas eu la vie respectable d'une Mme Eldon Jasperson. Elle n'était pas devenue un membre respecté de la société, mais l'épouse d'un assassin d'enfant.

— Et maintenant, que comptes-tu faire ? demanda Robyn. Tu vas me tuer ?

— Cesse de dramatiser. Je n'ai jamais tué personne, et je n'ai pas l'intention de commencer avec toi. Quand quelqu'un te découvrira ici, je serai loin et personne ne me retrouvera jamais.

Robyn mit un moment à digérer la nouvelle, à comprendre

qu'elle allait garder la vie sauve et peut-être revoir son enfant, si Trina ne lui avait pas menti.

— Et ta mère ? s'enquit Robyn pour gagner du temps. Ne risque-t-elle pas d'avoir des ennuis ? Ne vas-tu pas la chercher ?

— Elle est mourante, elle souffre d'un cancer, elle est en phase terminale. Que pourraient-ils lui faire ?

— Ta mère est Bella Orizaba…

Eldon avait dû faire allusion à sa belle-mère un jour.

La sonnette de la porte d'entrée les fit sursauter.

Ford, c'était certainement Ford, songea Robyn.

— Tu ne vas pas ouvrir ?

Le carillon retentit plusieurs fois, puis une voix stridente cria de l'extérieur :

— Ouvrez-moi, Trina ! Je sais que vous êtes là.

En reconnaissant la voix, Trina poussa un juron.

— Que vient-il faire ici, celui-là ?

— Il est sans doute venu se faire payer, dit Robyn. Mieux vaudrait le laisser entrer. Il ne va pas s'en aller.

En effet, leur visiteur appuyait sans relâche sur la sonnette et finit par tambouriner à la porte.

— Je vais entrer, Trina, d'une façon ou d'une autre. Et vous ne pouvez pas appeler la police. Il vous faudrait expliquer ma présence chez vous.

— Robyn, ne dis pas un mot, compris ? ordonna Trina avant d'aller ouvrir. Vous êtes devenu fou ? lança-t-elle à l'intrus. Pourquoi êtes-vous venu ici ?

— Vous m'avez dit que vous me paieriez dès que j'aurais parlé aux flics. J'ai fait ce que vous m'aviez demandé, je leur ai donné les lettres de la plaque d'immatriculation. Les flics m'ont remercié de mon aide…

— Partez vite ! Imaginez que quelqu'un voie votre voiture devant chez moi !

Apparemment, Roy White n'avait pas l'intention de

s'en aller. Au contraire, et Robyn comprit qu'il venait d'entrer dans la cuisine.

— Vous voulez que je mette les voiles ? Très bien, payez-moi ce que vous me devez et je me tire.

Robyn hésita à signaler sa présence. Peut-être Roy lui viendrait-il en aide. Mais elle y renonça aussitôt. Depuis le moment où elle avait posé les yeux sur lui, Roy White lui avait déplu, et elle ne lui faisait pas confiance. Il avait prouvé qu'il était un opportuniste. Robyn comptait davantage sur Trina, qui au moins avait fait preuve d'un certain remords.

— La moitié de la somme maintenant, répliqua Trina fermement. L'autre quand vous répéterez votre témoignage aux flics.

— Je veux la totalité du fric maintenant ou je vous casse le bras.

Robyn étouffa un cri. S'il s'attaquait à Trina, Robyn ne pourrait rien faire. Si elle tentait de s'interposer, il se retournerait contre elle.

— Allons, Roy, vous n'avez pas à en arriver là, répliqua Trina d'une voix suraiguë, paniquée. J'ai beaucoup d'argent. Je vais au Mexique. Il y a de belles plages là-bas. Pourquoi ne pas m'accompagner ?

— Vous comptez vous installer là-bas ? s'enquit Roy avec curiosité.

Robyn aperçut soudain son téléphone par terre, là où il était tombé. Il était tout près.

— J'y possède une maison près de la mer, la vie ne coûte rien là-bas.

Robyn attrapa une boîte de lessive et l'ouvrit. La peur décuplait ses forces. Quand elle déchira le carton, la poudre se répandit sur elle. Elle avait l'impression de faire énormément de bruit, mais, heureusement, Trina et Roy ne faisaient pas attention à elle.

Agenouillée, elle glissa la bande cartonnée sous la porte du placard. Elle atteignit l'appareil, mais ne parvint pas tout de suite à le pousser vers elle. Sans se décourager, elle s'efforça de le faire glisser sur le côté. Quand il fut plus près, elle comprit qu'elle allait réussir.

Il était tout près, à portée de main.

C'est alors que la sonnerie retentit.

Roy s'interrompit.

— Qu'est-ce que c'est ?

De justesse, Robyn réussit à s'emparer de l'appareil. Elle vit le nom de Ford s'afficher sur l'écran. Il tentait de la joindre.

— Ford, Dieu merci, je suis enfermée dans le placard à balais de Trina. C'est elle qui avait enlevé Justin et…

Robyn se rendit compte qu'elle parlait dans le vide. Elle n'avait pas pris l'appel assez vite et Ford n'entendait que le message d'accueil de sa boîte vocale.

Roy retira le balai et ouvrit le placard.

— Tiens donc ! s'exclama-t-il en riant. Vous aviez enfermé la blonde là-dedans.

15

Robyn se sentait comme un animal en cage. Elle s'empara du premier objet pouvant faire office d'arme – une bombe d'aérosol – et, lorsque Roy ouvrit le placard, elle lui pulvérisa le produit dans les yeux. L'attaque le surprit, et elle en profita pour lui envoyer un coup dans le ventre.

Trina se mit à hurler. Dans la confusion, Robyn composa à la hâte le numéro de Ford.

— Robyn ? Dieu merci, tu réponds. Ecoute-moi…

— Aide-moi, Ford. Je suis chez Trina et…

Le poing de Roy l'atteignit en plein visage. Sonnée, elle lâcha l'appareil et s'écroula au milieu des balais.

— Laissez-la, Roy, balbutia Trina. Il est trop tard. Il faut partir.

— Et l'abandonner ici pour qu'elle aille tout raconter aux flics ?

— Nous avons encore le temps de filer. La frontière n'est pas loin. Je connais là-bas des gens qui peuvent m'aider, nous aider.

— Jusqu'ici, personne n'est au courant du rôle que j'ai joué dans cette histoire. Vous pouvez vous enfuir au Mexique si ça vous chante, mais moi, je veux mon pognon.

Robyn comprit ce qu'il comptait faire. Il n'avait pas l'intention de la laisser dire quoi que ce soit à la police.

— Je vous en prie, venez avec moi, reprit Trina d'un ton peu convaincu. Roy, ne faites pas ça.

Quand Robyn vit l'arme que Roy sortait de sa poche,

elle se sentit mal. Un voile tomba devant ses yeux, et elle perdit connaissance.

Ford fonçait sur la voie express. Il n'avait pas acheté une voiture puissante pour respecter les limitations de vitesse.

Il avait tenté de demander l'aide de la police de Green Prairie, mais son correspondant avait accueilli sa requête avec indifférence.

— Très bien, nous envoyons une voiture de patrouille jeter un coup d'œil.

N'ayant aucune preuve concrète que Robyn était en danger de mort, les flics n'avaient pas de motif de s'affoler. En outre, ils n'avaient aucune raison de se montrer accommodants avec lui.

Ils savaient que Ford s'efforçait de prouver que leurs services avaient au mieux fait preuve d'incompétence, au pire commis une faute grave en négligeant sciemment un témoignage au cours d'une enquête pour meurtre.

Aussi Ford avait-il pris en main la situation. Il avait appelé toute l'équipe de Project Justice. Tous ceux qui se trouvaient dans les locaux de la fondation étaient venus lui prêter main-forte sur-le-champ. Même Celeste était de la partie. Personne ne lui avait posé de questions. Il leur avait dit que Robyn avait des ennuis, et ils avaient tout laissé tomber pour se porter à son secours.

Ce genre de loyauté était rare. Ford n'avait jamais rien fait pour se lier avec ses collègues, mais pourtant tous étaient à ses côtés.

Plus tard, il repenserait à sa décision de quitter Project Justice. Dans l'immédiat, il devait sauver la vie de Robyn.

Il n'était qu'à quelques kilomètres de Green Prairie quand il avait reçu le coup de fil de Robyn, terrifiée, vite interrompu. C'est alors qu'il avait accéléré.

— Ce tas de ferraille ne peut-il pas aller plus vite ? demanda Celeste.

— J'ai le pied au plancher.

A côté de lui, Joe Kinkaid serrait la poignée de la porte avec tant de force que les jointures de ses doigts avaient blanchi, mais il ne pria pas Ford de ralentir. A l'arrière, Billy Cantu et Mitch Delacroix ne lui reprochaient pas non plus ses excès de vitesse. Ils étaient tous conscients de la gravité de la situation et ne parlaient que de la stratégie à adopter une fois sur place.

Ford ne voyait qu'une chose à faire. Forcer la porte et pénétrer dans la maison.

— Nous avons de la compagnie, remarqua soudain Joe avec calme.

Dans son rétroviseur, Ford aperçut les gyrophares d'une voiture de police, mais il ne prit même pas la peine de ralentir. Plus il y aurait de policiers avec eux là-bas, mieux cela vaudrait.

— Prends la prochaine sortie, annonça Billy qui avait étudié la carte.

Même si Ford savait à peu près où se situait le manoir des Jasperson, il ne s'y était jamais rendu.

Il s'engagea sur la bretelle et freina à un feu rouge.

— Première à droite.

Une voiture bloquait le passage, attendant que le feu passe au vert. Ford grimpa sur le trottoir, évitant de justesse un réverbère, avant de revenir sur la route.

— Tu prendras ensuite à gauche.

Ils n'étaient plus qu'à quelques rues du manoir.

Tiens bon, Robyn. Dieu, qu'il l'aimait.

L'aimait ? Pourquoi ne l'avait-il pas compris plus tôt ? Pourquoi ne le lui avait-il pas déclaré sa flamme ? Cela aurait peut-être pu tout changer.

Au moment où il s'engouffrait dans la propriété d'Eldon,

il comprit à quel point il aimait Robyn et à quel point il avait eu tort de ne pas lui ouvrir son cœur. Il avait eu peur de la décevoir, de ne pas être assez bien pour elle. Il sut alors que son indifférence apparente l'avait profondément blessée.

Donne-moi une autre chance.

Il arrangerait tout.

Avant même que la voiture s'arrête, les portières s'ouvrirent et toute l'équipe bondit dehors. Billy et Joe se précipitèrent vers l'arrière de la maison. Ils tenteraient d'y pénétrer et personne ne s'échapperait par là.

Ford avait prévu d'entrer par la porte principale. Ils devraient peut-être faire usage de leurs revolvers, et ils avaient passé des gilets pare-balles.

Derrière eux, la voiture de police s'arrêta, et un homme en sortit, l'arme au poing.

— Police ! Les mains en l'air ! cria-t-il, l'air terrifié.

— Fermez-la ! répliqua Celeste qui tenait un revolver presque aussi grand qu'elle.

— Un otage est retenu dans cette maison, annonça Ford. Vous pourrez m'arrêter quand ce sera fini.

La porte d'entrée, en chêne, semblait infranchissable. Mais d'un coup d'œil, Celeste mesura l'obstacle et chargea comme un taureau. Elle la heurta d'un violent coup d'épaule et repartit aussitôt à l'attaque.

— Celeste, ne vous blessez pas.

— Ne vous inquiétez pas.

Elle frappa alors le battant de bois d'un coup de pied et fendit la porte.

Ford estimait qu'il était plus facile de s'introduire à l'intérieur en brisant une vitre des portes-fenêtres. Il s'apprêtait à ramasser une pierre quand Celeste l'interrompit.

— Attendez, Ford, dit-elle en actionnant la poignée. La porte n'est pas fermée à clé.

— Nous entrons, annonça Ford dans son talkie-walkie.

Le policier, ne sachant manifestement pas quoi faire d'autre, leur emboîta le pas.

— Police ! cria-t-il. Jetez vos armes et…

Trina hurla, et Ford se précipita vers l'arrière de la maison, se guidant au son de la voix.

Lorsqu'il fit irruption dans la cuisine, il vit Trina, plaquée contre le mur, les mains en l'air. Roy White se tenait au milieu de la pièce, revolver au poing, l'air perdu et indécis.

— Posez votre arme ! cria Ford en visant sa tête. Je compte jusqu'à trois. Un, deux…

Résigné, Roy obtempéra.

— Allongez-vous par terre ! ordonna Ford.

Avec la vivacité d'un félin, Celeste se jeta sur Roy et le menotta dans le dos.

— Pas mal, murmura le policier derrière eux.

— Je n'ai aucun mérite, répliqua Celeste d'un ton modeste. J'ai servi plus de quarante ans dans l'armée.

Ford se focalisa sur Trina. Sachant ce qu'elle avait fait subir à Robyn, il fut tenté de l'abattre comme un chien.

— Vous aussi. Allongez-vous par terre. Où est Robyn ?

Sans répondre, elle se coucha sur le sol en tremblant. Ford aperçut alors Robyn, debout devant un placard, couverte de poudre blanche. Elle avait le visage tuméfié, mais à part ça, elle avait l'air… il n'avait pas de mots pour la décrire. Elle était divine.

Billy et Joe les avaient rejoints. Voyant que ses hommes et que le policier de Green Prairie avaient la situation bien en main, Ford prit Robyn dans ses bras.

— Ça va ?

— Je crois, dit-elle en l'étreignant avec force.

— Qu'as-tu au visage ?

— Roy m'a frappée.

De fureur, Ford faillit se tourner vers l'agresseur pour le bourrer de coups de poing, mais il lui aurait fallu lâcher Robyn et il n'en avait pas l'intention.

— Je lui avais aspergé les yeux de produit pour les vitres et je lui avais envoyé un coup dans le ventre. Cela l'a rendu furieux.

— Bravo !

— Trina avait enlevé Justin. Depuis toutes ces années, elle…

— Je sais, je sais. Heather Boone a craqué. Elle m'a raconté la soirée du kidnapping et j'ai tout compris. Je n'ai jamais cru que tu étais coupable de quoi que ce soit. Mais je n'avais pas la possibilité de…

Il s'interrompit et poussa un gros soupir. Non, ce n'était pas la seule raison. Officiellement, Project Justice ne pouvait accepter un dossier sans l'aval de Daniel. Mais en pratique, si un des enquêteurs sentait qu'il fallait s'en charger, Daniel donnait toujours son feu vert.

— J'ai hésité, reconnut-il, parce que j'avais peur d'échouer. Je ne pouvais supporter l'idée de tout faire rater. Je ne voulais pas mettre ta vie en danger.

— Je ne la confierais à personne d'autre que toi.

Sa foi en lui était un cadeau, il avait conscience de ne pas le mériter.

— J'ai eu tort d'hésiter. J'irais en enfer pour toi. Je suis avec toi, corps et âme.

Elle l'embrassa de nouveau.

— Et moi, avec toi, Ford. Mais je ne t'ai pas encore tout dit, ajouta-t-elle, les yeux brillants de joie. Justin est vivant. La mère de Trina l'avait emmené au Mexique.

— Excusez-moi d'interrompre une déclaration aussi touchante, la coupa le policier. Mais quelqu'un pourrait-il m'expliquer ce qui se passe ? Pourquoi ne devrais-je pas vous jeter en prison ? Vous rouliez à plus de cent kilomètres à l'heure.

Les yeux de Robyn s'écarquillèrent de peur.

— Ford !

— Voulais-tu être sauvée ou non ? Je t'aime, tu sais, murmura-t-il à son oreille en l'embrassant.

Ford insista pour envoyer Robyn à l'hôpital afin qu'elle se fasse radiographier le visage. Elle accepta, surtout pour sortir du chaos.

Une heure plus tard, comme elle s'asseyait dans une salle d'examen du centre médical avec un sac de glaçons sur la joue, elle eut enfin la possibilité de savourer la joie de savoir que Justin, son fils chéri, était en vie. Cette certitude la plongeait dans un bonheur sans nom.

Tout comme les mots prononcés par Ford.

Son amour était un cadeau inattendu. Elle n'avait pas eu la présence d'esprit de lui dire qu'elle l'aimait aussi, mais elle était certaine qu'il le savait.

Elle regrettait qu'il ne l'ait pas accompagnée à l'hôpital, mais la situation chez Trina avait été plus que confuse. Une nuée de policiers avaient débarqué, ne sachant plus s'ils devaient décorer Ford ou lui passer les menottes.

L'interne entra.

— Vous n'avez rien de cassé, annonça-t-il. Voulez-vous que je vous prescrive des antalgiques ?

Elle secoua la tête.

— Ça ira, merci.

Elle préférait garder l'esprit clair pour affronter les prochaines heures.

— Bien, dans ce cas, vous pouvez partir.

La police ne la laisserait pas rentrer chez elle tout de suite. Elle devait également s'occuper d'Eldon. Malgré l'intervention personnelle de Daniel Logan, elle n'avait pas de nouvelles, et elle ignorait si le gouverneur avait ou non décidé de surseoir à l'exécution. Il restait très peu de temps.

Le gouvernement allait certainement passer l'appel tant attendu… à condition d'avoir été informé des derniers événements. Mais en tout cas, Robyn tenait à prévenir Eldon que Justin était en vie.

Le jeune gradé qui avait conduit Robyn à l'hôpital l'attendait. Elle avait un milliard de questions à lui poser. En premier lieu, elle voulait savoir où se trouvait Ford. Mais le jeune officier avait manifestement reçu l'ordre de se taire, ordre auquel il obéit scrupuleusement tandis qu'il la ramenait dans les locaux de la police.

La discussion qu'elle eut avec les trois inspecteurs qui l'avaient interrogée la veille fut épuisante. Elle ne se déroula pas dans la salle d'interrogatoire, mais dans un bureau plus confortable. Surtout, Robyn fut traitée avec un peu plus d'égards que lorsqu'elle était considérée comme suspecte.

Elle s'efforça de prendre son mal en patience, mais, très vite, elle en eut assez.

— Ecoutez, je sais que cette histoire est compliquée, mais quelqu'un s'est-il entretenu avec le gouverneur ? Parce que si personne ne fait rien, un homme va être exécuté pour un crime qu'il n'a pas commis. Et qu'en est-il de mon fils ? Trina m'a dit qu'il était vivant. Quelqu'un va-t-il faire quelque chose…

— Nous nous en occupons, répliqua un des inspecteurs avec un manque d'intérêt manifeste.

— Et Ford ? Vous ne l'avez quand même pas arrêté, n'est-ce pas ?

Les inspecteurs se regardèrent.

— J'en ai assez, dit-elle. Arrêtez-moi ou laissez-moi partir.

Mécontents, ils l'autorisèrent à quitter les locaux. Elle ne savait pas très bien où aller. Son sac, ses clés et son téléphone se trouvaient chez Trina. Elle n'avait plus le droit d'y entrer puisqu'il s'agissait d'une scène de crime. Elle décida d'appeler Project Justice. Quelqu'un viendrait l'aider.

Mais il s'avéra qu'elle n'en eut pas besoin. Ford l'attendait dans le hall.

Sans hésiter, elle se jeta à son cou.

— Je pensais devoir payer une caution pour te faire sortir de prison.

— Moi aussi, mais ils sont tellement occupés à recueillir les aveux de Trina et les déclarations d'innocence de Roy qu'ils m'ont oublié. Tu as l'air lessivé, ajouta-t-il en lui caressant tendrement la joue. Tu aurais peut-être dû rester en observation à l'hôpital.

— Ça va, je n'ai rien de cassé.

Mais ses jambes ne la portaient plus, et Ford la soutint pour sortir du bâtiment. La nuit était tombée.

Elle consulta sa montre.

— Dans combien de temps pourrais-tu m'obtenir le droit de rendre visite à Eldon ? Je dois le voir pour lui apprendre que Justin…

— Tu auras tout le temps de le faire, répondit-il à son grand soulagement. Je viens d'avoir Daniel au téléphone. Le gouverneur a suspendu l'exécution d'Eldon. Ils vont rouvrir l'enquête, mais je suis sûr qu'il sera innocenté et libéré.

— C'est formidable ! s'exclama-t-elle, les yeux pleins de larmes.

Elle n'aimait plus Eldon, mais elle fut intensément soulagée de savoir qu'il n'allait pas mourir pour un crime qu'il n'avait pas commis.

Trop faible pour tenir debout, elle se laissa choir sur un banc.

— Je dois te dire autre chose, reprit Ford. Il s'agit de Justin.

Robyn se prépara au pire.

— Trina m'a-t-elle menti ?

Depuis que Trina lui avait révélé ce qui s'était passé, elle s'était efforcée de museler ses espoirs. Trina l'avait peut-être manipulée, lui avait peut-être fait croire qu'elle reverrait Justin pour mieux la neutraliser.

— Je me suis rendu chez la mère de Trina. Je voulais la voir avant qu'elle apprenne que sa fille avait été arrêtée et qu'elle détruise des preuves. Mais elle est très malade, elle est en train de mourir. Elle est à l'hôpital.

— As-tu pu lui parler ?

Il hocha la tête.

— Elle voulait décharger sa conscience avant de rendre son âme à Dieu. Elle avait placé Justin chez une de ses cousines au Mexique. Cette jeune femme et son mari ne parvenaient pas à concevoir un enfant. Ils l'ont élevé comme leur propre fils. La mère de Trina m'a dit qu'il était heureux et en bonne santé.

Incapable de contenir ses larmes, Robyn éclata en sanglots et Ford la prit dans ses bras pour la réconforter.

Peu à peu, elle réussit à s'apaiser un peu.

— Allons-nous pouvoir retrouver sa trace ? Le reverrai-je un jour ?

— Oui.

Il lui montra alors des photos de Justin et des lettres que sa cousine avait écrites à la mère de Trina. Grâce à la lumière d'un réverbère, Robyn regarda les photos de son enfant. Il y en avait douze. Sous ses yeux, elle vit Justin grandir. Aujourd'hui, il n'avait plus rien du petit garçon aux joues rebondies dont elle avait gardé le souvenir, il s'était métamorphosé en garçonnet de dix ans bien charpenté.

— Il a l'air heureux, dit-elle. Il sourit sur toutes les photos. Il a des amis, il joue au football. Et regarde celle-ci. Il a un chien. Je peux les garder ? J'aimerais lire les lettres aussi.

— Je vais devoir les remettre à la police, ce sont des pièces à conviction, répondit-il. Mais nous allons d'abord en faire des photocopies.

Elle remit avec soin les photos et les lettres dans la chemise cartonnée. Puis elle noua ses bras autour du cou de Ford et l'embrassa avec passion.

— Je t'aime, Ford. Je t'aime tant ! Merci de m'avoir rendu mon fils. Peut-être n'es-tu pas prêt à vivre avec moi à plein temps, peut-être n'as-tu pas envie de complications. Mais je veux juste te dire…

— Qui a dit que je n'étais pas prêt à vivre avec toi à plein temps ?

— Je comprendrais qu'il ne soit pas évident pour toi de te retrouver à partager ton quotidien avec un enfant.

— Ton fils et toi êtes les bienvenus dans ma vie, je le dis sans réserve. Sans toi, je ne sais pas ce que je serais devenu. Je serais sans doute encore à me soûler dans un bar sordide.

Elle ne pouvait nier qu'il avait changé depuis leurs retrouvailles. Elle l'avait vu revenir à la vie. La passion qu'il nourrissait pour son métier lui avait finalement permis de surmonter sa peur de ne pas toujours l'effectuer à la perfection.

Il avait provoqué d'importantes métamorphoses chez elle aussi. Si elle n'était pas tombée amoureuse de lui, sans doute se serait-elle morfondue dans la tristesse et la culpabilité, sans jamais s'autoriser à vivre pleinement.

— Je vais acheter une balançoire, déclara Robyn,

un peu hors de propos. J'ai toujours rêvé d'en avoir une quand j'étais petite.

Ford fut immédiatement au diapason.

— Pas seulement une balançoire, il faut un portique et donc un jardin. Nous allons acheter une maison dans un quartier familial où ton fils pourra jouer avec d'autres enfants.

Ils restèrent à discuter sur ce banc, dans cette rue qui n'avait pourtant rien de romantique, à rêver de leur avenir. Aucun d'eux ne parla mariage, mais Robyn espérait bien que Ford, un jour, serait prêt à franchir le pas.

16

L'été caniculaire avait pris fin, laissant place à un mois de septembre frais et gris. Toute la matinée, la pluie n'avait cessé de tomber. Mais le soleil avait fini par percer les nuages. Ford sortit un torchon du coffre pour essuyer un banc du parc de Green Prairie.

Quand Robyn s'y assit, il mêla ses doigts aux siens.

— Nerveuse ?

— Plus nerveuse encore que la première fois que je l'ai tenu dans mes bras, à la maternité. A l'époque, j'avais peur de ne pas savoir m'occuper d'un petit être aussi fragile. Je craignais qu'il me rejette. C'était idiot. Un bébé aime toujours sa mère, mais qu'en sera-t-il d'un garçon de dix ans qui ne se souvient même pas d'elle ?

— Il t'aimera, assura Ford. Les décisions que tu as prises à propos de Justin…

— D'Arturo, rectifia-t-elle. A présent, il s'appelle Arturo. Il ne faut pas l'oublier.

— En tout cas, peu de femmes auraient fait preuve de tant de générosité. Ce que tu as fait est extraordinaire.

— J'ai simplement pensé à lui, à ce qu'il valait mieux pour lui.

Justin – Arturo – savait qu'il avait été adopté. Depuis deux mois, des inspecteurs de police, des avocats et des travailleurs sociaux s'étaient intéressés à l'« adoption » du garçon par une famille de Nuevo Laredo.

Même si aucun document officiel n'avait jamais été

rédigé, ses parents adoptifs, Pedro et Estella Valdez, avaient toujours cru que la famille biologique de l'enfant avait demandé à ce qu'il leur soit confié. La mère de Trina leur avait dit que ses parents étaient morts dans un accident de la route, et ils avaient naturellement raconté l'histoire à Arturo.

Manifestement, ils avaient été des parents dévoués et aimants. Arturo semblait heureux, resplendissant de santé et robuste.

Découvrir que ses parents biologiques étaient vivants avait dû être un choc pour lui. Et même si elle en avait le droit, Robyn n'avait pas envie d'arracher l'enfant au seul foyer qu'il ait connu, à des parents aimants, à ses amis, pour l'obliger à vivre dans un pays étranger au milieu d'inconnus.

Elle ne voulait pas non plus renoncer totalement à lui.

Lorsqu'une limousine blanche se gara sur le parking, elle se tendit.

— Ce sont eux.

— Je vais aller faire un tour, proposa Ford. Pour vous donner un peu de temps de faire connaissance tous les deux.

— Non, répliqua-t-elle, refusant de le lâcher. Tu as joué un rôle majeur dans ces retrouvailles. Je veux que tu restes.

Il lui sourit avec chaleur.

— D'accord.

La portière côté passager s'ouvrit, et le garçon sortit de la voiture. La gorge serrée, Robyn le regarda. Mon Dieu, c'était bien lui. Justin était vivant, elle ne rêvait pas.

Elle lui fit signe et se leva. Quand il l'aperçut, il esquissa un geste à son tour. Elle résista à l'envie de courir vers lui pour le prendre dans ses bras – elle avait peur de ne plus être capable de le laisser.

Il était plus grand qu'elle l'avait imaginé, plus mince aussi. Il avait sans doute beaucoup grandi dernièrement, et n'avait plus rien en commun avec le bébé joufflu qu'il avait été. Il était devenu un jeune homme.

Robyn plaqua la main contre sa bouche, s'interdisant de fondre en larmes. Cela aurait mis l'adolescent mal à l'aise.

Arturo regarda l'assistante sociale qui était sortie à son tour de l'habitacle. Elle lui sourit d'un air encourageant. Alors, il s'avança vers Robyn, à la hâte, lui sembla-t-il. Il portait un sac à la main.

— Bonjour, je suis Arturo. Je suis heureux de faire ta connaissance, dit-il dans un anglais un peu scolaire.

— *Me llama* Robyn. C'est merveilleux de te revoir, répondit-elle en espagnol.

Elle avait de bonnes notions dans cette langue. Enseignant dans le sud du Texas, elle avait dû l'apprendre.

— Parlons anglais, d'accord ? proposa Arturo. J'aimerais m'améliorer.

Robyn lui sourit.

— Oui, bien sûr. Laisse-moi te présenter Ford.

— Ton mari ?

Elle effleura le diamant qu'elle portait à la main gauche.

— Pas encore. Nous allons nous marier dans deux mois. Mais qu'as-tu dans ce sac ?

— Du pain. Comme nous allions nous retrouver dans un parc, j'ai pensé qu'il y aurait des oiseaux et…

Robyn avait lu et relu les lettres de la mère adoptive de son fils pour tenter d'en apprendre le plus possible sur lui. A présent, elle savait qu'il aimait beaucoup les animaux. Il avait deux chiens, un chat et un pigeon blessé qu'il avait recueilli.

Elle promena les yeux autour d'eux, mais aucun volatile ne se trouvait dans les parages.

— Allons jusqu'au lac, dit-elle. Nous nourrirons les canards.

La proposition parut lui plaire.

— Alors, tu es ma vraie mère ? dit-il tout en marchant à côté d'elle.

— Oui, je suis ta mère biologique. Je t'ai élevé jusqu'à tes deux ans et demi. Et puis, tu m'as été enlevé.

— Tu pensais que j'étais *muerto*, enfin, mort, non ? Moi aussi, je te croyais morte.

— Tu as dû être surpris d'apprendre que je ne l'étais pas.

— J'en ai été heureux, répondit-il avec simplicité.

Ils atteignirent le lac sur lequel se prélassaient quelques canards. Dès qu'ils virent qu'Arturo avait du pain, ils s'approchèrent. Quand il leur en envoya, ils se ruèrent sur la nourriture.

Arturo éclata de rire et leur en donna davantage.

— Moi aussi, j'en ai été heureuse.

Elle avait envie de lui dire qu'elle avait terriblement souffert toutes ces années loin de lui, qu'elle regrettait de ne pas l'avoir vu grandir, de ne pas avoir pu l'entourer de tout l'amour qu'elle éprouvait pour lui, mais elle manquait de vocabulaire en espagnol et lui en anglais pour se faire comprendre.

— Maman, mon autre mère, a pleuré en apprenant la situation.

— Je suis sûre qu'elle a eu peur. Elle ne me connaissait pas, ne se doutait pas de mon existence. Elle a eu peur que je t'enlève à elle. Mais je ne le ferai pas, Arturo. Si tu étais malheureux chez tes parents adoptifs, bien sûr, j'aurais… Mais tu es heureux chez eux, n'est-ce pas ?

Il hocha la tête.

— J'éprouve une infinie reconnaissance pour ton papa et ta maman qui t'ont élevé, aimé, donné un foyer. Mais j'aimerais te revoir. Je voudrais que nous apprenions à nous connaître, que tu fasses partie de ma vie.

Il ne restait plus de pain, et les canards s'éloignèrent. Arturo enfonça les mains dans ses poches.

— Moi aussi, je le voudrais. Je me suis toujours senti un peu différent. Au Mexique, tout le monde a les cheveux noirs, le teint mat, contrairement à moi.

Les siens étaient châtain clair, comme ceux d'Eldon.

— Et cela t'ennuyait-il d'être différent ? demanda-t-elle avec précaution, ses instincts maternels revenant en force.

— Pas vraiment. D'une certaine façon, cela me rendait unique. Mais quand même différent. J'ai toujours voulu savoir… mais je n'avais aucune photo.

Ils trouvèrent un banc et prirent place face au lac.

— Maintenant, nous n'avons plus besoin de photos, dit-elle, s'abreuvant de son visage. Tu ressembles un peu à ton… à Eldon.

— Mon vrai père. Comment dois-je t'appeler ?

Robyn avait rêvé de Justin l'appelant maman, mais c'était à lui d'en décider.

— Comment aimerais-tu m'appeler ?

— Prima, peut-être, parce que tu as été ma première mère…

Robyn en fut touchée.

— Très bien, cela me plaît.

— Ai-je des frères et sœurs ? demanda-t-il soudain.

Robyn et Ford échangèrent un regard en souriant.

— Non, répondit-elle. Tu étais mon seul enfant.

— Mais peut-être que… Je veux dire, comme tu vas te marier…

L'adolescent semblait gêné.

— Oui, en effet, je pourrais en avoir d'autres. Aimerais-tu avoir un petit frère ou une petite sœur ?

— Oh, oui ! répondit-il avec enthousiasme.

— Nous nous en occuperons, assura Ford.

Lorsque Ford lui avait demandé sa main, la semaine précédente, ils avaient abordé le sujet. Robyn, qui avait été fille unique, rêvait d'une maison remplie d'enfants. Ford n'avait rien contre. Mais ils s'étaient dit que cela compliquerait peut-être la relation qu'ils voulaient nouer avec Arturo.

Finalement, un bébé faciliterait les choses.

— Je sais que nous venons de nous retrouver, reprit Robyn, et, bien sûr, tu n'as pas à en décider tout de suite, mais penses-tu que tu aimerais venir nous voir de temps à autre ? Pour les vacances de Noël, par exemple ? Ou pendant l'été ?

— Papa et maman me laisseraient-ils venir ?

— Oui, si tu en as envie.

Les avocats et les assistantes sociales s'étaient longuement entretenus avec les Valdez. Tout le monde s'était accordé pour dire que le mieux était que l'adolescent reste dans sa famille adoptive pour le moment. Il y avait des amis, sa vie. Mais il viendrait passer ses vacances au Texas avec Robyn et Ford.

Eldon aurait un droit de visite qu'il exercerait à la demande. Il avait été le premier à reconnaître qu'il n'était pas prêt à assumer un rôle paternel. Il devait d'abord recouvrer la santé et décider de ce qu'il ferait de sa vie.

— Alors, j'aimerais revenir. As-tu des animaux ?

— Je pensais que tu pourrais choisir avec nous un chien ou un chat à la fourrière.

L'idée lui plut.

— Oui, ce serait bien. J'aurai deux maisons. Mes copains vont me croire très riche, ajouta-t-il en riant nerveusement.

— Tu auras surtout beaucoup de gens qui t'aiment.

Incapable de s'en empêcher, elle le prit dans ses bras et l'embrassa en le serrant contre elle.

A sa grande surprise, il lui rendit ses baisers, nouant les bras autour de son cou pour l'étreindre avec chaleur.

— Je t'aime, *mi niño*, murmura-t-elle, sachant qu'il était trop tôt pour le dire.

— *Te amo, mi madre*, répondit-il.

Elle se rendit compte alors que le lien entre eux était toujours là, que ni le temps ni les distances ne l'avaient altéré.

Lorsqu'ils s'écartèrent l'un de l'autre, elle vit que Ford les regardait, ému. Il essuya une larme au coin de ses yeux en détournant la tête.

— Bon, reprit brusquement Robyn. Tu as faim ?

— Oui, je meurs de faim !

— Il y a un très bon restaurant mexicain pas loin…

Elle s'interrompit en voyant le regard d'Arturo, le regard qu'ont les enfants quand leurs parents se montrent totalement stupides.

Même Ford secoua la tête.

— C'est vrai, c'est idiot !, reconnut-elle.

Elle avait cru que son fils aimerait avaler quelque chose qui lui rappelait son pays.

— Allons plutôt chez Denny. Ils servent des hamburgers et des milk-shakes à tomber par terre.

L'adolescent hocha la tête.

— Génial !

La glace était brisée. Arturo leur parla de son école, de ses amis, s'exprimant tantôt en espagnol, tantôt en anglais. Robyn lui raconta ce qu'il faisait quand il était petit, et il en parut vraiment content. Et, pour la première fois depuis très longtemps, les tensions qui pesaient sur les épaules de Robyn s'envolèrent, et elle sut que tout irait bien.

Elle aurait enfin une famille. Peut-être ne s'agirait-il pas d'une famille conventionnelle. Il y aurait des complications et des désagréments. Si elle avait un autre enfant – et elle devait avouer qu'elle rêvait de voir Ford devenir papa –, la situation deviendrait sans doute encore un peu plus complexe.

Ils avaient tant à apprendre l'un de l'autre, l'un sur l'autre. Mais tant qu'il y aurait de l'amour – et il y en aurait beaucoup, elle en était certaine –, ils seraient heureux.

Ford prit sa main sous la table et la serra.

— Merci, murmura-t-elle au moment précis où il lui chuchotait la même chose.

BLACK ROSE

Le 1er mars

Black Rose n°198

Une troublante surveillance - Kay Thomas

Abby est dévastée. Jason, son frère adoré, vient de mourir dans un stupide accident... Alors quand un certain Shaun Logan vient la trouver et lui révèle que Jason a en réalité été assassiné, c'en est trop pour elle. Elle refuse de le croire. Qui est cet homme énigmatique, au regard troublant ? Pourtant, quand Shaun lui présente des preuves, elle prend peur. Certes, Shaun lui promet de la suivre comme son ombre pour assurer sa sécurité. Mais parviendra-t-il à arrêter les tueurs de Jason, qui pensent qu'elle détient les fichiers compromettants qu'il avait découverts ?

Seuls contre tous - Kara Lennox

Défendre les innocents accusés à tort : telle est la passion de Raleigh Shinn. Voilà pourquoi elle est déterminée à mettre tous ses talents d'avocate en œuvre pour faire libérer Anthony Simonetty, un jeune homme condamné pour avoir assassiné sa petite amie. Aussi tombe-t-elle des nues quand Griffin Benedict, un journaliste, affirme avoir entendu dire qu'elle est corrompue et intéressée uniquement par l'argent... Qui cherche à saper sa réputation ? Raleigh n'a plus qu'une idée en tête : le découvrir. Car, sans qu'elle sache bien pourquoi, elle éprouve le besoin impérieux de prouver à Griffin qu'il se trompe.

Black Rose n°199

Un séduisant étranger - Marilyn Tracy

Qui cherche à la faire fuir ? Jeannie vit dans la peur depuis que les incidents se multiplient sur le domaine qu'elle vient de racheter au Nouveau-Mexique. Certes, les gens du coin n'ont pas vu son arrivée d'un bon œil. Mais jamais elle n'aurait pensé être la cible de menaces si angoissantes ! Aussi, quand Chance Salazar, qu'elle vient d'embaucher, lui révèle qu'il est en réalité un agent fédéral en mission et lui propose de la protéger, accepte-t-elle sans hésiter. Chance, qu'elle s'était pourtant juré d'éviter le plus possible, tant il la trouble...

Une vie à protéger - Debra Webb

– Jonathan... Rappelle-moi, je t'en supplie. J'ai besoin de ton aide.

En entendant la voix de Melissa au bout du fil, Jonathan est bouleversé. Jamais il n'aurait pensé que la femme qu'il n'a jamais cessé d'aimer – mais qu'il a quittée trois ans plus tôt, incapable de lui faire supporter sa dure vie de soldat – accepterait un jour de lui reparler. Aussi, quand elle lui demande de venir de toute urgence, n'hésite-t-il pas une seconde : sa nièce de trois ans a été enlevée sans qu'aucune demande de rançon n'ait été adressée... Pourtant, il le sait, revoir Melissa et lui cacher ses sentiments va certainement être la pire épreuve de sa vie...

BLACK ROSE

Black Rose n°200

L'amour en danger - Charlotte Douglas

En s'approchant du chalet perdu au milieu des pins où Stephen lui a ordonné de se rendre, Rachel sent l'angoisse la gagner. *« Tu cours un grave danger. »* Cette phrase, elle ne peut s'empêcher de la faire tourner en boucle dans sa tête. Pourquoi Stephen, son ancien coéquipier au FBI, s'est-il montré si mystérieux au téléphone ? Et surtout, de quoi parlait-il ? Car le danger, elle le redoute, c'est vrai. Mais sa formation d'agent fédéral lui a appris à l'affronter. En revanche, elle ne sait comment elle va réagir en revoyant Stephen. Stephen, qui ignore qu'après la nuit d'amour qu'ils ont passée ensemble seize mois plus tôt, elle s'est retrouvée enceinte...

Noces à hauts risques - Kerry Connor

Jason Stone... Jamais Audrey n'aurait pensé devoir collaborer avec un homme si différent d'elle. Et encore moins se faire passer pour son épouse ! Pourtant, elle le sait, en acceptant de l'aider à mener l'enquête pour découvrir qui a assassiné son oncle, Jason, un ami proche de celui-ci, lui a fait une immense faveur. Car cet homme sombre, blessé par la vie, n'accorde plus aucune confiance à personne depuis qu'il a perdu sa famille dans un terrible accident... Alors qu'importe qu'il soit désagréable avec elle et insensible aux attentions qu'elle lui porte : Audrey a besoin de lui pour découvrir la vérité.

Black Rose n°201

Une mère sous protection - Catherine Anderson

Sa fille de sept ans a été enlevée. Emily, son enfant adorée, est aux mains des plus grands criminels de la région de Seattle... Mallory n'a jamais ressenti une peur aussi terrible de sa vie. Comment son beau-père, victime de chantage, a-t-il pu la placer dans une situation aussi éprouvante ? Certes, il a embauché Bud Mac Phearson, un détective privé, pour lui venir en aide et retrouver Emily. Mais peut-elle vraiment faire confiance à cet homme qui, bien qu'il dégage une force rassurante, n'est qu'un inconnu pour elle ?

Une brûlante attirance - Debra Cowan

Pourquoi a-t-il fallu qu'on lui assigne Jack Spencer comme partenaire ? Terra est exaspérée. Car Jack, inspecteur à la brigade des homicides, semble la prendre pour une parfaite idiote et ne manque pas une occasion de le lui faire savoir... Or elle est experte en incendies criminels, et n'a pas besoin d'un macho comme lui pour résoudre l'affaire qu'on lui a confiée ! Pourtant, contre toute attente, Jack se montre sous un nouveau jour quand Terra commence à recevoir des menaces du pyromane qui sévit dans les environs. Et elle doit bien reconnaître qu'avoir sa présence rassurante à ses côtés fait naître en elle une attirance brûlante, qu'elle a le plus grand mal à réfréner...

BestSellers

A paraître le 1er janvier

Best-Sellers n°494 • roman

Un nouveau jour - Joan Johnston

Kristin Lassiter est bouleversée : Bella Benedict, la mère de Max, son grand amour de jeunesse, lui demande de venir lui rendre visite en Angleterre, dans son château de famille. Bella, que Kristin n'a jamais revue depuis le jour où Max lui a brisé le cœur, dix ans auparavant. Pourquoi son ex-belle-mère cherche-t-elle soudain à la contacter ? Et quelle est cette fameuse mission qu'elle dit vouloir lui confier ? Une mission qui, apparemment, est susceptible de lui rapporter beaucoup d'argent. Kristin hésite. Elle élève seule sa petite Félicity et elle a vraiment du mal à s'en sortir financièrement. La proposition de Bella pourrait certes être un moyen de remédier à ce problème, mais elle craint de rouvrir d'anciennes blessures en croisant Max... Et ce qu'elle redoute encore plus, c'est que son secret - celui que le chagrin l'a conduite à préserver toutes ces années - n'éclate au grand jour.

Best-Sellers n°495 • suspense

L'inconnu de Shadow Falls - Maggie Shayne

Depuis des années, Olivia Dupree, professeur de littérature, voue une admiration sans bornes à Aaron Westhaven, un célèbre romancier qui vit caché. Aussi est-elle très surprise lorsque ce dernier accepte de venir parler au cours de la conférence qu'elle organise pour ses étudiants. Mais le jour prévu, quelle n'est pas la stupeur d'Olivia lorsqu'elle est convoquée par la police à l'hôpital, au chevet d'un inconnu victime d'une tentative de meurtre... Une stupeur qui ne fait que s'accroître quand elle apprend que sa carte de visite se trouvait dans la poche de cet homme qui a perdu la mémoire... Qui peut bien être cet étranger séduisant et mystérieux ? Est-il l'écrivain qu'elle avait fini par considérer comme son âme sœur ? Et si ce n'est pas le cas, que faisait-il à Shadow Falls avec sa carte de visite dans la poche ? Soudain, prise de panique, Olivia craint de voir ressurgir le secret d'un passé qu'elle fuit depuis seize ans.

Best-Sellers n°496 • suspense

Noir Secret - Brenda Novak

Brillante substitut du procureur, Grace Montgomery ne s'attendait pas à voir un jour ressurgir les terribles démons de son passé. A l'âge de neuf ans, Grace a en effet été victime des désirs pervers de son beau-père, le révérend Barker, un homme pourtant respecté de tous dans la petite ville de Stillwater. Et même après la mystérieuse disparition du révérend, ce n'est que dans la fuite et le silence qu'elle a trouvé refuge. Un refuge, hélas, bien fragile. Car aujourd'hui, alors que les souvenirs viennent forcer les portes de sa conscience, d'importantes zones d'ombres persistent, assorties d'un obscur malaise qui l'invite à penser qu'elle a joué un rôle dans la disparition de son bourreau. Sinon pourquoi, après toutes ces années, se sentirait-elle toujours coupable ? Résolue à clore ce chapitre douloureux de son existence, Grace n'a plus le choix : elle doit retourner à Stillwater pour exhumer le passé…

BestSellers

Best-Sellers n°500 • thriller

Tabous - Nora Roberts

A près de soixante-dix ans, Eve Benedict est de ces stars qui ont bâti leur carrière par un travail acharné, mais aussi par le talent et la beauté. Un oscar et deux Tony Awards ont consacré ce parcours sans défaut. Quatre maris, des amants et de multiples liaisons lui ont construit une image sulfureuse. En faisant appel à la journaliste Julia Summers pour rédiger ses mémoires, Eve a décidé de se mettre à nu, sans tabou, quitte à dévoiler ses zones d'ombre, déclencher des scandales ou détruire des réputations. Mais à peine Julia a-t-elle emménagé avec son fils dans la propriété de Beverly Hills qu'un climat de menace s'installe : lettres anonymes, cambriolages... Pour l'une comme pour l'autre, écrire ce livre va désormais devenir une question de vie ou de mort. Car de ce face-à-face entre Eve et Julia, aussi subtil que cruel, un secret inavouable va émerger. Un secret mortel pour qui se risquerait à le divulguer.

Best-Sellers n°501 • historique

Sur ordre royal - Margaret Moore

Pays de Galles, 1205

Promise par le roi au ténébreux Madoc de LLanpowell, lady Roslynn de Werre redoute de rencontrer son fiancé, que tous surnomment « l'ours de Brecon ». Hélas, après la trahison dont s'est rendu coupable son époux disparu, elle est désormais à la merci du roi et doit se plier à ses ordres. Et puis, même si cette alliance ne lui apportera jamais l'amour auquel elle aspire, elle représente sa seule chance de s'éloigner de la cour, où elle subit les pires humiliations depuis la mort de son mari. Aussi accepte-t-elle de se rendre au manoir de LLanpowell pour s'offrir au sombre Madoc en dépit de ses réticences. Mais alors qu'elle pensait que le guerrier accepterait sa main - et sa fortune – sans hésiter, Roslynn a la surprise de découvrir que ce mariage lui déplaît au moins autant qu'à elle. Pis encore ! Madoc refuse catégoriquement de prendre pour épouse une femme choisie par un autre... Désespérée à l'idée de retourner auprès du roi, Roslynn décide alors de tout faire pour séduire l'ombrageux guerrier...

Composé et édité par les

éditions HARLEQUIN

Achevé d'imprimer en France (Malesherbes)
par Maury-Imprimeur
en janvier 2012

Dépôt légal en février 2012
N° d'imprimeur : 169469